Kontrolle

JENS BÜHLER

KONTROLLE

High-Tech Thriller

BE
Belle Époque Verlag

Autorenwebseite und Newsletter:
http://www.jens-buehler.de

Alle in diesem Buch geschilderten Handlungen und Personen sind frei erfunden. Ähnlichkeiten mit lebenden oder verstorbenen Personen wären zufällig und nicht beabsichtigt.

Lizenzausgabe des Belle Époque Verlags, Dettenhausen, mit freundlicher Genehmigung des Autors.

Lektorat / Korrektorat: Christian Reichenbach
Innenlayout und Schriftsatz: Hans-Jürgen Maurer
Coverdesign: © Adanto (99designs)
Umschlaggestaltung: Belle Époque Verlag

Herstellung: Custom Printing, Warszawa, Polen

ISBN: 978-3-96357-160-2

Prolog

01.12.2021, 01:24 Uhr

Seit seiner Jugend wandelte Sepp Reisiger an der Grenze zur Fettleibigkeit, wie eine Art Blade Runner des Rohrzuckers, immer kurz davor, in die völlige Verfettung abzugleiten.

Alle mögliche Diäten hatte er im Laufe der Jahre ausprobiert. Aber nach kurzzeitigen Erfolgen war früher oder später der Moment gekommen, in dem er sich selber boykottiert hatte.

Daran änderte sich auch heute Nacht nichts.

Wie ferngesteuert verließ er seinen Arbeitsplatz, ging auf den Flur und warf mechanisch Geld in den Süßigkeitenautomaten. Statt an dem extra zur Arbeit mitgebrachten Gemüse zu knabbern, zog er sich mehrere Schokoladenriegel.

Heute hatte er Nachtschicht, da durfte man das. Irgendwoher musste die Energie ja kommen.

Solche und ähnliche Ausreden waberten ihm durch den Kopf.

Wenig später lagen auf seinem Arbeitsplatz vier zerknüllte Schokoriegelverpackungen, die er ungläubig anstarrte, als wäre er soeben aus einer Trance erwacht.

Zwei Minuten befriedigte Gier und als Lohn ein stundenlanger Katzenjammer inklusive Depressionsschub.

Alles wiederholte sich, folgte dem ewig gleichen Muster.

Es war hoffnungslos.

Seufzend warf er die Verpackungen in den Papierkorb, rückte missmutig den Stuhl zurecht und sah auf seine beiden Monitore.

Der rechte Bildschirm zeigte eine nautische Karte der Deutschen Bucht. Auf dem Linken hatte er sich den Ärmelkanal aufgeschaltet.

Während auf dem rechten Bildschirm lediglich ein paar verschiedenfarbige Dreiecke zu beobachten waren, überlagerten sich Dutzende davon gegenseitig im Ärmelkanal.

Jedes größere Schiff verfügte über ein automatisches Schiffsidentifizierungssystem, welches permanent Daten übermittelte. Aktuelle Position, Fahrt über Grund, Tiefgang, Kielrichtung, Ladung, Zielhafen, Rufname des Schiffes waren nur einige der Informationen, die ständig vom AIS aktualisiert und übertragen wurden und die sich hinter den Dreiecken verbargen, die Reisiger auf seinen Bildschirmen beobachtete.

Seit drei Jahren arbeitete Reisiger bei der Seenotleitung in Bremen, dem einzigen deutschen Maritime Rescue Coordination Center, das vorrangig für alle nationalen Seegebiete in Nord- und Ostsee zuständig war.

Den dramatischsten Notruf in Reisigers bisheriger Karriere hatte er vor zwei Monaten entgegengenommen.

Ein kleines Mädchen hatte per Satellitentelefon angerufen. Ein Gespräch, das er so schnell nicht vergessen würde.

»Hier ist Bremen Rescue«, hatte sich Reisiger damals wie üblich gemeldet.

»Mein Papa wacht nicht mehr auf. Das Boot brennt. Es raucht so stark. Ich weiß nicht, was ich machen soll. Papa hat gesagt, ich soll die Nummer anrufen, wenn wir Probleme haben.«

Reisiger saß augenblicklich kerzengerade im Stuhl. »Wie ist der Name eures Bootes?«

»Anna Maria II.«

Sofort gab er den Namen in das AIS-System ein.

Die Karte zeigte ihm ein kleines gelbes Dreieck an, auf das er mit dem Mauspfeil klickte. Es war die Anna Maria II. Eine fünfzehn Meter Segeljacht, die aktuell fünfzig Seemeilen nordwestlich von Tobago lag und momentan keine Fahrt machte.

Reisiger schnippte mehrmals mit den Fingern.

Zwei Kollegen verließen ihre Arbeitsplätze und kamen zu ihm.

Er zeigte auf die Schiffsdaten. »Feuer an Bord. Mindestens zwei Personen in Seenot. Mindestens eine Person verletzt.«

Das reichte als Erstinformation. Die Kollegen würden unverzüglich Kontakt mit der Seenotleitung in Tobago herstellen und die nötigen Schritte veranlassen.

»Wie ist dein Name?«

»Frauke.«

»Wo bist du genau auf dem Boot, Frauke?«

»An Deck. In der Kajüte unten brennt es.«

»Wo ist dein Papa?«

»Auch an Deck.«

Das war schon mal eine gute Nachricht. Er schätzte Frauke auf zehn Jahre. Sie würde es nicht schaffen, einen erwachsenen Mann aus der Kajüte an Deck zu ziehen.

»Alles wird gut. Euch wird nichts geschehen«, beruhigte er das Kind. »Habt ihr beide eure Schwimmwesten an?«

»Ja.«

»Sind sie vorne zugebunden? Das ist sehr wichtig.«

»Ja, ja.«

»Gut. Ich vertraue dir. Hilfe ist unterwegs. Aber es wird leider noch einige Zeit dauern, bis sie da sind.«

»Ich weiß.«

»Gibt es weitere Personen an Bord?«

»Nein, nur Papa und ich.«

»Wie ist dein Papa verletzt? Kannst du …«

Ein greller Schrei des Mädchens unterbrach ihn.

»Was ist passiert?« Reisiger zwang sich, seiner Stimme einen ruhigen Klang zu geben.

»Es hat geknallt. Jetzt brennt das ganze Schiff«, schrie das Mädchen.

Er hörte sie weinen.

Vielleicht war eine Gasflasche aus der Kombüse explodiert.

»Aua, aua. Es ist so heiß.«

»Hör mir zu! Ihr müsst sofort ins Wasser. Versuch, deinen Vater von Bord zu rollen, und spring hinterher.«

»Ich habe Angst«, kreischte das Mädchen.

»Frauke! Ihr müsst von Bord. Im Wasser bleibst du bei deinem Vater. Sorge dafür, dass er auf dem Rücken schwimmt. Jetzt! Sofort!«

Reisiger hörte ein polterndes Geräusch.

Sekunden später die gedämpfte Stimme des Mädchens. Vermutlich hatte sie das Telefon fallen lassen.

»Er ist zu schwer. Ich kann ihn nicht bewegen«, schrie sie.

»Dann musst du alleine springen«, krächzte er.

»Papa, Papa, wach auf. Wir müssen ins Wasser.«

»Spring alleine.« Ihm wurde bewusst, dass sie ihn sicher gar nicht hören konnte. Er stand auf und brüllte in sein Headset. »Kind! Geh von Bord! Du musst springen.«

Die Verbindung riss ab.

Er ließ sich auf seinen Stuhl fallen und zog sich das Headset vom Kopf.

Das war's. Jetzt gab es für ihn nichts mehr zu tun.

Zwei Stunden saß er nahezu unbeweglich auf dem Bürostuhl und starrte auf das kleine gelbe Dreieck auf dem Bildschirm, während er zeitgleich mit den Fingern gedankenverloren in einer Chipstüte herumfischte, die bereits lange leer war.

Dann erreichte ihn die erlösende Nachricht von der Seenotleitung aus Tobago, dass zwei Personen gerettet werden konnten. Dem Mädchen war es anscheinend im letzten Moment gelungen, ihren Vater von Bord zu schaffen. So wie es aussah, litten beide unter einer Rauchvergiftung, würden sich aber erholen.

Das war sein bisher aufregendster Einsatz gewesen.

Reisiger liebte seinen Job, weil er ihm das Gefühl gab,

etwas wirklich Sinnvolles zu tun. In seinem Bekanntenkreis konnten das wenige von ihrer Arbeit behaupten.

Die heutige Nacht war bisher ruhig geblieben.

Gelangweilt beobachtete er den fließenden Schiffsverkehr im Ärmelkanal. Es erweckte den Eindruck, dass sich die Containerschiffe bei der Passage stapelten.

Er sah auf die Uhr. Es war kurz vor halb zwei und das bedeutete, die Nacht war noch lang. Sollte er einen Kaffee trinken oder lieber einen weiteren Schokoriegel essen? Nein, besser ...

Ein kurzer Piepton unterbrach seine Überlegungen.

Auf dem Bildschirm, der die Deutsche Bucht zeigte, poppte eine gelbe Warnmeldung auf. Eine gelbe Meldung war kein Notfall, aber es konnte sich einer daraus entwickeln.

Er klickte die Meldung an.

AIS-Signal lost
unknown issue

Schiffe verloren gelegentlich ihr AIS Signal, zumeist aufgrund technischer Defekte.

Er rief die Schiffsdaten auf.

Bei der *Casandras Dream* handelte sich um einen 150.000-Tonnen-Tanker unter philippinischer Flagge, der Schweröl gebunkert hatte. Einen Großteil der Ladung hatte die *Casandras Dream* in Wilhelmshaven gelöscht. Aktuell befand sie sich mit dem Rest auf dem Weg nach Tórshavn, der Hauptstadt der Färöer.

Die letzte übermittelte Position lag in der Nähe der Doggerbank. Dieser Bereich der Nordsee gehörte zwar nicht mehr zum deutschen Staatsgebiet, aber noch zur sogenannten *Ausschließlichen Wirtschaftszone Deutschlands*. Wenn hier etwas geschah, war daraus eine deutsche Zuständigkeit ableitbar.

Der Ausfall des AIS-Systems bedeutete für sich allein genommen noch nicht viel. Allerdings machte die Schweröllladung des Tankers ihn zu einer schwimmenden potenziellen Umweltkatastrophe. Da konnte man nicht vorsichtig genug sein, und nachzufragen tat niemanden weh.

Er klickte auf einen Button mit der Aufschrift DSC.

Der moderne Funkverkehr war sehr komplex. Damit die großen Schiffe keinen Funkoffizier mehr benötigten, der die Aufgabe besaß, permanent den Funk zu überwachen, wurde das Digital Selective Calling System eingeführt.

Auf der *Casandras Dream* klingelte in diesem Augenblick das Funkgerät, ganz so, als wäre es ein Telefon. Nun wusste jeder auf der Brücke des Schiffes, dass das Maritime Rescue Coordination Center Bremen sie über Funk zu sprechen wünschte.

Reisiger ließ es eine Minute klingeln, aber eine Antwort blieb aus.

Er erneuerte den Sprechwunsch.

Niemand antwortete.

Die Brücke eines Schiffes musste rund um die Uhr besetzt sein. Ebenso war es Pflicht, auf einen eingehenden Funkspruch einer Rescue Station zu reagieren.

Reisiger ließ sich erneut die Schiffsdaten anzeigen. In den meisten Fällen gab die Rederei die telefonische Erreichbarkeit des Kapitäns an. So war es auch hier.

Er schaltete sein Headset auf das Telefon um und wählte die Satellitentelefonnummer.

Der Anruf ging nicht durch.

Eine modulierte Computerstimme erklärte ihm, dass derzeit keine Verbindung mit dem gewünschten Teilnehmer hergestellt werden könne.

Möglicherweise war das Telefon des Kapitäns ausgeschaltet oder defekt. Auf hoher See gab es ansonsten wenig Empfangsprobleme.

Blieb ihm nur noch eine Möglichkeit.

Er würde die *Casandras Dream* offen über Grenzwelle rufen und wählte dafür einen für Notfälle vorgesehenen Kanal aus.

»*Casandras Dream. Casandras Dream*. Bremen Rescue is calling.«

Nach einer halben Minute wiederholte er seinen Sprechwunsch.

»*Casandras Dream. Casandras Dream*. Bremen Rescue is calling. You have lost your AIS-System. Do you copy?«

Keine Reaktion.

»So ein Dreck.«

Nur gut, dass solche Entscheidungen nicht von ihm getroffen werden mussten. Schickten sie Rettungskräfte und es stellte sich heraus, dass auf dem Tanker alles seine Ordnung hatte, würden sie sich um die Kostenübernahme mit der Reederei streiten müssen. Verzichteten sie auf einen Einsatz und es kam zu einer Katastrophe, war das Geschrei groß und alle würden die Verantwortung bei ihnen suchen.

Er drehte sich auf seinem Stuhl um und hob die Hand. »Peter. Komm mal bitte. Ich habe hier ein Problem.«

Peter Deuter war der Schichtleiter und für die unangenehmen Entscheidungen zuständig. Er war achtundfünfzig Jahre alt und früher Kapitän auf einem Containerschiff gewesen. Sein Gesicht leuchtete in einem feurigen Rot, als wäre er ein Alkoholiker mit langjähriger Berufserfahrung oder von ewiger tiefer Scham ergriffen.

Reisiger wusste, dass weder das eine noch das andere stimmte.

Als Peter sich neben ihn gestellt hatte, erläuterte er ihm sein Problem.

»Das muss alles nichts heißen. Aber seltsam ist es schon, dass ich den Pott nicht erreichen kann«, beendete er seinen Vortrag.

Peter kraulte sich am Bart und sah dabei gedankenverloren auf Reisigers Bildschirm. Dort gab es bis auf das blinkende Dreieck und der Warnmeldung nichts zu sehen.

Es war klar, was in Peter vorging.

Auf der einen Seite war bis jetzt nichts passiert. Anderseits handelte es sich um einen Tanker, was bedeutete, wenn etwas geschähe, dann richtig.

»Gut«, sagte Peter nach einer Weile, ohne den Bildschirm aus den Augen zu lassen. »Die müssen die Brücke besetzt halten und auf den Funk reagieren. Für einen unnötigen Einsatz übernimmt die Rederei die Kosten. Das ist ihr Problem.« Er sah Reisiger an. »Schick einen Seenotkreuzer in die Richtung und einen SAR-Hubschrauber aus Nordholz. Nur für den Fall der Fälle. Wenn da was den Bach runter geht, will ich nicht derjenige sein, den man ans Kreuz nagelt.«

»Und was machst du?«, fragte Reisiger.

»Ich habe ein blödes Gefühl im Bauch. Ich informiere vorsichtshalber das Havariekommando in Cuxhaven und bereite sie darauf vor, dass sie heute Nacht eventuell richtig Arbeit bekommen.«

Das mit dem blöden Gefühl konnte Reisiger nur unterschreiben.

Er wählte als Erstes die Rufnummer des Marinefliegergeschwaders in Nordholz. Gerade als er das Freizeichen hörte, wurde ihm schwarz vor Augen.

Das musste ein Schlaganfall sein!

Starr vor Schreck saß er da, umklammerte den Hörer dermaßen fest, dass er den Kunststoff knacken hörte.

Das war ein Schokoriegel zu viel gewesen und jetzt erhielt er die längst überfällige Quittung für seine Gier.

»Was für eine Scheiße ist das?«, rief ein Kollege von einem anderen Arbeitsplatz.

Reisiger atmete erleichtert aus.

Kein Schlaganfall, sondern ein Stromausfall.

Er hob den Hörer ans Ohr. Nichts. Totenstille.

Die Dunkelheit um ihn herum wurde nur durch das schwache Leuchten des Notausgangsschildes aufgehellt, welches über der Tür zum Flur hing.

Nachdem er aufgelegt hatte, griff er sich sein Handy, das neben der Tastatur auf dem Schreibtisch lag.

Kein Netz.

Die Kollegen um ihn herum benutzten ihre Handys als Taschenlampenersatz. Überall wackelte der Lichtschein von kleinen Lampen unkontrolliert hin und her und verursachte ein wirres Schattenspiel.

»Das gibt es doch nicht!«, rief Peter.

Reisiger erkannte, dass sein Vorgesetzter an der Fensterfront stand.

Wie die meisten anderen verließ er seinen Arbeitsplatz und ging zu ihm.

Als er Peters Position erreichte und aus dem Fenster sah, begriff er, was sein Chef zu dem Ausruf bewogen hatte.

Wegen Umbauarbeiten im Stammsitz war das Maritime Rescue Coordination Center vor einigen Monaten vorübergehend in die fünfzehnte Etage des Siemens-Hochhauses eingezogen.

Reisiger ließ seinen Blick über die Stadt wandern.

Es schien, als hätte Gott höchstpersönlich den Stecker gezogen.

Die Abwesenheit von elektrischem Licht war irritierender, als er es sich vorgestellt hätte.

Auf der Hochstraße sah er Warnlichter von Autos blinken. Vermutlich war es durch den Ausfall der Ampelanlagen bereits zu den ersten Unfällen gekommen.

»Tja, mein Lieber«, sagte Peter. »Wenn du nicht zufällig eine Brieftaube zur Hand hast, würde ich sagen, dass sich bis auf Weiteres alle Maßnahmen erledigt haben.«

Reisiger fragte sich, ob der Süßigkeitenautomat auf dem Flur über eine eigene Notstromversorgung verfügte.

1 _ Achterbahn

Kai Dreem, 01.12.2021, 01:48 Uhr

Über der Nordsee regnete es stark aus einem dicht bewölkten lichtundurchlässigen Himmel, an dem weder Mond noch Sterne leuchteten.

Der Helikopter Airbus H145M donnerte mit zweihundertfünfzig Kilometern pro Stunde so knapp über einen Offshorewindpark hinweg, dass es bei Oberleutnant zur See Kai Dreem den Eindruck erweckte, er müsste nur seinen Arm ausstrecken, um die Rotoren der Windräder berühren zu können.

Mit einem Hubschrauber unter Gefechtsbedingungen in einen Einsatz zu fliegen, ähnelte einer Achterbahnfahrt, bei der allerdings spaßeshalber auf die Schienen verzichtet wurde.

Die Maschine ließ die Offshoreanlage hinter sich und sackte schlagartig bis auf eine Flughöhe von fünfzig Metern ab, was bei Dreem das Gefühl erzeugte, sich in einem abstürzenden Fahrstuhl zu befinden.

Er hasste das Fliegen. Wäre zu fliegen, sein Wunsch gewesen, hätte er sich bei der Luftwaffe verpflichtet. Aber er war nicht bei der Luftwaffe, sondern bei der Marine. Genauer gesagt war er Kommandoführer bei den Kampfschwimmern.

Der Name Kampfschwimmer suggerierte, dass es sich um eine Einheit handelte, die ausschließlich im Wasser Verwendung fand. In Wahrheit gab es mehr Einsätze an Land als auf dem Meer und Lasttransporte per Hubschrauber mit anschließendem Abseilen oder Fallschirmsprung gehörten regelmäßig mit dazu.

Es gab nur wenige Menschen in seinem privaten Umfeld,

die wussten, worin genau sein Job bei der Marine bestand. Diejenigen, die es wussten, zeigten sich irritiert, wenn sie erfuhren, dass er unter Höhenangst litt. Sie dachten, ein Kerl wie er hätte vor nichts Angst.

Natürlich war die Vorstellung, er wäre vollständig angstbefreit völliger Quatsch. Jeder geistig gesunde Mensch besaß Ängste. Was Angehörige einer Spezialeinheit von den meisten anderen Menschen unterschied, war eine außergewöhnlich hohe Stressstabilität und Leidenstoleranz. Auch wenn ihnen die Angst im Nacken saß, blieben sie handlungsfähig.

Die Angst, die ihm die Höhe bereitete, sorgte für ein unangenehmes Kribbeln im Bauch, aber sie beherrschte ihn nicht. Kein Grund, sich dafür zu schämen, zumal es genügend Situationen gab, in denen der Durchschnittsbürger völlig eskalieren würde und die bei ihm lediglich leichten Stress auslösten.

Zum Beispiel bei dem Ausbooten aus einem U-Boot über ein Torpedorohr.

Wenn er mit seiner Tauchausrüstung in der engen schwarzen Röhre lag und die Ventile sich zum Fluten des Torpedorohres öffneten, ging ihm kaum der Puls hoch.

Der Pilot des Hubschraubers sprach ihn über den Bordfunk an: »EMA steht. Drohnenüberwachung meldet: Keine Personen an Deck. Vor einigen Minuten hat die Seenotleitung in Bremen versucht das Schiff zu rufen. Von dort wurde der Verlust des AIS-Signals bemerkt. Die Kontaktaufnahme zum Schiff wurde blockiert. Fünf Minuten zum Ziel.«

»Verstanden«, quittierte er.

Bereits vor ihrem eigenen Start war eine Drohne von einem Flugfeld in Eckernförde gestartet und hing nun über dem Zielobjekt in Luft, einem Tanker mit dem Namen *Casandras Dream*.

Die Drohne lieferte mit ihren Infrarotkameras Aufklärungsbilder und besaß die Fähigkeit, das Schiff elektromagnetisch abzuschirmen, sodass für die Besatzung keine Kommunikation mehr möglich war.

Nur ihren eigenen Funkverkehr würde die Drohne nicht behindern.

Er betätigte die Sprechtaste für den Gruppenfunk und gab die Informationen an sein Team weiter.

Die Kameraden nickten.

Einige begannen damit, nochmals ihre Ausrüstung zu checken, indem sie diverse Verschlüsse prüften und das ein oder andere zurechtrückten.

»Vier«, sagte der Pilot.

Dreem zeigte vier Finger hoch.

Nun wurde es langsam ernst.

In den meisten Fällen blieb ihm Zeit, sich auf einen Einsatz vorzubereiten. In der Regel einige Tage.

Wie auch bei seinem letzten Einsatz, bei dem er mehrere Wochen in der Straße von Madagaskar damit verbracht hatte, Seeräubern das Leben schwer zu machen.

Zusammen mit einem Team der Navy Seals hatten er und seine Jungs Piratenschiffe sabotiert.

Oft agierten die Piraten mit einem Mutterschiff, von welchem die Schnellboote abgesetzt wurden, mit denen sie ihre Ziele angriffen. Ihr Auftrag hatte in dem Aufspüren solcher Mutterschiffe bestanden. Wenn eines ausfindig gemacht worden war, hatte sich ein Team unter Wasser mithilfe von Tauchscootern an das Piratenschiff angeschlichen und die Schiffsschrauben sabotiert. Damit war der Raubzug für die Jungs vorzeitig beendet gewesen.

Solche Einsätze waren die besten.

Man tat etwas Sinnvolles und niemand verlor sein Leben.

Männern wie ihm unterstellte man gerne, dass ihnen das Töten Freude bereitete. Richtig war, das Dreem töten konnte, wenn es sein musste, aber lieber verzichtete er darauf.

In den meisten Fällen hatte er also einige Tage Zeit, sich auf einen Einsatz vorzubereiten.

Heute war es hingegen ein regelrechter Kaltstart gewesen.

Zwischen Alarmierung und Abflug war nur eine Stunde vergangen.

»Drei«, sagte der Pilot.

Mit drei Fingern zeigte seinen Dreem seinen Leuten an, dass die Zeit ablief.

Das operative Ziel des Einsatzes war schnell erklärt.

Aufbringen des Tankers, bevor er den Einflussbereich der Bundesrepublik Deutschland verlassen konnte.

Was im Klartext bedeutete, Kontrolle über Schiff und Besatzung herzustellen.

Laut Einsatzbesprechung lagen nachrichtendienstliche Erkenntnisse vor, dass auf dem Tanker nicht nur Öl geladen war, sondern ein waffenfähiger Stoff transportiert wurde, der für einen terroristischen Anschlag benutzt werden sollte.

Um was für eine Art von Stoff es sich handelte, war unbekannt. Chemisch? Biologisch? Radioaktiv? Es konnte alles Mögliche sein.

Ebenfalls unbekannt war der Bestimmungsort. Der nächste Hafen, den die *Cassandras Dream* anlaufen würde, befand sich auf den Färöern. Kaum vorstellbar, dass dort ein Anschlag geplant war.

Auch wusste niemand, wo an Bord das Zeug versteckt sein sollte.

Allerdings war es nicht ihre Aufgabe, das Material zu finden und zu sichern. Ihr Auftrag bestand darin, die Brücke zu übernehmen und den Kahn zum Stoppen zu bringen.

Es gab mehrere Kameraden in seinem Kommando, die über die nötige Ausbildung verfügten, Schiffe dieser Größenordnung zu führen. Sie waren keine erfahrenen Steuermänner und sollten besser nicht versuchen, einen Tanker durch schwieriges Fahrwasser zu manövrieren. Aber, um ein Schiff zum Halten zu bringen oder auf hoher See eine Kursänderung einzuleiten, reichte es.

Grundsätzlich war das ein Einsatz für die GSG 9. Aber, da Zeit ein ausschlaggebender Faktor war, hatte man sich für die Kampfschwimmer entschieden. Sie waren räumlich näher dran und auf Situationen dieser Art von Haus aus vorbereitet.

Bei der Schiffsübernahme erwartete Dreem keine Gegenwehr.

Die Besatzungsstärke der *Casandras Dream* lag bei zweiundzwanzig Mann. Seiner persönlichen Einschätzung nach wussten vielleicht ein oder zwei Personen an Bord, was dort im Geheimen transportiert wurde, aber die meisten hatten sicher keine Ahnung davon. Zumindest schien es unwahrscheinlich, dass die gesamte Besatzung aus an die Zähne bewaffneten Superterroristen bestand.

»Zwei.«

Kameraden zogen die Steuerbord- und Backbordtür des Helikopters auf und machten die Winden zum Abseilen klar.

Kalter Wind und Regen schlugen Dreem ins Gesicht. Es roch nach Salzwasser.

Er zog seine Sturmmaske zurecht.

Auf eine Brille verzichtete er. Bei Regen behinderte sie mehr, als dass sie nutzte.

Die Brücke zu besetzen und das Schiff auf diese Art unter Kontrolle zu bringen, sollte kein Problem darstellen. Schwieriger würde es werden, die Besatzung festzusetzen.

Dreems Kommando bestand aus neun Soldaten, ihn mit eingerechnet. Somit blieb ihnen nichts übrig, als jede Person, die sie antrafen, zu überwältigen, mit Kabelbindern an Händen und Füßen zu fesseln und weiter vorzugehen. Einen anderen Plan gab es nicht. Um den Auftrag sauber abzuarbeiten, fehlte es ihm an Kräften.

»Eins, eins, eins«, sagte der Pilot.

Dreem betätigte die Sprechtaste des Gruppenfunks, um die Männer vorzubereiten. »Es geht los. Noch eine Minute«, sagte er.

Seine Leute nickten.

Er drückte eine andere Sprechtaste, um Verbindung mit der *Führungsgruppe* des *Kommando Spezialkräfte Marine* in Eckernförde herzustellen.

»Studio für Nordpol«, rief Dreem die Kommandozentrale.

»Studio hört. Sie sind gut aufzunehmen.«

»Wie ist die Bildübertragung der Helmkameras?«

»Wir haben neun klare Bilder.«

»Wir erreichen Ziel in weniger als einer Minute.«

»Verstanden.«

»Frage nach Unterstützung.«

»Wir arbeiten dran.«

Keine so gute Nachricht. Je länger sie auf sich allein gestellt blieben, umso schlechter. Verwunderlich war es allerdings nicht. Es gab nicht viel Marineschiffe, die sofort zur Verfügung standen und sich in der Nähe aufhielten. Eine Fregatte in der Ostsee half ihnen nicht weiter.

»Ich melde mich, wenn wir an Bord sind, Nordpol Ende.«

»Studio hat verstanden.«

Dass es ich bei dem zu kapernden Schiff um einen Tanker handelte, erleichterte die Aufgabe.

Der überwiegende Teil des Schiffes bestand aus Tankraum und war der Ladung vorbehalten. Nur am Heck des Schiffes gab es einen mehrere Stockwerke hohen Aufbau, der von der Besatzung genutzt wurde.

Brücke, Offiziers- und Mannschaftsquartiere, Aufenthaltsräume, Kombüse, Messe und unterhalb des Hauptdecks, sozusagen im Keller, der Maschinenraum. Alles befand sich in diesem, einem Wohnblock ähnelnden Aufbau, was das Gebiet eingrenzte, an dem sie nach der Besatzung suchen mussten.

Ein weiterer Vorteil der Schiffsbauart bestand in der Möglichkeit, mit etwas Glück unbemerkt an Bord zu gelangen.

Sie würden sich am Bug des Tankers auf das Deck abseilen.

Laut Einsatzbesprechung handelte es sich bei der *Casandras Dream* um ein Schiff der *Very-Large Crude Carrier Klasse* mit einer Länge von dreihundert und einer Breite von vierzig Metern, was bedeutete, dass die Brücke ein ganzes Stück von der Landezone entfernt lag.

Die *Casandras Dream* war im Jahr 2014 in Nagasaki vom Stapel gelaufen und von Mitsubishi Heavy Industries auf Kiel gelegt worden.

Schiffe dieser Klasse wurden modular gebaut. Kannte man eines, kannte man alle. Sie würden sich zurechtfinden.

Die Brücke war der einzige Ort, von dem aus sie bei ihrer Landung gesehen werden konnten. Ob da gerade jemand nach draußen sah, wenn sie abgesetzt wurden, war eher unwahrscheinlich. Die Nachtwache auf der Brücke würde sicher mit einem Auge Fernsehen schauen und mit dem anderen den Radar überwachen, außerdem gab es in der Nacht draußen wenig Spannendes zu beobachten.

Aber, selbst wenn jemand von der Besatzung aus dem Fenster sehen würde, sorgten die Dunkelheit und der Regen für Deckung.

Hören würde sie ohnehin niemand. Die See, der Wind, die Schiffsmaschinen, der isolierende Stahl der Bordwände. Da war der Lärm eines Hubschraubers ein Geräusch, das unter die Wahrnehmungsgrenze rutschte.

»Absetzen in zehn«, sagte der Pilot.

Die Zeit des Nachdenkens war vorüber.

»Wir gehen raus in zehn. In zehn!«, gab er die Information über Funk weiter.

Dreem stand von seinem Sitz auf und stellte sich an die Tür.

Oberbootsmann Weiger klopfte ihm von hinten auf die Schulter und gab ihm damit zu verstehen, dass er nun am Seil eingeklinkt war.

Wie immer würde er zusammen mit einem Kameraden auf der gegenüberliegenden Hubschrauberseite als Erster gehen.

Er sah nach unten.

Die schwarze Fläche des Meeres war verschwunden. Stattdessen sah er nun das Deck des Tankers, welches durch an der Reling eingebaute Strahler schwach beleuchtet wurde. Das Licht war hell genug, um auf die Nachtsichtgeräte verzichten zu können.

Der Pilot glich die Geschwindigkeit dem Schiff an und brachte die Maschine weiter runter.

Dreem zog Luft in die Lunge und atmete sie stoßweise wieder aus. Dabei schaute er nicht mehr nach unten, sondern auf eine kleine in Kopfhöhe angebrachte rote Lampe.

Das Licht wechselte die Farbe und leuchtete grün auf.

Ohne zu zögern, stieß er sich ab und ließ sich fallen.

Die ersten Meter waren die Schlimmsten. Es fühlte sich an, als würde er ungebremst aus zehn Metern Höhe auf das Deck aufschlagen.

Dann setzte die Mechanik der Gurthalterung ein und verzögerte seinen Fall.

Einen Augenblick später spürte er Boden unter den Füßen.

Er klinkte den Haken vom Seil aus, bewegte sich einige Meter in Richtung der Brücke und ging in die Hocke.

Weniger als eine Minute später war sein Team vollständig.

Der Pilot meldete sich.

»Ich gehe in den Orbit.«

»Verstanden.«

Der Hubschrauber würde in einigen Kilometern Abstand für maximal zwei Stunden den Tanker umkreisen. Danach war der Treibstoff so weit verbraucht, dass er zurückfliegen musste.

Der Wind hatte zwischenzeitlich annähernd Orkanstärke erreicht und schlug Dreem gehörig um die Ohren. Nur gut, dass Helikopter kaum anfällig gegen starken Wind waren.

Kurz sah er nach oben.

Die Maschine startete durch und verschmolz augenblicklich mit dem schwarzen Himmel.

Von den Rotoren war nichts mehr zu hören.

Jetzt gab es nur noch den Wind, den Regen und die aufgebrachte See, die mit Macht gegen die Bordwand schlug.

Er gab ein Zeichen und die Jungs setzten sich in Bewegung.

In gebückter Haltung liefen sie auf die Brücke zu.

Bald würden sie wissen, ob die Besatzung das Enterkommando an Bord bemerkt hatte.

Die meisten seiner Männer kannte Dreem seit Jahren, war zum Teil mit ihnen befreundet. Enge soziale Bindungen konnten im Einsatz ein Problem darstellen. Jetzt, wo es drauf ankam, durfte er die Kameraden nur noch als Soldaten sehen. Soldaten mit unterschiedlichen Fähigkeiten und Spezialisierungen.

Jeder seiner Männer war in einem oder mehreren Bereichen besonders qualifiziert. Scharfschütze, Sprengmeister, Bootsführer, Sanitäter, Minentaucher, Elektroniker, ABC-Waffen.

Je nach Situation stieg oder sank somit ihr Einsatzwert. Die Kunst lag darin, die Männer ihren Fähigkeiten entsprechend geschickt einzusetzen.

Persönliche Sympathie war zweitrangig.

Er drückte die Funktaste. »Studio für Nordpol.«

»Studio hört«, antwortete die Einsatzleitung.

»Absetzen ist erfolgt. Noch hundert bis Brücke. Bisher keine Bewegung.«

»Verstanden. Wahrnehmung deckt sich mit Aufklärung. Die Drohne kann keine Bewegung an Deck feststellen.«

Sie erreichten das Heck des Tankers. Dreem gab das Zeichen zum Halten und legte den Kopf in den Nacken.

Der Brückenaufbau besaß sieben Decks. Richtige Fenster existierten lediglich an der ganz oben gelegenen Brücke und ein Deck tiefer, wo sich bei Schiffen dieser Art in der Regel das Kapitänsquartier befand. Ansonsten gab es nur Reihen mehr oder weniger großer Bullaugen. Neben den Fenstern der Brücke waren lediglich einige Bullaugen beleuchtet. Der Großteil der Besatzung sollte in ihren Kojen liegen.

Dreem glaubte weiterhin nicht daran, dass sie Probleme bekommen würden. Und genau das konnte zu einem Problem werden, weil er bereits jetzt die Anspannung verlor, was der Nachlässigkeit den Weg ebnete. Es war nicht der Feind, der die schlimmsten Verluste verursachte. Es war die Nachlässigkeit.

Er drückte die Funktaste. »Studio für Nordpol. Position für Zugriff erreicht.«

Keine Reaktion.

»Studio für Nordpol.«

Stille.

»Studio für Nordpol.«

Wieder keine Antwort.

»Sirius für Nordpol.«

»Sirius hört.«

Den Hubschrauber erreichte er, damit war gesichert, dass sein Funkgerät funktionierte.

»Ich habe den Kontakt zu Studio verloren.«

»Das haben wir mitbekommen. Brechen Sie den Einsatz ab?«

»Ich entscheide in fünf.«

Er sah auf seine Funktionsuhr.

In fünf Minuten würde er nach eigenem Ermessen eine

Entscheidung fällen. Eine Aktion in der Bewegung zu stoppen, war selten eine gute Idee, aber ihre momentane Position war verdeckt und Dreem glaubte nicht, dass die Besatzung sie entdeckt hatte.

Die Frage war, wie er sich entscheiden sollte, wenn es ihm nicht mehr gelang, Verbindung zur Einsatzleitung herzustellen.

Ohne Kommunikation erhöhte sich das Risiko.

Allerdings galt dies im Wesentlichen für komplexe Kampfeinsätze. In einer sich ständig verändernden dynamischen Lage konnten fehlenden Informationen über Leben und Tod entscheiden.

Hier sah es etwas anders aus.

Es bestand weiterhin Kontakt zu ihrem Transportmittel, was der wichtigste Punkt war.

In gewisser Weise war die Lage als statisch zu betrachten. Es war kaum vorstellbar, dass sie von der Einsatzleitung Informationen erhalten würden, die einen dramatischen Einfluss auf ihre geplante Taktik besäßen.

Außerdem musste die Sache wichtig sein.

Die schickten keine Kampfschwimmer los, um einen Tanker zu entern, wenn es keinen gewichtigen Anlass dafür gäbe.

Er betätigte den Gruppenfunk.

»Wir haben den Kontakt zum Studio verloren. Grund unbekannt. Kontakt zu Sirius besteht weiter. Wir warten fünf Minuten. Danach gehen wir rein. Mit oder ohne Funkkontakt.«

Er sah auf seine Uhr.

Keiner der Männer rührte sich auch nur einen Zentimeter.

Der Wind schlug ihm Regen ins Gesicht.

Zwanzig Meter unter ihnen tobte die See.

Noch drei Minuten.

Kurz vor Ablauf der Zeit, würde er einen letzten Versuch starten, die Einsatzleitung zu erreichen.

In einer Situation wie dieser schien die Zeit stillzustehen.

Schade, dass der Effekt nicht eintrat, wenn man es etwas Schönes erlebte.

Die Zeit lief ab.

»Eine Minute«, gab er über den Gruppenfunk bekannt.

Das Funkgerät meldete sich.

»Nordpol für Studio.«

Da waren sie ja wieder. »Nordpol hört.«

»Wir hatten ein Problem mit der Drohne. Die Abschirmung hat unseren eigenen Funk blockiert. Jetzt haben wir es im Griff.«

Na, hoffentlich.

Elektronische Kampfführung war super, solange der Krempel funktionierte. Ansonsten kam man leicht an einen Punkt, wo einem jeder Trottel mit einer Keule überlegen war. Die funktionierte nämlich garantiert.

»Verstanden. Sind bereit für Zugriff.«

»Halten Sie Ihre Position. Sie erhalten gleich ein weiteres operatives Ziel.«

»Verstanden. Halten Position.«

Dreem wechselte zum Gruppenfunk.

»Studio ist wieder online. Freigabe für Zugriff noch nicht erteilt. Wir erhalten weiteres operatives Ziel.«

Also weiter warten.

Er spürte eine Hand auf seiner Schulter. Es war Tango, der jetzt neben ihm kniete.

»Irgendwie läuft es nicht rund«, flüsterte Tango.

Dreem nickte und Tango zog sich wieder zurück.

Der Kamerad hatte recht. Es lief nicht rund, hoffentlich setzte sich das nicht als Trend fort.

»Nordpol für Studio.«

»Ich höre«, meldete sich Dreem.

»Stellen Sie mich durch auf den Gruppenfunk.«

Dreem drückte die notwendige Taste. »Sie sind durchgestellt.«

»Hier ist Studio an alle. Hier ist Studio an alle. Nach neuesten Erkenntnissen befindet sich eine Zielperson an Bord, welche Angehörige einer terroristischen Vereinigung ist, die staatsgefährdende Gewalttaten plant. Bei der Zielperson handelt es sich um den deutschen Staatsbürger Professor Gerhard Scheuer. Scheuer ist neunundvierzig Jahre alt, 175 cm groß und hat dunkelblonde Haare, die er vermutlich schulterlang trägt. Ein aktuelles Foto wird Ihnen übermittelt. Ihr Auftrag lautet, die Zielperson in Gewahrsam zu nehmen. Ein unverzüglicher Abtransport der Zielperson mittels Hubschrauber ist avisiert. Ursprüngliches Einsatzziel hat weiterhin Bestand. Zugriff ist freigegeben nach eigenem Ermessen. Studio, Ende.«

»Verstanden Studio.«

Der Zusatzauftrag war überschaubar. Da sie ohnehin der Besatzung habhaft werden mussten, würde sich ohne Mehraufwand herausstellen, ob sich der Mann an Bord aufhielt.

Ein deutscher Professor als Terrorist? Das war eindeutig mal etwas Neues. Wenn sich ein Terrorist an Bord befand, könnten es auch mehrere sein. Vielleicht mussten sie doch mit Widerstand rechnen.

Dreem gab Catweazle ein Zeichen, damit er die Tür öffnete.

Catweazle, der seinen Spitznamen der Vorliebe für Kröten als Haustiere verdankte, war Techniker und Sprengmeister. Sofort machte er sich an der Tür zu schaffen und drehte vorsichtig an einem Metallrad, um sie zu entriegeln.

Wie erwartet, ließ sie sich problemlos öffnen. Auf hoher See gab es für gewöhnlich keine Einbrecher zu befürchten.

Da der Einsatz im Inneren eines Schiffes stattfinden würde, hatte Dreem sich dafür entschieden, die Männer mit MPs und Pistolen auszurüsten.

Vor ihnen erstreckte sich ein zwanzig Meter langer Korridor.

Die Beleuchtung war der Tageszeit angepasst und entsprechend gedimmt. An den Wänden prangte an verschiedenen Stellen eine große Null, was anzeigte, dass sie sich auf Höhe des Hauptdecks befanden. Hier gab es nur Lager- und Technikräume.

Die Maschinenpistolen im Anschlag liefen sie in einer Kette zügig den Gang entlang.

Nach fünfzehn Metern erreichten sie ein Treppenhaus, das hinunter in den Maschinenraum oder aufwärts zu den Quartieren und der Brücke führte.

Da jegliche Art der technischen Überwachung von der Brücke aus erfolgte, war der Maschinenraum über Nacht unbesetzt.

Sie nahmen die Treppe nach oben. Die Gruppe war zu klein, als dass er Kräfte dafür verschwenden konnte, einen Ort zu überprüfen, an dem zur Nachtzeit niemand etwas verloren hatte.

Als sie Deck Drei erreichten, wurde es interessant.

Hier befand sich die Messe. Der Ort, an dem die Besatzung verpflegt wurde und der oft als Fernsehzimmer diente.

Die Mannschaftsquartiere lagen noch ein Deck höher.

Als sie das Treppenhaus verließen, hörte Dreem mehrere Männer in einer asiatischen Sprache sprechen. Sie unterhielten sich laut und hektisch, fielen sich gegenseitig ins Wort.

Bevor sie die Messe stürmten, musste er erst sicherstellen, dass in den anderen Räumen, die es auf diesem Deck gab, keine Überraschung auf sie wartete.

Er erteilte zwei seiner Jungs den Auftrag, sich umzusehen. Auf dem Deck gab es außer der Messe noch die Kombüse, Lagerräume sowie einen Trainingsraum mit Sportgeräten.

Kurze Zeit später kamen die beiden Soldaten zurück und signalisierten: keine Feststellungen.

Damit blieb nur die Messe als Hotspot übrig. Je mehr sie von der Mannschaft mit einem Schlag unter Kontrolle bringen konnten, umso besser.

Er gab Tango ein Zeichen, der öffnete die Tür zur Messe einen Spalt weit und Dreem warf eine Schockgranate in den Raum.

Sie hielten sich die Ohren zu, während die Granate im Inneren der Messe dreimal in kurzer Folge knallte und aufblitzte. Nachdem der letzte Knall verklungen war, drückten Sie die Tür auf und stürmten hinein.

In der Messe hielten sich mindestens ein Dutzend Seeleute auf, von denen sich die Hälfte orientierungslos auf dem Boden wälzte.

Auf Englisch schrien sie die Männer an, sich auf den Bauch zu legen und die Hände hinter dem Kopf zu verschränken. Im Prinzip waren die Kommandos überflüssig. In den nächsten Minuten würden die Matrosen ohnehin nichts hören können.

Die Seeleute, die noch auf ihren Stühlen saßen, ließen sich ohne Gegenwehr zu Boden ziehen und widerstandslos fesseln.

Die Aktion hatte keine zwei Minuten gedauert.

Eine Zählung ergab, dass sie vierzehn Mann unter Kontrolle gebracht hatten. Wie es aussah, waren es ausschließlich Asiaten, womit feststand, dass sich ihre Zielperson nicht unter den Gefangenen befand.

Er gab der Hälfte seiner Männer die Anweisung, sich um die Mannschaftsquartiere zu kümmern. Oberbootsmann Weiger führte die Gruppe an.

In der Messe lief auf einem überdimensionierten Fernseher eine Sportübertragung. Zwei Thaiboxer prügelten sich gegenseitig die Seelen aus dem Leib, während ein Reporter hektische Kommentare von sich gab.

Dreem ließ den Fernseher abschalten.

»Chef?«, meldete sich Weiger nach einigen Minuten über Funk.

»Ich höre«, antworte Dreem.

»Wir haben sechs Personen festgesetzt. Augenscheinlich

handelt es sich um Nordeuropäer. So wie es aussieht die Offiziersgilde.«

»Bringt sie runter zur Messe.«

»Verstanden.«

Wenig später wurden die Gefangenen aus den Mannschaftsquartieren von seinen Leuten in die Messe geführt. Bei allen waren die Hände mit Kabelbindern auf den Rücken gefesselt.

Dreem erkannte Professor Scheuer sofort. Die Beschreibung passte. Er war der Einzige, der die Haare bis zu den Schultern trug und mehr wie ein Nerd als wie ein Seefahrer aussah.

Der Mann präsentierte sich in schlechter Verfassung. Die Haare strähnig, die Augen unterlaufen, Schweißtropfen perlten auf seiner Stirn. Er wirkte, als hätte er seit einigen Tagen keinen Schlaf gefunden.

Um sicherzugehen, ob es sich wirklich um die Zielperson handelte, würde er sich das Foto ansehen, dass sie von der Einsatzleitung übermittelt bekommen hatten.

An Dreems linkem Unterarm war ein kleines, durch eine Panzerhülle geschütztes Tablet befestigt. Er drückte einige gummierte Tasten, der Bildschirm leuchtete auf und zeigte das Foto von Professor Scheuer.

Kein Zweifel. Das war ihr Mann.

Es wurde Zeit, Bericht zu erstatten.

»Studio für Nordpol.«

»Studio hört.«

»Bis jetzt haben wir neunzehn Mann der Besatzung festgesetzt. Kein Widerstand, keine Verluste. Zielperson ist in Gewahrsam.«

»Ja, das haben wir bereits über die Helmkameras gesehen. Sehr gute Arbeit, Nordpol.«

»Ich gehe davon aus, dass sich die restlichen drei Besatzungsmitglieder auf der Brücke aufhalten. Gibt es Befehle bezüglich des Abtransportes der Zielperson?«

»Bringen Sie das Schiff unter Kontrolle. Ändern Sie den Kurs auf Süd-Ost. Danach schicken wir den Helikopter.«

Er bestätigte den Befehl.

»Sind Sie der Befehlshabende hier?«, fragte der Professor mit gesenktem Kopf.

Dreem trat einen Schritt auf den Mann zu. »Sehen Sie mich an, wenn Sie mit mir reden wollen.«

Der Professor schüttelte den Kopf. »Ihr Kollege hat gesagt, dass es nur eine Bildübertragung gibt, keinen Ton. Stimmt das?«

»Ja.«

»Ich will nicht, dass mir jemand von den Lippen ablesen kann.«

»Was wollen Sie? Ich habe wenig Zeit.«

»Wir müssen das Schiff sofort verlassen.«

»Keine Sorge. Sie werden bald mit einem Hubschrauber ausgeflogen.«

»Sie haben keine Ahnung«, zischte Professor Scheuer. »Niemand wird ausgeflogen. Wenn wir nicht sofort von diesem Schiff runterkommen, sterben wir alle. Ich hätte auf Naira hören sollen. Sie hat mich gewarnt, aber ich dachte, ich sei schlauer als sie. Wie dumm von mir.«

Für so etwas hatte Dreem keine Nerven. Er ließ den Professor stehen.

»Tango, Catweazle und Pluto. Ihr kommt mit mir. Wir übernehmen die Brücke.« Er deutete auf Weiger. »Du hast hier das Kommando.«

Er verließ mit den Jungs die Messe.

»Wir sterben hier! Das ist kein Witz«, schrie Professor Scheuer ihm hinterher. »Du blöder Idiot! Wir werden hier alle verrecken!«

Sie hatten fast das Treppenhaus erreicht, als er Weigers Stimme hinter sich hörte.

»Chef, warte kurz.«

Dreem blieb stehen und drehte sich um.

Weiger hielt ihm einen durchsichtigen Sicherheitsbehälter aus Kunststoff in der Größe einer Zigarettenschachtel hin, in dem sich ein Tütchen aus Zellophan und ein schwarzer quaderförmiger Gegenstand befanden.

»Was ist das?«, fragte Dreem.

»Es war in Scheuers Kabine unter der Matratze versteckt. Er wollte unbedingt, dass wir das Zeug mitnehmen. Ich habe es vorsichtshalber ein bisschen besser verpackt.«

»Ich nehme an, du hast es auf Strahlung überprüft.«

»Das Zeug ist sauber.«

»Hast du ihn dazu befragt?«

»Ja, aber er hat nur gesagt, dass es meinen Horizont übersteigen würde.«

Dreem nahm den Behälter entgegen.

Der Inhalt des Tütchens bestand aus etwa zwanzig kleinen schwarzen Kugeln, die in ihrer Größe den Kügelchen in Tintenpatronen entsprachen. Bei dem Quader mochte es sich um einen Speicherstick handeln.

»Hast du eine Vorstellung, was das sein könnte?«, fragte der Oberbootsmann.

Dreem schüttelte den Kopf.

»Keinen Schimmer.«

»Vielleicht ist es das Zeug, weshalb wir hier sind.«

»Möglich. Aber wenn es sich um einen chemischen oder biologischen Kampfstoff handelt, ist es ziemlich schlecht verpackt.«

Dreem steckte den Behälter in eine Seitentasche seiner Hose und schloss den Reißverschluss.

»Was hältst du von dem Typ?«, fragte Dreem.

»Der wirkt, als hätte er die letzten Tage auf einer Ecstasy-Party verbracht. Total am Arsch.«

»Behalte diesen windigen Vogel im Auge.«

»Geht klar.«

Weiger ging zurück zur Messe, während Dreem die Einsatzleitung rief.

»Studio für Nordpol.«

»Studio hört.«

»Haben Sie den Behälter gesehen?«

»Ja.«

»In dem Behälter befinden sich eine Tüte mit kleinen schwarzen Kugeln und ein Gegenstand, der wie ein Speicherstick aussieht. Wir haben das bei der Zielperson gesichert.«

»In Ordnung Nordpol. Darum kümmern wir uns später.«

»Ist der Inhalt gefährlich?«

»Darüber liegen hier keine Informationen vor.«

»Verstanden.«

Dreem machte sich mit seinen Männern auf den Weg zur Brücke.

Einige Treppen später erreichten sie ihr Ziel. Die Tür zur Brücke.

Neunzehn Mann hatten sie in ihrer Gewalt. Fehlten noch drei. Darunter der Kapitän.

Vielleicht lag der in seiner Koje. Falls dem so wäre, würden sie ich um ihn als Letzten kümmern.

Die Männer bereiteten sich vor.

Er hob die rechte Hand, spreizte alle Finger ab und ballte sie zur Faust.

Zugriff.

Die Brückenbesatzung war so überrascht, dass keiner von ihnen einen Mucks von sich gab, als die Soldaten hereinstürmten.

Während die Männer damit beschäftigt waren, die Seeleute zu fesseln, schienen sich die Metallwände des Schiffes in eine gewaltige Pausenklingel zu verwandeln.

Ein sirrendes Geräusch kam aus allen Richtungen und wurde sekündlich lauter.

»Was ist ...«

Ein gewaltiger Knall.

Das Schiff vibrierte so stark, das Dreems Zähne aufeinander schlugen und er sich in die Zunge biss.

Noch ein Knall.

Er verlor den Halt, torkelte unkontrolliert nach vorne und musste sich an der Fensterfront der Brücke abstützen.

Irgendwie lag das Schiff unerwartet schief.

Er blickte durch das Fenster nach draußen und sah den Grund, auch wenn er ihn nicht begriff.

Auf halbem Weg zum Bug brach der Tanker auseinander. Als hätte die Faust eines Riesen in der Mitte auf das Schiff eingeschlagen, hoben sich Heck und Bug gleichzeitig an.

Der blöde Tanker war tatsächlich wie ein Spielzeug in zwei Teile zerbrochen, die bereits damit begannen, in die Tiefe zu sinken. Die Sache mit dem Auftrieb hatte sich für den Kahn erledigt und die Physik zeigte sich von ihrer bösen Seite.

»Wir müssen raus. Über die Nock!«, schrie Dreem.

Seine Männer handelten sofort, warfen ihre Waffen weg und rannten zur Nock auf der Steuerbordseite.

Er drückte die Funktaste. »Alle raus! Alle von Bord!«

Das Heck stellte sich weiter auf wie eine sich öffnende Klappbrücke.

Noch ein paar Grad mehr und er würde hier niemals wieder rauskommen.

Jetzt zählte jede Sekunde.

Wie auf einer Spielplatzrutsche krabbelte er auf allen Vieren über den schiefen Boden bergauf, schaffte es gerade noch, die Tür zur Nock auf der Backbordseite zu erreichen, und zog sich am Türrahmen weiter hoch.

Die Nock gab es an beiden Seiten des Schiffes. Dabei handelte es sich um eine Ausbuchtung der Brücke, die im Freien lag und wie ein Steg bis zur Schiffswand reichte. Sie wurde bei Andockmanövern genutzt und bot der Brückencrew einen guten Überblick über die jeweilige Bordwand.

Es war der einzige Punkt der Brücke, von dem es möglich war, direkt ins Wasser zu springen, auch wenn das nicht zu empfehlen war, da die Nock annähernd fünfzig Meter über dem Meeresspiegel lag, was in etwa der Weltrekordhöhe im High Diving entsprach. Hinzu kam, dass man beim High Diving nicht bei Sturm mitten in der Nacht in eine aufgewühlte, eiskalte See sprang.

Schon bei leichter Schieflage würde er sich alle Knochen beim Aufprall brechen.

Dreem hangelte sich an dem Geländer entlang. Er spürte, dass jemand hinter ihm war, weshalb er sich beeilen musste. Die Nock war schmal, und solange er nicht gesprungen war, konnte es niemand anderes tun.

Er erreichte das Ende der Nock, kletterte über das Geländer und sprang.

Während er fiel, versuchte er, seine Körperlage zu stabilisieren, um möglichst kerzengrade ins Wasser einzutauchen.

Der Fall schien ewig zu dauern.

War das Meer verschwunden?

Stürzte er ins Bodenlose?

In diesem Moment durchschlug er einem Meteoriten gleich die Meeresoberfläche. Im ersten Augenblick fühlte es sich an, als wäre er auf eine Betonplatte gesprungen.

Die Wucht des Aufpralls presste ihm die Luft aus den Lungen, Wasser drang ihm in Mund und Nase. Die Kälte der See quetschte sein Herz zusammen.

Seine Fahrt in Tiefe schien nicht enden zu wollen.

Er unterdrückte den Impuls, sofort loszuschwimmen. In jeder Richtung war es gleichmäßig schwarz, kein Licht, das ihm Orientierung bot.

Auch wenn es verrückt klang, konnte man tatsächlich in die falsche Richtung tauchen. Statt zur Oberfläche kämpfte man sich zum Meeresboden vor. Bemerkte man den Fehler, war es vielleicht zu spät, der Weg an die Oberfläche zu weit. Nicht wenige waren auf diese Weise bereits ertrunken.

Er versuchte, sich zu beruhigen, und wartete darauf, dass sein Gleichgewichtssinn sich an die neue Umgebung gewöhnt hatte. Dann schwamm er los und gab alles, was er hatte.

Der Weg an die Oberfläche erschien ihm endlos. Bei der Fallhöhe war er sicher mehr als fünf Meter eingetaucht.

Für einen Moment befürchtete er, doch in die falsche Richtung geschwommen zu sein.

Als er die Wasseroberfläche durchbrach, hustete er Wasser aus seinen Lungen und fing an zu kraulen, was das Zeug hielt.

Nur weg von dem Kahn.

Versank ein Schiff dieser Größe, sollte man sich nicht in der Nähe aufhalten.

Durch die beschädigte Hülle flutete Wasser die Hohlräume im Schiffsinneren, was mit immensem Druck geschah und eine Sogwirkung erzeugte. Wenn man Pech hatte, erging es einem, wie der Fliege in der Umwälzanlage eines Swimmingpools. Man wurde einfach ins Innere gezogen.

Es gab noch eine zweite Gefahr. Wo Wasser in einen Hohlraum eindrang, musste die Luft entweichen. Die ausströmende Luft verwandelte ein größeres Gebiet in einen gigantischen Whirlpool. Hierdurch entstand ein Wasser-Luft-Gemisch, das kaum Auftrieb bot. Man konnte schwimmen wie ein junger Gott und versank dennoch wie ein Stein.

Dreem schwamm, als wäre der Teufel hinter ihm her. Dabei wurde er fortwährend von Wellen angehoben und überspült. Es fühlte sich an, als ob er überhaupt nicht vorankäme. Immer wieder schluckte er Salzwasser.

Nach fünf Minuten wagte er es, mit dem Kraulen aufzuhören und auf der Stelle Wasser zu treten.

Er sah sich um.

Da war nichts.

Gleichgültig, in welche Richtung er blickte, von dem Tanker fehlte jede Spur. Nur schwarze Nacht und Wellen, egal wohin er sich wendete.

Er schrie in die Dunkelheit hinein, auch wenn es bei dem Getöse der See ausgeschlossen war, das ihn jemand hören würde.

Konnte es überhaupt Überlebende geben?

Er selber war entkommen, weil er, ohne zu zögern, direkt von der Nock ins Wasser gesprungen war. Hatten die anderen auf der Brücke das auch geschafft?

Für seine Leute und die Besatzung in den tieferen Decks sah es auf jeden Fall schlecht aus.

Die hätten zuerst über ein räumlich verdrehtes Treppenhaus auf das Hauptdeck gelangen müssen und das in kürzester Zeit. Kaum vorstellbar.

Hatte er einen Fehler gemacht? Traf ihn Schuld am Tod seiner Kameraden?

Vielleicht ja, vielleicht nein. Allerdings spielte das jetzt keine Rolle. Als Erstes ging es ums Überleben. Danach konnte er trauern und über Schuldfragen nachdenken.

Im Extremfall konnte er in voller Kampfmontur dreißig Kilometer weit schwimmen. Allerdings galt das für gute Wetterbedingungen, eine vernünftige Wassertemperatur und ruhige See. Unter den aktuellen Bedingungen würde es wohl nicht mehr als für zehn reichen.

Allerdings konnte er sich das Schwimmen sowieso sparen. Das nächstgelegene Festland lag mehr als zweihundert Kilometer entfernt.

Es gab jedoch eine gute Nachricht, die darin bestand, dass es unnötig war, um sein Leben zu schwimmen. Er würde über Funk Kontakt mit dem Hubschrauber herstellen und warten, bis die Jungs ihn aus dem Wasser fischten.

Erwartungsgemäß hatte sich sein Headset bei dem Sprung verabschiedet. Als er sich an den linken Oberschenkel griff, stellte er fest, dass die Tasche, in der das Funkgerät stecken sollte, leer war. Offensichtlich hatte er es bei seinem Turmsprung verloren.

Kein Drama.

An seiner ballistischen Schutzweste hing eine kurze, mit einer Öse versehenen Kordel, an der er zog. Eine Gaskartusche öffnete sich und pumpte zischend eine integrierte Schwimmweste auf. Mehrere LED-Lampen blinkten rot und verwandelten ihn in eine Art schwimmenden Weihnachtsbaum, während ein Sender damit begann, für die nächsten zweiundsiebzig Stunden ein Notsignal auszusenden.

Jetzt musste er nur noch auf das Taxi warten.

Der Hubschrauber konnte nicht weit entfernt sein.

Routinemäßig startete er einen Timer an seiner Funktionsuhr und ließ sich auf dem Rücken treiben, wobei der Neoprenanzug unter seiner Kampfmontur ebenfalls Auftrieb gab. Langsam bewegte er Arme und Beine, um die Muskulatur warmzuhalten, ohne dabei unnötig Kraft zu vergeuden.

Was in aller Welt war auf dem Schiff geschehen?

Das Auf und Ab der Wellen gepaart mit dem Salzwasser, das ihm im Sekundentakt ins Gesicht schlug, machte es ihm unmöglich, mehr als einen Satz am Stück zu denken.

Die Verarbeitung der Ereignisse musste verschoben werden. Zunächst galt sein einziges Interesse, aus der kalten Brühe rauszukommen.

Warten.

Wie ein Stück Holz im Wasser zu treiben, unfähig, selber etwas an der Situation zu ändern. So beschissen hatte er sich schon lange nicht mehr gefühlt.

Weiter warten.

Wo blieb der Hubschrauber?

Er blickte wiederholt auf seine Uhr. Der Timer zeigte zweiunddreißig Minuten und vierunddreißig Sekunden an. Eigentlich hätte das nur einige Minuten dauern dürfen. Maximal fünf bis zehn.

War es möglich, dass sein Notsignalsender defekt war?

Auszuschließen war das nicht, aber der Hubschrauber hätte trotzdem kommen müssen.

Den Untergang des Tankers konnten sie kaum verpasst haben. Der Auftrag, den der Hubschrauber in einem solchen Fall besaß, war eindeutig: die Suche nach Überlebenden und deren Bergung.

Das Wetter war beschissen, die Sicht ein schlechter Witz. Aber dafür leuchtete und blinkte seine Schwimmweste lustig vor sich hin und das Gebiet, in dem sich Überlebende befinden könnten, war überschaubar.

Er wartete weiter, sah sich um, ob noch anderer Stelle blinkende Westen zu sehen waren. Nichts.

Ein erneuter Blick auf die Uhr. Sechsundvierzig Minuten und achtzehn Sekunden.

Egal wie schmerzhaft es war, durfte man sich niemals der Realität verschließen.

Der Hubschrauber würde nicht mehr kommen. Das war Fakt eins.

Aus irgendeinem Grund war er verschwunden. Weg, futsch, abgehauen, nach Hause geflogen, weil sie dort aufs Klo mussten.

Keine Ahnung.

Er fror wie ein Schneider. Das war Fakt zwei.

Die Wassertemperatur betrug laut seiner Uhr zwölf Grad. Klang nicht so Furcht einflößend, war aber auf Dauer tödlich.

Aus diesen beiden Fakten ergab sich zwingend folgende Ableitung: Er saß richtig in der Scheiße.

Ohne den Neoprenanzug, den er unter dem Kampfanzug trug, wäre er in ungefähr zwei Stunden so weit unterkühlt, dass er das Bewusstsein verlieren würde.

Der Anzug schützte ihn, aber auch das hatte Grenzen. Vielleicht brachte ihm der Anzug eine weitere Stunde. Mehr Gewissheit konnte ihm seine Uhr liefern.

Mit zitternden Fingern versuchte er, das Menü zu bedienen. Als er es nach mehreren Anläufen schaffte, war der Erkenntnisgewinn niederschmetternd.

Die von ihm geschätzten drei Stunden besaß er nicht mehr. Eher ein bis zwei.

Seine Körpertemperatur hatte sich bereits auf fünfunddreißig Grad abgesenkt. Noch drei Grad weniger und die stärker werdende Hypothermie würde seinen Verstand vollends eintrüben und ihn am Ende in Ohnmacht fallen lassen. Allerdings wäre es dann auch mit dem Muskelzittern vorbei, was wenigstens eine gute Nachricht war.

Ein Hubschrauber vom Festland brauchte ungefähr zwei Stunden, um seine Position zu erreichen. Ging man davon aus, dass der sofort nach Untergang des Tankers gestartet war, müsste er noch etwa eine Stunde aushalten.

Allerdings reifte in ihm eine grauenhafte Gewissheit heran.

Es würde niemand kommen.

Einer der wichtigsten Aspekte in seinem Job war das Vertrauen. Wenn jemand sagte, spring, dann sprang man. Wenn jemand sagte, der Raum ist sicher, dann trat man ein. Das Vertrauen ging so weit, dass man sich auf die Sinne anderer verließ, als wären es die eigenen. Das tat man nicht, weil man hirnlos war, sondern weil es im entscheidenden Moment wertvolle Sekunden sparte, eine Situation nicht selber überprüfen zu müssen, um handlungsfähig zu sein.

Aber jetzt war dieses Urvertrauen in die eigenen Leute weg.

Der Transporthubschrauber war verschwunden und Dreem glaubte nicht daran, dass er abgestürzt sein könnte. Nein, die waren weggeflogen.

Wenn das stimmte, gab es keinen Grund, einen anderen

zu schicken, was bedeutete, dass jemand eine für ihn unangenehme Entscheidung getroffen hatte.

Sie ließen ihn hier verrecken.

Mit steifen Händen riss er einen Klettverschluss an seinem rechten Oberschenkel auf. Fast wäre ihm der zwanzig Zentimeter lange Zylinder aus der Hand geglitten, während er ihn aus der Tasche zog.

In dem Zylinder befanden sich zwei Fallschirmraketen.

Er hielt die Röhre so weit wie möglich vom Körper weg und feuerte die erste Rakete ab. Fauchend flog sie dreihundert Meter hoch, um dann rot glühend an einem Fallschirm ins Meer zu sinken. Etwa dreißig Sekunden lang war der Lichtschein viele Kilometer weit zu sehen.

Als sich Anja vor einem halben Jahr von ihm getrennt hatte, war sein Unwille, Kinder haben zu wollen, ein ausschlaggebender Grund für die Trennung gewesen. Nun zeigte sich, dass er sich richtig entschieden hatte. Wenn er schon vorzeitig Abschied vom Leben nehmen musste, war es besser, keine Kinder zu hinterlassen.

Eine noch viel bessere Entscheidung wäre es allerdings gewesen, wenn er sich rechtzeitig einen anderen Job gesucht hätte. Etwas ohne Testosteron. An irgendeinem Schreibtisch. Dann würde er jetzt in seinem Bett liegen und nicht wie ein beschissener Korken auf den Wellen tanzen.

Die Leuchtkugel war seit zwei Minuten verglüht. Zeit, die zweite in den Himmel zu schießen.

Vielleicht hatte jemand die erste Leuchtkugel nur aus den Augenwinkeln gesehen oder sie erst bemerkt, als sie bereits kurz vor dem Erlöschen war. In dem Fall konnte derjenige die zweite zur Peilung nutzen.

Er betätigte den Mechanismus und die Leuchtkugel schoss nach oben.

Für einige Sekunden roch es nach einer Mischung aus Salz, Seetang und Sylvester.

Hoch über ihm leuchteten die Wolken rot auf.
Eigentlich ganz hübsch anzusehen, so weit.
Die Leuchtkugel erlosch, es wurde dunkel.

2 _ Free-Solo

Malu Helland, 01.12.2021, 08:55 Uhr

Malu Helland saß an ihrem Arbeitsplatz, sah aus dem Fenster und tippte geistesabwesend mit den Fingern auf der Schreibtischplatte herum. Von ihrem Büro aus überblickte sie einen Teil des Dresdner Neumarkts. Einen großen, unregelmäßig geformten Platz im Herzen der Stadt. Würde sie sich etwas nach vorne beugen und nach rechts blicken, könnte sie die Frauenkirche sehen.

Für Helland war Dresden eine der schönsten Städte im Land. Sie durfte das sagen, schließlich stammte sie aus Hannover, war somit lediglich zugezogen und damit weniger befangen als die hiesigen Ureinwohner.

Sie war zehn Jahre alt gewesen, als ihre Eltern mit ihr und ihrem Bruder nach Dresden gezogen waren. Während der Osten immer mehr unter dem Exodus seiner Bevölkerung gelitten hatte, hatte Hellands Familie die Reise gegen den Strom angetreten.

Dass sie nach Dresden gezogen waren, hatte an dem Beruf ihrer Eltern gelegen, die beide als Restauratoren arbeiteten. Im Osten hatte es einiges zu restaurieren gegeben.

Bis vor einem Jahr hatte Helland an der Universität Leipzig am Institut für Kommunikations- und Medienwissenschaften Journalismus studiert und das Studium mit dem Master Titel abgeschlossen.

Während ihres letzten Studienjahres hatte sie ihre Befürchtung bestätigt bekommen, dass ein abgeschlossenes Studium im Bereich Journalismus noch lange keine Garantie für einen guten Job war. Insgeheim hatte sie gehofft, vielleicht doch Glück zu haben.

Helland hatte unzählige Bewerbungen geschrieben. Am Anfang hatte sie davon geträumt, für den *Spiegel* oder *Die Zeit* zu arbeiten, oder für eine der großen Tageszeitungen mit überregionaler Bedeutung.

Auf die meisten ihrer Bewerbungen erhielt sie nicht einmal eine Absage. Recht schnell schrumpften ihre Erwartungen und die Jobgesuche richteten sich an immer kleinere Redaktionen.

Am Ende war sie bei ihrem jetzigen Arbeitgeber gelandet, einem Start-up, welches sich einem eher zweifelhaften Geschäftsmodell verschrieben hatte. Die Firma, für die sie seit einem halben Jahr arbeitete, produzierte ein Gemisch von echten Pressemeldungen und Werbeanzeigen, das sie auf Internetseiten platzierte, die eine vorrangig junge Leserschaft besaßen. Der Trick bestand darin, dass die Werbeanzeigen zwar als solche ausgewiesen waren, sich im Layout und der Sprache nicht von einem journalistischen Artikel unterschieden. Ein unaufmerksamer Leser – an dieser Stelle kam die Jugend ins Spiel – konnte durchaus glauben, dass er einen echten Artikel las, was die Wirkung der Werbeanzeige deutlich erhöhte. Damit die Werbung noch schwerer als solche zu erkennen war, wurden Artikel journalistischer Berichterstattung mit eingestreut.

Diese Art der Werbung gab es bereits lange und die Konkurrenz war daher beachtlich. Der einzige Grund, warum die Firma existierte, waren drei größere Unternehmen, die ihre Anzeigen über Hellands Arbeitgeber schalteten. Sprängen die ab, sähe es mau aus. Genaugenommen konnte dem jungen, dynamischen Unternehmen jederzeit die Lebenskerze ausgeblasen werden.

Es gab lediglich einen Punkt, den sie an ihrer Arbeit schätzte, und das war der Umstand, dass sie in Dresden bleiben konnte. Viele junge Menschen zog es in die weite Welt hinaus. Helland hingegen brauchte das nicht. Natürlich würde sie für eine richtig gute Stelle auch nach München ziehen, aber sie zog ihre Heimat vor.

Ansonsten gab es wenig Positives zu erwähnen. Die Bezahlung war genauso bescheiden wie ihr Aufgabenbereich.

Die Echtmeldungen fielen in ihren Zuständigkeitsbereich, den sie sich mit weiteren fünf Kollegen und Kolleginnen teilte. In der Regel bestand ihre Arbeit darin, Meldungen der *Deutschen Presse Agentur* zu kopieren und in das für ihre Belange richtige Format zu bringen. Da die dpa-Meldungen als solche ausgewiesen wurden, ging das rechtlich in Ordnung.

Bei Ereignissen, von denen sie annehmen durften, dass sie ihr Zielklientel besonders interessierten, wurden die dpa-Meldungen ein wenig aufgehübscht.

Im Moment arbeitete Helland an einem Artikel zum großen Stromausfall der vergangenen Nacht, der die gesamte Nordseeküste von Ostfriesland bis zur dänischen Grenze lahmgelegt hatte. Es war einer der größten Stromausfälle der deutschen Nachkriegsgeschichte.

Sie recherchierte ein wenig herum und fand unter anderem Informationen zu einem Stromausfall im Jahre 2004, bei dem eine Million Menschen in Rheinland-Pfalz im Dunkeln gesessen hatten, sowie den Kommentar eines Professors der TU-Berlin, der sich bereits vor zwei Jahren Sorgen um die Energieinfrastruktur des Landes gemacht hatte.

Zu der Ursache des Stromausfalls gab es von offizieller Seite bisher keine Informationen. Der Vorfall würde noch untersucht, hieß es lapidar.

Fasste man die Kommentare im Netz zusammen, kristallisierten sich zwei Theorien heraus. Die Verschwörungsfetischisten glaubten an einen Sabotageakt russischer Hacker. Die sogenannten Realisten hielten das Energienetz einfach für marode und jetzt war eben der Moment gekommen, wo uns die Versäumnisse der letzten Jahre einholten.

Die Verfechter der ersten Theorie mussten sich anhören,

dass sie versuchten, langjähriges Versagen der Regierung im Bereich der Energiepolitik zu vertuschen, indem sie auf einen imaginären äußeren Feind zeigten.

Den Befürwortern der zweiten Theorie warf man vor, dass sie die Gefahr durch ausländische Mächte kleinredeten und einen Angriff auf die Energieversorgung nicht wahrhaben wollten.

Helland entschied sich dafür, die Hackertheorie ein wenig in ihren Artikel einzubauen. Darauf stand die Jugend.

Aus ihren eigenen Recherchen und der dpa-Meldung würde sie nun einen Artikel zusammenbasteln. Was sie tat, war weder moralisch verwerflich, noch stellte es einen Verstoß gegen die publizistischen Grundsätze dar. Zumindest nicht, solange sie die Hackertheorie schön vage hielt.

Aber es langweilte sie und einen Masterabschluss brauchte man für den Job wirklich nicht.

Seit einer halben Stunde kam sie mit ihrem Artikel kaum noch voran. Immer wieder sah sie aus dem Fenster und beobachtete die Passanten, wie sie über das Kopfsteinpflaster des Neumarktes flanierten, was ihr weitaus spannender erschien, als ihre Arbeit.

Leider gab es da ein Problem. In ihrem Job war Geschwindigkeit alles. Selbst geneigte Leser interessierte nichts weniger als Nachrichten, die zu spät kamen. Kaum einer klickte einen Bericht an, wenn er bereits dreimal über andere Kanäle zu dem Thema informiert worden war. Ihr blieb lediglich ein Zeitfenster von sechzig Minuten, dann musste der Artikel fertig sein. Wenigstens hatte sie die Einleitung bereits geschrieben.

In der speziellen Situation des Zeitdrucks besaß Hellands Arbeit dann doch einen Vorteil. Niemand erwartete eine tolle innovative Leistung von ihr.

»Los jetzt! Reiß dich zusammen«, zischte sie sich selber an.

Sie atmete durch und tippte.

Die Ursache ihrer Konzentrationsschwäche lag weniger an der allgemeinen Unlust, die sie täglich auf der Arbeit verspürte, sondern daran, dass sie gedanklich bereits bei einer Beschäftigung war, bei der sie möglicherweise in einigen Stunden den Tod finden würde.

Bei der Vorstellung lief ihr ein Schauer über den Rücken und in ihrem Magen breitete sich ein warmes Gefühl aus.

Aber jetzt musste sie sich auf andere Dinge konzentrieren, der Tod musste warten.

* * *

Eine Stunde später hatte sie den Artikel geschrieben.

Wie viele junge Firmen wollte auch Hellands Arbeitgeber arbeitnehmerfreundlich und schrecklich innovativ sein. So gab es keine festen Urlaubstage. Jeder konnte und durfte Urlaub machen, wann und solange er das für richtig hielt. Im ersten Moment klang das traumhaft. In der Realität zeigten sich aber die Tücken. Wenn die Mehrheit der Beschäftigten die Meinung vertrat, sie müssten dem jungen Unternehmen helfen, in dem sie nur zehn Tage Urlaub im Jahr nahmen, wurde der Einzelne, der eine längere Urlaubsreise geplant hatte, schnell in eine Außenseiterrolle gedrängt.

Helland konnte hippe Geschäftsmodelle nicht leiden. Sie basierten ausnahmslos darauf, dass die Mitarbeiter sich gegenseitig überwachten und die Gruppe einen Druck aufbaute, dem sich der Einzelne fügen musste. Was diese Dinge angingen, würde sie lieber in einem Unternehmen mit altbackener Personalführung arbeiten.

Als sie gestern bei ihrem Chef gefragt hatte, ob sie heute frühzeitig gehen könnte, hatte das vordergründig kein Problem dargestellt. Der Subtext seiner Antwort war allerdings ein anderer gewesen. Sie hatte deutlich gespürt, dass sie mit ihrem Freizeitwunsch Minuspunkte gesammelt hatte.

Aber das war ihr egal, es war jetzt halb zwölf und sie würde gehen. Sie packte ihre Sachen zusammen, fuhr den Computer herunter und verließ ihr Büro. Auf dem Weg nach draußen verabschiedete sie sich von einigen Mitarbeitern.

Bis zu ihrem Wagen musste sie ein ganzes Stück laufen. Wie immer hatte sie auf dem Parkplatz Carolabrücke direkt am Elbufer geparkt. In unmittelbarer Nähe zum Neumarkt gab es zwar mehrere Tiefgaragen, aber die kamen für sie nicht infrage. Sie hasste Tiefgaragen. Zu düster, zu viel Beton, zu gruselig.

Helland fürchtete sich vor vielen Dingen und Situationen. Allerdings gab es eine Ausnahme: Höhe.

Zu ihrem siebzehnten Geburtstag hatte ihr Bruder Richard ihr eine Freeclimbing-Ausrüstung und einen Gutschein für einen Kletterkurs geschenkt. Richard hatte gemeint, dass sie doch als Kind gerne geklettert hätte und vielleicht auch jetzt wieder Spaß daran finden würde. Sie hatte es versucht und tatsächlich Gefallen an dem Sport gefunden, zum Leidwesen ihrer Eltern, die sie jedoch hatten gewähren lassen.

Interessanterweise verringerten sich ihre allgemeinen Ängste, je größer die Herausforderung beim Klettern wurde.

Seit ihren ersten Versuchen am Felsen waren nun acht Jahre vergangen. Heute war der Tag, an dem sie bis ans Äußerste gehen würde.

Helland erreichte ihr Auto, einen silbergrauen Opel Diplomat aus den Siebzigern. Als ihr Opa väterlicherseits zu alt zum Autofahren geworden war, hatte er ihr den Wagen geschenkt. Sie stieg ein und startete den Motor.

Grundsätzlich interessierte sie sich nicht für Autos, aber das Blubbern des alten V8-Motors hatte es ihr bereits als Kind angetan. Der Wagen war ein extremer Spritfresser, was ihr gelegentlich ein schlechtes Gewissen bereitete. Schlecht für die Umwelt und noch schlechter für ihren Geldbeutel. Am schlauesten wäre es, den Wagen zu verkaufen, aber das brachte sie nicht übers Herz.

Sie verließ den Parkplatz und fuhr eine Viertelstunde später auf die A17 in Richtung Bad Schandau auf. Der Verkehr auf der Autobahn hielt sich in Grenzen und sie kam gut voran.

Je näher ihr Ziel rückte, umso nervöser wurde sie.

In weniger als zwanzig Minuten würde sie den Nationalpark Sächsische Schweiz erreichen und endlich das tun, worauf sie sich seit mehr als einem Jahr vorbereitet hatte.

Ihre erste Free-Solo Tour.

Allein bei dem Gedanken kribbelte es in ihrem ganzen Körper.

Das Free-Solo war eine Sonderform des Freeclimbings. Während man beim Freeclimbing eine Seilsicherung benutzte, aber auf weitere Hilfsmittel wie zum Beispiel Steigeisen verzichtete, ließ man beim Free-Solo auch die Sicherung weg.

Helland hatte eine Route in den Affensteinen ausgewählt und akribisch ausgebouldert, was bedeutete, dass sie die Linie dutzendfach mit Sicherung geklettert war. Diese Art der Vorbereitung war zwingend erforderlich, denn hing sie erst einmal fünfzig Meter über dem Boden in der Steilwand, durfte der Fels keine Überraschungen für sie parat haben.

Niemand aus ihrer Familie oder Bekanntenkreis wusste, was sie vorhatte. Ihre Eltern wären durchgedreht und selbst Richard hätte mit allen Mitteln versucht, sie von ihrem Vorhaben abzubringen.

Aber sie wollte das tun. Unbedingt.

Im Norden tobte sich seit einigen Tagen ein Tiefdruckgebiet in den Küstenregionen aus, während es in Mitteldeutschland und dem Süden ungewöhnlich mild war.

Heute war das Thermometer auf fünfzehn Grad gestiegen und es hatte seit mindestens drei Wochen nicht mehr geregnet.

Ab Morgen würde sich das ändern. Die Schlechtwetterfront steuerte auf das Landesinnere zu und brachte Kälte und Regen mit sich. Gelang es ihr nicht, ihren Plan heute durchzuführen, müsste sie mit ihrem Vorhaben bis zum Frühjahr warten.

Sie erreichte die Ausfahrt Pirna und verließ die Autobahn, um auf der B172 weiterzufahren.

In diesem Moment klingelte ihr Handy, das auf dem Beifahrersitz lag.

Auf dem Display stand der Name *Sonja* – Richards Freundin.

Sofort schoss Helland die Zornesröte ins Gesicht. Wenn es eine Person auf der Welt gab, die sie auf das Innigste verabscheute, dann war es *Sonja*.

Sonja war in ihren Augen eine arrogante Pseudo-Esoterikerin, die perverse Dinge mit Bachblüten veranstaltete, der Meinung war, sie wäre eine die Welt rettende Veganerin, weil sie ihr vegetarisches Pastagericht ohne Käse bestellte und dabei zu blöd war, zu begreifen, dass der Teig Eier enthielt. Viermal im Jahr flog sie mit einem Sonderspartarif nach Mallorca, um sich dort einer tiefen Seelenreinigung mittels Auflage von Edelsteinen zu unterziehen.

Und das waren nur die Highlights.

Fuck you!

Jetzt war es raus.

Als sie Richard vor zwei Wochen das letzte Mal gesehen hatte, hatte er angedeutet, mit dem Gedanken zu spielen, Sonja zu heiraten.

Am liebsten hätte Helland ihm vor lauter Wut die Nase gebrochen.

Sie liebte ihren großen Bruder heiß und innig und hielt ihn für einen intelligenten und vernünftigen Mann, aber was er in dieser lächerlichen Kuh sah, war ihr ein Rätsel. Entweder die Alte war eine absolute Granate im Bett, was sie sich weder vorstellen konnte noch wollte, oder sie gab ihrem Bruder heimlich eine Hexentinktur, die ihn gefügig machte.

Genau, sie war eine Hexe. Verbrennt sie!

Noch zweimal klingelte das Handy, dann wurde es wieder still.

Gut. Nein, nicht gut. Das war totale Scheiße.

Ihr Handy hatte geklingelt und nun raste ihr Puls und ihr Blutdruck war durch die Decke geschossen. Für ihre Klettertour befand sie sich im Augenblick in einer absolut ungünstigen Gemütsverfassung.

Diese Erkenntnis löste eine weitere Wutwelle in ihr aus.

Auf dem Display poppte eine WhatsApp-Nachricht auf.

Hallo Malu. Bitte ruf mich an. Es geht um Richard.

In dieser Sekunde überkam sie eine Vision. Sie sah ihren Bruder mit einer Fremden herumknutschen, während Sonja die beiden aus der Ferne dabei beobachtete.

Hatte Richard sie betrogen? Suchte Sonja in ihrer Verzweiflung nun an der falschen Stelle nach Beistand? Was für eine herrliche Vorstellung.

Fürs Fremdgehen war Richard nicht der richtige Typ, aber vielleicht waren ja die Pferde mit ihm durchgegangen.

»Bitte lieber Gott, mach, dass ich recht habe.«

Es musste etwas Besonderes geschehen sein, so viel war sicher, denn ein Anruf von Sonja war definitiv ungewöhnlich.

Was, wenn Richard etwas zugestoßen war? Ein Autounfall? Ein Überfall? Krebsdiagnose?

»So ein Dreck!«, schrie Helland und schlug mit der Faust auf das Lenkrad ein.

Die Nummer war gelaufen. Auf gar keinen Fall würde sie heute in den Fels gehen, da könnte sie ja gleich von einer Talbrücke springen.

Helland griff sich das Handy und betätigte die Rückruffunktion.

Die Verbindung war gerade erst aufgebaut, da nahm Sonja das Gespräch bereits an.

»Ich finde es toll von dir, dass du mich anrufst«, flötete Sonja.

Helland schluckte eine bissige Bemerkung herunter und bemühte sich, möglichst wenig angewidert zu klingen.

»Was ist mit meinem Bruder? Ist ihm was passiert?«

»Unsere Verbindung ist unterbrochen.«

»Was? Ich kann dich gut hören.«

»Nein. Nicht unsere Telefonverbindung. Die zwischen mir und Richard. Ich spüre seine Präsenz nicht mehr.«

Jetzt reichte es. Sie zerstörte ihren Tag für so einen Blödsinn.

»Solltest du mit einem solchen Problem nicht eher bei einem Guru vorsprechen? Oder sind dir nur die Kieselsteine ausgegangen?«

»Kieselsteine?«

»Die du immer auf die Stirn legst.«

»Das sind Halbedelsteine.«

»Meinetwegen.«

»Ich spüre, dass du mich nicht ernst nimmst.«

»Wirklich? Du hast ja feine Antennen.«

»Seit Tagen habe ich keinen Kontakt mehr zu ihm. Sein Handy scheint ausgeschaltet zu sein. Auf dem Festnetz erreiche ich ihn auch nicht.«

»Warum bist du nicht zu ihm gefahren?«

»Ich befinde mich momentan im Ausland. Hat Richard dir das nicht erzählt?«

»Nein.«

Warum sollte er auch?

»Jedenfalls möchte ich dich bitten, nach ihm zu schauen. Ich mache mir Sorgen. Und durch unsere Liebe zu ihm sind wir beiden ja miteinander verbunden.«

Helland empfand die Formulierung verstörend, aber im Prinzip stimmte das schon. Ihr lag viel an ihrem Bruder und natürlich würde sie nach dem Rechten sehen.

»Ist gut. Ich sehe bei ihm vorbei.«

»Danke.« Sonja atmete erleichtert aus. »Rufst du mich an, wenn du was in Erfahrung gebracht hast?«

»Selbstverständlich.«

Lieber würde Helland eine Handvoll rostiger Nägel schlucken.

»Dann wünsche ich dir alles Gute bis dahin.«

»Ebenso.«

Sie beendete das Gespräch und warf das Handy auf den Beifahrersitz.

Richard wohnte in Leipzig. Während ihres Studiums war sie bei ihm untergekommen, was ein großer Glücksfall gewesen war, ansonsten hätte sie die Stadt kaum ertragen.

Zu der Zeit ihres Studiums hatte die Kriminalstatistik ungefähr 10.000 Straftaten pro 100.000 Einwohner pro Jahr für Dresden erfasst und 15.000 Straftaten pro 100.000 Einwohner pro Jahr für Leipzig. Diese Zahlen reichten ihr bereits, um sich in Leipzig äußerst unwohl zu fühlen.

Aber bei ihrem Bruder fühlte sie sich sicher.

Kurz vor der Beendigung ihres Studiums hatte Richard Sonja lieben und sie gleichzeitig Sonja hassen gelernt.

Mit einer Sache hatte die Freundin ihres Bruders allerdings recht. Helland liebte ihren Bruder und nun, nach dem kurzen Telefonat, sorgte sie sich ebenfalls um ihn.

Vielleicht war er gestürzt und lag schwer verletzt in seiner Wohnung. Richard war zwar erst dreißig, aber was besagte das schon?

An einer günstigen Stelle wendete sie den Wagen. Bis nach Leipzig bräuchte sie von hier etwa zwei Stunden, was bedeutete, dass sie gegen halb drei bei ihrem Bruder ankommen würde.

Während sie wieder zurück in Richtung Dresden fuhr, fragte Helland sich, ob sie nicht einfach nur eifersüchtig auf Sonja war.

Hatte sie Angst, ihren Bruder an eine andere Frau zu verlieren? So etwas sollte es bei starker Geschwisterliebe durchaus geben. Allerdings war Sonja nicht die erste Freundin in Richards Leben und bei keiner hatte sie Abneigung verspürt.

Nein, sie gönnte ihrem Bruder eine Beziehung. Aber bitte nicht mit dieser grauenhaften Person.

Während Hellands letzter Begegnung mit Richard war sie wegen dessen blöder Heiratsidee so sauer gewesen, dass sie sich das erste Mal seit vielen Jahren mit ihm gestritten hatte. Richard hatte ihr an den Kopf geworfen, sie wäre gegen seine Verbindung mit Sonja, weil sie selber keinen Freund hätte. Vielleicht bist du beziehungsgestört, hatte er ihr gesagt.

War sie das?

Richtig war, dass sie Single war. Allerdings bedeutete das nicht, dass sie nie einen Freund gehabt hätte. Ihre Beziehungen besaßen jedoch zugegebenermaßen die Gemeinsamkeit, dass sie alle nur von kurzer Dauer gewesen waren.

Den richtigen Partner zu finden, war schwer. Es gab attraktive Männer, die sich aber als Idioten entpuppten, oder Männer, die einen bezaubernden Charakter besaßen, aber in ihrer Körperlichkeit auf sie so anziehend wirkten wie zwölfjährige Jungs.

Sie fand einfach nicht den Richtigen. War sie deshalb beziehungsgestört?

Im Moment war das unwichtig. Wichtig war, ob etwas mit Richard nicht stimmte. Sonja hatte behauptet, dass Richards Telefon ausgeschaltet sei. Helland glaubte ihr, aber dennoch schadete es nichts, es selber zu versuchen.

Sie hielt kurz an, nahm das Handy und drückte die Kurzwahltaste.

Sofort lief eine Ansage, dass der Teilnehmer momentan

nicht zu erreichen sei. Sie schrieb eine kurze WhatsApp-Nachricht, die aber nicht durchging. Vielleicht war sein Handy einfach defekt, wobei er sich in diesem Fall bestimmt innerhalb von kürzester Zeit ein Ersatzgerät besorgt hätte.

Sie versuchte es über das Festnetz. Auch hier blieb der Erfolg aus. Es klingelte zwar, aber Richard ging nicht ran.

Helland trat aufs Gas.

* * *

Die Uhr am Armaturenbrett zeigte 14:35 Uhr, als sie Richards Wohnhaus im Leipziger Stadtteil Reudnitz erreichte. Die Josephinenstraße war eine schmale Straße, in der sich beiderseits jeweils fünfstöckige Miethäuser aneinanderreihten. Auf der einen Straßenseite standen sanierte Häuser aus der Gründerzeit, auf der anderen Seite graue dreckige Bauten aus den Sechzigerjahren.

Warum die Häuser der Straße nur auf der einen Seite herausgeputzt waren, wusste sie nicht, aber es wirkte skurril.

Richard bewohnte eine Dreizimmerwohnung in einem der nach außen hin schäbigen Häuser. Wobei man sich vom äußeren Erscheinungsbild nicht täuschen lassen durfte, die Wohnungen im Haus waren saniert und gepflegt.

Um diese Tageszeit war die Parkplatzsituation entspannt und Helland fand direkt vor Richards Haus einen freien Platz.

Ihren Wohnungsschlüssel besaß sie immer noch. Richard hatte bei ihrem Auszug gesagt, dass sie ihn behalten solle, und ergänzt, es sei trotz der Entfernung von rund hundert Kilometern nach Dresden doch gut, wenn es jemanden gebe, der im Zweifel nach dem Rechten sehen könne.

Sie stieg aus und ging zur Haustür, die offen stand.

Im Hausflur steckte sie ihre ausgestreckten Finger in Richards Briefkasten, ertastete einige Umschläge und zog sie heraus. Drei Briefe beförderte sie auf diese Weise ans Tageslicht, alles gewöhnliche Rechnungen. Bei zwei Briefen gelang es ihr, den Poststempel zu lesen. Richard hatte den Briefkasten mindestens seit dem Wochenende nicht mehr geleert.

Sie schob die Post zurück und folgte der Treppe nach oben. Richards Wohnung befand sich im zweiten Stockwerk.

Helland hatte ihren Bruder nie gefragt, warum er wirklich nach Leipzig gezogen war. In Dresden hatte er in einem Einzimmerapartment gelebt und war ein halbes Jahr vor dem Beginn ihres Studiums nach Leipzig in eine Dreizimmerwohnung umgezogen. Er hatte sie sofort gefragt, ob sie bei ihm einziehen wolle.

Seinen Umzug hatte er damit erklärt, dass ein Tapetenwechsel nötig gewesen wäre. Er wollte mal etwas anderes sehen und für seine Arbeit spielte es kaum eine Rolle, in welcher Stadt er lebte. Die Vermutung, dass er es ihretwegen getan hatte, war nicht unbegründet.

Helland erreichte die Wohnungstür und klingelte.

Nichts rührte sich.

Sie drückte ein weiteres Mal auf den Klingelknopf und legte ihr Ohr an das Türblatt.

In der Wohnung blieb es still.

Während sie den Schlüssel ins Schloss steckte und umdrehte, erhöhte sich schlagartig ihr Puls.

Was, wenn ihm wirklich etwas zugestoßen war?

Sie zog die Tür auf und trat in den Wohnungsflur.

»Richard? Ich bin es Malu. Bist du da?«

Keine Antwort.

Sie drückte die Tür hinter sich zu.

»Richard!«

Panik überkam sie. Sie riss die Tür zum Schlafzimmer auf.

Niemand da.

Im Wohnzimmer und im Arbeitszimmer das gleiche Bild.

Auch das Bad war leer.

Blieb nur noch die Küche übrig.

Als sie die Tür öffnete, stieg ihr ein übler Gestank in die Nase. Für einen Sekundenbruchteil glaubte sie, verwesendes Fleisch zu riechen und fühlte Erleichterung, als sie realisierte, dass der Geruch aus dem ungeleerten Mülleimer kam.

Sie sah sich um.

Auf dem Herd stand eine Pfanne, in der Spaghetti mit Tomatensoße vor sich hin schimmelten und in der Spüle lagen benutzte Teller und Tassen herum.

Richard war alles andere als pedantisch, was Ordnung und Sauberkeit anging, aber das war ein eindeutiges Zeichen, dass er seine Wohnung bereits vor einigen Tagen verlassen hatte und seit dem nicht zurückgekommen war.

Welchen Schluss sollte sie daraus ziehen?

Hatte er die Wohnung verlassen in dem Glauben, dass er bald wieder zurück sein würde, oder war er verreist und hatte nur vergessen, das Essen zu entsorgen und den Müll zu leeren?

Wie auch immer. Der Zustand der Küche entfaltete jedenfalls keine beruhigende Wirkung auf sie.

Der Gedanke an eine mögliche Reise Richards beschäftigte sie. Es kam durchaus vor, dass ihr Bruder für einige Tage die Stadt verließ, um sich mit seiner Kundschaft zu treffen oder um eine Fortbildungsveranstaltung zu besuchen. Aber in diesem Fall würde er sich nicht ohne Gepäck auf den Weg machen.

Sie ging ins Schlafzimmer und öffnete den Kleiderschrank.

Richard hatte nie viel Kleidung besessen, allerdings war es auch nicht so wenig, um beurteilen zu können, ob davon etwas fehlte.

Interessanter war die Feststellung, dass die schwarze Sporttasche, mit der er für gewöhnlich verreiste, nicht an ihrem angestammten Platz lag. Wobei es natürlich viele Gründe geben konnte, warum die Tasche nicht an ihrem Platz lag.

Sie schloss den Schrank und verließ das Zimmer, um sich

im Wohnzimmer umzusehen, wo sie ebenfalls keine Hinweise fand, die ihr weiterhalfen.

Blieb noch ihr ehemaliges Zimmer, welches Richard nun für seine Arbeit nutzte.

Ein überdimensionierter Schreibtisch dominierte den Raum. Auf ihm standen zwei Computer und drei Bildschirme: ein Windows- und Apple-Rechner. Highend-Technik im Wert von über fünfzehntausend Euro. Für Einbrecher wäre seine Wohnung ein lohnendes Ziel.

Richard arbeitete als Freiberufler. Im Wesentlichen bot er zwei Dienstleistungen an. Die erste war die Datenlöschung im Internet, im Rahmen der Möglichkeiten. Egal, ob Kunden peinliche Fotos gelöscht haben wollten oder es sich um Urheberrechtsverletzungen handelte. Richard versuchte, alle Quellen aufzuspüren, um dann die Daten löschen zu lassen und ihre weitere Verbreitung zu verhindern.

Prinzipiell konnte man auch selber auf diese Weise vorgehen, aber Richard besaß Know-how und war bestens in der Szene vernetzt. Er verfügte über Kontakte zu Leuten, die bei Firmen arbeiteten, die Suchmaschinen betrieben, oder die anerkannte Hacker waren.

Nichtsdestotrotz gab es Grenzen des Machbaren. Selbst wenn es ihm gelang, jede Kopie eines Fotos aus dem Netz verschwinden zu lassen, half das nichts, wenn jemand das Foto zwischenzeitlich bereits auf seinen Rechner gespeichert hatte. Derjenige konnte das Bild jederzeit wieder neu im Internet hochladen.

Grundsätzlich griff die alte digitale Weisheit: Was im Netz war, blieb im Netz. Ausnahmen bestätigten die Regel und fielen unter die Rubrik: Schwein gehabt.

Privatkunden gab es in diesem Bereich allerdings eher selten. Überwiegend bestand seine Kundschaft aus Firmen und Verlagen, die verhindern wollten, dass geschützte Musik- oder Filmdateien illegal verkauft wurden.

Im zweiten Bereich, in dem ihr Bruder seine Dienste anbot, dominierte die Privatkundschaft. Er erhielt regelmäßig Aufträge, bei denen es darum ging, Menschen im Netz zu finden, seien es alte Freunde aus der Schulzeit, die erste Liebe oder entfernte Verwandte in Südamerika, die möglicherweise erbberechtigt waren.

Mit der Zeit hatte sich Richard einen Namen in der Branche erarbeitet und konnte sich nicht über einen Mangel an Aufträgen beklagen. Er hatte sogar sein Informatikstudium geschmissen, was bei ihren Eltern eine leichte Panikattacke ausgelöst hatte. So wie die Geschäfte liefen, war es kein Fehler gewesen.

Als sie das Arbeitszimmer betrat, fielen ihr sofort zwei Dinge ins Auge, die sie dazu brachten, den Atem anzuhalten: Auf dem Schreibtisch lagen Richards Laptop und sein Handy.

Ohne sein Handy verließ er die Wohnung grundsätzlich nicht und sein Laptop begleitete ihn zumindest auf jeder längeren Reise. Ständige Erreichbarkeit und die Möglichkeit, jederzeit Internetzugang zu haben, waren für ihn privat wie beruflich von absoluter Wichtigkeit.

Sie setzte sich auf den Schreibtischstuhl und nahm das Handy in die Hand. Es war ausgeschaltet und quittierte ihren Versuch, es einzuschalten, mit der Meldung, dass der Akku leer sei.

Helland klappte das MacBook auf. Der Computer besaß noch zehn Prozent Akku, aber da sie Richards Passwort nicht kannte, half ihr das nicht weiter.

Die beiden Desktop Computer brauchte sie erst gar nicht einschalten, sie waren ebenfalls mit einem Passwort geschützt.

Bis zu diesem Moment war ihre Sorge einer Art Wellenbewegung gefolgt: Es musste etwas Schlimmes passiert sein ... es gab eine harmlose Erklärung ... es musste etwas Schlimmes passiert sein ... es gab eine harmlose Erklärung. Mittlerweile stand für sie fest, dass etwas Schlimmes passiert war. Es fragte sich nur wie schlimm.

In gewisser Weise musste sie Sonja gegenüber Abbitte leisten. Sie mochte eine blöde Kuh sein, aber ihre Sorge um Richard schien gerechtfertigt. Diese Abbitte würde selbstverständlich nur gedanklich stattfinden.

Wenn überhaupt.

Was sollte sie jetzt unternehmen? Die Polizei einschalten? Ihren Bruder als vermisst melden?

Ihr Blick fiel auf die Schreibunterlage, auf der die Computertastaturen der beiden Desktop Rechner standen. Die Unterlage bestand aus einem DIN-A3-Block Papier. Auf jeder Seite war am Rand ein Jahreskalender aufgedruckt.

Wie viele andere auch hatte Richard die Angewohnheit, während eines Telefonats herumzumalen. Er zeichnete Herzen, Smileys oder Tierfiguren. Vereinzelt konnte Helland zwischen den Zeichnungen Telefonnummern und Namen lesen. Aber ohne einen zeitlichen Bezug konnte sie damit wenig anfangen. Jeder Eintrag konnte theoretisch von gestern stammen oder mehrere Wochen alt sein.

Sein Auto.

Sie stand auf und ging zum Fenster. Sowohl das Arbeitszimmerfenster, wie auch das im Schlafzimmer, führten in den Innenhof, wo es Autostellplätze gab, von denen Richard einen angemietet hatte.

Sie öffnete das Fenster und lehnte sich nach draußen.

Ihr Bruder fuhr einen schwarzen asiatischen Kleinwagen. Für Helland sahen die alle gleich aus und sie konnte sich die Marke nicht merken, aber sie erkannte den Wagen, wenn sie ihn sah.

Das Auto stand auf seinem Platz.

War Richard mit dem Zug gefahren? Hatte ihn jemand abgeholt?

Sie suchte Antworten und fand weitere Fragen.

Wie es aussah, blieben ihr zwei Optionen. Sie konnte ihre Eltern anrufen, um herauszufinden, ob sie wussten, wo Richard sich aufhielt. Nur, weil er nicht mit seiner Freundin oder ihr darüber gesprochen hatte, bedeutete das nicht, dass er niemanden eingeweiht hatte. Oder sie ging zur Polizei, um eine Vermisstenanzeige aufzugeben.

Wenn sie mit ihren Eltern sprach, musste sie vorsichtig sein. Sollten sie nicht wissen, wo Richard sich befand, durfte sie ihre Eltern nicht zu sehr beunruhigen. Je länger sie darüber nachdachte, umso mehr sprach für sie dagegen, ihre Eltern zu fragen.

Und was die Polizei anging ... Konnte sie so einfach eine Vermisstenanzeige aufgeben? Oder war das alles zu unkonkret?

In der Wohnung gab es für sie jedenfalls nichts weiter zu tun.

Noch einmal ging sie in Küche und nahm die Pfanne vom Herd, um den vergammelten Inhalt in den Mülleimer auszuleeren. Wenn sie schon hier war, konnte sie wenigstens den größten Dreck aus der Wohnung schaffen.

Im letzten Moment überlegte sie es sich anders und stellte die Pfanne zurück auf den Herd.

Vielleicht war ja doch ein Verbrechen geschehen. Wäre es da klug, mögliche Spuren zu vernichten? Wohl kaum.

Helland hatte keine Ahnung von Kriminalistik und Spurensuche und das war genau der Grund, warum sie alles so lassen sollte, wie sie es vorgefunden hatte. Kannte man sich nicht aus, ließ man besser die Finger von den Sachen.

Sie verließ die Wohnung, schloss die Tür ab und lief die Treppen nach unten.

Als sie im Erdgeschoss an den Briefkästen vorbeikam, überlegte sie kurz, ob es sinnvoll wäre, die Post genauer zu untersuchen. Vorhin hatte sie sich lediglich einen Überblick über das Datum der Poststempel verschaffen wollen. Außerdem war sie überzeugt, dass noch mehr Post in den Kasten lag. Allerdings besaß sie keinen Schlüssel. Sie müsste den Briefkasten aufbrechen, was spurentechnisch sicher ebenfalls keine gute Idee war.

Auf dem Bürgersteig angekommen fiel ihr Blick auf die andere Straßenseite. Gegenüberliegend gab es einen Kiosk, der neben Getränken auch Fertiggerichte und ein paar Lebensmittel im Angebot hatte. Der Kiosk ähnelte ein wenig den Tante-Emma-Läden aus alten Zeiten.

Sie konnte gar nicht zählen, wie oft Richard und sie abends in dem Kiosk eingekauft hatten, um sich etwas zu essen zu holen. Egal was, Hauptsache sie hatten sich dadurch die Mühe erspart, in einen Discounter fahren zu müssen. Es würde sie überraschen, wenn Richard diese Angewohnheit abgelegt hätte.

Sie überquerte die Straße und betrat das kleine Geschäft.

Bis auf Henry, der hinter dem Tresen stand und in einer Zeitschrift blätterte, war der Kiosk leer. Der Besitzer war um die vierzig, leicht untersetzt, mit einem Gesicht, das Helland an ein Eichhörnchen erinnerte. Frauen, die kein besonderes Herz für Nagetiere besaßen, würden ihm kaum Beachtung schenken.

Also praktisch alle.

Henry stand immer in dem Laden. Morgens um elf schloss er ihn auf und um Mitternacht wieder zu. Sieben Tage in der Woche. Zwölf Monate im Jahr. Das war für ihn die einzige Strategie, sein kleines Geschäft zu halten. Keine Angestellten, täglich geöffnet.

Am Anfang hatte sie den Mann nicht gemocht. Jedes Mal, wenn sie an der Kasse gestanden hatte, hatte er ihr auf die Brust gestarrt.

Sie war kurz vorm Ausflippen gewesen, als Richard sie aufgeklärt hatte.

Henry schaffte es nicht, Menschen in die Augen zu

schauen. Er sah allen Kunden auf die Brust, egal ob Mann oder Frau. Mit dieser Information hatte sie sich in seiner Gegenwart ein wenig wohler gefühlt.

Unangenehm blieb es trotzdem.

»Hallo Henry«, sagte sie zur Begrüßung.

Henry sah ihr eine Zehntelsekunde lang ins Gesicht, dann wanderte sein Blick an ihrem Körper abwärts, bis er dort hängen blieb, wo er immer klebte.

Was, wenn Richard sie nur verarscht hatte?

»Hallo Malu. Lange nicht hier gewesen. Besuchst du deinen Bruder?«

»Das hatte ich vor. Aber Richard ist nicht zu Hause. Wann hast du ihn das letzte Mal gesehen?«

»Weiß nicht genau. Letzte Woche irgendwann. Wieso?«

»Ich sag dir die Wahrheit. Richard ist seit Tagen verschwunden. Keiner erreicht ihn. Wir machen uns langsam Sorgen. War er anders als sonst, als du ihn das letzte Mal gesehen hast? Wirkte er aufgeregt oder ängstlich?«

Henry schüttelte den Kopf. »Ist mir nicht aufgefallen.«

»Kannst du dich nicht genauer erinnern, wann er da war? Dann wüsste ich wenigstens, bis wann noch alles in Ordnung war.«

»Heute ist Mittwoch. Ich denke, es war letzten Mittwoch oder Donnerstag. Auf jeden Fall war es gegen Abend. Daran erinnere ich mich, weil ein Spiel im Fernsehen lief.«

»Hatte er eine Tasche dabei? Eine schwarze Sporttasche?«

Henry zuckte mit den Schultern und lächelte verlegen ihre Brust an.

»Siehst du mich bitte an? Es ist wichtig.«

»Was? Ja, sicher.«

Henry räusperte sich und lief rot an.

Er bemühte sich, ihr in die Augen zu sehen, wobei es ihm jedoch nicht gelang, seinen Blick auf sie zu fokussieren, immer wieder glitt er links oder rechts an ihrem Gesicht vorbei, was jedoch deutlich angenehmer war, als wenn er an ihren sekundären Geschlechtsmerkmalen festhing.

»Fällt dir gar nichts mehr ein?«

Er schüttelte abermals den Kopf.

Dann lächelte er plötzlich. »Doch. Ich glaube, ich kann dir sogar genau sagen, wann er da war.« Henry zog sein Handy aus der Tasche und tippte auf dem Display herum. »Richard sagte zu mir, sein WLAN in der Wohnung würde spinnen, und dass ihm sein Handy heruntergefallen sei. Das Display wäre in tausend Stücke zerplatzt. Er bat mich kurz um meins, weil er etwas googeln wollte.«

»Ach, wirklich«, sagte Helland erstaunt.

Jetzt wurde es doch noch interessant.

Ihr Bruder besaß ein schwarzes iPhone und auf seinem Schreibtisch lag ein schwarzes iPhone. Von einem zersplitterten Display konnte da keine Rede sein. Ob sein WLAN in der Wohnung funktionierte, konnte sie nicht sagen, aber was sein Handy anging, hatte Richard gelogen.

»Hier. Ich hab's. Er war am Mittwoch hier, um kurz vor halb neun am Abend.«

Henry hielt ihr sein Handy hin.

Sie nahm es und sah sich den Suchverlauf an.

»Ich google immer nach den gleichen Dingen. Nachrichten, YouTube Videos«, sagte Henry. »Die beiden obersten Einträge sind nicht von mir, das muss dein Bruder gewesen sein.«

Richard hatte sich zwei Webseiten angesehen.

Die erste war von einer Firma, die Spezialeffekte für Filme produzierte. Die Firma hieß *Effektmaschine* und war in Paris ansässig. Im ersten Moment wirkte es ungewöhnlich, dass eine Firma in Frankreich einen deutschen Namen besaß. Allerdings hatte Helland mal gelesen, dass die heimische Filmindustrie zwar international unbedeutend sei, dies aber nicht für Spezialeffekte gelte. Daher war ein deutscher Name in dieser Branche vielleicht sogar ein Markenzeichen.

Die zweite Seite, die Richard sich angesehen hatte, war von Europaline, einem Unternehmen, das Busreiseverbindungen durch halb Europa anbot.

Er hatte sich für die Busabfahrten vom Leipziger Hauptbahnhof interessiert, genauer gesagt für eine Direktverbindung nach Paris.

Helland war noch nie mit einem Fernbus gefahren. Es überraschte sie, dass man von Leipzig direkt nach Paris fahren konnte. Aber es ging. Der Bus startete in Berlin, fuhr dann über Leipzig, Erfurt, Fulda, Frankfurt, Mainz und Trier nach Luxemburg. Von dort ging es über Metz und Reims nach Paris. Da benötigte man schon eine gehörige Portion Sitzfleisch.

Der Bus fuhr einmal die Woche am Donnerstag.

Sie reichte Henry das Handy zurück.

»Ich hoffe, ich konnte dir helfen«, sagte Henry.

»Ja, danke. Das hat mir wirklich geholfen. Mach's gut.«

»Hat mich gefreut, dich mal wieder zu sehen.«

Sie oder ihre Brüste? »Mich auch. Bis dann.«

Helland verließ den Kiosk und ging zu ihrem Wagen.

Allmählich formte sich eine Idee in ihr, was mit Richard los war, auch wenn diese Vermutung momentan nicht viel mehr war als ein Gefühl. Um es greifen zu können, brauchte sie weitere Informationen.

Sie setzte sich in ihren Wagen und fuhr zum Hauptbahnhof.

* * *

Eine Viertelstunde später fand sie einen Parkplatz in der Richard-Wagner-Straße, stieg aus und durchquerte die kleine Parkanlage.

Als sie den Willy-Brandt-Platz erreichte, riss sie das schrille Klingeln einer Straßenbahn aus ihren Gedanken. Im letzten Moment gelang es ihr, stehen zu bleiben.

Einen halben Meter vor ihr rumpelte die Bahn an ihr vorbei. Die Fahrgäste gafften sie an, als wäre sie ein rosaroter Schimpanse im Zoo.

Trotz ihrer Aufregung um das seltsame Verschwinden ihres Bruders durfte sie nicht die Welt um sich herum vergessen. Zermalmt unter einer Bahn zu enden, wäre weder hilfreich noch wünschenswert.

Nachdem Helland die Bahngleise überlebt hatte, nahm sie sich für die folgenden vier Fahrstreifen des Straßenverkehrs mehr Zeit.

Sie wartete, bis einige Taxis und ein Bus an ihr vorbeigefahren waren, dann nutzte sie eine Lücke im Verkehr und schaffte es ohne Zwischenfälle, bis zum Hauptgebäude, wo sie ratlos stehen blieb.

Der Leipziger Hauptbahnhof war ein Sackbahnhof, dessen Gebäudefront zur Innenstadt hin dreihundert Meter Länge betrug. Sowohl an der Außenfassade wie im Inneren gab es eine Menge Geschäfte. Wo lag das Büro von Europalines? Draußen oder drinnen? Sie wusste, dass sie bereits unzählige Male daran vorbeigelaufen war.

Sie lief Richtung Haupteingang, als es ihr wieder einfiel. Das Büro befand sich an der Außenfassade, etwa fünfzig Meter links von ihr.

Die ersten Meter ging sie, dann hielt sie es nicht mehr aus und rannte. Da prangte das Logo der Buslinie.

Helland erreichte die Tür und zog sie auf.

Der Verkaufsraum besaß die Ausmaße einer größeren Abstellkammer. An der rechten Wand hingen Halterungen, in denen Fahrpläne steckten, an der linken vergilbte Werbeposter. Dem Eingang gegenüber stand ein Tresen, hinter dem eine Frau in Hellands Alter saß.

Wenn hier mehrere Kunden zugleich eine Fahrkarte kaufen wollten, sollten sie besser einzeln eintreten.

Die Frau lächelte sie an.

»Hallo«, sagte Helland und bemühte sich dabei, ein möglichst trauriges Gesicht zu zeigen. »Können Sie mir vielleicht helfen?«

»Natürlich.«

»Es ist mir furchtbar peinlich. Aber ich glaube, mein Freund ist mit einer anderen durchgebrannt. Nach Paris.«

Die Angestellte hielt sich entsetzt die Hand vor den Mund.

»Das ist ja ganz schrecklich. Und dann noch ausgerechnet nach Paris.«

»Ich hätte gerne Gewissheit. Freunde haben gesagt, die beiden wollten mit dem Bus fahren.«

»Ich ahne, was Sie möchten, aber ich darf Ihnen keine persönlichen Auskünfte über Reisegäste erteilen.«

»Das verstehe ich. Aber es würde reichen, wenn Sie mir sagen, ob letzte Woche am Donnerstag überhaupt jemand von Leipzig nach Paris gefahren ist. Diese Daten wären ja sozusagen anonym.«

Die Fahrkartenverkäuferin dachte einen Moment lang nach, schließlich nickte sie. »Ich denke, das kann ich machen. Was sagten Sie? Wann sollen die beiden gefahren sein? Letzten Donnerstag?«

»So ist es. Der Bus nach Paris fährt doch nur am Donnerstag. Stimmt das?«

»Das ist richtig.«

Die Frau biss sich auf die Unterlippe, während sie ihren Computer bemühte.

»Eine Sekunde.«

Helland zwang sich, ruhig zu bleiben.

»Da hab ich es«, sagte die Angestellte und strahlte Helland an. »Am letzten Donnerstag wurde nur ein Ticket nach Paris verkauft. Ist das jetzt eine gute Nachricht?«

»Tja, auch wenn mein Freund alleine nach Paris gefahren ist, wäre das wohl trotzdem keine gute Nachricht. Allerdings könnte auch sein, dass er nicht eingestiegen ist und sich diese blöde Kuh ohne ihn in den Bus gesetzt hat.«

»Dazu kann ich nichts sagen. Selbst, wenn ich wollte. Die Fahrkarte wurde direkt im Bus gelöst und bar bezahlt. Der Fahrer hat nur ins System eingetragen, das ein weiterer Platz besetzt ist. Aber für unser Buchungssystem in Bezug auf die Sitzauslastung spielen weder Namen oder Geschlecht eine Rolle.«

»Es ist möglich, direkt beim Fahrer einer Fahrkarte zu kaufen, ohne vorher zu buchen?«

Die Frau nickte. »Der Fahrer hat ein Tablet, mit dem er auf das Buchungssystem zugreifen kann. Natürlich besteht bei einem spontanen Reisewunsch immer das Risiko, dass kein Platz mehr frei ist, aber das kommt selten vor.«

»Fahren oft Leute von Leipzig bis nach Paris?«

»Hin und wieder. Aber die meisten wollen nach Frankfurt. In der Regel sind es tatsächlich junge Pärchen, die bis nach Paris reisen.«

»Ich danke Ihnen. Sie haben mir sehr geholfen«, sagte Helland. Sie hatte genug gehört.

»Ich wünsche Ihnen alles Gute«, sagte die Angestellte mit einem Gesichtsausdruck, als hätte Helland ihr gesagt, sie wäre an Leukämie erkrankt.

Sie verließ das Büro und lief zurück zu ihrem Wagen.

Diesmal konzentrierte sie sich und meisterte sowohl den Auto- wie Straßenbahnverkehr ohne Nahtoderfahrung.

Erst als sie in ihrem Diplomat saß, ließ sie ihren Gedanken freien Lauf.

Auch wenn sie keinen hundertprozentigen Beweis dafür hatte, war sie sich sicher, dass Richard mit dem Bus nach Paris gefahren war. Wenn sie alle Indizien zusammenfügte, ließen sie kaum einen anderen Schluss zu.

Die erste Frage lautete: Wieso?

Dafür fiel ihr nur eine Erklärung ein. Richard hatte einen Auftrag angenommen. Er hatte im Internet gezielt nach einer Firma gesucht und sie konnte sich nicht vorstellen, dass ihr Bruder nach Paris gereist war, um dort einer Firmenbesichtigung beizuwohnen. Es musste einen beruflichen Hintergrund geben.

Die zweite Frage lautete: Wieso auf diese Art und Weise?

Je länger sie darüber nachdachte, umso klarer wurde es. Ihr Bruder bemühte sich, keine digitalen Spuren zu hinterlassen.

Richard hatte ein fremdes Handy benutzt, um im Internet zu recherchieren, anstelle seines Autos einen Fernbus genutzt und die Fahrkarte bar beim Fahrer bezahlt. Damit vermied er es, dass sein Kennzeichen auf der Reise nach Paris von irgendeinem Kennzeichenlesegerät registriert werden konnte. Vielleicht war er sogar zum Bahnhof gelaufen, um die Kameras im Stadtbus zu vermeiden.

So gesehen ergab es Sinn, niemanden über seine Pläne in Kenntnis zu setzen. Zum einen konnte sein Telefon abgehört werden, zum anderen könnten sich die Menschen, die er informiert hätte, beispielsweise über WhatsApp über seine Reise unterhalten und ihn auf diese Weise indirekt verraten.

Wenn er so viel Vorsicht walten ließ, musste das bedeuten, dass er es mit mächtigen Gegnern aufgenommen hatte. Eine solche Überwachungsmacht besaßen nur Geheimdienste oder vielleicht Megakonzerne.

Auf was in aller Welt hatte er sich bloß eingelassen?

Das würde sie wohl nur erfahren, wenn sie mit Richard sprechen könnte.

Die anfängliche Erleichterung, die sie bezüglich ihres Bruders verspürt hatte, wich nun doch wieder der Sorge. Richard mochte Leipzig aus gutem Grund und freiwillig verlassen haben. Aber wo war er jetzt? Immer noch in Paris? Oder war ihm am Ende doch etwas zugestoßen?

Sollte sie doch die Polizei einschalten und ihn als vermisst melden? Das würde allerdings bedeuten, genau das zu tun, was Richard vermeiden wollte, nämlich eine digitale Spur zu legen.

Für die richtigen Organisationen dürfte es lösbar sein, Daten eines Rechenzentrums der Polizei abzugreifen. Oder verrannte sie sich gerade in eine blödsinnige Agentengeschichte?

Aber wenn sie nicht zur Polizei ging und Richard ernsthafte Probleme hatte, könnte sie ihm am Ende damit mehr schaden als helfen.

Und was war mit Sonja? Wenn die nicht bald ein Lebenszeichen von Richard erhielt, würde sie vielleicht selber die Polizei einschalten, oder bei ihren Eltern auf der Matte stehen, was wohl auf dasselbe hinauslaufen würde.

»Scheiße. Mensch Richard, was ist nur los?«

Richard war ihr großer Bruder. Als Kinder hatten sie sich ständig gestritten, aber gegen andere hatte er sie immer verteidigt und beschützt.

Zeit, sich zu revanchieren.

Sie startete den Motor, der Plan stand.

Helland würde Sonja eine Nachricht schicken, die sie wenigstens für den Moment beruhigen sollte. Danach würde sie den Wagen volltanken und nach Paris fahren, auch wenn ihr bereits bei dem Gedanken mulmig wurde.

War Paris nicht eine der gefährlichsten Städte Europas?

Egal, sie hatte das unbedingte Gefühl, dass ihr Bruder sie brauchte und diesem Ruf würde sie nachkommen.

3_ Superkavitation

Kai Dreem, 01.12.2021, 21:34 Uhr

Wann genau er das Bewusstsein wiedererlangt hatte, konnte Dreem nicht mit Sicherheit sagen. Erst seit einigen Minuten hatte sein Verstand endgültig in die Realität zurückgefunden.

Es gab Menschen, denen nachgesagt wurde, sie hätten mehr Glück als Verstand im Leben. Dreem gehörte jetzt nachweislich zu dieser Gruppe von Glückspilzen.

Auch wenn sein Körper mittlerweile wieder Betriebstemperatur erreicht hatte, fühlte sich sein Kopf an, als hätte er die letzte Woche durchgefeiert, nur dass er sich nicht an den Spaß dabei erinnerte.

Er lag allein in einem Krankenhauszimmer. So weit kam er bereits mit.

Neben seinem Bett gab es ungenutzten Platz. Die Anschlüsse in der Wand für Strom, Sauerstoff und weitere medizinische Geräte verrieten, dass es dort Raum für ein zweites Bett gab. Die Zimmerwände waren bis zu einer Höhe von eineinhalb Metern mit Buchenfurnier vertäfelt. Außer seinem Bett stand in einer Ecke ein kleiner runder Glastisch mit zwei Sesseln. Es fehlten nur die Zeitschriften auf dem Tisch und der Eindruck von einem Wartezimmer wäre perfekt.

Trotz der zugezogenen Fenstervorhänge erkannte Dreem, dass es draußen dunkel war. Eine digitale Wanduhr über der Krankenzimmertür zeigte 21:34 Uhr an. Abgesehen von der Uhr waren die Wände kahl.

Er erinnerte sich an das Debakel auf dem Tanker, fühlte sich jedoch zu schwach, um ernsthaft darüber nachzudenken. Ihm war bewusst, dass er Freunde verloren hatte. Genauso wie ihm klar war, dass etwas mächtig schiefgegangen war. Aber wirklich nahe ging ihm das seltsamerweise nicht.

Nachdem er realisiert hatte, dass er wider Erwarten lebte, hatte er nicht einmal Erleichterung verspürt, sondern es lediglich zur Kenntnis genommen.

In seinem rechten Arm steckte eine Kanüle, die mit einem Tropf verbunden war. Aus einer Kunststoffflasche tropfte eine transparente Flüssigkeit in ein Behältnis, welches als Sichtfenster diente, um danach in den Schlauch zu fließen, der in seiner Armbeuge endete. Vermutlich verabreichten sie ihm eine Elektrolytlösung.

Durst quälte ihn. Sein Mund fühlte sich pappig an, und wenn er ihn öffnete, erzeugte das ein schmatzendes Geräusch.

Wie in jedem Krankenhaus gab es auch hier eine Klingel für den Pflegedienst, die an einem Kabel links neben sein Bett hing. Er griff danach und drückte den Knopf.

Eine Minute später öffnete sich die Tür. Wobei sich das so anhörte, als hätte man sie dafür aufschließen müssen.

Ein Mann in einem weißen Kittel trat ein. Er hatte struppige blonde Haare und trug einen gewaltigen Schnauzbart. Sein Aussehen erinnerte auf eine durchaus sympathische Art entfernt an einen Seehund. Dreem schätzte den Mann auf fünfzig.

»Wo bin ich?«, krächzte er.

»Aha, sehr gut«, sagte der Mann und schloss die Tür hinter sich. »Als ich vor einer Stunde bei Ihnen war«, er tippte sich mit dem Zeigefinger gegen die Stirn, »war da oben noch nicht viel los.«

»Ich habe Durst«, krächzte Dreem.

»Das glaube ich gerne. Wir haben Ihnen einen Liter Salzwasser aus dem Magen gepumpt. Das Salz hat Sie dehydriert. Mein Name ist übrigens Doktor Jacob.«

Doktor Jacob stellte sich neben Dreems Bett, nahm eine Flasche Wasser vom Nachttisch und schraubte sie auf. Dann nahm er einen danebenstehenden Plastikbecher und schenkte ein.

Die Flasche hatte Dreem nicht gesehen und wenn, hätte es ihm wenig genützt. Er bezweifelte, dass er in der Lage gewesen wäre, den Verschluss aufzudrehen.

»Ich helfe Ihnen«, sagte der Doktor.

Er drückte den Knopf einer Fernbedienung, die an einem Kabel neben dem Bett hing. Mit einem surrenden Geräusch fuhr das Kopfteil des Bettes langsam nach oben und brachte Dreem in eine aufrechte Position. Der Arzt reichte ihm den Becher.

»Können Sie das festhalten?«, fragte er.

Dreem nickte und griff nach dem Becher. Er musste sich konzentrieren, damit er ihm nicht aus den Fingern rutschte. Langsam führte er ihn zum Mund und trank.

Wasser lief ihm am Kinn hinab. Was für eine jämmerliche Figur er abgab.

Mit dem Ärmel wischte er sich den Mund ab.

»Wo bin ich?«, fragte Dreem.

»Im Sydvestjysk Sygehus Krankenhaus in Esberg.«

»Ist das in Dänemark?«

»So ist es.« Er nahm Dreem den Becher ab. »Können Sie sich erinnern, was geschehen ist?«

»Ja.«

»Gut.«

»Die Tür war abgeschlossen, als Sie hereingekommen sind«, stellte Dreem fest.

Doktor Jacob nickte. »Aus Sicherheitsgründen.«

»Ich verstehe nicht.«

»Was ist das Letzte, an das Sie sich erinnern können?«

»Ich trieb im Wasser und verlor das Bewusstsein.«

»Ein Fischkutter hat Sie gerettet. Die Fischer haben sofort

einen Rettungshubschrauber über Funk angefordert. Der brachte Sie hierher. Während des Fluges wurde Ihnen intravenös warme Ringer-Lösung verabreicht. In der Klinik haben wir Sie dann einige Stunden an die Herz-Lungen-Maschine angeschlossen.«

»Herz-Lungen-Maschine?«

»Sie sind in einem skandinavischen Land. Wir kennen uns mit unterkühlten Menschen aus.« Der Arzt lachte, als wäre ihm ein guter Witz gelungen. »Das war jetzt etwas doppeldeutig. Egal. Die Herz-Lungen-Maschine hat Ihren Kreislauf ersetzt und dabei Ihr Blut aufgewärmt. Sie sind in einer beneidenswerten körperlichen Verfassung. Das hat Ihnen das Leben gerettet. Das und die Tatsache, dass Sie einen Neoprenanzug getragen haben.«

»Das erklärt nicht, warum die Tür abgeschlossen ist.«

»Anhand Ihrer Uniform wurden Sie als deutscher Soldat identifiziert. Ein Soldat, der mitten in der Nacht mutterseelenallein in der Nordsee treibt, deutet darauf hin, dass irgendetwas erheblich schiefgelaufen ist.«

Doktor Jacob legte eine kurze Pause ein. Anscheinend wartete er auf eine Reaktion von Dreem.

Erheblich schiefgelaufen.

Da konnte Dreem nicht widersprechen. Er entschied sich dazu, lieber gar nichts zu sagen, und schwieg.

Einige Sekunden sahen sie sich wortlos an.

»Verstehe. Ist wohl auch besser so«, sagte Doktor Jacob nach einer Weile. »Während Sie medizinisch versorgt wurden, beschloss die Klinikleitung, die Polizei zu informieren. Die wiederum kontaktierte das dänische Innenministerium, das Innenministerium schließlich die deutsche Botschaft in Kopenhagen. Alle sind bemüht, die Angelegenheit diskret zu behandeln.«

Dreem gab dem Arzt zu verstehen, dass er noch etwas trinken wollte.

Doktor Jacob schenkte nach.

»Das erklärt immer noch nicht die abgeschlossene Tür«, wiederholte Dreem.

»Sie stehen nicht unter Arrest, falls Sie das denken. Wir möchten nur verhindern, dass Sie Kontakt zu anderen Patienten haben.«

»Sie isolieren mich.«

»Wir legen keinen Wert darauf, im Zentrum diplomatischer Verwicklungen zu stehen. Je weniger wissen, dass Sie hier sind, umso besser. Ihre Isolierung, wie Sie es nennen, ist rein prophylaktischer Natur.«

»Seit wann bin ich hier?«

»Sie wurden heute Morgen gegen sieben Uhr eingeliefert. Sie waren etwa fünfzehn Stunden lang ohne Bewusstsein.«

Dreem fasste sich an den Hinterkopf und massierte dann seinen Nacken. »Mir kommt es länger vor.«

»Haben Sie Kopfschmerzen?«, fragte Doktor Jacob.

»Ja, ziemlich.«

»Je mehr Sie trinken, umso schneller verschwinden die Schmerzen.«

Dreem nickte. »Sie sprechen gut Deutsch.«

»Ich habe einige Jahre in Flensburg gearbeitet.«

»Verstehe. Wie geht es jetzt weiter?«

»Wir informieren die Botschaft darüber, dass Sie transportfähig sind. Sie sind zwar noch angeschlagen, aber medizinisch gesehen ist das kein Hinderungsgrund. Haben Sie Hunger?«

»Nicht wirklich.«

»Sollte sich das ändern, benutzen Sie die Klingel. Sobald ich weitere Informationen habe, bekommen Sie Bescheid.« Der Arzt ging zur Tür. Als er sie erreichte, drehte er sich noch einmal um. »Falls Sie Langeweile haben. Auf dem Nachttisch neben Ihnen liegt eine Fernbedienung.« Er zeigte auf einen Bildschirm, der Dreem gegenüber an der Wand hing.

»Wir haben auch deutsche Sender.«

Mit den Worten verließ er den Raum und das Schloss der Tür klickte.

Nun war Dreem wieder eingesperrt.

Dass man sich an die Botschaft gewandt hatte, war naheliegend. Ein deutscher Soldat in der Nordsee deutete tatsächlich darauf hin, dass etwas schiefgelaufen war. Etwas, das dem Verbündetem im Süden peinlich sein könnte und das der lieber nicht in den Nachrichten sehen wollte.

Die Botschaft hatte sicher Kontakt mit dem deutschen Verteidigungsministerium aufgenommen.

Ganz bestimmt hatten die Entscheidungsträger auf deutscher Seite die dänische Regierung gebeten, die Angelegenheit diskret zu behandeln. So gesehen, konnte er nachvollziehen, dass die Klinik ihn unter Verschluss hielt. Die saßen auf heißen Kohlen und wollten ihn loswerden.

Zu gerne hätte er den Arzt gefragt, ob noch andere Soldaten aus dem Meer gerettet worden waren. Aber er durfte keine Fragen stellen, die gleichzeitig auch Informationen preisgaben. Außerdem hätte Doktor Jacob es ihm sicher von sich aus erzählt.

Nein, er war der einzige Überlebende. Davon sollte er ausgehen.

Seltsamerweise empfand er keine Trauer, nur eine unterschwellige Wut, die kein rechtes Ziel fand. Jemand hatte Scheiße gebaut, er fragte sich, wer.

Vielleicht trauerte er nicht, weil er unter Schock stand. Außerdem war die Situation verwirrend. Er hatte in der kalten Nordsee die Augen geschlossen und sie in einem warmen Bett wieder geöffnet. Da geriet man schon mal durcheinander.

Was war mit dem Tanker geschehen?

Er nahm die Fernbedienung, schaltete den Fernseher ein und zappte sich durch die Programme, bis er die deutschen Sender fand.

Eine Weile sah er sich die Nachrichten auf NTV an, von

einem gesunkenen Tanker in der Nordsee war nicht die Rede. Auch im Teletext wurde der Untergang nicht erwähnt.

Auf den anderen Sendern bot sich das gleiche Bild.

Eine Nachrichtensperre bezüglich der tatsächlichen Geschehnisse auf der *Casandras Dream* war keine Überraschung. Allerdings hatte er erwartet, etwas über ein Schiffsunglück in der Nordsee zu erfahren.

Den Militäreinsatz zu verheimlichen, war die eine Sache, einen verschwundenen Tanker, eine andere. Da gab es die Reederei, Angehörige der Besatzung, Firmen und Geschäftspartner, die auf die Fracht warteten. Denkbar, dass die richtigen Stellen es unter Einsatz aller Mittel schafften, die Information für einige Stunden zu deckeln, aber früher oder später würde das nicht mehr funktionieren.

Vielleicht gab es im Internet bereits etwas über das vermisste Schiff zu lesen, aber auf das Internet musste er momentan verzichten.

Er schaltete den Fernseher aus.

Es wurde Zeit, wieder auf die Beine zu kommen. Zuerst musste er dafür den Tropf loswerden.

Dreem lockerte das Pflaster, welches über der Kanüle in seiner Armbeuge klebte, zog die Kanüle heraus und drückte das Pflaster wieder an. Einige Minuten presste er einen Finger auf die Einstichstelle, bis er sicher war, die Blutung gestillt zu haben.

Als Nächstes galt es, den Kreislauf in Gang zubekommen.

Langsam schob er die Beine aus dem Bett, setzte sich an die Bettkante und wartete, bis das Drehen in seinem Kopf nachließ. Dann wagte er es, sich hinzustellen, was besser klappte als befürchtet. Er stellte fest, dass er eines dieser entwürdigenden Krankenhaushemden trug, die das Gesäß frei ließen.

Barfuß, mit kleinen, schlurfenden Schritten bewegte er sich auf das Bad zu. Auf seinem Weg hielt er sich zunächst am Bett und dann an einem an der Wand befestigten Geländer fest.

Im Bad angekommen, blieb er vor dem Waschbecken stehen und sah in den darüber hängenden Spiegel. Er sah beschissen aus, als hätte ihn eine Vampirfamilie als Aperitif genossen.

Überrascht stellte er fest, dass seine Uniform auf Kleiderbügeln in der Duschkabine hing.

Na ja, eigentlich war das nicht verwunderlich. Was sollten sie auch sonst mit den Sachen anstellen? In die Wäscherei bringen?

Neben der Dusche stand ein Plastikkorb, in dem die Reste seiner Ausrüstung lagen. Die Pistole und sein Kampfmesser fehlten. Entweder er hatte die Waffen bei seinem unfreiwilligen Survivaltraining in der Nordsee verloren oder man hatte sie in Verwahrung genommen.

Die Sachen interessierten ihn gerade nicht, bis auf eine Ausnahme. Zwischen dem ganzen Zeug lag die Plastikschachtel, die Weiger ihm gegeben hatte.

Er holte sie aus dem Korb, öffnete die beiden Verschlüsse und nahm das Zellophantütchen heraus, in dem sich die Kugeln befanden.

Offensichtlich hatte niemand der Schachtel Bedeutung beigemessen und sie einfach zu seinen restlichen Sachen gelegt.

Weiger hatte keine Strahlung gemessen. Waren die Dinger auf andere Art gefährlich? Chemisch oder biologisch?

Dagegen sprach, dass dieser Professor Scheuer sie in einem Plastiktütchen unter seiner Matratze aufbewahrt hatte, als wären es Badeperlen. Es war doch anzunehmen, der Mann hatte gewusst, was er transportierte.

Gefährlich oder nicht. Diese unscheinbaren Kügelchen waren sicher der Grund für den ganzen Irrsinn. Zumindest sagte ihm das sein Bauchgefühl.

Er legte die Tüte zurück in die Schachtel und begutachtete den schwarzen Quader. Aus der Nähe betrachtet stellte sich heraus, dass es sich tatsächlich um einen gewöhnlichen Speicherstick handelte.

Mittlerweile zeigte die Uhr über der Tür, als er hinauslugte, 22:28 Uhr. Die Tür zu seinem Krankenzimmer wurde aufgeschlossen.

Schnell legte er die Schachtel zurück in die Kiste und stellte sich in die Badezimmertür.

Doktor Jacob trat ein und sah ihn überrascht an. In der einen Hand trug der Arzt eine Sporttasche, in der anderen einen Teller.

»Ihnen scheint es ja minütlich besser zu gehen«, sagte der Arzt. »Ich hätte mir denken können, dass es Sie nicht im Bett hält.«

»Tut mir leid, aber ich musste mich bewegen.«

Der Arzt drückte die Zimmertür hinter sich mit dem Ellbogen zu.

»Hätten Sie geklingelt, hätten Sie Hilfe mit der Kanüle erhalten. Wir besitzen hier medizinisches Fachpersonal.«

»Es ging schon.«

»Na schön. Ich habe Ihnen etwas mitgebracht.« Doktor Jacob ging zum Bett, stellte die Sporttasche auf der Matratze ab und legte eine dunkelgraue Funktionsjacke daneben. »Da ist Kleidung für Sie drin. Ich hoffe, die Sachen passen Ihnen.« Der Arzt präsentierte Dreem den Teller, auf dem eine graubraune Pampe und ein Löffel lagen. »Haben Sie mittlerweile Hunger?«

»Nein.«

»Kein Problem. Sie verpassen nichts. Das Essen ist hier so schlecht, wie es der internationale Krankenhausstandard vorschreibt. Ich stelle es Ihnen einfach hier hin.« Er stellte den Teller auf dem Nachttisch ab. »Das ist Haferbrei mit Honig. Ist nicht ganz so schlimm, wie es aussieht.«

»Wie geht es jetzt weiter?«

»Gute Nachricht. Die deutsche Botschaft schickt jemanden, um Sie abzuholen. In einer Stunde geht es Richtung Heimat.«

»Sie sind sicher froh, mich loszuwerden.«

»Auf jeden Fall.« Der Arzt lachte kurz auf. »Bitte nicht falsch verstehen.«

»Tue ich nicht.«

»Dann wünsche ich eine gute Reise.« Der Doktor ließ ihn wieder allein.

Dreem ging zum Bett, nahm die Sachen aus der Tasche und zog sich an.

Die Unterwäsche passte, die Jeans war eine Nummer zu groß, das Kapuzenshirt ebenso. Dafür saßen die Laufschuhe und die Jacke wie angegossen.

Jetzt, wo er wieder normale Kleidung trug, fühlte er sich bedeutend besser.

Um die Wartezeit zu überbrücken, machte er Liegestützen. Das Gefühl der physischen Schwäche empfand er als unerträglich.

Es dauerte keine Minute und ihm wurde schwarz vor Augen. Flach lag er auf dem Boden und wartete, bis sich sein Kreislauf beruhigen würde.

Wenigstens wusste er nun, dass die Idee, den Selbstheilungsprozess auf diese Art zu beschleunigen, nicht funktionierte. Eigentlich war ihm das bereits vorher bewusst gewesen, aber hin und wieder wollte man eben die Dinge erzwingen.

Als sich seine Vitalfunktionen eingependelt hatten, stand er auf, setzte sich aufs Bett und zwang sich dazu, den Haferbrei zu essen. Zwar verspürte er immer noch keinen Hunger, aber sein Körper benötigte dringend Kalorien. Der Brei roch und schmeckte, wie es zu erwarten war.

Nachdem er gegessen hatte, legte er sich auf den Rücken

ins Bett und sah zur Decke. Wenn er wieder zu Hause war, würde er gemeinsam mit seinem Vorgesetzten Fregattenkapitän Ralf Heider Todesmeldungen überbringen müssen. Die Kampfschwimmerkompanie bestand lediglich aus drei Zügen mit jeweils sechzehn Soldaten. Da kannte jeder jeden, im wörtlichen Sinne. Catweazle war seit knapp einem Jahr verheiratet und seine Frau erwartete ihr erstes Kind. Nein, nicht Catweazle, der Mann hieß Tim Reinhard. Tim lag nun etwa tausend Meter tief auf dem Meeresgrund, zusammen mit ...

Dreem sprang aus dem Bett.

Er musste sich ablenken. Wenn er zurück in Eckernförde war, würde er sich der Sache stellen müssen. Aber noch konnte er sich den Luxus der Verdrängung leisten und davon würde er Gebrauch machen, solange es ging.

Ihm fiel etwas ein.

Außer den Kugeln und dem Stick hatte nichts das Desaster der letzten Nacht überstanden, und da sie Professor Scheuer so wichtig gewesen waren, sprach einiges dafür, dass dem auch tatsächlich so war.

Dreem hatte keine Ahnung, wen die Botschaft schickte, um ihn abzuholen, und er wusste auch nicht, was mit seinen Sachen geschehen würde. Daher erschien es sinnvoll, die Kugeln und den Stick am Mann zu tragen, um sie persönlich einem Berechtigten auszuhändigen.

Er ging ins Bad und holte die Schachtel aus dem Plastikkorb, in dem seine Habseligkeiten lagen.

Zurück im Zimmer verstaute er sie in der Innentasche der neuen Jacke.

Er setzte sich auf das Bett, schaltete den Fernseher erneut ein und zappte sich durch die Programme. Bei einem alten Western blieb er hängen. Filme aus den Fünfzigerjahren hatten schon immer eine beruhigende Wirkung auf ihn besessen.

* * *

Dreem war kurz davor, einzuschlafen, als die Tür aufgeschlossen wurde und sich öffnete.

Ein Mann betrat das Zimmer.

Sein Gesicht wirkte aufgequollen, wie bei Menschen, die über lange Zeit hoch dosiert Cortison eingenommen hatten. Er trug einen grauen Anzug und einen Trenchcoat in der gleichen Farbe. An den Schultern war der Mantel dunkel verfärbt. Draußen regnete es anscheinend.

Der Mann schloss die Tür hinter sich, fuhr sich mit einer Hand durch die nassen Haare und lächelte Dreem an, der mittlerweile aufgestanden war und neben dem Bett stand.

»Vom Auto bis zum Eingang sind es zwanzig Meter. Das hat bereits gereicht. Was für ein Sauwetter.«

Er trat auf Dreem zu und hielt ihm die Hand zur Begrüßung hin.

»Mein Name ist Sarkowsky. Ich bin Botschaftsrat in der deutschen Botschaft in Kopenhagen und Mitarbeiter im Stab des Militärattachés. Es freut mich, Ihre Bekanntschaft zu machen, Herr Dreem.«

Dreem ergriff Sarkowskys Hand.

»Ebenfalls.«

»Wie Sie sicher vermuten, bin ich hier, um Sie in die Heimat zu bringen.«

»Das wurde mir so gesagt.«

»Wie geht es Ihnen? Wie fühlen Sie sich?«

»So weit ganz gut.«

»Das war sicher alles fürchterlich für Sie.«

»Ich denke, das kann man so sagen.«

Sarkowsky machte eine kurze Pause und sah ihn mit einem Gesichtsausdruck an, als würde er auf einen größeren Redebeitrag warten.

»Erwarten Sie, dass ich etwas zu meinem Auftrag sage?«, fragte Dreem.

»Nun, es würde mich interessieren.«

»Tut mir leid, aber dazu bin ich nicht befugt.«

Sarkowsky seufzte. »Selbstverständlich nicht. Entschuldigen Sie meine Unverfrorenheit. Nicht übel nehmen. In Ordnung?«

»Sicher.«

Es gab drei Personen, denen Dreem Auskunft über Einsätze geben musste und durfte. Seinem direkten Vorgesetzten Fregattenkapitän Heiden, Admiral Föhrmann, dem unter anderem das Kommando Spezialkräfte der Marine unterstand, und schließlich dem amtierenden Verteidigungsminister.

Die Liste war abschließend. Als Stabsmitarbeiter des Militärattachés sollte Sarkowsky das wissen. Allerdings war Sarkowsky kein Soldat, sondern ein Diplomat und damit vermutlich nicht wirklich in der Materie drin.

»Ich denke, wir verlassen diesen ungemütlichen Ort und machen uns auf den Weg«, sagte Sarkowsky.

»Ich hole meine Sachen.«

Dreem wollte zum Badezimmer gehen, eine Geste von Sarkowsky stoppte ihn.

»Das ist nicht nötig. Meine Leute übernehmen das.«

Sarkowsky ging zur Zimmertür, öffnete sie einen Spalt und streckte seinen Kopf nach draußen. Er sprach mit jemandem, ohne dass Dreem etwas davon verstand.

Die Tür wurde ein wenig weiter geöffnet und zwei Männer drückten sich in den Raum.

Einer von ihnen trug einer Fliegerjacke aus Leder, der andere eine Funktionsjacke. Beide trugen die Haare militärisch kurz, waren breit gebaut und ihre Gesichter wirkten verbeult, als hätten sie eine wenig erfolgreiche Karriere als Amateurboxer durchgestanden.

So stellte Dreem sich Türsteher vor einer Rostocker Neonazidiskothek vor.

»Die Herren sind vom Botschaftsschutz und begleiten uns«, sagte Sarkowsky. »Sie werden Ihre Sachen tragen.«

Dreem nickte den Männern zu.

»Meine Sachen liegen im Badezimmer.«

Die beiden sahen ihn an. Reagierten aber nicht.

»Entschuldigen Sie. Die Herren sprechen kein Deutsch.«

Sarkowsky sprach seine Begleiter in einer osteuropäischen Sprache an. Wenn Dreem sich nicht irrte, handelte es sich um Russisch.

Nachdem die Männer sein Zeug in zwei mitgebrachten Taschen verstaut hatten, öffnete Sarkowsky die Zimmertür.

»Haben Sie alles?«

Dreem zog die Jacke an. »Ja, ich bin fertig.«

Sarkowsky lächelte breit. »Na dann. Auf geht's.«

Die beiden Sicherheitsmänner verließen als Erste das Krankenzimmer. Ihnen folgte Sarkowsky. Als Letzter folgte Dreem.

Vor dem Zimmer standen zwei dänische Polizisten auf dem Flur, die sie misstrauisch beobachteten.

Sie waren einige Schritte auf dem Flur gegangen, als Dreem unvermittelt stoppte.

»Ich sollte noch einmal kurz austreten. Dauert nur eine Minute.«

»Sicher. Tun Sie das.«

Seine drei Besucher blieben stehen und sahen ihn an.

Dreem machte sich auf den Rückweg ins Krankenzimmer.

Die Polizisten hatten die Gunst des Augenblicks bereits genutzt und waren verschwunden.

Er betrat das Zimmer und ging ins Bad.

Hektisch sah er sich um.

Sein Blick fiel auf die Befestigung des Duschvorhangs. Die Konstruktion bestand aus ineinandergeschobenen hohlen Aluminiumstangen.

Besser als nichts.

Er zog die Stangen auseinander. Nun hielt er ein fünfzig Zentimeter langes Rohr in den Händen, welches er auf den

Boden legte. Dreem stellte sich mit einem Fuß auf die Stange und bog ein Teilstück hin und her, bis es abbrach.

Für ihn stand fest, dass er eine Waffe brauchte. Hier stimmte so einiges nicht.

Angeblich waren die beiden Schläger von der Botschaftssicherheit. Die Sicherheit der Botschaften wurde von der Bundespolizei gewährleistet. Eines war allen Beamten der Bundespolizei gemein: Sie sprachen Deutsch.

Davon abgesehen sahen die beiden wirklich nicht wie deutsche Polizeibeamte aus, sondern eher wie Ex-Soldaten, und dieser Sarkowsky war ihm auch nicht geheuer. Sein Auftreten wirkte nicht wie das eines Diplomaten auf Dreem.

Mittlerweile hatte er es geschafft, sich ein knapp zwanzig Zentimeter langes Stück abzubrechen, welches er zwischen Türrahmen und Türblatt hielt und das dünnwandige Rohr mit der Tür solange bearbeitete, bis er annähernd eine Spitze erhielt.

Die improvisierte Stichwaffe war nicht schön, aber besser als nichts.

Er schob das Rohrstück mit der Spitze voran in seinen linken Ärmel, verließ das Bad und dann das Zimmer. Wenig später erreichte er die drei Männer, die auf dem Flur warteten.

»Tut mir leid«, sagte er.

Sarkowsky lächelte ihn an. »Kein Problem.«

Zu viert folgten sie dem Flur in Richtung Ausgang.

Zu dieser nächtlichen Stunde trafen sie auf ihrem Weg niemanden an. Vielleicht hatte man das Personal auch angewiesen, sich zu verstecken, bis er das Gebäude oder besser noch das Land verlassen hatte.

Dreem fühlte sich sowohl körperlich wie mental beschissen.

Sein Bauchgefühl sagte ihm, dass er sich in ernsten Schwierigkeiten befand, während sein Verstand ihn davon zu überzeugen versuchte, alles wäre in Ordnung.

Sicher eine Überreaktion, weil er immer noch unter Schock stand. So musste es sein.

Plötzlich hörte er schnelle Schritte hinter sich.

Dreem blieb stehen und drehte sich um.

Ein dänischer Polizist rannte in ihre Richtung und rief auf Englisch, dass sie warten sollten.

Als der Mann näher kam, erkannte er auf dessen Schulter zwei goldene Sterne und eine Krone. Vermutlich ein höherer Beamter.

Der Polizist erreichte die Gruppe und sprach mit Sarkowsky.

Es ging um ein Übernahmeprotokoll. Ohne die Formalitäten würde hier niemand nirgendwo hingehen. Sarkowsky entschuldigte sich, zog ein Schreiben aus seiner Tasche und reichte es dem Polizisten.

Der schien zufrieden. Er forderte Sarkowsky auf, ein Formular zu unterschreiben, was dieser tat. Am Ende gab der Polizist Sarkowsky einen Durchschlag und wünschte eine gute Heimreise.

»Nun gehören Sie mir«, sagte Sarkowsky und lächelte Dreem an. »Ich bin zwar Diplomat, aber ich hasse diesen ganzen Papierkram.«

Dreem entspannte sich. Er war bestimmt einfach nur durcheinander. Es hatte wohl doch alles seine Ordnung.

Sie verließen ohne weitere Zwischenfälle das Krankenhaus und erreichten einen Parkplatz.

Das Wetter erinnerte ihn unangenehm an sein Abenteuer in der Nordsee. Es regnete zwar momentan nicht, aber ein kühler Wind blies und gut gefüllte Regenpfützen zeugten davon, dass es bis vor Kurzem geschüttet haben musste.

Einer von Sarkowsky Begleitern zog einen Schlüssel aus der Hosentasche und eine Sekunde später leuchteten die Warnblinker eines 5er BMWs auf. Auf dem Kofferraumdeckel klebte ein Aufkleber mit den Buchstaben CD, was für *Corps Diplomatique* stand.

Zusammen mit Sarkowsky setzte sich Dreem auf die Rückbank, wobei er den Platz hinter dem Fahrer einnahm.

Sie fuhren los.

Er schätzte die Einwohnerzahl von Esberg auf etwa fünfzigtausend. Von seinem Wohnort in Bettdorf waren es fünfundneunzig Kilometer bis zur dänischen Grenze. Von seinem Dienstort in Eckernförde nur achtzig Kilometer. Trotzdem war er lediglich einmal in Dänemark gewesen. Es gab hier einfach nichts, was ihn interessierte.

Die dänischen Orte wirkten auf ihn, als hätte man deutsche Städte im kleineren Maßstab nachgebaut. Ganz hübsch, aber wenig aufregend. Esberg bildete da keine Ausnahme. Verkehr gab es kaum, der Ort schlief bereits.

Nach noch nicht einmal zehn Minuten hatten sie die Stadt hinter sich gelassen.

»Sie waren schnell hier. Ich dachte, es sei weiter bis nach Kopenhagen«, sagte Dreem und unterdrückte dabei ein Gähnen.

»Wir sind frühzeitig losgefahren und haben im deutschen Konsulat in Middelfart pausiert. Dort haben wir auf die endgültige Freigabe gewartet. Von Middelfart fährt man eine Stunde bis Esberg. Waren Sie schon mal in Middelfart?«, fragte Sarkowsky.

»Nein. Habe ich was verpasst?«

»Ich habe mehrere Jahre in Berlin und Moskau gelebt. Was soll ich sagen, dagegen wirkt ein Aufenthalt in Middelfart, als würde man sich in einer wegen Umbau geschlossenen Raststätte an der A5 befinden.«

»Sind Sie Russe?«

»Jawohl. Jedenfalls was meine Eltern angeht. Geboren bin ich in Düsseldorf.«

»Sie haben in Moskau für die deutsche Botschaft gearbeitet?«

Sarkowsky nickte.

»Das bot sich an, da ich fließend russisch spreche.«

»Und nun Dänemark.«

»Tja, was soll ich sagen. Ich bin Beamter, ich folge dem Ruf meines Dienstherren.«

Dreem sah nach links aus dem Fenster.

Sie fuhren über Land.

Gelegentlich blitzten Lichter am Straßenrand auf, als Zeugnis dafür, dass hier tatsächlich Menschen lebten.

»Wo fahren wir hin?«, fragte Dreem nach einer Weile.

»Wir bringen Sie nach Eckernförde und übergeben Sie in die Hände der Marine.«

Das hätte er sich denken können.

Am liebsten wäre es ihm, sie würden ihn einfach in seine Wohnung fahren. Er würde sich ins Bett legen, den Laptop aufklappen und sich eine Serie auf Netflix ansehen. Dabei könnte er dann so tun, als wäre überhaupt nichts geschehen.

Ganz unerwartet überkam ihn das Verlangen, Anja anzurufen und ihr zu sagen, wie sehr er sie liebte.

Verrückt.

Er wollte nicht nach Eckernförde. Dort würde er nur an die Ereignisse denken müssen, die er momentan mit aller Gewalt zu verdrängen versuchte.

Sarkowsky griff sich plötzlich an die Stirn.

»Geht es Ihnen nicht gut?«, fragte Dreem.

»In letzter Zeit bekomme ich oft starke Kopfschmerzen. Ich denke, ich sollte diesbezüglich wohl lieber einen Arzt konsultieren.«

Nach einigen Minuten schien sich Sarkowskys Zustand zu verbessern.

Die Fahrt durch die Nacht machte Dreem schläfrig.

Seit einer gefühlten Ewigkeit war ihnen kein anderes Auto begegnet. Draußen flogen die Schatten von Bäumen und Büschen vorbei. Links von ihnen befand sich eine Straßeneinmündung, an der ein Fahrzeug wartete, um auf die Landstraße aufzufahren.

Da war tatsächlich ein anderes Auto, fast wäre man gewillt, von dem seltenen Ereignis ein Foto zu schießen.

Als sie die Einmündung passierten, beleuchteten die Scheinwerfer des wartenden Autos für den Bruchteil einer Sekunde den Innenraum des BMWs.

Dreem bemerkte Reflexionen neben der Kopfstütze des Fahrersitzes. Es sah aus, als wäre dort eine Flüssigkeit verspritzt worden.

Ohne weiter drüber nachzudenken, streckte er den linken Arm aus und wischte mit einem Finger über die Tropfen. Er zog den Arm zurück, verschmierte die leicht klebrige Flüssigkeit zwischen Daumen und Zeigefinger. Dann hielt er sich die Finger unter die Nase. Augenblicklich stellten sich seine Nackenhaare auf.

Er kannte diesen metallischen Geruch. Blut.

Dreem schaute nach rechts.

Sarkowsky sah ihn an. Sein Gesicht war eine Maske aus Stein, die jede Freundlichkeit verloren hatte.

Er brüllte etwas auf Russisch.

Dreem zog mit der rechten Hand das Stück Metallrohr aus seinem linken Jackenärmel und rammte es Sarkowsky mit einer halbkreisförmigen Bewegung in die Brust.

Er ließ das Metallstück los, beugte sich nach rechts vorne, fand den Verschluss des Beifahrergurtes und öffnete ihn.

Dann nahm er den Fahrer in den Schwitzkasten und zog ihn mit solcher Gewalt nach hinten, dass er dabei fast den Sitz aus den Schienen riss.

Der BMW schlingerte.

Sein Griff, um den Hals des Fahrers war so fest wie eine Schraubzwinge. Der Mann fuchtelte wild mit den Armen herum, versuchte, nach hinten zu greifen.

Aus dem Schlingern des Autos wurde eine Kreiselbewegung.

Die Fliehkraft zog Dreem in Sarkowskys Richtung, welcher mit beiden Händen das in seiner Brust steckende Metallrohr umklammerte.

Die Arme des Fahrers fielen schlaff nach unten, während der Beifahrer versuchte, sich an der Ablage vor sich abzustützen und der Karussellfahrt zu trotzen.

Ein Knall.

Der Wagen wurde in der Zeitspanne eines Wimpernschlages auf Null abgebremst und die Trägheitskräfte rüttelten Dreem durcheinander.

Für die Dauer von zwei Atemzügen verlor er die Orientierung. Dann war er wieder da.

Alles, was zählte, war Schnelligkeit.

Fahrer. Eliminiert.

Nebenmann. Schwer verletzt. Geringe Bedrohung.

Beifahrer. Geschockt aber unverletzt. Große Bedrohung.

Dreem schlug Sarkowsky den rechten Ellbogen in das Gesicht, griff nach dem Rohr in dessen Brust und riss es heraus.

Inzwischen hatte sich der Beifahrer wieder sortiert. Durch den Aufprall, und weil Dreem dessen Gurt gelöst hatte, war er von seinem Sitz halb in den Fußraum gerutscht. Nun kniete er auf dem Beifahrersitz, in einer Hand hielt er ein Messer. Er holte mit dem Waffenarm aus, um Energie für seinen Angriff zu sammeln.

Diesen Moment nutzte Dreem.

Die Gerade ist die kürzeste Verbindung zwischen zwei Punkten.

Er stieß dem Russen das Metallrohr von vorne in den halb geöffneten Mund.

Das Metall fand seinen Weg vorbei an Zunge und Backenzähnen, durchschlug an der Stelle, an der Unter- und Oberkiefer zusammentrafen, Muskulatur und Haut. Das Aluminiumrohr steckte in dem Kerl wie der Spieß im Spanferkel.

Dem Angreifer rutschte das Messer aus der Hand, instinktiv zuckte er zurück.

Dreem griff ihn am Kragen und zog ihn in Richtung der Rückbank, bis er mit dem Oberkörper in dem Freiraum zwischen Fahrer- und Beifahrersitz lag. Für den Moment war er bewegungsunfähig.

Mit einer Hand hielt Dreem ihn weiterhin am Kragen fest, während er mit der freien Hand nach dem Türgriff suchte.

Er fand ihn, stieß die Tür auf und stieg aus. Gleichzeitig zog er den sich windenden eingeklemmten Russen mit sich. Der Mann lag bereits halb auf der Rückbank.

Dreem hatte mittlerweile das Auto verlassen. Er würde den Kerl nach draußen zerren und ihm dann den Rest geben.

Plötzlich sah er eine Pistole in der Hand des Mannes. Irgendwie war es ihm gelungen, bei der ganzen Rangelei die Waffe aus seinem Holster zu ziehen.

Sofort griff Dreem nach dem Metallrohr, welches noch in dem Mund des Mannes steckte, und riss es mit aller Gewalt nach rechts.

Sein Gegner musste der Bewegung um jeden Preis folgen und stieß dabei einen grauenvollen Schrei aus.

Dem Mann entglitt die Pistole, die zwischen seinen Körper und die Rückenlehne rutschte.

Dreem beugte sich vor in das Fahrzeug, griff die Waffe, hob sie an und schoss dem wimmernden Sarkowsky in den Kopf.

Dann schnellte er aus dem Auto heraus, stellte sich aufrecht hin, zielte auf den Kopf des Mannes, der schon halb aus dem Wagen hing. Dessen Gesicht war blutverschmiert, an der linken Wange klaffte ein großes Loch, das den Blick auf die Zahnreihen freigab.

Er drückte ab.

Dreem ging zur Fahrertür, öffnete sie und zog den schlaffen Körper des Fahrers auf die Straße.

Vorsichtshalber gab er ihm einen Kontrollschuss in den Hinterkopf.

Er ließ die Hand mit der Pistole sinken und sah sich um. Weit und breit kein Zeichen von Zivilisation zu erkennen.

Das andere Fahrzeug, an dem sie vorbeigefahren waren, hatte seinen Weg in die entgegengesetzte Richtung fortgesetzt. Wie es aussah, hatten die Insassen nichts von dem Drama mitbekommen.

Der BMW war mit der Seite gegen einen großen am Straßenrand liegenden Findling geprallt.

Allmählich beruhigte sich Dreems Atmung. Das erste Mal, seitdem er im Krankenhaus aufgewacht war, fühlte er sich wach und bei Sinnen, wofür sich wohl der Adrenalinschub verantwortlich zeigte.

Er zog Sarkowsky und den ehemaligen Beifahrer aus dem Wagen und durchsuchte anschließend die Leichen. Alle führten eine Heckler & Koch Pistole des gleichen Modells mit sich. Eine der Waffe steckte er samt Gürtelholster ein. Bei den anderen beiden Pistolen nahm er jeweils das Magazin heraus und steckte sie ebenfalls in seine Taschen.

Er durchsuchte die Jacken der Toten, stopfte das, was er fand, in seine Jackentaschen, schleifte ihre Körper schließlich von der Straße und rollte sie in den mit Regenwasser gefüllten Straßengraben.

Dann stieg er in den BMW ein und fuhr los.

Was für ein durchgeknallter Film lief hier und was hatten die Kerle von ihm gewollt?

Wollten die ihn ermorden, entführen? Erst entführen, dann ermorden?

Er zweifelte nicht daran, dass Doktor Jacobs die Wahrheit gesagt hatte. Die Krankenhausverantwortlichen hatten sich an die dänischen Behörden gewandt und einen Kontakt zur deutschen Botschaft hergestellt. Sein Gefühl sagte ihm, dass der Mann wirklich ein Arzt gewesen war und kein verkappter Agent.

Wollte ihn also die eigene Regierung aus dem Weg räumen? Warum in aller Welt? Um den Einsatz zu vertuschen?

Das würde kaum gelingen. Er mochte der einzige Überlebende sein, aber über den Einsatz wussten eine ganze Menge anderer Bescheid. Die konnte man nicht alle verschwinden lassen. Sie waren doch nicht in Nordkorea.

Vielleicht hatte eine fremde Macht die Kommunikation zur Botschaft überwacht und ihre Agenten schneller zu Dreem geschickt, als die eigenen Leute es geschafft hatten.

Dafür sprach das Blut, welches Dreem an dem Fahrersitz entdeckt hatte.

Die Arschgeigen hatten den Fahrer der Botschaft abgefangen, umgebracht, seine Dokumente an sich genommen und sich dann auf den Weg gemacht, ihn aus dem Krankenhaus abzuholen.

Die Version klang bis jetzt am vernünftigsten.

Die Kommunikation zur Botschaft zu überwachen, war technisch möglich. Es war nur eine Frage des Aufwandes und der zur Verfügung stehenden Mittel.

Nach einigen Kilometern erreichte er einen einsamen Baumarkt, welcher losgelöst von jeglicher sonstigen Bebauung in die Wildnis gestellt worden war. Er fuhr auf den leeren Parkplatz, stoppte und stellte den Motor ab.

Den Wagen würde er nicht lange benutzen können. In der Dunkelheit konnte er es zwar auf den ersten Blick nicht erkennen, aber die Sitze mussten voller Blut sein. Außerdem hatte die Kugel, die er auf Sarkowsky abgefeuert hatte, dessen Kopf durchschlagen und ein Loch in die Scheibe der hinteren Tür gestanzt. Von der eingebeulten Beifahrerseite ganz zu schweigen.

Um die Entdeckung der Leichen sorgte Dreem sich vorerst

nicht. Die lagen tief im Straßengraben. Wenn überhaupt, würde man sie frühestens im Laufe des Tages finden.

Er schaltete die Innenraumbeleuchtung ein und wühlte in seinen Taschen nach den Dingen, die er bei den Männern gefunden hatte.

Viel war es nicht.

Knapp vierhundert Euro Bargeld, eine Packung Taschentücher und einige Plastikstreifen mit Kopfschmerztabletten. Die Kerle hatten weder Handys noch Ausweise dabei.

Wie hätten die reagiert, wenn der Polizist in der Klinik nach Ausweisen gefragt hätte? Sich den Weg freigeschossen?

Die drei *Freunde*, die ihm ans Leder gewollt hatten, waren Russen gewesen. Denkbar, dass sie für den SWR arbeiteten und damit war nicht der Südwestrundfunk gemeint. Der russische Auslandsgeheimdienst hieß *Sluschba wneschnei raswedki*, was auf Deutsch so viel wie *Dienst der Außenaufklärung der Russischen Föderation* bedeutete.

Die Vorstellung, dass die Russen ihn hatten fertigmachen wollen, war leichter zu ertragen, als wenn die eigenen Leute dahinterstecken würden. Wirklich besser fühlte er sich deshalb nicht.

Auch wenn Dreem glauben konnte, dass der SWR in der Lage war, die Kommunikation zur Botschaft zu überwachen, wie hatten sie die Vorbereitungen für seine Entführung konkret hinbekommen?

Sie mussten unglaublich schnell reagiert haben. Schließlich hatte er erst seit wenigen Stunden in dem Krankenhaus gelegen.

Oder steckten doch die eigenen Leute dahinter, die sich einfach russischem Personal bedient hatten?

Es war lediglich eine Vermutung, dass die drei Agenten gewesen waren. Genauso gut konnte es sich um Ex-Militärs handeln, die man angeworben hatte.

So kam er nicht weiter.

Andere Frage: Warum?

Eine Vertuschung des Einsatzes schied aus. So weit war er schon.

Er konnte sich nichts ... – die Kugeln – der Stick. Das musste es sein.

Dreem besaß etwas, das andere ziemlich dringend in ihre Hände kriegen wollten. Wobei ihm nicht klar war, wer diese anderen waren. Was bedeutete, er durfte niemanden trauen.

»Großer Gott!«, entfuhr es ihm, als ihm plötzlich ein Licht aufging.

Der Tanker war durch zwei Explosionen zerstört worden, und jetzt war ihm klar, was geschehen war.

Warum hatte er das nicht gleich erkannt?

Die Explosionen hatten dafür gesorgt, dass der Tanker in der Mitte auseinandergebrochen war.

Die Ladung hatte damit nichts zu tun. Die *Casandras Dream* hatte Schweröl gebunkert, eine klebrige Pampe mit einer Konsistenz von dickem Honig und einem Flammpunkt, der viel zu hoch war, als dass eine Explosion möglich wäre.

Dreem erinnerte sich an das Geräusch, das er kurz vor den Explosionen gehört hatte. Nun wusste er, woher es stammte. Das aktive Sonar eines extrem schnellen Torpedos hatte die Schiffshülle in einen Resonanzkörper verwandelt.

Bei den meisten Torpedos wurde auf den Einsatz eines aktiven Sonars zur Zielsuche verzichtet. Ein aktives Sonar konnte vom Feind geortet werden und gab ihm die Möglichkeit, Gegenmaßnahmen einzuleiten. Allerdings gestaltete sich die Abwehr bei einem Superkavitationstorpedo nicht ganz so einfach.

Der Superkavitationstorpedo verfügte über einen Strahlenantrieb, der ihn dermaßen stark beschleunigte, dass er ab einer bestimmten Geschwindigkeit von einer Wasserdampfblase eingehüllt wurde. Durch diese Kavitationsblase reduzierte sich der Reibungswiderstand enorm. Der Torpedo erreichte eine Geschwindigkeit von zweihundertfünfundzwanzig Knoten, was in etwa vierhundertzwanzig Kilometern in der Stunde entsprach. Bei der Geschwindigkeit konnte es sich das Waffensystem leisten, Lärm zu verursachen, und musste das auch. Aufgrund der extremen Geschwindigkeit brauchte der Zielcomputer absolut exakte Daten, um die Waffe unter dem Kiel des Ziels zur Detonation zu bringen.

Genau das war geschehen.

Die Explosionen der Torpedos hatten den Kiel zerrissen und gleichzeitig ein annäherndes Vakuum erzeugt, weshalb die *Casandras Dream* unter der Last ihres Eigengewichtes auseinandergebrochen war.

Es war Segen und Fluch zugleich, sein Gehirn wieder uneingeschränkt benutzen zu können.

»Ihr blöden Wichser!«, platzte es aus ihm heraus.

Dreem hatte eine ziemlich genaue Vorstellung davon, wer den Tanker versenkt hatte.

Die wollten Krieg?

Den konnten sie bekommen.

Krieg war immerhin sein scheiß Beruf.

4 _ Effektmaschine

Malu Helland, 02.12.2021, 03:10 Uhr

Auf ihrer Fahrt nach Paris hatte Helland auf ihr Handy als Navigationshilfe verzichtet und es ausgeschaltet.

Ihr erschien es angebracht, dem Beispiel ihres Bruders zu folgen und das Internet zu meiden. Sehr wahrscheinlich war diese Vorsichtsmaßnahme überflüssig, aber es fühlte sich besser an.

Am Anfang ihrer Reise war ihr das leichter gefallen als befürchtet. Erst folgte sie der Beschilderung nach Frankfurt am Main, danach Richtung Trier. Bereits weit vor der französischen Grenze tauchten die ersten Vorwegweiser nach Paris auf. Die Leichtigkeit der Orientierung endete in dem Moment, als sie den Ballungsraum Paris erreicht hatte.

Jetzt stand sie auf dem Parkplatz der Raststätte Changis-sur-Marne auf der A4, sechzig Kilometer vom Pariser Stadtzentrum entfernt.

Trotz der Uhrzeit herrschte reges Treiben.

Autos parkten, Leute stiegen aus und gingen in die Raststätte. Andere Leute kamen aus der Raststätte, stiegen in andere Autos und fuhren weg.

Bevor sie losgefahren war, hatte sie sich einen Faltplan vom Großraum Paris gekauft, der aus mehreren getrennten Teilen bestand. Eine ganze Weile kämpfte sie mit dem Straßenplan, und obwohl es zwischenzeitlich danach aussah, als ob sie die Schlacht verlieren würde, fand sie die Adresse.

Der genaue Standort der Firma erwies sich als Überraschung. Als sie gestern Nachmittag die Adresse bei Henry im Kiosk bei Google Maps überprüft hatte, musste sie sich verguckt haben. Die Firma befand sich nicht in Paris, sondern in Clichy-sous-Bois, einem Vorort der Hauptstadt.

Sie hatte gestern nur einen oberflächlichen Blick auf die Karte geworfen und es war so erschienen, als würde der Ort direkt zu Paris gehören, aber Clichy-sous-Bois lag über fünfundzwanzig Kilometer vom Stadtzentrum entfernt.

Im Prinzip war das sogar besser als Paris, sie sparte etwas an Fahrtstrecke und musste sich nicht mit dem Verkehr einer Metropole auseinandersetzen. In einer Stunde würde sie ihr Ziel erreichen.

Bevor sie weiterfuhr, galt es, ein paar Dinge zu erledigen. Dazu gehörten, die Toilette aufzusuchen, einen Kaffee zu ziehen, etwas zu essen kaufen, und tanken wäre ebenfalls angebracht.

Nachdem sie getankt hatte, ging sie zur Raststätte.

Um sie herum sprachen alle französisch.

Zugegebenermaßen sollte einen das in Frankreich kaum überraschen, aber es machte ihr bewusst, wie weit sie sich aus ihrer heimatlichen Komfortzone herausgewagt hatte.

Wie die mittelalterlichen Seefahrer hatte sie einen Kurs gesetzt und sich einfach immer weiter auf das offene Meer hinaus gewagt.

Für die meisten Menschen war es keine große Sache, sich in einem anderen Land aufzuhalten. Für sie schon. Unvermittelt fühlte sie sich allein und schutzlos, was sie als peinlich und unangenehm zugleich empfand.

Im Prinzip unterschied sich die Raststätte nicht von denen in Deutschland. Ungemütlich und überteuert. Insgesamt kein Ort, an dem man sich länger aufhalten wollte.

Die Toiletten waren sauber, aber Helland irritierte es, als sie sah, dass die Notausgänge professionell blockiert waren, indem jemand dicke Vorhängeschlösser an den Türen angebracht hatte.

So was tat man nicht, das war gefährlich.

Auch ohne Sprachkenntnisse gelang es ihr, einen Kaffee und ein belegtes Brötchen zu kaufen.

Sie konnte stolz auf sich sein. Immerhin hatte sie es fast bis Paris geschafft, den Wagen betankt, die Toilette aufgesucht, einen Kaffee und ein Brötchen erworben. Ihrem weiteren Überleben stand somit nichts im Wege.

Sie ging zurück zu ihrem Auto.

Nachdem sie das Brötchen gegessen und den Kaffee getrunken hatte, fühlte sie sich besser. Was vermutlich auch einfach daran lag, dass sie sich ein wenig bewegt hatte.

Helland warf den Kaffeebecher in einen Mülleimer und bemerkte dabei, dass sie von zwei Männern beobachtet wurde. Wobei es nicht klar war, ob die beiden mehr Interesse für sie oder ihren Wagen zeigten.

Kannten die Franzosen einen Opel Diplomat?

Daheim kam es durchaus vor, dass sie auf ihren Wagen angesprochen wurde. Überwiegend von Männern, die versuchten, das Auto als Ausgangspunkt für ein Kennenlerngespräch zu nutzen. Meistens auf die plumpe, gelegentlich auf eine charmante Art. Aber es gab auch einige, die sich ausschließlich für das Auto interessierten.

Wie es sich bei den beiden verhielt, wollte sie nicht herausfinden. Man musste nicht jedes Geheimnis lüften.

Sie beeilte sich mit dem Einsteigen und machte sich auf den Weg.

* * *

Eine Stunde später erreichte sie Clichy-sous-Bois.

Der Stadtplan führte sie mit unbarmherziger Präzision immer tiefer in einen Dschungel aus Plattenbauten.

Grundsätzlich waren ihr solche Gegenden bekannt. In Dresden und Leipzig existierten genügend Hochhaussiedlungen aus alten DDR-Tagen. Aber wenn jemand meinte, die wären schlimm und unwohnlich, dann hatte derjenige nicht die Siedlungen von Clichy-sous-Bois gesehen.

Sie begriff nicht, was das hier eigentlich war. Ein eigener Ort? Ein Ortsteil von was auch immer?

Sie stoppte am Straßenrand und sah sich die Karte genauer an.

Mittlerweile war sie sich sicher, dass sie sich die Adresse falsch notiert haben musste. In diesem Getto konnte unmöglich eine Firma ihren Sitz haben, die Spezialeffekte für Blockbuster produzierte.

Vielleicht war die Anschrift ein Fake. Gut möglich, dass es sich bei der Effektmaschine um eine Briefkastenfirma handelte.

Sie lehnte sich zurück und schloss die Augen. Es war bald fünf Uhr morgens und die Müdigkeit hatte sie wieder fest im Griff.

Ein aufheulender Motorradmotor schreckte sie auf.

Im Rückspiegel sah sie das Licht eines Scheinwerfers, das sich schnell näherte.

Um im Dezember Motorrad zu fahren, bedurfte es eines speziellen Charakters.

Augenblicke später donnerte die Maschine an ihr vorbei.

Nachdem das Motorrad außer Sicht war, sah sie nach links und traute ihren Augen kaum.

Auf einem kleinen Grünstreifen stand tatsächlich ein ausgebranntes Auto. Einfach so, als wäre dies die normalste Sache der Welt.

Höchste Zeit, weiterzufahren.

Hektisch legte sie den ersten Gang ein und gab Gas.

Was hatte sie nur geritten, in diese gruselige Gegend zu fahren, weit ab von ihrer Heimat? Ins Land Mordor, wo die Schatten drohen. Gut, dass sie sich nicht die Kriminalstatistik der Ortschaft aufgerufen hatte. Sicher wäre das ein Schock gewesen. Es würde sie nicht überraschen, wenn es für die Gegend eine Reisewarnung des Auswärtigen Amts gäbe.

Es war verrückt. Vor weniger als vierundzwanzig Stunden hätte sie beinahe bei einer Klettertour ihr Leben riskiert und nun flatterten ihr die Nerven, weil sie mit dem Auto durch eine französische Hochhaussiedlung fuhr. Wohlgemerkt in einer Siedlung, in der sie bisher keinen Menschen auf der Straße gesehen hatte. Abgesehen von dem Irren auf dem Motorrad. Bei einer repräsentativen Umfrage, was die Befragten als gefährlicher einstufen würden, wäre das Ergebnis sicher eindeutig.

Sie bog in die Avenue Jean Moulin ein. Hier sollte die Firma ihren Sitz haben. Einige Hundert Meter voraus schien es eine Baulücke zwischen den Hochhäusern zu geben.

Als sie die Stelle erreichte, hielt sie an und stieg aus.

Es kam ihr deutlich kälter vor als vor einer Stunde, als sie an der Raststätte gestanden hatte. Aber das mochte der Müdigkeit geschuldet sein.

Sie sah sich um. Die meisten Fenster der sie umgebenden Hochhäuser waren dunkel, in der Ferne hörte sie ein Auto starten. Weit und breit sah sie niemanden. Zum Glück. Sie legte keinen Wert auf Kontakt mit den Einheimischen.

Helland überquerte die Straße und blieb vor einem etwa zwei Meter hohen Zaun stehen, an dem ein Firmenschild hing, welches in vier gleichgroße Vierecke unterteilt war. In jedem Viereck stand ein anderer Firmenname. Der Name Effektmaschine war auch dabei.

Sie trat näher an den Zaun heran und versuchte, sich mit einem Blick zwischen den engen Gitterstäben hindurch einen Eindruck von dem Gelände zu verschaffen. Direkt an den Zaun schloss sich ein größerer geteerter Platz an, weiter hinten auf dem Grundstück stand ein fünfzig Meter breites Gebäude, an dem sich mehrere Rampen für Lastwagen befanden.

Das sah aus wie eine Spedition und erweckte nicht den Eindruck, dass hier eine Firma aus der Filmbranche ansässig wäre.

Sie trat einen Schritt zurück.

Was jetzt?

Wann fingen solche Firmen mit der Arbeit an? Arbeiteten die nicht Tag und Nacht?

Wie es aussah, würde sie nicht umhinkommen, unbestimmte Zeit hier zu warten.

Die Idee, irgendwo hinzufahren, um einen Kaffee zu trinken, verwarf sie schnell wieder. In dieser Gegend fühlte sie sich mehr als unwohl und der sicherste Ort war ihr Wagen. Solange sie in ihrem Opel saß, konnte sie jederzeit verschwinden. Außerdem war das Auto das einzige Stück Heimat, das ihr im Moment noch zur Verfügung stand.

Allerdings knurrte ihr der Magen und Durst hatte sie auch. Das Brötchen und der Kaffee an der Raststätte hatten nach der langen Autofahrt nicht gereicht.

Da fiel ihr ein, dass sie ein wenig Verpflegung für ihre geplante Klettertour eingepackt hatte. Unter anderem lagen zwei Flaschen Wasser und einige Proteinriegel im Kofferraum. Wenigstens würde sie nicht Hunger und Durst leiden.

Zurück an ihrem Auto öffnete sie den Kofferraumdeckel und nahm sich die Sachen heraus.

Sie zögerte, eine der Wasserflaschen zu öffnen. Wenn sie jetzt etwas trank, wann musste sie dann auf die Toilette? Besser sie hielt den Durst noch ein wenig aus.

Helland setzte sich auf den Fahrersitz, schloss den Reißverschluss ihrer Jacke und aß den Proteinriegel.

Gerne hätte sie wegen der Heizung den Motor laufen lassen, aber der Lärm hätte die Neugierde von zwielichtigen Gestalten wecken könnte. Besser sie verhielt sich ruhig und unauffällig und nahm dafür die Kälte in Kauf.

Sie verriegelte die Türen und lehnte sich zurück.

Nach wenigen Minuten fielen ihr gegen ihren Willen die Augen zu.

* * *

Als sie die Augen öffnete, war es draußen hell.

Entgegen aller Erwartung hatte die Müdigkeit sie übermannt und in den Schlaf gezwungen.

Ein nachträglich auf dem Armaturenbrett angebrachtes Thermometer zeigte eine Temperatur um den Gefrierpunkt an. Wieso war es in Frankreich erheblich kälter als in Dresden? Wenn sie eine Wetterkarte im Fernsehen sah, hatte sie immer das Gefühl, es verhielte sich genau entgegengesetzt.

Sie war steif gefroren und ihr Nacken schmerzte, weil sie seltsam verdreht auf dem Sitz gelegen hatte. Ein Blick auf die Uhr verriet ihr, dass sie vier Stunden lang geschlafen hatte. Es war kurz nach neun Uhr.

Helland ließ den Motor an. Bevor sie irgendwas unternahm, würde sie sich die Zeit gönnen und sich aufwärmen. Es machte keinen guten Eindruck, wenn sie als zitterndes Häufchen Elend in der Firma aufkreuzte.

Nach knapp zwei Minuten kam endlich warme Luft aus den Luftdüsen und sie stellte Heizung und Gebläse auf Maximum. Erleichtert drückte sie ihre Finger gegen die Plastikverblendung der Heizung.

Soweit sie das aus dem Wagen heraus beurteilen konnte, herrschte Betrieb auf dem Gelände. Das Tor stand offen und auf dem Platz vor dem Gebäude parkten einige Autos.

Solange sie sich im Auftauprozess befand, sollte sie die Zeit nutzen, um sich einen Plan zurechtzulegen.

Wie ging sie am besten vor? Gleich zur Sache kommen, im Sinne von: Bringt mich zu eurem Anführer? Erst mal bedeckt halten und die Lage sondieren? Oder sich als Journalistin ausgeben? Wobei Journalisten nicht darauf hoffen konnten, ohne Voranmeldung spontan einen Termin zu bekommen.

Am besten sie würde sich von der Situation und ihrer Intuition leiten lassen. Mit anderen Worten: Sie hatte nicht den Hauch einer Idee, wie sie die Sache in Angriff nehmen sollte.

Mittlerweile empfand Helland ihre Extremitäten wieder als ihrem Willen unterworfene steuerbare Teile ihres Körpers.

Sie gönnte sich endlich einen Schluck aus der Wasserflasche. Allmählich bekam sie Kopfschmerzen aufgrund der Dehydrierung. Erst als das Wasser ihre trockene Kehle herunterlief, bemerkte sie, wie durstig sie eigentlich war. Ohne die Flasche abzusetzen, leerte Helland sie bis zur Hälfte.

Sie machte den Motor aus, verließ den Wagen, überquerte die Straße und betrat das Firmengelände.

Ganz am rechten Gebäuderand erkannte sie das Firmenlogo der Firma Effektmaschine wieder, welches dort als Schild über einer Tür hing.

Mit jedem Schritt, den sie sich der Tür näherte, stieg ihr Unbehagen. Das Firmenschild machte zwar einen professionellen Eindruck, aber in der Gesamtbetrachtung kam ihr doch alles hier eher unseriös vor.

Helland erreichte die Tür, öffnete sie und erlebte eine kleine Überraschung.

Unvermittelt stand sie in einem mehrere Hundert Quadratmeter großen Raum, der durch nachträglich eingezogene Trockenbauwände von einer noch weitaus größeren Halle abgegrenzt worden war. In dem Raum gab es dreißig Schreibtische, jeder von ihnen mit einem großen Desktop-Rechner ausgestattet. An den meisten Arbeitsplätzen saßen junge Leuten, die alle so aussahen, als hätte die Zahl dreißig noch keinen besonderen Schrecken für sie.

Jetzt fühlte sie sich ein wenig wohler. Zumindest war sie nicht in einem getarnten Crack-Labor gelandet.

»Kann ich dir helfen?«, fragte eine männliche Stimme.

Helland zuckte zusammen. Von ihr unbemerkt war ein Mann von hinten an sie herangetreten.

»Tut mir leid, ich wollte dich nicht erschrecken.«

Irritiert stellte sie fest, dass er ein wenig kleiner war als sie. Sie selber maß einen Meter achtundsechzig und empfand kleinere Männer als irgendwie unfertig, so, als ob der Natur mitten in der Wachstumsphase der Spaß an der Sache abhandengekommen wäre.

Der Mann war Asiat, was es für sie schwer machte, sein Alter zu schätzen. Die asiatischen Männer, denen sie bisher begegnet war, hatten deutlich jünger ausgesehen, als sie tatsächlich gewesen waren. Ihr Gegenüber sah aus, als wäre er Ende zwanzig, auch wenn er vielleicht zehn Jahre älter sein mochte.

Auf jeden Fall war sie froh, dass er sie auf Deutsch angesprochen hatte.

»Tut mir leid, dass ich hier so hereingeplatzt bin. Mein Name ist Malu Helland. Ich ...«

»Du bist Richards Schwester.«

»Sie kennen meinen Bruder?« Der Erstkontakt verlief ja erfreulich unkompliziert.

»Ja, das tue ich.« Er hielt ihr seine Hand zur Begrüßung hin. »Mein Name ist Liem Phan. Als ich gesehen habe, wie du reinkamst, wusste ich gleich, dass du Richards Schwester bist.«

Helland ergriff die angebotene Hand und schüttelte sie.

»Sehen wir uns so ähnlich?«, fragte sie,

»Ein wenig.« Phan lachte. »Aber die wirkliche Ähnlichkeit besteht in eurer gemeinsamen Art, unangekündigt aus dem Nichts aufzutauchen. Wir bekommen selten Besuch und spontanen so gut wie nie.«

»Also war mein Bruder hier? Wann war das?«

»Vor ein paar Tagen.«

»Ging es ihm gut? Wo ist er jetzt?«

Phans Gesicht nahm einen besorgten Ausdruck an.

»Jetzt machst du mir Angst. Stimmt etwas nicht mit Richard?«

»Ich bin mir nicht sicher.«

»Als er bei mir war, ging es ihm gut. Jedenfalls soweit ich das beurteilen kann. Wo er jetzt ist, weiß ich nicht.« Phan machte eine kurze Pause. »Er steckt in Schwierigkeiten, stimmt's?«

»Ich befürchte es. Ich kann ihn nicht mehr erreichen und habe keine Ahnung, wo er ist.«

»Lass uns woanders weiterreden.« Mit einer Geste forderte er Helland auf, ihm zu folgen. »Ich hoffe, du bist nicht böse, dass ich dich duze. Ich merk das manchmal gar nicht.«

»Nein, nein. Kein Problem.«

Gemeinsam durchquerten sie das Großraumbüro.

»Ihr macht hier Spezialeffekte für Filme?«, fragte Helland.

»Nicht ganz. Spezialeffekte werden bereits während der Dreharbeiten gemacht. Zum Beispiel künstlicher Regen oder die berühmte Windmaschine. Was wir erzeugen, sind sogenannte visuelle Effekte. Die sind rein am Computer generiert und werden dem Filmmaterial später hinzugefügt.«

»Dafür reichen so wenige Computer? Ich dachte, man bräuchte für so etwas gewaltige Rechenleistungen.«

Phan lächelte milde. Es schien, als hätte er Hellands Bemerkung nicht zum ersten Mal gehört.

»Lass dich nicht täuschen. Wir haben achtundzwanzig frisierte MacPro-Rechner. Jede der Maschinen besitzt zweiunddreißig Prozessorkerne und einen Arbeitsspeicher von fünfhundertzwölf Gigabyte. In der Nacht schalten wir die Computer zu einem Rechencluster zusammen. Da geht schon einiges. Aber es stimmt, für besondere Aufträge benötigen wir gelegentlich bedeutend mehr Power. In einem solchen Fall mieten wir uns Rechenleistung bei einer sogenannten Renderfarm an. Das kommt uns deutlich günstiger, als sich die Hardware selber bereitzuhalten. Computer sind einfach zu schnell veraltet und wir wären gezwungen, ständig neue anzuschaffen.«

Sie erreichten die gegenüberliegende Seite des Raumes und Phan öffnete eine Tür.

»Gehört die Firma dir?«

»Ja.«

»Nimm es mir bitte nicht übel. Aber warum in dieser Gegend?«

»Das nehme ich dir nicht übel. Ich finde es auch nicht toll hier. Für den Standort sprechen zwei Gründe. Der Erste ist, dass ich keine Miete zahle, weil das Gebäude meinem Schwiegervater gehört. Er ist einer der wenigen Einwanderer aus Algerien, die es zu etwas gebracht haben. Allerdings gibt es noch einen wichtigeren Grund. Unsere Internetanbindung ist exzellent.«

»Im Ernst?«

»Traurig aber war. Selbst im französischen Getto gibt es besseres Internet als in deutschen Villengegenden.«

Sie betraten ein Büro.

Wenn man die Einrichtung als funktional beschreiben würde, wäre das eine Beschönigung.

Als Schülerin hatte Helland mit ihrer Klasse eine Großbaustelle in Dresden besucht und dabei im Rahmen einer Führung Container gesehen, in denen die Bauleitung ihr Büro eingerichtet hatte.

Es gab definitiv Parallelen.

Bis auf einen mit Papieren übersäten Schreibtisch standen lediglich an einer Wand ein paar Umzugskartons herum, in denen Akten lagen. Die Wände waren ungeschmückt, bis auf ein eingerahmtes Foto, welches vermutlich Phans Ehefrau zeigte. Das Foto hing mitten an der Wand, was dem Bild etwas Ikonenhaftes verlieh. Wenn man ein Kreuz darüber nageln würde, wäre der Eindruck perfekt.

Phan bot ihr einen Stuhl an.

»Hast du keine Angst vor Einbrüchen?«, fragte Helland. »Ich weiß, das sind Vorurteile, aber hier steht einiges an Wert herum.«

»Die Vorurteile besitzen Berechtigung. Meine Frau ist algerischer Abstammung und hier aufgewachsen. Die hat noch viel mehr Vorurteile, was ihren Heimatort angeht, als wir beide zusammen. Um es kurz zu halten. Hier bricht niemand ein, weil mein Schwiegervater zu angesehen in der Gegend ist. Das wagt hier keiner. Und keiner kommt von außerhalb hierher, um einbrechen zu gehen.«

Phan und seine Frau waren ein Musterbeispiel für eine multikulturelle Familie. Wenn sie seinen Namen richtig einordnete, stammten seine Vorfahren aus Vietnam. So wie er deutsch sprach, war er offensichtlich in Deutschland aufgewachsen. Phans Frau besaß algerische Wurzeln und war in Frankreich groß geworden. Vielmehr an kultureller Gemengelage ging nicht.

»Wann war Richard hier?«

»Er stand am Donnerstagabend auf der Matte. Ich wollte gerade nach Hause gehen.«

»Und er kam, ohne sich anzukündigen?«

Phan nickte. »Genau wie du, schneite er einfach durch die Tür herein.«

»Hat er deine Firma schon öfter besucht?«

»Nein, er war noch nie hier. Darum war ich umso mehr überrascht, ihn zu sehen.«

Das erklärte, warum Richard den Firmennamen gegoogelt hatte. Er hatte die Adresse nicht gekannt.

»Was wollte er?«

»Das ist mir jetzt etwas unangenehm.« Er zögerte kurz. »Könntest du mir deinen Ausweis zeigen.«

Helland lachte. »Ich darf bereits Spirituosen kaufen.«

»Bitte. Ich muss wissen, ob du wirklich Richards Schwester bist.«

»Sicher.« Während sie nach ihrem Ausweis suchte, begann ihr Herz schneller zu schlagen. So wie Phan sich verhielt, musste da etwas im Busch sein.

Sie reichte Phan ihren Personalausweis.

»Danke.«

Während er sich den Ausweis ansah, stellte er Helland eine Frage: »Dein Bruder musste sich immer bei einer bestimmten Sache besonders um dich kümmern, als du ein Kind warst. Hast du eine Ahnung, was er damit gemeint haben könnte?«

Helland schüttelte den Kopf.

»Es war etwas, was er gehasst hat und ihn wütend auf dich gemacht hat.«

»Bäume. Er musste mich immer von Bäumen herunterholen. Danach war er immer sauer auf mich.«

Phan reichte ihr den Ausweis zurück.

»Tut mir leid, aber ich musste einfach sichergehen.«

»Kein Problem. Hat er dir von den Klettertouren unserer Kindheit erzählt?«

Phan nickte. »Er sagte, dass du beim Klettern immer die Mutigere von euch beiden gewesen wärst. Dafür hat er dich gleichermaßen bewundert wie gehasst.«

Sie die Mutigere?

Auf so eine Einschätzung wäre sie nie gekommen. Sie hatte nie Angst vor dem Klettern gehabt, daher empfand sie es auch nicht als mutig, es zu tun. Mutig konnte nur ein Mensch sein, der seine Angst überwinden musste, um etwas zu tun.

»Kannst du mir jetzt sagen, was mein Bruder hier wollte?«

Statt zu antworten, stand Phan auf. »Darf ich dir einen Kaffee anbieten?«

Helland nickte und sah Phan dabei zu, wie er eine Kaffeekapsel in eine auf dem Boden stehende Maschine steckte.

»Dein Bruder und ich haben uns vor zwei Jahren zufällig

auf einer ComicCon in Dortmund kennengelernt. Da es in unseren jeweiligen Berufen gewisse Überschneidungspunkte gibt und wir uns von Anfang an sympathisch fanden, beschlossen wir, in Kontakt zu bleiben. An dem Tag, als er zu mir kam, wollte er, dass ich ihm bei der Beurteilung eines Videos helfe.«

»In der Frage, ob es authentisch ist?«

Phan nickte und brachte Helland ihren Kaffee. »Milch, Zucker?«

Sie verneinte. »Was war das für ein Video?«

»Hast du von dem Fall Eisfeld gehört?«

Sie schüttelte den Kopf. »Sagt mir nichts.«

»Topmanager der Deutschen Bank. Wurde festgenommen, nachdem auf den verschiedensten Internetplattformen ein Video aufgetaucht war, in dem er mutmaßlich ein Kind sexuell missbraucht hatte.«

»Doch. Daran erinnere ich mich. Das war Anfang letzter Woche ein Thema. Aber ich schalte solche Nachrichten immer aus. Ich hasse Meldungen, in denen Kindern etwas geschieht. Hat der Mann sich nicht in der Haft umgebracht?«

»So ist es. Eisfeld gehörte zur obersten Riege der Deutschen Bank. Aufgrund des Videos und eines gleichzeitig aufgetauchten anonymen Bezichtigungsschreibens wurde er in Untersuchungshaft genommen. In seiner ersten Nacht im Polizeigewahrsam hat er sich umgebracht.«

»Und du solltest das Missbrauchsvideo auf seine Echtheit prüfen. Was bedeutet, dass es jemanden gibt, der an dessen Authentizität zweifelt.«

»Der Sohn von Eisfeld hat sich an deinen Bruder gewandt. Zuerst ging es mehr darum, das Video aus dem Internet zu entfernen.«

»Sie wollen ihren Ruf schützen. Soweit das noch möglich ist«, sagte Helland mit spöttischem Unterton in der Stimme.

»Sicher. Aber es dient auch dem Opfer.«

Da war etwas dran, das musste sie zugeben. Es war verrückt, aber bei fürchterlichen Verbrechen dachte man zuerst an die Täterseite. Der Täter erhielt einen Ehrenplatz im Kollektivbewusstsein der Gesellschaft, während sich die Opfer in Nichts auflösten. Eine Unart, die sie schon immer aufgeregt hatte. Jetzt dachte sie genauso. Auf die Idee, dass eine Löschung des Videos auch gut für das Opfer war, war sie gar nicht gekommen.

»Richard hat den Auftrag abgelehnt, weil er zu groß für ihn war. Das Video war zu diesem Zeitpunkt bereits dermaßen viral gegangen, dass nur eine größere Firma Chancen besaß, das wieder halbwegs einzufangen. Wobei es in solchen Fällen ohnehin lediglich um eine Eindämmung geht. Aus der Welt schafft man so ein Video nie mehr.«

»Dass Eisfelds Familie Zweifel an der Echtheit des Videos hat, ist nachvollziehbar. Wer will schon wahrhaben, dass der Ehemann oder Vater ein Kinderschänder ist?«

»Natürlich spielt das eine Rolle. Aber es kam noch ein weiterer Grund hinzu. Die Umstände seines Suizids sollen mysteriös gewesen sein. Zumindest hat Richard das angedeutet.«

»Inwiefern?«

»Das hat er mir nicht verraten. Dein Bruder meinte, es wäre besser, wenn ich nicht zu viel wüsste. Die ganze Angelegenheit könnte politisch motiviert sein.«

»Es besteht also der Verdacht, dass Eisfeld hereingelegt wurde?«

Phan nickte zustimmend.

»Hat man ihn hereingelegt?«

Hellands Gegenüber blies die Wangen auf und ließ die Luft langsam entweichen. »Ich weiß es nicht.«

»Du bist dir nicht sicher?«

»Zunächst habe ich überprüft, ob Eisfeld nachträglich in den Film eingearbeitet wurde. Was nicht der Fall war. Also habe ich untersucht, ob möglicherweise der ganze Film animiert ist.«

»Würde man das nicht erkennen?«

»Dazu komme ich gleich. Ich habe die Beleuchtungsverhältnisse und die daraus resultierenden Schatten unter die Lupe genommen, mögliche Fehler bei Reflexionen, unnatürliche Bewegungsabläufe, physikalische Ungenauigkeiten, die Modulation der Sprache.«

»So wie du das aufzählst, nehme ich an, du bist nicht fündig geworden.«

»Bin ich nicht. Aber die Frage, ob man einen animierten Menschen nicht als solchen erkennt, ist berechtigt. Eigentlich lautet die Antwort ja. Selbst für heutige Verhältnisse ist der Rechenaufwand, der geleistet werden muss, um einen Menschen vollständig animiert dazustellen, enorm. Das Problem liegt darin, dass wir alle seit unserer Geburt geschult sind, andere Menschen zu beobachten und ihr Äußeres zu beurteilen. Wir registrieren unbewusst minimalste Veränderungen in der Mimik. Bei einem animierten Menschen stört uns etwas, ohne dass wir festlegen können, was genau. Man spricht hier von dem Uncanny-Valley-Problem. Wenn eine künstliche Person in einem Film abstrakt gehalten wird, dann nehmen die Zuschauer sie als Menschen wahr und haben damit kein Problem. Eigentlich sollte man denken, die Akzeptanz steigt, je exakter die Darstellung gelingt. Erstaunlicherweise ist das Gegenteil der Fall. Je näher die Animation der Realität kommt, umso größer wird das Unbehagen, das der Zuschauer verspürt. Im alltäglichen Leben sind wir es gewohnt, Menschen, die sich nach unserer Vorstellung merkwürdig verhalten, als mögliche Bedrohung anzusehen. Derselbe Effekt tritt bei animierten Personen auf, die auf den ersten Blick wie echte Menschen aussehen. Unser Unterbewusstsein spürt aber, dass irgendetwas nicht mit ihnen stimmt, und lässt die Alarmglocken läuten.«

»Waren die Personen animiert?«

»Ich habe mir den Film zigmal angesehen. Bildausschnitte vergrößert, die Gesichter studiert. Da war etwas. Aber ich konnte es nicht greifen. Die Haut war perfekt. Die Mimik schien völlig natürlich. Und dann habe ich es verstanden.«

Helland beugte sich leicht nach vorne.

»Was?«

»Ich bin selber Vater eines Sohnes und liebe Kinder. Aber als ich den Film gesehen habe, verspürte ich kein Mitleid für das Kind. Nicht das Geringste. Zunächst war ich über mich selbst entsetzt. Wie konnte das sein? Hatte ich über Nacht jegliches Mitgefühl verloren? Und dann begriff ich es. Mein Unterbewusstsein hatte etwas erkannt, was meinem Verstand entgangen war.«

»Die Personen waren nicht real«, sagte Helland.

»Das ist meine Erklärung.«

Es gab eine weitere Erklärung. Phans Unterbewusstsein hatte sich dafür entschieden, die Personen in dem Video zu entmenschlichen. Damit wäre Mitleid überflüssig, da keinem lebenden Wesen etwas angetan worden war. Mitleid bedeutete Leid, für den, der es empfand. Dieses Leid hätte Phan sich mit der Schutzreaktion erspart. Allerdings hielt Helland es für unangebracht, auf diese Möglichkeit hinzuweisen.

»Ein Beweis ist das aber beim besten Willen nicht«, sagte Helland.

»Das ist wahr.«

»Wäre es denn technisch überhaupt realisierbar, ein animiertes Video dieser Qualität herzustellen?«

»Grundsätzlich ist es möglich. Wir sind bereits nahe dran. In einigen Jahren wird es sicher die ersten Spielfilme geben, die komplett animiert sind, und bei denen es der Zuschauer nicht erkennen kann. Dieser Film wäre dann der Erste seiner Art. Allerdings muss der Aufwand gigantisch gewesen sein.«

»Was wäre nötig, einen solchen Film herzustellen?«

»Sehr viel Geld, Leute, die wahre Künstler sind, und eine

enorme Rechenleistung. Ganz sicher ein Millionenprojekt, das man nicht übers Wochenende erledigt hat.«

»Warum sollte das jemand machen?«

»Ich begreife es als ein Zurschaustellen von Macht. Es würde mich nicht wundern, wenn die Macher des Films früher oder später selber für die Information sorgen, dass der Film animiert ist. Das wäre eine deutliche Warnung an alle anderen. Die Botschaft lautet: Wir sind in der Lage, euch auf eine Art und Weise auszulöschen, die ihr euch nicht einmal vorstellen könnt.«

Das Fiese bei einem Film, der den Missbrauch eines Kindes zeigt, war, dass Eisfeld auch erledigt gewesen wäre, wenn sich der Film als Fake herausgestellt hätte. So etwas wurde man nicht wieder los. Die Karriere wäre beendet.

»Stellt sich die Frage, wen Eisfeld verärgert hat«, flüsterte Helland.

Ihr wurde plötzlich etwas klar. Wenn Phan recht hatte, was den Film anging, war Richards Paranoia bezüglich des Internets sicher nicht übertrieben, was bedeutete, dass er sich vielleicht in großer Gefahr befand, weil er seine Nase in Dinge steckte, die ihn nichts angingen.

In irgendeine gruselige Geheimdienstscheiße.

»Das kann ich dir nicht beantworten. Allerdings will ich das auch nicht wissen.«

»Hat Richard dir gesagt, du sollst das Internet und das Handy meiden? Ich meine bezüglich dieser Sache.«

»So ist es. Und den Rat habe ich befolgt. Mir war dann auch sofort klar, warum er unangekündigt bei mir aufgetaucht war. In solchen Angelegenheiten wäre ich auch äußerst vorsichtig.«

»Wie hast du ihn über deine Erkenntnisse informiert?«

»Als er hier war, haben wir ein Treffen für den nächsten Abend ausgemacht.«

»Was hat er von deiner Theorie gehalten?«

»Er hat sie ernst genommen.«

»Und dann?«

»Hat er sich verabschiedet und mich eindringlich gebeten, mit niemandem über die Sache zu sprechen.«

»Du hast mit mir darüber gesprochen«, stellte Helland fest.

»Richard hat gesagt, dass du vielleicht kommen würdest.«

Helland sah ihn irritiert an.

Phan lächelte. »Ich soll dir ausrichten, dass du dir keine Sorgen um ihn machen sollst. Außerdem bittet er dich, nicht weiter nach ihm zu suchen, er würde es sich nie verzeihen, wenn du dich seinetwegen in Gefahr bringst.«

»Er hat gewusst, dass ich nach ihm suchen würde?«

»Anscheinend hat er dir auch zugetraut, dass du in der Lage bist, ihn zu finden.«

Richard hielt offensichtlich viel von ihr und traute ihr deutlich mehr zu als sie sich selbst.

»Was wirst du jetzt tun?«, fragte Phan.

»Meinen Bruder suchen.«

»Die Antwort hatte er auch vorausgesehen.«

5 _ Ein Stück Normalität

Kai Dreem, 02.12.2021, 14:00 Uhr

In der vergangenen Nacht war Dreem mit dem ramponierten Wagen der Botschaft bis nach Kolding an die dänische Ostseeküste gefahren, wo er ihn am Straßenrand stehen gelassen hatte.

Der 5er BMW war nagelneu und vollausgestattet. Gut möglich, dass im Infotainment-System eine eigene SIM-Karte für den Internetempfang verbaut war und er sich auf diese Weise orten ließ. Ohnehin war er bei dem optischen Zustand des Autos bereits ein großes Risiko eingegangen, überhaupt eine längere Strecke damit zurückzulegen.

Von Kolding aus war er mit öffentlichen Verkehrsmitteln nach Flensburg gefahren und von dort weiter nach Hamburg.

Jetzt stand er in der Halle des Hauptbahnhofs an einem Stehtisch und trank einen Kaffee, als wäre er ein Passant, der sich eine Pause gönnte.

Es war vierzehn Uhr.

Unentwegt rannten Menschen mit ratternden Rollkoffern aus allen Himmelsrichtungen an ihm vorbei, blieben plötzlich orientierungslos stehen, drehten sich mehrmals im Kreis und eilten dann in eine andere Richtung weiter. Der Strom aus Reisenden bewegte sich in einer Choreografie, die von den Abfahrtszeiten ihrer Anschlusszüge vorgegeben wurde, wobei die im Lärm der einfahrenden Züge kaum zu verstehende blecherne Lautsprecherstimme einer Bahnangestellten, interessante Akzente setzte, indem sie in einem monotonen Singsang erklärte, dass leider ein Zug ausfallen würde oder an einem anderen Gleis einfuhr als vorgesehen.

Nachdem er begriffen hatte, dass der Tanker einem Torpedoangriff zum Opfer gefallen war, war Dreem gleichzeitig klar geworden, wer das Schiff versenkt hatte.

Grund dafür war ein Relikt aus den Zeiten des Kalten Krieges.

Damals fürchteten sich die Amerikaner besonders vor der sowjetischen Atom-U-Boot-Flotte. Die U-Boote galten als größter Trumpf der Russen, weil sie kaum aufspürbar und in der Lage waren, Atomraketen bis unmittelbar vor die amerikanischen Küsten zu transportieren. Aus solcher Nahdistanz abgefeuerte Raketen ließen dem Feind kaum eine Chance, zu reagieren. Zeitweilig rückte somit sogar das Szenario eines erfolgreichen atomaren Erstschlags in Realitätsnähe.

Aufgrund dieser Bedrohungslage wurde das *Sound Surveillance System* entwickelt. Hunderte von Hydrophonen wurden über die Weltmeere verteilt am Meeresgrund verankert, um feindliche U-Boote aufgrund ihrer Geräuschsignatur zu identifizieren und ihren Kurs zu verfolgen.

Nach der Beendigung des Kalten Krieges waren die meisten dieser SOSUS-Stationen abgeschaltet worden oder dienten heute der zivilen Forschung.

Allerdings lag die Betonung auf *die meisten*. Einige der SOSUS-Stationen waren nach wie vor in Betrieb und teilweise mit moderner Technik aufgerüstet worden.

Eine Station gab es unter anderem am Skagerrak, der Meerenge zwischen Dänemark und Norwegen. Hier verhinderte eine SOSUS-Station, dass russische U-Boote unbemerkt in die Ostsee einfuhren oder sie verließen. Ebenso überwacht wurde die Einfahrt zum Ärmelkanal über die Keltische See sowie die Einfahrt in die Nordsee aus Richtung der Shetlandinseln.

Kein U-Boot bewegte sich in der Nordsee, ohne erkannt zu werden. Es konnte nicht nur die Position und Kurs des Bootes bestimmt werden. Aufgrund der individuellen Eigengeräusche war es möglich, jedes U-Boot genau zu identifizieren. Die gewonnenen Daten wurden über das NATO-Hauptquartier in Brüssel ohne Zeitverzug an alle Verbündeten übermittelt.

Egal ob Amerikaner, Russen oder Chinesen, man wusste, wer sich in der Nordsee herumtrieb.

Dreem war sich sicher, dass die *Casandras Dream* durch Superkavitationstorpedos getroffen worden war. Diese Torpedos besaßen eine geringe Reichweite. Nach etwas mehr als zwanzig Seemeilen ging den Dingern die Puste aus. Daher musste sich das U-Boot, das den Tanker versenkt hatte, zum Zeitpunkt des Angriffs in der Nordsee aufgehalten haben.

Die Anwesenheit eines U-Boots wäre daher bekannt gewesen und Dreem hätte auf jeden Fall während des Einsatzes die Information erhalten, dass sich ein U-Boot auf Abfangkurs zur *Casandras Dream* befunden hätte. Diese Information hatte es aber nicht gegeben.

Die Behauptung, dass es kein U-Boot gab, welches sich unbemerkt in der Nordsee bewegen konnte, stimmte auch nicht ganz. Die neuen deutschen Boote der Klasse 222 besaßen ein System zur aktiven Lärmkompensation, einer Technik, die seit einigen Jahren bei Kopfhörern beliebt war. Hierbei wurde ein Schallsignal erzeugt, welches die entgegengesetzte Polarität des zu absorbierenden Schalls besaß. Zwei entgegengesetzte Wellen, die sich bei ihrem Zusammentreffen gegenseitig auslöschten. Das physikalische Phänomen dahinter nannte sich destruktive Interferenz. Die Boote besaßen somit eine akustische Tarnkappe.

Damit sich die U-Boote nicht durch eine Schussabgabe selber verrieten, waren die modernsten Torpedos ebenfalls mit der Technik ausgestattet. Der von ihnen im letzten Moment genutzte Sonarstrahl war extrem stark gebündelt und konnte praktisch nur vom angegriffenen Ziel bemerkt werden.

Derzeit gab es zwei Boote der Klasse 222. Sie galten aufgrund ihrer Stealth-Eigenschaften als dermaßen gefährlich, das selbst eine Rüstungsexportnation wie Deutschland darauf verzichtete, sie zu verkaufen. Es galt ein absolutes Exportverbot.

Und genau aus diesem Grund wusste Dreem, wer den Tanker versenkt hatte. Es waren die eigenen Leute gewesen. So verrückt das auch klang.

Fragte sich: Warum?

Erneut ließ er das Geschehen Revue passieren: Kampfschwimmer wurden auf einen Einsatz geschickt, um ein Schiff zu entern. Während des Einsatzes wurde dasselbe Schiff von einem deutschen U-Boot torpediert. Was aus den verschiedensten Gründen kaum vorstellbar war. Die Besatzung eines Fischerboots zog ihn aus dem Wasser und die deutsche Botschaft in Kopenhagen wurde darüber in Kenntnis gesetzt. Aber statt Botschaftsangehörigen erschienen drei windige Russen, die versuchten, ihn auszuschalten.

Nein, er hatte wirklich nicht den leisesten Ansatz einer Ahnung, was hier los war.

Daraus ergaben sich einige Probleme. Das momentan Schwerwiegendste war, dass er nicht wusste, wem er trauen konnte. Was für ihn bedeutete, dass er vorsichtshalber niemandem vertrauen durfte.

Der einzige Trumpf, den er besaß, steckte in Form von einigen unscheinbaren Kügelchen und einem Datenstick in der Innentasche seiner Jacke. Er musste herausfinden, was ihm da in die Hände gefallen war.

Als er bereits im Zug nach Hamburg gesessen hatte, war ihm eingefallen, dass er in der Stadt jemanden kannte, der ihm vielleicht helfen könnte. Gut möglich, dass er sich deshalb aus dem Bauch heraus für Hamburg als Ziel entschieden hatte.

Als er mit seiner jetzigen Ex-Frau vor vier Jahren zusammen gekommen war, hatte er zwangsläufig einen Großteil ihres Freundeskreises kennengelernt. Anja befand sich zu der Zeit in ihrem Lehramtsstudium. Ihr damaliger Freundeskreis rekrutierte sich ausschließlich aus Menschen, die dem gehobenen, liberal ausgerichteten Bildungsbürgertum angehörten. Die mochten Dreem nicht und mieden ihn zum Teil wie der Teufel das Weihwasser.

Bis auf einen.

Doktor Martin Trenner war Biologe und forschte am EMLB in Hamburg, dem *Europäischen Laboratorium für Molekularbiologie.*

Dreem hatte Martin immer gerne zugehört, wenn er von seiner Arbeit erzählt hatte. Zum Beispiel von dem Projekt, dessen Ziel es war, Landminen mittels genetisch veränderter Bakterien aufzuspüren. Dabei wurden fluoreszierende Bakterien so manipuliert, dass sie auf geringste Mengen Sprengstoff im Boden reagierten, indem sie anfingen, zu leuchten. Je nach Art des Sprengstoffes in einer anderen Farbe. Die Bakterien lebten in einer Nährflüssigkeit, die bei Bedarf über einem Geländeabschnitt versprüht werden konnte. Vierundzwanzig Stunden später erkannte man dann anhand von farbigen Flecken, wo Minen im Boden lagen.

Diese Form angewandter Wissenschaft fand Dreem hochinteressant. Es imponierte ihm, wenn Leute etwas erfanden, das einen praktischen Nutzen besaß.

Martin hatte sich von Dreems Begeisterung irritiert gezeigt.

»Ihr versteckt mit Liebe zum Detail Sprengfallen im Boden und wir holen sie wieder raus. Das kann dir nicht gefallen«, hatte Martin halb scherzhaft gesagt.

»Nur weil ich Soldat bin, will ich noch lange nicht, dass Kindern beim Spielen die Beine explodieren.«

»Immerhin.«

Martin mochte ihn und er mochte Martin.

Über die Jahre hinweg verabredeten sie sich regelmäßig,

wenn auch mit großen zeitlichen Abständen zwischen den einzelnen Treffen, was hauptsächlich an Dreem lag. Sozialkontakte waren in seinem Job schwierig zu pflegen. Das letzte Mal hatte Dreem ihn vor ungefähr einem Jahr getroffen. Über Anja hatte er hin und wieder etwas über Martin gehört, daher wusste Dreem, dass er immer noch in Hamburg lebte und arbeitete.

Ob Martin bereit und willens wäre, ihm zu helfen, war natürlich unklar und, selbst wenn er Dreem half, war es fraglich, ob ihm Informationen über die Kugeln in irgendeiner Weise weiterhelfen würden. Aber in Ermangelung eines anderen Plans blieb ihm keine Wahl.

Er hob den Kaffeebecher an, um den letzten Schluck zu trinken.

Mitten in der Bewegung hielt er inne.

»Scheiße«, entfuhr es ihm unwillkürlich, als ihm bewusst wurde, dass er einen Fehler begangen hatte.

Er stand inmitten des Hauptbahnhofs, umgeben von unzähligen Kameras. Wer auch immer ihm an den Kragen wollte, hatte bereits bewiesen, dass er den ein oder anderen Trick auf Lager hatte.

Dass seine Feinde über die Fähigkeit verfügten, alle Videokameras des Landes zu überwachen, war praktisch unmöglich. Nüchtern betrachtet war die Chance, auf diese Weise aufgespürt zu werden, verschwindend gering.

Dreem ärgerte sich trotzdem. Er hatte einfach überhaupt nicht daran gedacht und es war ihm unerklärlich, warum ihm das entgangen war.

Vermutlich war er übermüdet. Die Stunden, die er bewusstlos im Krankenhaus verbracht hatte, konnte man kaum als erholsamen Schlaf durchgehen lassen und die körperlichen und psychischen Strapazen, die er vor und nach seinem Krankenhausaufenthalt ertragen hatte, waren auch nicht ohne gewesen.

Dreem wusste, was Schlafmangel und Erschöpfung mit einem anstellten. Vor einigen Jahren hatte er an einer Übung teilgenommen, während der ihm und seinen Jungs zweiundsiebzig Stunden lang der Schlaf entzogen worden war. Konzentrationsprobleme, Stimmungsschwankungen, Verlust der zeitlichen Orientierung und der manuellen Fähigkeiten waren die Folge. Am unangenehmsten waren die Halluzinationen gewesen. Dreem hatte keine rosa Elefanten gesehen, aber sich dafür ständig eingebildet, in der Peripherie seines Sichtbereichs Bewegungen wahrzunehmen, die nicht existiert hatten.

Kurz vor Ende der Übung hatten sie einen simulierten Angriff abwehren müssen und Dreem hatte bereits nach wenigen Sekunden völlig den Überblick verloren.

Die Moral von dem Test war wie folgt gewesen: Der Feind zeigt kein Mitleid, weil du müde bist oder anderweitig unpässlich. Du musst klarkommen. Immer. Oder du bist tot.

Dreem zog sich die Kapuze seiner Jacke über den Kopf und verließ den Bahnhof durch einen Nebeneingang. Ab jetzt würde er sich zusammenreißen.

Was galt es, zu tun?

Als Erstes musste er den beiden Bundespolizisten ausweichen, die ihm gerade entgegenkamen. Eigentlich gab es für die Polizisten keinen Grund, ihn zu kontrollieren, aber gute Bullen besaßen einen sechsten Sinn für Menschen, die etwas zu verbergen hatten, und zu verbergen hatte Dreem einiges. Immerhin lief er mit einer Waffe am Gürtel herum. Das galt in Deutschland als eher ungewöhnlich und wurde von Sicherheitskräften ungern gesehen.

Unauffällig korrigierte er seine Laufrichtung, damit die Uniformierten ihn in einem möglichst großen Abstand passierten.

Dreißig Sekunden später atmete er auf, als klar war, dass die beiden Polizisten sich nicht für ihn interessierten.

Dreem verließ das Bahnhofsgebäude. Es nieselte. Windböen bliesen Papierservietten und Plastiktüten über den Gehweg.

Er kam an einer Apotheke vorbei, die ein Werbeschild in Form einer Digitalanzeige besaß, welches alle paar Sekunden die Informationen wechselte. 14:11 Uhr. Fünf Grad.

Auf ein Neues. Was galt es, zu tun?

Wenn er Glück hatte und Martin nicht gerade seinen Urlaub auf den Malediven verbrachte, würde er um diese Uhrzeit arbeiten. Sein Arbeitsplatz befand sich in einer Außenstelle des EMBL, welche auf dem Gelände von DESY, dem Deutschen Elektronen-Synchrotron, ihren Standort hatte.

Insgesamt war das gefühlsmäßig eine Umgebung, die Dreem bei der derzeitigen Lage lieber meiden würde.

Zu viele Kameras und Wachpersonal.

Besser er wartete auf Martin vor dessen Wohnung und fing ihn ab, wenn er nach Hause kam.

Vorher gab es zwei Dinge zu erledigen. Als Erstes musste er sich etwas zu essen besorgen.

Das war der einfache Teil. In Bahnhofsnähe gab es genügend Bäckereien und wenig später hielt er ein belegtes Brötchen in den Händen. Der kompliziertere Teil bestand darin, ein Handy aufzutreiben. Ob und wann er es brauchte, wusste er nicht, aber die Option, bei Bedarf kommunizieren zu können, war wichtig.

Dreem sah nur eine Möglichkeit, an ein Handy zu kommen.

Er benötigte jemanden, der für ihn ein Prepaidhandy besorgte und beim Kauf seinen Ausweis vorlegte, damit Dreem anonym blieb.

Was die Sache ein wenig vereinfachte, war der Umstand, dass es in unmittelbarer Nähe zum Bahnhof eine ganze Menge Menschen gab, die bereit waren, ganz andere Dinge zu tun, wenn man sie dafür bezahlte. Einen Willigen zu finden, dürfte kein Problem darstellen. Schwieriger würde es werden, sich nicht von ihm veraschen zu lassen.

Dreem hatte Hamburg bereits einige Male besucht und wusste, dass sich viele Drogenabhängige im Bereich des Steintorplatzes aufhielten. Da sollte er jemanden auftreiben können, der gerne ein paar Euro verdienen wollte, ohne sich dabei ernsthaft die Hände schmutzig machen zu müssen.

Der Steintorplatz lag in Wurfweite des Bahnhofgebäudes. Eigentlich war es kein richtiger Platz, jedenfalls nicht so, wie man ihn aus kleineren Städten kannte. Im Prinzip handelte es sich um eine große Kreuzung, an der sich die Kirchallee mit dem sechsspurigen Steintordamm traf. Ansonsten gab es am Steintorplatz ein paar Parkplätze, U-Bahn-Abgänge, Hotels, Dönerbuden und jede Menge Menschen, die, wie man sagte, durch das soziale Netz gefallen waren.

Genau von dieser Sorte brauchte Dreem jetzt einen.

Er erreichte den Steintorplatz, blieb stehen und verschaffte sich einen Überblick.

Wie konnten Menschen hier wohnen? Auf allen Fahrbahnen staute sich der Verkehr. Motorenlärm, nervöses Hupen, die bis hierher zu hörenden Lautsprecheransagen aus dem Hauptbahnhof. Dies war ein Ort, der keine Stille kannte. Hier zu leben, käme für Dreem einem Albtraum gleich.

Ihm fiel eine Frau auf, die in seine Richtung lief und auf ihrem Weg an jedem Mülleimer anhielt. Mit einer LED-Taschenlampe leuchtete sie ins Innere, vermeintlich auf der Suche nach Pfandflaschen. Sie mochte Mitte dreißig sein, trug einen fleckigen Mantel und ihre ehemals weißen Sneaker hatte der Dreck graubraun gefärbt.

Als die Frau seine Position erreichte, sprach er sie an.

»Willst du dir etwas Geld verdienen?«

»Ich geh nicht anschaffen«, sagte sie beim Vorbeigehen.

»Ich brauche ein Prepaidhandy. Aber es soll auf einen anderen Namen laufen.«

Die Frau stoppte und drehte sich zu ihm um.

Sie nickte. »Das ist okay. Ich nehme fünfzig Euro für meinen Namen.«

Anscheinend stellte sein Wunsch nach einem Handy für sie keine Überraschung dar. Umso besser.

Jetzt, wo die Frau vor ihm stand, erkannte Dreem erst, mit was für einer traurigen Gestalt er es zu tun hatte. Die langen dunkelblonden Haare waren verfilzt, unter ihren Augen hingen blaue Tränensäcke und ihre Beine ragten aus dem Mantel hervor wie zwei Bleistifte. Vermutlich sah die Frau zehn Jahre älter aus, als sie war. Sicher hatte sie bereits einiges im Leben hinter sich und das, was noch vor ihr lag, bot wohl auch wenig Anlass zu übermäßiger Euphorie.

»Versteh mich nicht falsch, aber ich habe keine Lust, dass du mich über den Tisch ziehst. Wie machen wir das Geschäft?«

»Versteh mich nicht falsch«, äffte sie Dreem nach. »Mach dir nicht ins Hemd, du willst keinen Stoff kaufen, sondern ein Handy. Du kommst mit in den Laden. Ich lege meinen Perso hin und du bezahlst. Erst das Handy, dann mich.«

»In Ordnung.«

»Los gehts. Ich habe heute noch was anderes vor.«

Unerwartet für ihn nutzte die Frau eine Lücke im Verkehr und rannte über die Kirchenallee. Dreem hatte Mühe, ihr zu folgen.

Sie führte ihn eine Weile durch das Bahnhofsgebiet und betrat schließlich einen Laden, in dessen Schaufensterauslage sich gebrauchte Handys stapelten. Er folgte ihr und war zehn Minuten später stolzer Besitzer einer Prepaidkarte sowie eines gebrauchtes Samsung Handys.

Der Akku des Handys war geladen, die Karte aktiviert. Nun konnte er neunzig Minuten lang telefonieren und sogar sechs Gigabyte Datenvolumen im Internet verbrauchen. Momentan hatte er keine Verwendung für das Telefon. Um den Akku zu schonen, schaltete er es aus.

Da die Frau ihren Teil der Abmachung erfüllt hatte, bezahlte er sie und verabschiedete sich.

Dreem besaß jetzt noch etwas mehr als hundert Euro. Besonders das Handy hatte sein Budget stark belastet.

Aber das war es ihm wert.

Ein Handy zu haben, fühlte sich gut an, wie ein kleines Stück Normalität, das er sich zurückerobert hatte.

Der nächste Schritt bestand darin, Martin einen Besuch abzustatten. Wenn das keine Überraschung wurde, dann wusste er es auch nicht.

6 _ Untertauchen

Hans Gassner, 02.12.2021, 15:10 Uhr

Der Mann, mit dem sich Hans Gassner zum Essen getroffen hatte, sah genau so aus, wie er sich einen Topmanager mit solider Grundarroganz vorstellte: Teurer Anzug, teure Uhr und Schuhe, die mehr kosteten als Gassners komplette Garderobe.

Während der Begrüßung hatte der Mann ihm nur widerwillig die Hand gereicht, als ob es unter seiner Würde wäre, niedergestellten Personen Körperkontakt zu gewähren.

Gassner fühlte Vorfreude ihn sich aufsteigen.

Eigentlich sollte er gar nichts über den Kerl wissen. Aber der Typ hatte ihm sofort unter die Nase gerieben, dass er ein hoher Finanzmensch sei. Gassner hatte ihn mit klaren Worten aufgefordert, auf weitere Selbstauskünfte zu verzichten. Der Mann war sichtlich beleidigt gewesen und hielt seit der Ansage Funkstille ein.

Die Bedienung brachte das Essen, Gassner bedankte sich höflich und fing sofort damit an, ein Stück von seinem Rumpsteak abzuschneiden.

Seit einem Jahr gab es das argentinische Restaurant *Aconcagua* am Fuße des Japan-Centers, einem hundert Meter hohen Bürohochhaus in der Frankfurter Innenstadt.

Gassner liebte Rumpsteaks und hier gab es die derzeit besten, was sich mittlerweile herumgesprochen hatte. Einen Tisch zu ergattern, war gar nicht so leicht gewesen. Aber er hatte es geschafft und dabei sogar noch einen ziemlich guten direkt an der Fensterfront bekommen. Von hier aus besaßen sie einen schönen Blick in die Taunusanlage.

Mit zehn Grad war es recht mild für Anfang Dezember.

Den ganzen Tag über hatte es leicht genieselt, was nun dazu führte, dass Nebelschwaden durch die Parkanlage zogen. Gepaart mit den auf Jugendstil getrimmten Laternen erzeugte das eine für die Großstadt ungewöhnliche Stimmung. Je nach Gemütsverfassung überkamen einen entweder romantische Gefühle oder der Gedanke an Jack the Ripper.

Gassner wusste, dass seinem Gegenüber, das alles herzlich egal war. Der Mann stocherte gedankenverloren im Gemüse herum.

»Warum darf ich nicht sagen, wer ich bin?«, brach der Banker die Stille. »Man muss doch wissen, mit wem man es zu tun hat.«

»Sie dürfen sagen, was Sie wollen. Aber je weniger ich über Sie weiß, umso weniger kann ich über Sie verraten.«

»Würden Sie das tun?«

»Das kommt darauf an, auf welche Art die Befragung stattfindet. Wenn mir jemand die Fingernägel mit der Zange entfernen möchte, verrate ich ihm sicher gerne alles, was er wissen will. Inklusive einiger Details, die ich gar nicht kenne.«

Der Mann sah schockiert aus.

»Ist das bereits vorgekommen?«

Gassner betrachtete die Fingernägel seiner Hände. »Nein, bisher ist alles dran.«

Unruhig rutschte der Mann auf seinem Stuhl herum und rührte sein Essen kaum an. Ständig sah er nach links und rechts, als erwartete er, dass ihn jederzeit ein Velociraptor aus den Zierpflanzen heraus anfallen könnte.

Nachdem Gassner sich eine Gabel voll Kartoffeln in den Mund geschoben hatte, griff er seine auf den Boden abgestellte Aktentasche und stellte sie sich auf den Schoß.

Er nahm einen DIN-A4-Umschlag heraus, legte ihn auf den Tisch und schob ihn in Richtung des Mannes.

Der glotzte den Umschlag an. »Was ist da drin?«, fragte der Mann, ohne den Umschlag aus den Augen zu lassen.

Gassner stellte die Tasche zurück auf den Boden. »Ihr neues Leben. Ein US-amerikanischer Reisepass, Führerschein, Geburtsurkunde, Kontodaten, Kreditkarte. Alles, was man so braucht, und was Sie ausgehandelt haben.«

»Und was soll ich damit? Ich brauche jemanden, der mir hilft. Darauf habe ich bestanden. Ich habe keine Ahnung, wie ich ein neues Leben anfangen soll.«

»Offensichtlich wurde dieser Teil Ihres Antrags abgelehnt. Der Umschlag ist alles, was Sie bekommen.«

»Das ist eine Unverschämtheit. Ich werde mich über Sie beschweren.«

Gassner kicherte.

»Was ist daran so lustig?«

»Einen Moment.« Er legte das Besteck beiseite und wischte sich den Mund mit der Serviette ab. »Ich kenne Leute wie Sie. Sie haben Mist gebaut und gehören ins Gefängnis oder auf den Grund des Bodensees. Aber anscheinend wussten Sie etwas, das Ihnen den Hals gerettet hat. Vermutlich haben Sie andere verraten, die noch größeren Mist gebaut haben und die nun mächtig sauer auf Sie sind. Liege ich falsch?«

»Wir alle treffen falsche Entscheidungen«, knirschte der Mann.

»Ich nehme weiter an, dass Sie vor einigen Tagen für tot erklärt wurden. Das ist eine standardisierte Vorgehensweise. Vielleicht ein Jachtunfall in der Karibik? Spielt auch keine Rolle. Was allerdings eine Rolle spielt, ist Folgendes: Es gibt Sie nicht mehr. Kein Mensch interessiert sich für Sie. Außer denen, die Ihnen an den Kragen wollen. Nehmen Sie den Umschlag oder lassen Sie es bleiben. Ihre Entscheidung. Gehen Sie nach Amerika oder hängen Sie sich in der Dusche in Ihrem Hotel auf. Mich kümmert es nicht.«

Während Gassners Ansprache hatte das Gesicht seines Gegenübers mehrfach die Farbe gewechselt. Zunächst war es rot geworden, dann blass, nahezu durchsichtig, schließlich wieder rot.

Der Mann nahm den Umschlag an sich.

»Sie sagen, Sie wollen nichts über mich wissen. Aber Sie kennen meinen neuen Namen.«

»Nein, tue ich nicht. Ich habe die Papiere besorgt, aber ich kenne die Personalien nicht. Ich hoffe, Sie können mit Ihrem neuen Namen leben.«

»Sie haben da nicht in den Umschlag gesehen?«

»Nein.«

»Aber das sind doch echte Dokumente, oder?«

»Ja. Absolut wasserdicht. Aber Sie dürfen nicht vergessen, dass die Identität, die Sie nun haben, substanzlos ist.«

»Wie meinen Sie das?«

»Sie sind ab jetzt ein Mensch ohne Vergangenheit. Niemand kennt Sie. Keine Verwandten. Solche Dinge meine ich. Für den Fall, dass Sie Sozialkontakte aufbauen wollen, sollten Sie sich eine gute Geschichte ausdenken, die schwer zu überprüfen ist.«

»Das war es also? Mehr Hilfe habe ich nicht zu erwarten?«

»Seien Sie froh, dass Sie überhaupt diese Chance erhalten.«

»Sie übernehmen die Rechnung«, sagte der Mann und stand auf.

Die Rechnung würde die Bundesrepublik Deutschland übernehmen.

Gassner sah dem Mann hinterher, wie er mit strammem Schritt das Restaurant verließ.

Ob der Typ auf Dauer davonkam, hing von zwei Faktoren ab: Wie schlau er sich verhielt und wer hinter ihm her war. Je größer die Ressourcen der Jäger, umso schwieriger wurde es für die Beute, zu entkommen.

Allerdings glaubte er sowieso nicht, dass der Typ in der Lage war, sich langfristig bedeckt zu halten. Solche Charaktere begangen Fehler, weil ihre Egozentrik sie dazu trieb. Begriff man sich selber als Maß aller Dinge, blieb das kaum aus.

Aber das war wirklich nicht sein Problem.

Er aß in Ruhe zu Ende, bezahlte und verließ das Restaurant. Sein Arbeitstag war beendet und er hatte heute noch etwas vor.

Ein Großteil seiner Arbeit bestand darin, Menschen verschwinden zu lassen. In den allermeisten Fällen bedeutete das, ihnen eine neue Identität zu verschaffen. Hin wieder bedeutete es auch etwas anderes.

Für Gassner gab es zwei Möglichkeiten, eine neue Identität zu besorgen. Die einfachere Form war eine neue Identität als deutscher Staatsangehöriger. Da er für den BND arbeitete, war das wenig mehr als eine Formsache. Allerdings war Deutschland ein relativ kleines Land und damit bestand immer die Gefahr, dass man jemandem über den Weg lief, den man aus seinem früheren Leben kannte. Die kompliziertere, aber auch sicherere, Variante war eine US-amerikanische Staatsangehörigkeit. Das Land war gewaltig groß und man konnte ohne Probleme sein Leben in einer mittleren Kleinstadt verbringen, von der die meisten nicht einmal wussten, dass sie existierte.

Dazu benötigte Gassner zunächst einen verstorbenen amerikanischen Staatsbürger, dessen Geschlecht, Alter und ethnische Zugehörigkeit mit der Person übereinstimmte, die eine neue Identität erhalten sollte.

Der Staat führte einen doppelten Nachweis darüber, dass ein Bürger nicht mehr lebte. Zum einen lagerten in den verstaubten Archiven diverser Behörden Papierakten, in denen der Tod eines Menschen vermerkt war. Zum anderen war diese Information in den Computerdatenbanken derselben Behörden erfasst.

Gegen das Papier war er machtlos, aber die Datenbanken ließen sich manipulieren.

Zum Glück reichte es aus, einen Menschen digital auferstehen zu lassen. Wenn der Computer behauptete, eine Person existierte, gab es keinen Grund, in alten Akten zu wühlen, um das Gegenteil zu beweisen. Wobei das natürlich nicht unmöglich war. Letztendlich musste man mit diesem Restrisiko leben.

Die Manipulation der Datenbanken übernahmen Hacker für ihn. Ein kostspieliges Vergnügen, aber ansonsten recht problemlos. In Amerika besaß er Kontakt zu drei Mitarbeitern verschiedener Meldebehörden. Über sie konnte er einen neuen Pass ausstellen lassen, mit der Begründung, der alte sei verloren gegangen. Außerdem besorgten sie Kopien der originalen Geburtsurkunden und halfen dabei, den ebenfalls verlustig geratenen Führerschein neu zu beschaffen. Der Vorteil lag auf der Hand. Es handelte sich um Echtpapiere, die jeder Überprüfung standhielten.

Die Anzahl an amerikanischen Identitäten, die Gassner auf diesem Wege organisieren konnte, war allerdings limitiert. Mehr als fünf oder sechs im Jahr konnte er nicht besorgen. Ansonsten bestand die Gefahr, dass seine Kontakte in den Meldebehörden aufflogen.

Auch wenn die neue Identität gut war, konnte man nur jedem raten, sich trotzdem möglichst bedeckt zu halten. Außerdem benötigte derjenige eine Geschichte, warum es keine Angehörigen gab oder man keinen Kontakt zu ihnen pflegte, und man brauchte eine Erklärung, weshalb das eigene Englisch nicht dem eines Muttersprachlers entsprach.

Für fast alle möglichen Fragen gab es eine plausible Antwort, wichtig war es, sie vernünftig rüberzubringen.

Gassner hatte behauptet, dass er nicht wusste, welcher Name in dem Pass stand. Das war eine Lüge. Er sagte das nur, damit sich seine Klienten besser fühlten. In Wahrheit kannte er die neue Identität. Aber Leute reagierten erleichtert, wenn sie das Gefühl bekamen, dass es niemanden gab, der sie verraten könnte.

Die moderne Welt war Fluch und Segen zugleich. Datenbanken und Netzwerke waren manipulierbar, und wenn der Computer behauptete, dass man auf dem Mars geboren war, dann nahmen die Menschen das als gegeben hin.

Das war der Segen.

Der Fluch bestand in den sozialen Netzwerken. Es war nahezu unmöglich, alle digitalen Spuren, die ein Mensch während seines Lebens im Internet hinterließ, rückstandslos zu tilgen. Die meisten erzeugten ein wahres Meer an Foren- und Facebook-Einträgen. Es gab Einkaufslisten bei Onlinehändlern, Chatverläufe bei WhatsApp, zigtausend gespeicherte Anfragen in den unterschiedlichsten Suchmaschinen und GoogleMaps konnte einem ohne Probleme sagen, wo man sich am 14.08.2009 aufgehalten hatte. Am schlimmsten waren die Fotos, die der Durchschnittsbürger ohne erkennbaren Anlass hundertfach im Netz verteilte.

Dies schränkte die Anzahl der infrage kommenden Identitäten beträchtlich ein. Es musste jemand sein, der bei Lebzeiten möglichst wenig im Netz aktiv gewesen war. Glücklicherweise gab es solche Menschen auch heute noch. Aber selbst diese Internetverweigerer hinterließen Spuren, die es zu beseitigen galt.

Gefühlsmäßig würde Gassner behaupten, dass dem Finanzmann das Internet zum Verhängnis werden würde. Den Leuten, die eine neue Identität erhielten, wurde eingetrichtert, dass sie sich vom Netz fernhalten sollten. Je ferner, umso besser. Denn auch wenn ihre Identität neu war – für ihr Gesicht galt das nicht.

Hatte man zum Beispiel das Pech, Zielperson eines ernst zu nehmenden Geheimdienstes zu sein, konnte bereits ein einziges Foto das Ende des Abenteuers bedeuten. Es gab eine unüberschaubare Anzahl von mit Gesichtserkennungssoftware ausgestatteten Suchrobotern, die vierundzwanzig Stunden am Tag nichts anderes taten, als im Internet eingestellte

Fotos zu überprüfen. Die brauchten keinen Schlaf und kannten keine Feiertage. Da war es lediglich eine Frage der Zeit, bis sie einen am Wickel hatten.

Die beste Schutzmaßnahme war es, dafür zu sorgen, nicht fotografiert zu werden. Wobei das einfacher gesagt als getan war. Im Prinzip konnte man das nur sicherstellen, wenn man sich von den Menschen fernhielt. Je intensiver die sozialen Kontakte wurden, umso größer die Gefahr, mit einem Bild im Netz zu landen. Da reichte schon ein Gruppenfoto des neuen Sportvereins. Ein Leben unter dem Radar erforderte eine Menge Disziplin.

Eine andere Möglichkeit, sich zu schützen, war eine kosmetische Operation. Allerdings wurden die Gesichtserkennungsprogramme fast täglich besser und erkannten mittlerweile chirurgisch veränderte Gesichter mit einer Wahrscheinlichkeit von siebzig Prozent.

Also versprach auch das keine völlige Sicherheit.

Das alles war lediglich ein kleiner Ausschnitt der Probleme, mit denen es Menschen zu tun bekamen, die untertauchen mussten.

Gassner hatte mittlerweile die Taunusanlage durchquert und das Bahnhofsgebiet erreicht. In der Elbestraße stieg er in seinen geparkten Audi.

Jetzt würde er das tun, worauf er sich bereits seit Tagen freute: Schach spielen. Gassner war ein starker Schachspieler. In jüngeren Jahren hatte er eine Saison lang für den TSV Schott Mainz in der 1. Bundesliga gespielt. Das war Mitte der Achtzigerjahre gewesen. Damals hatte er kurz davor gestanden, einen Meistertitel zu erlangen. Eine Norm hatte noch gefehlt und er hätte sich internationaler Meister nennen dürfen. Wenn er das Schachspiel weiter ernsthaft betrieben hätte, wäre er vermutlich sogar Großmeister geworden. Aber die Arbeit hatte ihm einen Strich durch die Rechnung gemacht.

Jahrzehntelang hatte er kaum gespielt.

Vor zwei Jahren hatte er einen Ausbruch sentimentaler Gefühle erlitten, was ihn spontan dazu getrieben hatte, einen Schachverein in Frankfurt zu besuchen. Der Verein führte seinen Spielabend in einem Nebenzimmer des Bürgerhauses im Gallusviertel durch.

Erfreut stellte er beim Eintreten fest, dass es zwei Pfeifenraucher unter den Spielern gab. Gassner hasste Zigarettenrauch, liebte aber den Geruch von Pfeifentabak, der ihn an seine Kindheit erinnerte.

An zehn Tischen wurde gespielt, nur am elften saß ein zerknitterter alter Mann allein und sah Gassner mit erwartungsvollem Blick an. Er schätzte den Mann auf um die achtzig. Vermutlich der schwächste Spieler im Verein, bei dem keiner so recht ans Brett wollte.

»Komm, Junge, wollen mal sehen, ob du spielen kannst«, sagte der Mann mit einem starken russischen Akzent.

Gassner war zu diesem Zeitpunkt vierundfünfzig Jahre alt. Junge genannt zu werden, irritierte ihn. Widerwillig setzte er sich dem Alten gegenüber.

»Spielen wir Blitz?«, fragte sein Gegner.

»Wenn Sie möchten.«

»Ich bin alt und langsam. Machen wir fünf Minuten. Alles andere ist für junge Leute.«

»Einverstanden.«

Die erste Partie verlor Gassner sang- und klanglos.

Zu seinem Erstaunen wurde an allen Brettern das Spielen eingestellt. Die Anwesenden standen auf und stellten sich um den Tisch, an dem Gassner und der alte Mann saßen.

Die zweite Partie verlor Gassner ebenfalls.

Das machte ihn wütend auf sich selbst und spornte ihn an.

Er war wohl doch zu lange aus dem Geschäft gewesen.

Bei der dritten Partie gelang es ihm, mit Mühe ein Remis zu erreichen.

Die Zuschauer raunten anerkennend.

»Du kannst ja spielen. Welch eine Freude«, sagte der alte Mann.

»Darf ich fragen, wer Sie sind?«, fragte Gassner.

»Natürlich, Jungchen, natürlich.«

Es stellte sich heraus, dass es sich bei dem alten Schachspieler um Viktor Semjonow handelte. Ein russischer Großmeister, von dem Gassner in seiner Jugend gehört hatte. Semjonov hatte 1974 den dritten Platz bei der sowjetischen Meisterschaft erreicht und dabei einige der damals weltbesten Großmeister hinter sich gelassen. Dann war es still um ihn geworden.

»Mein Land hat mich aus politischen Gründen nicht mehr als Freund betrachtet«, hatte Semjonow ihm damals erklärt.

Seit diesem Abend spielten sie jeden Donnerstag zusammen. Meist bis tief in die Nacht hinein.

Jedes Mal begrüßte ihn der Großmeister mit den Worten: »Ah, mein junger kapitalistischer Freund. Komm, setz dich. Mach einem alten Mann die Freude.«

Aus beruflichen Gründen besaß Gassner praktisch keinerlei soziale Kontakte. Aber das war in Ordnung, solange er mit Semjonow einmal die Woche in eine andere Welt abtauchen konnte.

Er hatte kein Problem damit, allein zu sein, fürchtete sich aber vor der Einsamkeit, die man seiner Meinung nach daran erkannte, dass die einzige Person, die noch zwei Sätze mit einem wechselte, die Kassiererin im Supermarkt war.

Gassner war mittlerweile im Gallusviertel angekommen und stellte seinen Wagen auf einem Parkplatz ab.

In diesem Moment summte es aus seiner Jackeninnentasche heraus.

»Das kann doch wohl nicht wahr sein«, entfuhr es ihm, während er sein Kryptohandy aus der Tasche fingerte.

Das Siemens Enigma E2 sah zwar antiquiert aus, genügte aber dafür höchsten Sicherheitsbestimmungen und verschlüsselte sowohl Textnachrichten wie auch Gespräche mit einer 2048-Bit-RSA-Verschlüsselung. Allerdings funktionierte dies nur mit einem Gegengerät des gleichen Modells.

Kommunikation war ein wahrer Albtraum. Die moderne Welt lebte vom Hochgeschwindigkeitsdatenaustausch. Es siegte der, welcher als Erster eine Information erhielt und verwerten konnte. Dies galt für die Finanzbranche genau so wie für Nachrichtendienste. Aber mit der steigenden Abhängigkeit der Wirtschaft und des Staates vom Datenverkehr vergrößerte sich auch die Anfälligkeit des gesamten Systems, was allein daran lag, dass es sich für bestimmte Gruppen lohnte, immer größeren Aufwand zu betreiben, um Daten widerrechtlich abfangen oder manipulieren zu können.

Sobald Gassner auf elektronischem Weg kommunizierte, fühlte er sich unwohl. Selbst bei einer 2048-Bit-Verschlüsselung.

Er nahm das Gespräch an und meldete sich.

»Hier ist Lara. Ich muss dich sehen. Sofort.«

Laras Stimme vibrierte vor Aufregung.

»Gleicher Ort wie beim letzten Mal?«, fragte Gassner.

»In vier Stunden.«

Er beendete das Gespräch.

Aus dem Schachspiel wurde heute nichts.

»Was für ein elender Mist!«

Er steckte das Handy zurück in die Jacke und startete den Motor.

Was auch immer der Grund für das dringende Treffen sein mochte. Eines war klar: Die Kacke war am Dampfen.

7 _ Werkstoffkunde

Kai Dreem, 02.12.2021, 16:50 Uhr

Doktor Martin Trenner wohnte in unmittelbarer Nähe zum Altonaer Volkspark. Die Straße Achtern Styg bestand ausschließlich aus Einfamilienhäusern mit gepflegten Vorgärten, in die ordnungsfanatische Hauseigentümer tonnenweise Steingranulat gekippt hatten, in dem verzweifelten Versuch, norddeutsche Formen von japanischen Gärten zu kreieren.

Dreem hatte es mit öffentlichen Verkehrsmitteln bis zum Volkspark geschafft und die restliche Strecke zu Fuß zurückgelegt.

Wenn er sich recht erinnerte, gehörte die Doppelhaushälfte, in der Martin wohnte, dem Institut, für das er arbeitete. Von seiner Wohnung war das European Molecular Biology Laboratory in weniger als zehn Minuten mit dem Fahrrad zu erreichen.

Dreem hoffte inständig, dass Martin noch immer allein in dem Haus lebte. Eine anwesende Lebensgefährtin würde die ohnehin schwierige Mission weiter verkomplizieren.

Als er das Haus erreichte, war er zunächst einmal erleichtert, dass Martins Name noch an der Klingel stand, und wenig überrascht, dass ihm niemand öffnete.

Jetzt blieb zu hoffen, dass sich Martin auf der Arbeit aufhielt und nicht gerade eine längere Urlaubsreise angetreten hatte.

Schräg gegenüber dem Haus befand sich ein Kinderspielplatz, von dem aus sich die Einfahrt hervorragend beobachten ließ. Sich als erwachsener Mann auf einem Spielplatz in einer gutbürgerlichen Wohngegend aufzuhalten, konnte zwar die hiesige Bürgerwehr auf den Plan rufen, allerdings machte der Spielplatz auf Dreem den Eindruck, niemals ein Kind gesehen zu haben. Klettergerüst und Schaukel wirkten wie ein neues Handy, auf dem noch die Schutzfolie klebte.

Er betrat den Spielplatz und setzte sich auf eine Bank.

Nach einer Stunde stellte er fest, dass er sich keine Gedanken um die Anwohnerschaft machen musste. Seit er hier saß, hatte er niemanden gesehen. Nicht einmal ein Auto war die Straße entlanggefahren. Gab es hier eine Ausgangssperre? Oder standen die alle unter Quarantäne?

Die Temperatur lag zwar deutlich über dem Gefrierpunkt, aber auf Dauer spürte er die Kälte. Vor allem, wenn er längere Zeit bewegungslos auf einer Bank saß.

Dreem stand auf und drehte einige Runden auf dem Spielplatzgelände, ohne dabei das Haus aus dem Blick zu verlieren.

Während er Kreise zog, dachte er darüber nach, wie er Martin sein Anliegen erklären sollte.

Er tauchte aus dem Nichts auf, mit dem Wunsch, mysteriöse Kugeln und einen Datenstick analysieren zu lassen. Dass da etwas nicht mit rechten Dingen zuging, lag auf der Hand.

Natürlich konnte er Martin nicht die Wahrheit sagen. Das lag ebenso auf der Hand.

Aber irgendetwas musste Dreem ihm anbieten. Ganz ohne Erklärung würde er kaum kooperieren.

Durfte er ihm das überhaupt zumuten?

Mit ziemlicher Sicherheit waren diese Kugeln sowie der Inhalt des Speichersticks hochbrisant und der Grund, warum die Russen ihm an die Wäsche wollten. Es war gut möglich, dass er Martin mit seinem Vorhaben in Gefahr bringen würde.

Dazu besaß er kein Recht.

Ein Fahrrad kam die Straße entlang, da es bereits dämmerte, erkannte Dreem nicht, ob da ein Mann oder eine Frau auf dem Rad saß. Auf Höhe von Martins Haus wurde das Fahrrad abgebremst und in die Einfahrt gelenkt. Das war sein Zeichen, er setzte sich in Bewegung und rannte vom Spielplatz über die Straße zur Einfahrt.

Als er der Person näherkam, erkannte er, dass es sich definitiv um einen Mann handelte, der gerade damit beschäftigt war, ein Schloss an das mittlerweile abgestellte Fahrrad anzubringen.

Anscheinend hatte der Mann Dreems schnelle Schritte gehört, denn er unterbrach sein Vorhaben und drehte sich mit dem Schloss in der Hand zu ihm um.

Es war Martin.

Obwohl er nur wenige Jahre älter war als Dreem, trug er seine Haare bereits als Halbglatze.

»Kai? Bist du das?«

»Hallo, Martin?«

»Was in aller Welt machst du hier? Bist du alleine?«

»Ja.«

Martin stand regungslos vor ihm und hielt sich mit beiden Händen an dem Fahrradschloss fest. Er starrte ihn an, als würde sein vor zehn Jahren verstorbener Großvater vor ihm stehen.

»Und? Was willst du?«

»Ich möchte dich um deine Hilfe bitten.«

»Was für Hilfe? Brauchst du jemanden, der dir beim Umzug zur Hand geht?«

»Ich benötige deine Hilfe als Wissenschaftler.«

Martin zog die Augenbrauen nach oben. »Das hat noch keiner zu mir gesagt. Warum ich?«

»Weil ich sonst niemanden kenne.«

»Na ja, Anja hat in ihrem Freundeskreis eine ganze Menge von Akademikern zur Auswahl. Da dürfte in jeder Fachrichtung etwas zu finden sein.«

»Die meisten von Anjas Freunden würden sofort den Notruf von Amnesty International wählen, wenn ich bei denen auftauche.«

»Weil ihr getrennt seid?«

Das wusste Martin also bereits.

»Nein, eher, weil ich Soldat bin. Die mögen mich nicht. Dass Anja und ich uns getrennt haben, finden die sicher klasse.«

»Anja meinte, du hättest dich von ihr gelöst. Die Trennung wäre sozusagen deine Einzelleistung.«

Eine interessante Auslegung. Natürlich war er an allem schuld, wie dumm von ihm.

Auf diese Art von Gespräch hatte Dreem wenig Lust. Er hatte momentan wirklich andere Probleme. Aber ihm würde wohl nichts übrig bleiben, als mitzuspielen.

»Ich wollte keine Kinder. Darum ist sie gegangen. Wenn ich schuld bin, dann indirekt durch meine Verweigerungshaltung.«

»Was heißt schon schuld.« Martin überwand seine Schockstarre, drehte sich um und schloss sein Fahrrad ab.

»Ich denke, am besten kommst du erst mal rein.«

»Danke.«

Die erste Hürde war genommen. Zumindest hatte Martin ihn nicht direkt abgewiesen. Dafür gab es zwar aus Dreems Sicht auch keinen Anlass, aber was wusste er schon. Schließlich hatte er bis vor einer Minute auch nicht gewusst, dass *er* Anja verlassen hatte. In seiner Wahrnehmung hatte es sich genau andersherum zugetragen.

Martin öffnete die Tür, schaltete das Licht im Flur ein und führte ihn ins Wohnzimmer.

So wie die Wohnung eingerichtet war, musste Martin ein ordentliches Gehalt beziehen. Alle Möbel waren aus massivem Holz gefertigt. Hier gab es keinen Großmöbelhaus-Chic. Möglicherweise war dies die erste Vollholzmöbelwohnung, die Dreem je betreten hatte. Jedes Stück war mit großer Sorgfalt und Stilbewusstsein ausgesucht worden. Dreem musste sich merken, dass er niemals zusagen dürfte, falls Martin ihn in Zukunft fragen würde, ob er beim Umziehen helfen könnte. Vermutlich hob man sich einen Bruch, wenn man nur einen Nachtschrank tragen musste.

Martin bot ihm einen Platz am Esstisch an.

Dreem setzte sich.

»Möchtest du was trinken?«, fragte Martin.

»Nein, danke.«

»Es ist lange her«, sagte Martin und setzte sich Dreem gegenüber. »Ich hatte nicht mehr damit gerechnet, von dir zu hören.«

Jetzt bitte bloß nicht darüber reden.

»Deine Wohnung ist sehr schön eingerichtet. Wohnst du alleine hier?«

»Ja, das tue ich. Warum hast du den Kontakt zu mir abgebrochen?«

»Das war unbeabsichtigt. Es liegt an meinem Job. Ich hatte es schon immer schwer, soziale Kontakte zu pflegen. Und als Anja und ich uns getrennt hatten, da ...«

»Du zitterst ja«, unterbrach ihn Martin und sah auf Dreems rechte Hand, die auf dem Tisch lag.

Schnell zog Dreem die Hand vom Tisch, legte sie in seinen Schoß und schloss sie dabei zu einer Faust.

»Es ist nichts«, sagte er.

»Warum bist du hier? Wobei brauchst du Hilfe?«

Statt zu antworten, zog Dreem die Kunststoffschachtel aus seiner Jacke, öffnete sie und legte den Inhalt auf den Tisch.

Er deutete auf den USB-Stick, den er sich vor seinem Besuch bei Martin in einem Internetladen erfolglos näher angesehen hatte.

»Da ist eine verschlüsselte ZIP-Datei drauf. Ich möchte wissen, was sich in der Datei befindet.«

Jetzt zeigte er auf das Kunststofftütchen.

»Darin sind achtzehn kleine Kügelchen. Ich will herausfinden, wozu die dienen. Was das ist.«

»Was die ZIP-Datei angeht, kann ich dir vielleicht helfen. Es kommt darauf an, wie sie verschlüsselt ist«, sagte Martin.

Er nahm das Tütchen in die Hand und sah sich den Inhalt an. »Schwer zu sagen, was das ist. Kann ein Granulat zur Wärmeisolierung oder Dämpfung von mechanischen Kräften sein. Möglicherweise etwas, was für Verpackungen benutzt wird. Vielleicht bindet es Feuchtigkeit.«

»Ich glaube, da steckt mehr dahinter.«

»Warum glaubst du das?«

»Die Umstände, wie ich in den Besitz der Kugeln gelangte, lassen darauf schließen, dass es etwas mit mehr Bedeutung ist.«

Alter, der Satz war richtig blöd gewesen.

Martin legte das Tütchen auf den Tisch und lehnte sich im Stuhl zurück. Er sah Dreem in die Augen.

»Die Umstände, sagst du. Was genau machst du eigentlich bei der Bundeswehr?«

Der alles entscheidende Moment war gekommen. Sollte er die Wahrheit sagen? Lügen? Martin ein Gemisch vorsetzen?

»Ich bin Angehöriger eine Spezialeinheit.«

»Wie spezial?«

»Spezieller geht nicht.«

»Und die Sachen, die nun auf meinem Tisch liegen, hast du im Rahmen deines Dienstes erlangt.«

Hörte er da einen Vorwurf heraus? Der Unterton, mit dem Martin von seinem Tisch sprach, klang das so, als hätte Dreem den Tod in sein Haus gebracht.

»Das ist richtig.«

»Du wirst mir sicher keine Details verraten.«

»Nein, tut mir leid.«

»Ich merke dir an, dass du unter Druck stehst. Bist du in Gefahr?«

Drei vermeintlich russische Agenten hatten ihn aus einem Krankenhaus in Dänemark unter Vorspiegelung falscher Tatsachen in eine Falle gelockt und versucht, zu verschleppen.

Konnte er das so sagen?

Vermutlich besser nicht.

Aber durfte er Martin vorenthalten, dass es bei dieser Sache möglicherweise um Leben und Tod ging?

»Das kann man so sagen«, sagte Dreem schließlich.

»Hast du etwas Unrechtes getan?«

Da fiel eine einfache Antwort schwer. Er hatte drei Männer getötet. War das Unrecht gewesen?

Dreem hatte Blut auf dem Fahrersitz entdeckt, danach war die Situation in Sekundenbruchteilen eskaliert. Was wenn sie gar nicht geplant hatten, ihn zu entführen? Vielleicht hatten sie mit dem Blut am Sitz nichts zu tun. Unwahrscheinlich, aber möglich.

Aber, auch wenn er in Notwehr gehandelt hatte, wäre es seine Pflicht gewesen, sich bei der Polizei oder seinen Vorgesetzten zu melden. Allerdings war nicht auszuschließen, dass die eigenen Leute in die Sache involviert waren. Darum konnte er es kaum riskieren, sich in die Obhut einer Behörde zu begeben.

»Nein, habe ich nicht.«

»Wirst du gesucht?«

»Die Polizei sucht mich nicht.«

Wobei er sich bei der Aussage nicht sicher sein konnte.

Martin lachte kurz trocken auf. »Damit lässt du offen, ob dich andere suchen. Eine sehr politische Antwort.«

»Bitte Martin, ich kann dir nicht mehr sagen.«

»Bin ich in Gefahr, wenn ich dir helfe?«

»Nein, keiner weiß, dass ich hier bin, und es wird auch niemand erfahren.«

Martin stand auf. »Ich muss verrückt sein, mich auf eine solche Sache einzulassen. Aber ich bin Wissenschaftler. Meine Neugierde ist geweckt.«

»Was hast du jetzt vor?«

»Wir gehen ins Labor und werfen einen ersten Blick auf diese Kügelchen. Dann sehen wir weiter.«

Dreem folgte Martin, der bereits im Flur stand und seine Jacke anzog.

Nun hatte er es getan. Erstaunlich, wie leicht es ihm gefallen war, die Bedenken, einen Freund in Gefahr zu bringen, zu verdrängen.

»Gibt es irgendetwas, was du über diese Kugeln weißt?«

»Sie sind nicht radioaktiv. Das wurde geprüft.«

Martin sah ihn mit großen Augen an.

»Wieso hast du die Dinger auf Strahlung untersucht?« Er machte eine abwehrende Geste. »Nein, sag es mir nicht, sonst überlege ich es mir noch anders. Sehen wir es positiv. Wir tragen kein Plutonium in einer Zellophantüte mit uns herum.«

* * *

Auf dem Weg zum Labor schwiegen sie.

Martin hatte Dreem gefragt, wo sein Auto stehe, sein eigenes sei in der Werkstatt.

Als Dreem daraufhin erwiderte, er sei ohne Auto hier, dämmerte es Martin wohl allmählich, in was für gewaltigen Schwierigkeiten sein Freund steckte. Allmählich begriff Martin, dass Dreem sich tatsächlich auf der Flucht befand.

Eine Weile befürchtete er, dass Martin seine Meinung ändern und sein Hilfsangebot zurückziehen würde. Aber das tat er nicht.

Nach einer Viertelstunde Fußweg erreichten sie die EMBL-Einrichtung.

Als sie die durch einen Schlagbaum und Wachpersonal gesicherte Geländeeinfahrt erreichten, fühlte Dreem Nervosität in sich aufsteigen. Aber der Pförtner hob lediglich die Hand zum Gruß, als er Martin erkannte, und ließ sie ohne Fragen passieren.

Offensichtlich waren die Sicherheitsbestimmungen hier weniger streng, als Dreem erwartet hatte. Der Wachmann kannte Martin bestimmt vom Sehen. Das reichte ihm.

Neben der Einfahrt stand ein Schild mit den Ausmaßen einer Plakatwand:

European Molecular Biology Laboratory (EMBL)
Intergovernmental Organisation
Research and Services for Structural Biology

»Du hast dir den falschen Job ausgesucht«, sagte Martin plötzlich.

»Wie meinst du das?«

»So wie ich es gesagt habe.«

»Das hat Anja auch immer behauptet.«

»Sie hat recht.«

Er sah es mittlerweile genauso und das nicht erst, seit er in der Nordsee gelandet war.

Bei seinem ersten Einsatz hatte er noch geglaubt, Gott und das Recht auf seiner Seite zu wissen. Aber die Aufträge hatten sich geändert.

Es hatte weitere Einsätze gegeben, von deren Notwendigkeit er nach wie vor überzeugt war, aber mindestens ebenso viele, bei denen er es nicht war.

Entweder halfen sie einem diktatorischen Regime gegen moralisch fragwürdig agierende Rebellen oder moralisch fragwürdig agierenden Rebellen gegen ein diktatorisches Regime.

Dabei ging es nicht darum, etwas Richtiges zu tun, sondern einzig und allein um die Durchsetzung geopolitischer Interessen.

Eigentlich waren das keine Ziele, für die Dreem sein Leben riskieren oder anderen das Leben nehmen wollte. Trotzdem hatte er es getan. Genau so, wie er jetzt Martin einer Gefahr aussetzte, die er überhaupt nicht einschätzen konnte.

»Wir sind gleich da«, sagte Martin.

Der Weg führte sie zwischen zwei fünfstöckigen Bauten hindurch.

Nachdem sie die Bauten passiert hatten, blickte Dreem auf ein flaches Gebäude, das mehrere Hundert Meter lang und in seinem Verlauf leicht gekrümmt war. Das Gebäude schien einen Namen zu besitzen. PETRA III stand in großen Lettern über dem Eingang.

»Was ist das?«, fragte Dreem.

»Unser Ziel.«

»Was bedeutet PETRA III?«

»Eigentlich befinden wir uns auf dem Campus von DESY. Sagt dir das was?«

»Ist das der Teilchenbeschleuniger?«

»Genau. DESY besteht aus verschiedenen Anlagen. PETRA III ist ein Teil von DESY und diente früher als Vorbeschleuniger für den Teilchenbeschleuniger HERA. Nun wurde PETRA III zu einer der hellsten Speicherring-Röntgenstrahlungsquellen der Welt ausgebaut. Die Strahlung wird unter anderem zur Röntgenstrukturanalyse genutzt.«

Martin blieb vor einer Tür stehen, zog seinen Ausweis durch ein Lesegerät und gab einen Zahlencode in ein elektronisches Schloss ein. Es klickte und die Tür glitt zur Seite.

Als sie den Flur betraten, flammte automatisch die Deckenbeleuchtung auf. Sie folgten dem mit dunkelblauem Linoleum ausgelegten Flur etwa zwanzig Meter, dann blieb Martin vor einer Tür stehen, zog einen Schlüsselbund aus der Tasche und öffnete sie.

»Ist hier abends niemand mehr?«, fragte Dreem.

»Doch. Aber die Anlage ist groß. Man läuft sich nicht zwingend über den Weg. Mach dir keine Sorgen, ich bin hier Forschungsleiter und habe absolut freie Hand. Auch wenn uns jemand begegnet, wird es keine Fragen geben. Ich arbeite oft in der Nacht, insofern ist das nichts Ungewöhnliches.«

Der Raum, den sie betraten, war dreißig Quadratmeter groß und unangenehm hell ausgeleuchtet. An der zur Eingangstür gegenüberliegenden Wand befand sich ein Schreibtisch, auf dem zwei Monitore, ein Drucker sowie ein Computer standen.

Die Hälfte des Raums wurde durch ein weiß lackiertes Metallungetüm in Beschlag genommen. Das Ding sah aus wie eine Mischung aus einem MRT-Gerät, wie man sie aus Krankenhäusern kannte, und einer Maschine aus einem Endzeit-Science-Fiction-Film.

Überall hingen Kabel heraus. Es wirkte so, als ob ständig jemand an dem Gerät herumbasteln würde. Entweder mit dem Ziel, es zu verbessern, oder um zu verhindern, dass es auseinanderfiel.

»Was stellt das dar?«, fragte Dreem.

»Das ist ein Röntgenfluoreszenzanalysegerät. Damit rücken wir den Kugeln zu Leibe.«

»Wie das?«

»Hast du in den Naturwissenschaften aufgepasst?«

»Geht so.«

»Atome besitzen Schalen, auf denen sich die Elektronen befinden. Jede Schale kann nur eine bestimmte Anzahl von Elektronen aufnehmen. Klar?«

»So weit komme ich mit.«

»Wir beschießen eine der Schalen, die dicht am Atomkern liegt, mit einem fokussierten Röntgenstrahl und zwingen damit Elektronen, diese Schale zu verlassen. Die frei gewordenen Plätze müssen ersetzt werden. Daher rücken Elektronen von den weiter außen liegenden Schalen nach innen. Bei diesem Prozess emittieren die Elektronen Energie, die wir messen können. Die Messwerte lassen Rückschlüsse auf das Element zu, das von uns beschossen wurde.«

»Also weist man damit Elemente nach.«

Martin nickte.

»Bedeutet das dann nicht, dass man mit dem Gerät zum Beispiel Wasserstoff nicht nachweisen kann? Da gibt es keine Elektronen, die aus einer äußeren Schale nachrücken könnten.«

Martin schüttelte ungläubig den Kopf und lächelte ihn an. »Da soll mich der Teufel holen. Du hast es erfasst. Die Messmethode funktioniert erst ab dem Element Bor. Alle Elemente mit einer kleineren Ordnungszahl können nicht nachgewiesen werden.«

Martin stand an der Maschine und drehte einen schwarzen klobigen Kunststoffdrehschalter nach rechts.

Dreem lachte leise.

»Was?«, wollte Martin wissen.

»Teilweise sieht das nach Technik von 1950 aus.«

»Teilweise ist das Technik von 1950. Wissenschaftliche Apparaturen brauchen kein verkaufsförderndes Design, sie benötigen Funktionalität und Verlässlichkeit. In einem Passagierflugzeug gibt es eine Menge schicker Computeranzeigen, aber trotzdem gibt es für die Darstellung sicherheitsrelevanter Daten zusätzliche Analoginstrumente. Der Grund ist einfach. Die Dinger funktionieren und darauf kommt es an, wenn es unplanmäßig abwärtsgeht. Gibst du mir bitte die Tüte mit den Kugeln?«

Dreem reichte sie ihm.

Wenn er sich nicht irrte, hatte seine abfällige Äußerung über die Gerätschaft Martin ein wenig gekränkt. Er beschloss, die Klappe zu halten, und sah dabei zu, wie Martin sich Einweghandschuhe anzog.

»Für gewöhnlich besitzen die zu untersuchenden Objekte keine Kugelform. Wir müssen sie auf dem Objektträger fixieren.«

Aus einem Schrank holte Martin eine Petrischale und eine Kunststoffflasche. Er öffnete die Flasche und tröpfelte etwas von dem transparenten Inhalt in die Petrischale.

»Das ist ein Kunstharz, das schnell an der Luft aushärtet. Wir legen eine der Kugeln auf die Oberfläche. Das sollte genügen.«

Während er das sagte, griff er mit einer Pinzette eine der Kügelchen und legte sie in die Schale mit dem Harz. Dann stellte er die Petrischalen in eine kleine Kammer an der Seite der Apparatur und verschloss sie.

»Nicht erschrecken«, sagte Martin, als er einen roten Knopf drückte.

In der Maschine begann es, zu knattern, hämmern und summen. »Der Lärm stammt von den einzelnen Röntgenimpulsen«, sagte er mit deutlich lauterer Stimme. »Wobei die Röntgenimpulse natürlich selber keine Geräusche verursachen. Was du hörst, sind die mechanischen Elemente der Maschine, die den Strahl fokussieren. Spaltsysteme, Analysatorkristalle, Szintillationszähler. Es gibt einige mechanische Komponenten, die permanent in Sekundenbruchteilen neu ausgerichtet werden.«

Martin ging zum Schreibtisch, öffnete eine Tür und nahm zwei Kopfhörer heraus.

»Setz die auf, wenn ich es dir sage. Wenn wir messen, wird es richtig laut.«

Er reichte Dreem einen Gehörschutz und deutete auf einen Bürostuhl.

»Mach es dir bequem.«

Dreem zog sich den Stuhl heran und setzte sich, während Martin den Computer aus dem Stand-by-Modus holte und ein Passwort eingab.

Der Bildschirmschoner, der das Logo des EMBL zeigte, wich der grafischen Bedienoberfläche eines Programms. Auf dem zweiten Monitor war nun ein schwarzer Kreis zu sehen.

Es dauerte einen Moment, bis Dreem begriff, dass es sich um eine Draufsicht der Kugel handelte.

Martin nahm sich die Computermaus, zog auf dem Bildschirm ein Rechteck um die Kugel und drehte dann am Mausrad. Das Bild zoomte in den Ausschnitt rein, bis fast der ganze Bildschirm schwarz war. Dann markierte er mit der Maus einen Punkt in dem Bild.

»Da messen wir. Zeit für den Gehörschutz.«

Nachdem sie den Gehörschutz aufgesetzt hatten, startete Martin die Messung. Der Lärm war ohrenbetäubend. Ein infernalisches Gemisch aus summenden, klackernden Geräuschen, das selbst durch den Ohrschutz drang.

Nach zehn Sekunden war es vorbei.

Martin gab ihm mit einem Zeichen zu verstehen, dass er den Gehörschutz wieder abnehmen konnte.

Auf dem Bildschirm, der soeben noch die Kugel in Nahaufnahme gezeigt hatte, war jetzt eine Grafik zu sehen, die eine Reihe von verschiedenfarbigen Balken mit unterschiedlicher Höhe zeigte.

»Da siehst du die Elemente. An der Höhe der Balken ist ihre Häufigkeit zu erkennen.« Martin deutete mit dem Finger auf einige Balken. »Hauptsächlich Stickstoff, Kohlenstoff, Sauerstoff und ein wenig Schwefel. Wo diese Elemente sind, ist Wasserstoff meistens auch nicht weit. Aber das können wir ja nicht messen.«

»Was sagt dir das?«

»Zunächst mal, dass es sich vermutlich um einen Kunststoff handelt, was allerdings keine echte Überraschung ist.«

»Das ist ein wenig enttäuschend.«

»Moment. Wir sind nicht fertig. Jetzt kommt der zweite Auswertungsschritt.«

»Wie sieht der aus?«

»Wir haben nicht nur die Art der Elemente und ihre Häufigkeit gemessen, sondern auch ihre Verteilung im Raum. Das lässt Rückschlüsse auf die Moleküle zu, die sie bilden, und deren Anordnung, was dann Auskunft über das Material gibt, aus dem die Probe besteht.«

Martin tippte auf der Tastatur herum.

»Ich jage die Messergebnisse durch unser Rechenzentrum. Dauert nicht lange.«

Eine Minute später, in der sie schweigend auf den Monitor gestarrt hatten, kam das Ergebnis.

»Also. Amide, Carbonsäure, Ammoniak. Die Moleküle bilden lineare Polymere, an deren Hauptketten sich in regelmäßigen Abständen Amidverbindungen befinden. Das Material gehört zur Familie der Polyamide. Laut Datenbank ist das eine Art Hochleistungskunststoff. Nylon ist zum Beispiel ein Polyamid.«

»Nichts Besonderes.«

»Nicht wirklich. Allerdings gibt es hier einige Ungereimtheiten.«

In Dreem stieg die Hoffnung wieder ein wenig, vielleicht doch noch etwas Interessantes in Erfahrung zu bringen.

»Inwiefern?«

»Die Verteilung der Kohlenstoffatome ist ungewöhnlich. Es scheint, als wäre da noch etwas anderes enthalten. Das sehen wir uns mal genauer an. Das Schöne ist, dass wir die Daten nutzen können, um uns ein Bild erstellen zu lassen.«

Die Computertastatur wurde erneut gequält.

»Da wir uns ausschließlich für den Kohlenstoff interessieren, blenden wir alle anderen Elemente von vorneherein aus.«

Der Bildschirm zeigte jetzt eine schwarze Fläche mit Hunderten von weißen Punkten, die unterschiedlich stark leuchteten.

»Die Punkte sind Kohlenstoffatome. Je heller, umso mehr auf einem Fleck. Jetzt lösche ich alle Kohlenstoffatome, die laut Computer zum Polyamid gehören.«

Martin drückte eine Taste.

Die Anzahl der Punkte war kleiner geworden. Außerdem bildeten die übrig gebliebenen Punkte ein auffälliges Wabenmuster.

»Na also. Das ist doch schon viel interessanter.«

»Was?« Dreem biss sich nervös auf die Unterlippe.

»Dieses Muster. Da haben wir unseren zweiten Stoff. Das ist Graphen. Und das, mein Lieber, ist ziemlich abgefahren.«

»Warum?«

»Graphen ist ein außergewöhnliches Material. Eine strikte zweidimensionale Kohlenstoffverbindung, die es eigentlich nicht geben sollte, da sie thermodynamisch instabil ist. Graphen hat erstaunliche Eigenschaften. Ein Seil aus Graphen wäre einhundertfünfundzwanzig Mal zugfester als ein Stahlseil. Ein Quadratkilometer von dem Material würde weniger als achthundert Gramm wiegen. Die verrücktesten Dinge will man aus Graphen herstellen. Fahrstühle in den Weltraum. Netze, die Flugzeuge auffangen könnten.«

»Das klingt so, als gäbe es einen Haken.«

»Bis heute wurde keine Möglichkeit gefunden, Graphen im industriellen Maßstab herzustellen und zu verarbeiten. Das Material steckt bis über beide Ohren in der Grundlagenforschung und kommt da nicht raus. Wir haben es hier mit einem Graphen-Kunststoffgemisch zu tun. Auf jeden Fall ist das ein hochmodernes Material.«

»Hast du eine Vorstellung, wozu man es benutzen könnte?«

Martin schüttelte den Kopf. »Keine Ahnung. Graphen besitzt einige verrückte Eigenschaften. Was die im Verbund mit diesem Kunststoff bewirken, kann ich nicht mal ahnen.«

»Was ist so ein Material wert?«

»Schwer zu sagen. Nur weil man Graphen mit Kunststoff mischt, bedeutet das nicht, dass dabei etwas kolossal Tolles herauskommt. Vielleicht besitzt es überhaupt keinen besonderen Wert oder das Material befindet sich in einer frühen Entwicklungsphase.«

So weit, so scheiße. Das brachte ihn nicht weiter.

Dreems Enttäuschung hielt sich dennoch in Grenzen, er hatte zwar gehofft, etwas Verwertbares zu erfahren, aber kaum damit gerechnet.

»Vorhin hattest du eine Vergrößerung von der Kugel auf dem Monitor. Kann ich das noch mal sehen?«, fragte Dreem.

»Sicher.«

Martin klickte ein paarmal mit der Maus herum und das Bild der Kugel erschien auf dem Schirm.

»Kannst du das weiter vergrößern?«

»Klar.«

Langsam wurde an die Kugel herangezoomt.

Eine Zahl in der oberen rechten Ecke zeigte den Grad der Vergrößerung an. Hundertfach, fünfhundertfach, tausendfach.

»Siehst du das?«, fragte Dreem, »Was sind das für Punkte?«

Martin beugte sich nach vorne zum Monitor.

»Das könnten Poren sein.«

»Um etwas in die Kugel reinzulassen?«

»Oder raus. Wenn es denn Poren sind. Aber das können wir leicht feststellen.«

»Was hast du vor?«

»Ich richte den Röntgenstrahl auf einen der Punkte aus. Wenn es dort in die Kugel hineingeht, stoßen wir vielleicht im Inneren auf ein anderes Material.«

»Ist dieses Graphenzeug nur eine Ummantelung?«

»Das ist eine Möglichkeit.«

Sie setzten wieder den Gehörschutz auf. Die Maschine ratterte erneut und die ganze Prozedur wiederholte sich.

Auf dem Monitor erschienen die Auswertungsdaten und sie nahmen gleichzeitig den Ohrschutz ab.

»Und?«, fragte Dreem.

»Weiß nicht.«

»Was soll das heißen?«

»Dass ich etwas überprüfen muss.« Er tippte auf der Tastatur herum.

Es dauerte einige Sekunden, dann erschienen neue Daten.

Martin schüttelte seinen Kopf und lehnte sich im Stuhl zurück.

»Phospholipide«, flüsterte er.

»Was ist das?«

»Biomembranen bestehen aus Phospholipiden.«

»Was sind Biomembrane? Zellwände?«

Martin nickte.

»Da drin ist etwas Lebendiges?«

»Kann ich nicht mit Gewissheit sagen. Es gibt auch künstliche Biomembrane. Aber auf jeden Fall ist es hochinteressant.«

»Wie gehst du weiter vor?«

»Ich muss mindestens eine der Kugeln aufschneiden. Vielleicht auch mehrere. Ist das in Ordnung?«

»Sicher.«

»Ich sehe mir das Innere unter dem Mikroskop an. Außerdem werde ich versuchen, an die Daten auf dem Stick heranzukommen. Aber das geht alles erst morgen früh.«

»Du machst also weiter?«

»Natürlich. Was immer diese Kugeln sind, sie verbergen ein Geheimnis und Wissenschaftler lieben es, Geheimnisse zu lüften. Ich will jetzt selber wissen, mit was wir es zu tun haben.«

»Vielleicht täuscht eine Verunreinigung dein Messinstrument.«

»Das wäre auch eine Erklärung. Ich werde mir das von

innen ansehen müssen, um mit Sicherheit eine Aussage treffen zu können. Alles andere sind lediglich Spekulationen.«

»Wie lange wird das dauern?«

»Vermutlich kann ich dir in ein oder zwei Tagen etwas mehr sagen. Wie viel das sein wird, weiß ich nicht.«

Dreem würde sich ein Hotelzimmer nehmen müssen.

Die Frage war, inwieweit seine Finanzen dies zuließen. Er besaß noch knappe hundert Euro.

»Es ist mir unangenehm, aber kannst du mir etwas Geld leihen.«

»Bist du pleite oder willst du kein Geld abheben?«

»Vergiss es.«

»So war das nicht gemeint. Ich kann dir was geben.«

Martin zog sein Portemonnaie aus der Hosentasche. »Ich habe hundertsechzig Euro. Reicht das?«

»Ja. Danke.«

Dreem nahm das Geld und steckte es ein.

»Was wirst du nun machen?«, fragte Martin.

»Ich suche mir ein Hotel. Jeden Morgen um acht Uhr und jeden Abend um zwanzig Uhr werde ich mein Telefon für dreißig Minuten einschalten. Wenn du etwas rausgefunden hast, rufst du mich bitte an. Ich schreib dir die Nummer auf.«

Er griff sich Zettel und Stift vom Schreibtisch.

Unter normalen Umständen hätte Martin ihm sicherlich angeboten, in seiner Wohnung zu übernachten. Aber er war nicht blöde. So wie Dreem sich verhielt, war Martin sicher längst klar, dass er sich in wirklich ernsthaften Schwierigkeiten befand, und es daher besser war, räumlichen Abstand zu halten.

Das ging in Ordnung. Dreem hätte es auch gar nicht gewollt.

Martin schrieb nun seine eigene Telefonnummer auf einen Zettel und reichte sie Dreem.

»Nur für den Fall, dass du sie brauchst.«

»Danke.«

Dreem steckte den Zettel in die Jackentasche und stand auf.

»Bitte Kai. Pass auf dich auf.«

»Das werde ich.«

* * *

Eine gute Stunde war vergangen, nachdem er sich von Martin verabschiedet hatte.

Er war zurück im Bahnhofsgebiet.

Ob der Himmel hier hell oder dunkel war, die Straßenbeleuchtung ein- oder ausgeschaltet, oder das Stammpersonal von Tag auf Nachtschicht gewechselt hatte, spielte im Prinzip keine Rolle.

Eine Drecksgegend blieb eine Drecksgegend.

Im Bahnhofsgebiet gab es einige Läden, die trotz der späten Stunde geöffnet hatten. Darunter ein Supermarkt. Er verspürte Appetit auf Kartoffelsalat und Würstchen, was ein wenig seltsam war, für gewöhnlich achtete er auf seine Ernährung und diesen mit Fett und Zucker vollgestopften Fabrikfraß verachtete er.

Dreem betrat den Supermarkt und ging zum Kühlregal. Nachdem er sich mit Essen und Getränken versorgt hatte, besorgte er sich ein Wegwerfbesteck und einige Hygieneartikel.

An der Kasse stellte er sich in der Schlange an.

Ein Mann beschwerte sich über das Tempo und die Arbeitsmoral des Kassieres.

»Seien Sie doch froh, dass Ihr Leben ein wenig entschleunigt wird«, sagte eine Frau zu dem Beschwerdeführer.

Wenn Dreem nicht aufpasste, würden sie sein Leben auch bald entschleunigen – und zwar bis zum völligen und dauerhaften Stillstand.

Zehn Minuten später verließ er den Laden.

Nach einigem Suchen fand er ein Hotel, bei dem er zwar einen Meldeschein ausfüllen musste, der Hotelangestellte aber nicht auf der Vorlage eines Ausweises bestand. Somit konnte er sich mit Fantasiepersonalien ein Zimmer für die nächsten zwei Tage mieten.

Nachdem Dreem den Schlüssel erhalten hatte, machte sich auf den Weg. Im dritten Obergeschoss fand er den Raum und schloss die Tür auf. Ein Schwall warmer, nach Hausstaub riechender Luft kam ihm entgegen, als er die Tür aufzog. Seine erste Handlung bestand darin, die Heizung herunterzudrehen und das Fenster zu öffnen.

Dann sah er sich um.

Ein Bett, ein Schrank, ein Schreibtisch samt Stuhl und ein Sideboard mit einem winzigen Fernseher darauf. Bei den Möbeln war im wahrsten Sinne des Wortes der Lack ab.

Die Fliesen im Bad wirkten stumpf, genau wie das Waschbecken und die Duschwanne. Jahrelanges Putzen mit Scheuermilch hatte Spuren hinterlassen.

Auf den ersten Blick sahen Zimmer und Bad sauber aus, aber ging man ins Detail, erkannte man, dass die Sauberkeit oberflächlich war. Je länger Dreem sich mit dem Hygieneaspekt beschäftigte, umso widerlicher erschien ihm die Absteige, weshalb er es auch bleiben ließ.

Es hatte ohnehin keine Wahl.

Dreem zog die Pistole aus dem Holster und schob sie unter das Kopfkissen. Die drei Magazintaschen ließ er an seinem Gürtel.

Insgesamt besaß er vier Magazine mit jeweils fünfzehn Schuss. Damit konnte er keinen Krieg gewinnen, aber beachtlichen Schaden anrichten. Vor allem, wenn man bedachte, dass er im Gegensatz zu den meisten Waffenträgern traf, wenn er abdrückte.

Auf dem Bett sitzend löffelte er den Kartoffelsalat in sich

hinein, wobei er die Lebensmittelwahl bereits bereute. Nach der halben Packung Salat und zwei Würstchen verlor er restlos den Appetit und warf den Rest in den Mülleimer.

Wie sollte es weitergehen?

Martin würde ihm helfen. Allerdings war es fraglich, ob ihn dessen Bemühungen weiterbrachten. Dass er im Besitz von etwas Besonderem war, davon war er bereits jetzt überzeugt.

Seine größte Hoffnung lag auf den Daten, die sich auf dem Stick befanden. Wenn Martin die ZIP-Datei entschlüsseln könnte, würde ihm das vielleicht wirklich helfen.

Aber egal, was sein Freund herausfand, es würde seine Probleme kaum final lösen.

Wurde nach ihm gefahndet?

Immerhin hatte er drei Männer getötet. Ob das nun berechtigt war oder nicht.

Sollte er sich den Behörden stellen? Sein Gefühl bestand darauf, das besser bleiben zu lassen. Stellen konnte er sich jederzeit, aber wenn er es getan hatte, ließ es sich nicht rückgängig machen.

Vielleicht sollte er seinen Chef aufsuchen. Er konnte sich beim besten Willen nicht vorstellen, dass Fregattenkapitän Heiden in ein Komplott verwickelt war, bei dem seine Männer zu Schaden kommen würden.

Wenn er mit Heiden sprechen wollte, musste das allerdings heimlich geschehen. Aber, auch wenn ihm das gelingen sollte, blieb es ein Risiko. Wer konnte schon sagen, wie Heiden reagierte, wenn Dreem plötzlich vor ihm stand.

Womöglich war er bereits offiziell für tot erklärt worden. Das würde es bestimmten Leuten erleichtern, ihn verschwinden zu lassen. Einen Toten vermisste niemand.

Er schloss das Fenster und legte sich auf den Rücken ins Bett.

Es war wichtig, dass er sich entspannte. Sein Körper brauchte Ruhe und Schlaf.

Leichter gesagt, als getan.

Alles in ihm befand er sich in einem permanenten Alarmzustand.

Achtung, Achtung! Dies ist keine Übung!

Er schloss die Augen.

Sofort flackerten Bilder in seinem Kopf. Der Tanker, wie er in zwei Teile brach, wie er einem der Männer im BMW das Alurohr in den Mund stach, das …

Dreem öffnete die Augen.

»In Ordnung«, flüsterte er. »Ich habe es begriffen.«

So einfach würde er keine Ruhe finden, und wenn er schon an den ganzen Mist denken musste, dann bitte auf eine Weise, die ihm vielleicht etwas nutzen könnte.

Er konzentrierte sich und sortierte die Erinnerungsbilder in der richtigen chronologischen Reihenfolge.

Einer der Schlüsselmomente war seine kurze Begegnung mit Professor Scheuer gewesen. Der Mann hatte sie eindringlich dazu aufgefordert, das Schiff sofort zu verlassen, oder sie würden sterben. Der Kerl hatte recht behalten. Punkt für ihn.

War das ein Zufall oder hatte er etwas gewusst?

Leider würde ihn niemand mehr fragen können. Ganz streng gesehen wusste Dreem nicht, ob Scheuer tot war. Aber er konnte sich beim besten Willen kein Szenario vorstellen, in dem es der Professor geschafft haben könnte, von dem Schiff zu entkommen.

Nein, der Mann war Geschichte.

Der Doktor hatte noch etwas anderes zu ihm gesagt: Er hätte auf *Naira* hören sollen.

Naira klang nach einem weiblichen Vornamen.

Sollte er den Namen googeln?

Das würde kaum etwas bringen, aber es konnte auch nicht schaden. Sein Handy nur zweimal am Tag einschalten zu wollen, war eine Vorsichtsmaßnahme, die vermutlich übertrieben war. Niemand wusste von dem Telefon.

Dreem schaltete das Handy ein, wartete, bis es sich ins

Netz eingebucht hatte, und suchte nach dem Namen im Internet. Die Landeswährung von Nigeria hieß Naira. Nice to know, aber in diesem Fall ohne Bedeutung.

Dann fand er noch etwas anderes. Naira war ein weiblicher Vorname indianischer Herkunft: Die, die alles sieht, der nichts entgeht. Damit ließ sich auch nichts anfangen.

Dreem schaltete das Telefon aus. Weitergebracht hatte ihn das nicht. Ohne einen Nachnamen brachte ihm der Vorname wenig. Er ärgerte sich über sich selbst.

Warum hatte er das getan? So klein das Risiko auch sein mochte, er hätte seinen Hintern in Bewegung setzen sollen, um in ein Internetcafé zu gehen.

War er tatsächlich so schwach und disziplinlos?

Anja hatte ihm Schwäche unterstellt, als er ihr gesagt hatte, dass er keine Kinder wollte.

Damals hatte er das weit von sich gewiesen und ihre Bemerkung als geradezu lächerlich bezeichnet.

In Wahrheit hatte sie recht. Menschen, mit denen er befreundet gewesen war, lagen auf dem Grund der Nordsee. Wann immer er an sie denken musste, gelang es ihm sofort, seine Aufmerksamkeit in eine andere Richtung lenken.

Wenn sein Kind dort unten am Meeresgrund liegen würde, könnte er das nicht. Nichts war stark genug, um von dem Verlust des eigenen Kindes abzulenken. Es wäre, als würde er selber auf dem Grund des Meeres liegen.

Und da lag das Problem.

Er fürchtete sich davor, einen anderen Menschen so sehr zu lieben, dass dessen Schicksal ihm wichtiger wurde, als sein eigenes. Dieses Risiko hatte er gescheut, einzugehen.

Wenn man es so betrachtete, hatte Anja mit ihrer Behauptung also recht gehabt. Er war schwach.

Am liebsten würde Dreem sie anrufen und ihr sagen, dass sie richtig gelegen hatte.

Schade, dass daraus sobald nichts werden würde.

8 _ Jagdauftrag

Hans Gassner, 02.12.2021, 21:05 Uhr

In letzter Zeit ertappte Gassner sich immer öfter bei der Frage, wie sein Leben verlaufen wäre, wenn er eine Familie gegründet und Kinder gezeugt hätte. Wäre er dann glücklicher gewesen?

Bekanntlich hielt sich das Glück immer dort auf, wo die anderen waren. Dies galt nicht nur im räumlichen Sinne, sondern auch was Lebensmodelle betraf. Wie man es machte, war es also falsch. So gesehen, gab es keinen Grund, sich verrückt zu machen.

Vermutlich waren die Gedanken, die ihn beschäftigten, eine natürliche Folge seines Alterungsprozesses.

Es hätte durchaus Gelegenheit gegeben, eine Familie zu gründen. Es gab wenigstens eine Frau in der Vergangenheit, mit der er sich eine ernsthafte Verbindung auf Lebenszeit hätte vorstellen können. Die Beziehung war an seiner Arbeit gescheitert, weil er einer einjährigen Verwendung im Ausland den Vorzug vor dem Liebesglück gegeben hatte.

Damals, mit Mitte zwanzig, hatte er gedacht, dass die Frauen kommen und gehen würden, die Karriere aber eine einmalige Sache wäre. Entweder man ergriff die beruflichen Chancen mit beiden Händen oder man flog vom Spielfeld.

Wie er nun, nach vielen Jahren wusste, lag er zumindest bezüglich seiner Einschätzung, was das weibliche Geschlecht anging, völlig daneben. Die Frauen kamen schon lange nicht mehr.

Wenigstens hatte es mit der Karriere funktioniert, wenn sie auch einen ungewöhnlichen Verlauf genommen hatte.

Gassner saß in einem dieser modernen Coffeeshops in der

Nähe der Hauptwache, einem Platz in der Frankfurter Innenstadt. Diese Läden waren dafür bekannt, dass sie gerne Gäste im Geschäft hielten, auch wenn diese nichts mehr verzehrten. Am allerliebsten sollten es junge Menschen sein, die auf ihren Laptops herumtippten oder sonst wie hippe Dinge taten. In gewisser Weise dienten sie als Dekoration und erzeugten mit ihrer Anwesenheit den Eindruck lässiger Produktivität.

Bei den Angestellten kam die Produktivität eher weniger lässig rüber.

Seit geraumer Zeit beobachtete Gassner zwei Frauen und drei Männer im besten Studentenalter dabei, wie sie hinter dem Tresen, Flipperkugeln gleich, zwischen Kunden, dampfenden Kaffeeautomaten und dem mit Kuchen gefüllten Kühlregal hin- und herschossen. An ihrer Arbeitskleidung trugen sie Namensschilder, auf denen griffige Vornamen standen. Tim, Sara, Viola, Mike, Peter.

Gassner sah auf die Uhr. Lara war seit zehn Minuten überfällig. Unpünktliche Menschen verachtete er.

Lara Willms arbeitete für das Bundesinnenministerium. Während Gassner ausschließlich im Schatten lebte, bewegte sie sich zwischen den Welten und fungierte als Verbindungsglied und Vermittlerin. War ein Problem groß genug und die Person, die das Problem hatte, bedeutend genug, erhielt Lara den Auftrag, die Dinge zu klären. Lara wendete sich dann gegebenenfalls an Leute wie ihn.

Gassner sah aus der Fensterfront nach draußen.

Wenn man vom Teufel sprach.

Lara stand auf dem Bürgersteig und sah ihn durch die Scheiben hindurch an. Sie war Anfang vierzig. Immer wenn er sie traf, bestach sie durch ihre elegante und stilsichere Kleidung, was sie attraktiver erscheinen ließ, als sie war. Heute wirkte sie sogar ein wenig overdressed.

Sie trug ein Abendkleid unter ihrem Mantel. An ihren Ohren und um ihren Hals hing glitzernder Schmuck. Auch war sie auffälliger geschminkt als für gewöhnlich. Insgesamt sah sie aus, als hätte man sie mitten aus einer Vorstellung in der *Alten Oper* herausgezerrt.

Lara gab ihm ein Zeichen. Er sollte rauskommen.

Gassner stand auf und verließ das Café.

»Hallo Lara«, sagte er zu Begrüßung, als er ihr gegenübertrat. »Du hast dich doch wohl nicht für mich so hübsch gemacht?«

»Es ist nicht der richtige Zeitpunkt für Scherze. Gehen wir ein Stück.«

Sie steckte sich mit zitternden Händen eine Zigarette an.

Langsam gingen sie in Richtung Goetheplatz.

»Was macht dich nervös?«, fragte Gassner.

»Ist das so auffällig?« Lara lächelte gequält und zog hastig an ihrer Zigarette.

Sie versuchte ihre Aufgeregtheit nicht einmal ansatzweise zu überspielen. Ein Umstand, der dafür sorgte, dass auch Gassner bereits leichte Nervosität verspürte. Für gewöhnlich taten die Menschen in seinem Umfeld alles, um ruhig und souverän zu wirken. Lara bildete da keine Ausnahme. Etwas musste sie ordentlich aus der Bahn geworfen haben.

»Ich höre«, sagte Gassner.

»Du kommst auch immer gleich auf den Punkt. Bloß keine Konversation betreiben.«

»Möchtest du ein wenig Small Talk?«

Sie schüttelte den Kopf. »Also«, begann sie. »Wir stecken in der Scheiße. Und zwar dermaßen tief, dass es kürzer wäre, sich einen Weg in die Hölle zu graben als an die frische Luft.«

Gassner war kein Freund bildlicher Vergleiche mit geringem Informationswert. Anders ausgedrückt: Er mochte kein Gelaber. Aber er respektierte Lara, weshalb er still blieb und darauf wartete, dass sie zur Sache käme.

Sie nahm einen letzten hektischen Zug, warf die Zigarette auf den Boden und trat sie mit ihren Pumps aus. »Vor etwas weniger als achtundvierzig Stunden hat ein deutsches U-Boot einen Tanker in der Nordsee torpediert und versenkt.«

Gassner klappte der Unterkiefer nach unten. »Was für eine …«

Lara unterbrach ihn mit einer Handgeste.

»Das ist nicht alles. Zum Zeitpunkt des Angriffs befanden sich Spezialkräfte der Marine an Bord des Tankers. Die gelten seitdem als vermisst. Genauso wie der Hubschrauber, der sie an Bord gebracht hat, und eine Aufklärungsdrohne.«

»Wieso waren die an Bord? Und weshalb hat das U-Boot den Tanker angegriffen?«

»Warum der Kommandierende von U98 dachte, er müsste den Angriff auf Scapa Flow nachstellen, wissen wir nicht. U98 wird ebenfalls vermisst. Was die Spezialkräfte angeht, die hat Admiral Föhrmann in seiner Funktion als Kommandant dieser Marineeinheit auf ihre Reise in den Tod geschickt.«

»Weshalb?«

»Angeblich sollte der Tanker waffenfähiges Material transportieren. Es wurde ein terroristischer Hintergrund angenommen. Allerdings bestehen begründete Zweifel, dass dem so war.«

»Warum? Jetzt lass dir doch nicht alles aus der Nase ziehen.«

»Weil niemand dem Admiral den Auftrag erteilt hat, einen Einsatz von Spezialkräften auszulösen. Das Verteidigungsministerium hat es nicht getan, das Innenministerium hat keine Kenntnis von etwaigen terroristischen Aktivitäten und das Kanzleramt ebenso wenig. Weder der BND, der MAD oder der Verfassungsschutz kann mit der Sache etwas anfangen. Wie es aussieht, hat Admiral Föhrmann aus eigenem Antrieb gehandelt.«

»Wie hat er dazu Stellung genommen?«

Lara zuckte mit den Schultern. »Der Admiral wird ebenfalls vermisst. Derzeit läuft eine umfangreiche Fahndung nach ihm. Bis jetzt ohne Ergebnis. Um genau zu sein, ist seine gesamte Familie verschwunden. Puff, einfach weg.«

»Ich vermute, es gibt eine Theorie.«

Sie steckte sich eine neue Zigarette in den Mund. Dass Lara rauchte, war Gassner bekannt, aber nicht, dass sie Kette qualmte.

»Bei den Spezialkräften, die sich an Bord des Tankers aufgehalten haben, handelte es sich um ein Kommando der Kampfschwimmer. Wenn ich sagte, sie werden vermisst, gilt das nicht für ihren kommandierenden Offizier. Oberleutnant zur See Kai Dreem. Der Mann hat es geschafft, von Bord zu kommen. Er wurde durch die Besatzung eines Fischkutters gerettet und in ein Krankenhaus in Esberg gebracht. Das liegt in Dänemark.«

»Lass mich raten. Der Mann ist ebenfalls außer Kontrolle.«

»Das Krankenhaus informierte die dänischen Behörden, die wiederum die deutsche Botschaft in Kopenhagen kontaktierten, die ihrerseits das Verteidigungsministerium in Kenntnis setzte. Nach einigem Hin und Her wurde beschlossen, dass die Botschaft einen Diplomaten nach Esberg schicken sollte, um Dreem nach Hause zu bringen.«

»Und?«

»Der Mann kam nie in Esberg an. Seine Leiche wurde bisher zwar nicht gefunden, aber es ist sehr wahrscheinlich, dass er abgefangen und ermordet wurde.«

»Von wem?«

»Agenten vom russischen Auslandsnachrichtendienst SWR.«

»Woher wollt ihr das wissen?«

»Drei Männer haben Dreem aus dem Krankenhaus abgeholt. Sie hatten das Übernahmeprotokoll in ihrem Besitz und fuhren das Auto des vermissten Botschaftsangehörigen. Der Wagen wurde mittlerweile in Kolding aufgefunden.«

»Woher wisst ihr, dass es sich bei den Männern um Russen handelt?«

»Man hat ihre Leichen gefunden. Einer von ihnen war dem BND bekannt. Es handelt sich um einen Agenten des SWR.«

»Hat Dreem die Männer getötet?«

»Wissen wir nicht. Aber es wäre ihm zuzutrauen. Immerhin gehört er einer militärischen Spezialeinheit an.«

»Von Dreem fehlt jede Spur?«

»Ja.«

»Was ist eure bisherige Arbeitshypothese?«

»Admiral Föhrmann arbeitet aus einer unbekannten Motivation heraus mit dem russischen Nachrichtendienst zusammen. Er schickt seinen Komplizen Dreem auf den Tanker. Vermutlich um etwas in ihren Besitz zu bekommen. Dreem verlässt das Schiff. Um Spuren zu verwischen, lässt Föhrmann den Tanker versenken.«

Offensichtlich hatten einige Entscheidungsträger aus lauter Verzweiflung ihren Verstand verloren. Scheinbar war sich Lara bewusst, wie hanebüchen die Theorie klang. Sie sah betreten zu Boden wie ein Schulmädchen, das beim Lippenstiftdiebstahl in einer Drogerie erwischt worden war.

»Wer hat sich denn diesen Schwachsinn ausgedacht?«, platzte es aus Gassner heraus.

»Was gefällt dir an der Theorie nicht?«

»Willst du mich für dumm verkaufen? Ich finde sie klasse, könnte man sicher einen idiotischen Agentenfilm draus machen. Ich hoffe, du hast dir die Rechte gesichert.«

Lara stocherte in ihrer Zigarettenschachtel herum.

»Fangen wir vorne an«, sagte Gassner. »Angenommen Föhrmann und Dreem arbeiten mit den Russen zusammen. Was sollte es so Wichtiges auf dem Tanker geben? Und warum konnten sie sich das nicht anderes sichern? Denkst du, die Russen wären nicht in der Lage, ein Schiff zu kapern?

Ergibt es einen Sinn, dafür die deutsche Marine zu manipulieren? Der Aufwand ist gewaltig und sie riskieren die größten internationalen Verwicklungen.«

»Internationale Verwicklung wird es kaum geben. Die Regierung wird nicht freiwillig zugeben, dass andere Mächte in der Lage sind, unser Militär wie ferngesteuertes Spielzeug zu benutzen. Der Imageverlust wäre viel zu groß, die bräuchten nie wieder zu einer Wahl antreten.«

»Die wollen es vertuschen?«

»Hundertprozentig.«

»Dass der Tanker gesunken ist, lässt sich nicht vertuschen.«

»Aber der Grund. Es war ein Unglück aus ungeklärter Ursache. Mittlerweile läuft es bereits in den Nachrichten.«

»Bleibt die Frage, warum die Russen so eine gigantische Show abziehen sollten?«

»Um uns zu beweisen, dass sie es können.«

Gassner schüttelte den Kopf. »Das ist zu weit hergeholt. Was war denn überhaupt so interessant an dem Tanker? Gibt es dazu auch Theorien?«

»Nein. Keine Ahnung.«

»Und der angebliche Plan bestand darin, dass der Herr Oberleutnant im Dezember in die kalte Nordsee springt, um sich von Fischern retten zu lassen?«

»Vermutlich war das anders geplant. Etwas ist schiefgegangen und Dreem hatte lediglich das Glück des Tüchtigen.«

»Von allem, was du mir erzählt hast, klingt das noch am plausibelsten. Und wie haben die Russen überhaupt Wind davon bekommen, wo Dreem zu finden ist?«

»Unbekannt.«

»Wieso hat Dreem die drei ausgeschaltet?«

»Wir vermuten, dass es zum Streit kam, weil die Russen ihn hintergehen wollten. Davon abgesehen wissen wir nicht, ob Dreem für ihr Ableben verantwortlich ist. Fakt ist nur, dass die Männer, die ihn aus dem Krankenhaus geholt haben, tot sind und Dreems Leiche nicht neben ihnen lag.«

Insgesamt war das so ziemlich der größte Unsinn, den Gassner in seiner beruflichen Laufbahn bisher gehört hatte. Eigentlich war es der größte, mit weitem Abstand sogar.

Mal angenommen, die Russen hatten etwas von diesem Tanker gewollt, und um es in die Finger zu kriegen, hatten sie sich einer extrem aufwendigen und grotesken Methode bedient. Weiter angenommen, Admiral Föhrmann arbeitete mit ihnen zusammen.

Worin lag sein Motiv? Geld?

Ein Admiral erhielt sicher ein anständiges Gehalt. Nun gut, die Menschen waren gierig. Aber was sollte er mit seinen Millionen anfangen? Er war schuldig des zigfachen Mordes, des Hochverrates und hatte für einen Sachschaden von mehreren hundert Millionen Euro gesorgt.

Da konnte er seinen neuen Reichtum nicht in einer Hängematte in der Karibik genießen. Selbst ein harmloses Land wie Deutschland würde da gewaltig die Klauen ausfahren und internationalen Druck aufbauen. Unwahrscheinlich, dass irgendeine Inselrepublik bereit wäre, das auszuhalten. Die würden Föhrmann sofort ausliefern.

Blieb das Asyl in Russland. War das ein erstrebenswertes Ziel? Sicherlich Geschmackssache, aber ein Lebenstraum konnte es kaum sein. Für Dreem galt in etwa dasselbe.

Wenn es den beiden nicht um Geld ging, was war es dann? Politische Überzeugung? Religiöser Wahn? Grenzenloser Hass gegen das eigene Land? Erpressung?

Besaß man das richtige Druckmittel, waren Menschen bereit, alles zu tun. Vermutlich war das eine Erklärung, an die man am ehesten glauben konnte.

»Lara, darf ich dir eine Frage stellen?«

»Sicher.«

»Du willst mich nicht auf den Arm nehmen, oder? Das ist doch keine Art seltsamer Streich?«

Laras Stimmung änderte sich. Ihre Verlegenheit und Nervosität wich der Wut.

»Ich weiß, wie bescheuert sich das alles anhört. Fakt ist, es ist passiert. Punkt. Und bis jetzt ist es die beste Theorie, die wir haben.«

Sie wollte sich erneut eine Zigarette anstecken, überlegte es sich anders und steckte die Packung zurück in ihre Handtasche.

»Du hast sicher von dem großen Stromausfall gehört«, sagte sie.

»War das zu dem Zeitpunkt, als der Tanker angegriffen wurde?«

»So ist es.«

»Gibt es einen kausalen Zusammenhang?«

»Wissen wir nicht. Aber ich kann dir sagen, es herrscht blankes Entsetzen und Chaos. Da gibt es Ministerien, in denen die Mitarbeiter anfangen, Akten auf der Toilette zu verbrennen, weil sie Angst haben, sie hätten etwas falsch gemacht. Der totale Irrsinn. Die rennen wie kopflose Hühner durcheinander.«

»Was soll ich für euch tun?«

»Finde Dreem, finde raus, was er weiß, und schalte ihn aus. Und solltest du nicht herausfinden, was er weiß, schalte ihn trotzdem aus.«

»Ihr wollt ihn nicht lebend?«

»Was das angeht, gibt es verschiedene Auffassungen. Letztendlich haben die für uns relevanten Entscheidungsträger beschlossen, dass es besser wäre, die Sache so tief zu vergraben, wie es eben geht.«

»Mit Dreem zusammen.«

Sie nickte. »Mit Dreem zusammen. Der Mann ist selber schuld an seiner Lage.«

»Und wenn er unschuldig ist?«

»Persönliches Pech.«

»Das wird nicht funktionieren. Eine solche Nummer lässt sich nicht klein halten.«

»Sie wollen es trotzdem versuchen.«

Gassner schüttelte den Kopf und lachte dabei höhnisch. »Welch ein Wahnsinn.«

»Nimmst du den Auftrag an?«

»Ich bin kein Auftragsmörder«, antwortete Gassner.

»Und was war in Afrika?«

»Das war kein Auftrag. Außerdem ist es lange her. Die ...«

»Erzähl keinen Unsinn von wegen: Das ist lange her, ich war ein anderer Mensch, ich habe es getan, um die freie Welt zu schützen.« Sie sah ihm fest in die Augen. »Behalte das alles für dich. Sag mir, was du haben willst, damit du den Job übernimmst.«

»Mach mich dreißig Jahre jünger.«

»Ich meine es ernst.«

Das meinte Gassner auch. Für dreißig Jahre seines Lebens würde er so ziemlich jeden exekutieren, ohne mit der Wimper zu zucken. Außer Zeit brauchte er nichts.

Er war nicht reich, aber wohlhabend genug, um sich keine finanziellen Sorgen machen zu müssen. Natürlich war mehr Geld immer besser als weniger Geld.

Aber der Preis, den er zahlen musste, war hoch. Einen Menschen zu töten, bedeutete, ein Stück seiner Seele zu verlieren. Wobei es unklar war, ob er überhaupt noch eine Seele besaß. Gab es Symptome, an denen man merken konnte, dass man sie bereits verloren hatte?

Eigentlich war der Akt des Tötens eine belanglose Angelegenheit. Alles, was lebte, musste sterben. Das war der Lauf der Natur, den er lediglich beschleunigte.

Bislang gingen drei Menschen auf sein Konto. Wobei er nur einen mit den eigenen Händen getötet hatte. Die anderen beiden waren von Männern umgebracht worden, die er dafür angeheuert hatte. Allerdings spielte das für die persönliche Schuld kaum eine Rolle.

Im Bezug auf das Töten liefen zwei unterschiedliche Programme simultan in seinem Kopf ab. Das eine hieß Schuld, das andere Rechtfertigung: Ich habe Schlimmes getan – es dient einer höheren Sache und sie haben es verdient.

Irgendwie setzte sich keines der Programme jemals endgültig durch, was dazu führte, dass er überhaupt nicht darüber nachdachte. Aus dem Wettstreit zwischen Schuld und Rechtfertigung resultierte Verdrängung.

Vor vielen Jahren hatte Gassner seine berufliche Laufbahn beim BND begonnen. Vor fünfzehn Jahren hatte er den Dienst quittiert. Er erhielt eine neue Identität und arbeitete seitdem freiberuflich für die deutschen Nachrichtendienste. In der freien Wirtschaft würde man ihn als Freelancer bezeichnen.

Gassner wurde engagiert, wenn man der Meinung war, dass es besser wäre, wenn staatliche Institutionen nicht mit einer Sache zu tun haben sollten.

Laras Ansinnen war eindeutig eine solche Sache. Der Job, der ihm angeboten wurde, war dreckig und brandgefährlich. Dreckig, weil er einen Menschen töten sollte. Brandgefährlich, weil es immer sein konnte, dass bestimmte Kreise zu dem Schluss kamen, es wäre besser, ihn am Ende mit zu entsorgen. Hinzu kam, dass die Beute in diesem Fall äußerst wehrfähig war.

Aber eines stand fest: Die Sache war interessant. Sogar sehr interessant.

»Zwei Millionen«, sagte er. »Die Hälfte im Voraus, den Rest nach Erledigung.«

»Gut.«

Lara hatte mit keiner Wimper gezuckt und nicht gezögert. Denen musste der Hintern wirklich schwer auf Grundeis gehen.

»Und ich brauche Prokura. Völlig freie Hand.«

»Die kann ich dir geben. Außerdem leg ich einen Ablassbrief für alle deine kommenden Sünden, vom Papst persönlich gesiegelt, obendrauf.«

»Dann sind wir uns einig.«

9_Frontrunning

Malu Helland, 03.12.2021, 13:50 Uhr

Auf ihrer Fahrt zurück nach Deutschland hatte Helland bei ihrer Arbeitsstelle angerufen und sich krankgemeldet. Dort hatte man sich nicht begeistert gezeigt, aber das war ihr egal gewesen. Sollten die sie doch rauswerfen, wenn sie wollten.

Am späten gestrigen Nachmittag hatte sie Frankfurt erreicht und sich ein Hotelzimmer in der Innenstadt genommen. Als sie sich auf das Bett gelegt hatte, war sie zunächst überzeugt gewesen, niemals Ruhe zu finden. Keine fünf Minuten später hatte sie quasi das Bewusstsein verloren und bis zum nächsten Morgen durchgeschlafen.

Nach dem Frühstück ging sie in die Stadt, um sich neu einzukleiden. Ihr Plan bestand darin, der Familie Eisfeld einen Besuch abzustatten. Ob man ihr Einlass gewährte, war ungewiss, aber ihr derzeitiger Hygienezustand würde die Chancen nicht erhöhen.

Zurück im Hotel duschte sie, zog sich ihre neuen Sachen an und legte etwas Schminke auf. Helland schminkte sich selten, und wenn sie es tat, dann dezent, weil sie die Meinung vertrat, dass Kosmetik nur dann die Attraktivität steigerte, wenn man sie auf den ersten Blick kaum wahrnahm.

Sie machte sich auf den Weg nach Bad Homburg, wo die Eisfelds in einer Villa residierten.

Gegen vierzehn Uhr erreichte sie das Anwesen.

Eine hohe Steinmauer umgab das Grundstück. An der Einfahrt bewachten Steinlöwen ein gusseisernes Tor, hinter dem sich ein Kiesweg geschwungen einhundert Meter durch einen Park zu einer Villa schlängelte, die in ihren Ausmaßen einem Schloss glich.

Der Sitz der Familie Eisfeld war imposant und das herrschende Königswetter wertete den Anblick weiter auf. Zwar war es empfindlich kühl, aber die Sonne strahlte wie an einem herrlichen Frühlingstag.

Soweit Helland das vom Tor aus erkannte, bestand das Hauptgebäude aus roten Klinkersteinen. Es gab kleine Türmchen, Erker und ausladende Balkone.

Unweigerlich dachte sie an einen Horrorfilm. So sahen die Herrensitze aus, in denen ein böser Geist sein Unwesen trieb und die Bewohner drangsalierte.

An der Wand neben dem Tor hing ein Messingschild, auf dem der Name Eisfeld stand. Es gab einen Klingelknopf und eine in die Mauer eingelassene Kamera.

Machte es wirklich Sinn, spontan und ohne Termin zu klingeln? Vor allem nach allem, was der Familie widerfahren war?

Helland sah sich um.

Es war keine Menschenseele in der Nähe.

Eigentlich hatte sie damit gerechnet, Pressevertreter in Lauerstellung vorzufinden. Die Sache lag kaum zwei Wochen zurück, und auch wenn der vermeidliche Kinderschänder tot war, so steckte allein aufgrund des gesellschaftlichen Standes der Familie noch immer ein gehöriges Storypotenzial in der Angelegenheit.

Helland hatte ein wenig über die Eisfelds recherchiert. Die Familie war bereits seit Ende des neunzehnten Jahrhunderts reich. Der größte Teil ihres Vermögens wurde seinerzeit mit Aktiengeschäften erwirtschaftet. Der vererbte Reichtum erklärte auch dieses gigantische Anwesen. Jakob Eisfeld hatte als Topmanager der Deutschen Bank sicher ein mehr als ordentliches Gehalt bezogen, aber die Familie besaß ein geschätztes Vermögen von rund neunhundert Millionen Euro, da war sein Einkommen eher ein nettes Zubrot.

Warum arbeiteten solche Menschen überhaupt? Hatten die keine Hobbys?

Vermutlich ging es um Macht. Wenn man Geld im Überfluss besaß, befriedigte einen nur noch eine Anhäufung von Macht. Der Drang, wichtiger zu sein als die anderen. Jedenfalls, wenn man der Typ dafür war.

Die Berichterstattung über den dramatischen Fall Eisfeld war erstaunlich zurückhaltend gewesen. Dies war eigentlich nur damit zu erklären, dass mächtige Kräfte ihre Finger im Spiel hatten. Bei der von ihr vermuteten Einflussnahme lag das Motiv sicher weniger darin, Eisfeld zu schützen, sondern mehr sich selbst.

Gewalttaten gegen Kinder gehörten zu den Verbrechen, bei denen die Öffentlichkeit kaum Humor zeigte.

Sicher betrieb die Deutsche Bank keinen Kinderpornoring und hatte bestimmt auch keine Kenntnis von dem, was Eisfeld in seiner Freizeit so trieb – wenn er denn schuldig war –, aber von Menschen, die in einen solchen Verdacht gerieten, versuchte jeder, sich zu distanzieren, soweit es ging. Und wenn man die Möglichkeit besaß, die Sache in den Medien zu steuern, würde man davon Gebrauch machen.

Helland drückte den Klingelknopf.

Viel hatte sie über den Menschen Jakob Eisfeld nicht in Erfahrung gebracht. Er war fünfundvierzig Jahre alt geworden, verheiratet in erster Ehe, zwei Kinder, die beide Anfang zwanzig waren. Sein Titel bei der Deutschen Bank lautete *Head of Global Markets*, was bedeutete, dass Eisfeld für den weltweiten Aktien-, Währungs- und Rohstoffhandel zuständig gewesen war.

In den sozialen Medien hatte Helland nichts über Eisfeld finden können. Wenn er dort Präsenz gezeigt hatte, dann hatte man seine Accounts bereits sperren lassen.

Die Sprechanlage knackte.

»Wer sind Sie? Was wollen Sie?«, fragte eine männliche Stimme.

Helland räusperte sich. »Mein Name ist Malu Helland. Ich bin …«

»Ist auch egal«, unterbrach sie die Stimme. »Sie sind hübsch und jung. Kommen Sie rein. Aber verlaufen Sie sich nicht bei Ihrem Weg durch den Vorgarten.«

Das Eisentor schwang nach innen auf.

Was sollte sie davon halten? Einerseits war sie froh darüber, so leicht Zugang zu erhalten. Andererseits gefiel ihr der Ton der Einladung überhaupt nicht.

War der Mann betrunken? Seine Stimme hatte ein wenig danach geklungen.

Sie machte sich auf den Weg.

Wenn das hier der Vorgarten war, würde sie gerne mal den Garten hinter der Villa sehen. Der musste in Relation gesehen die Ausmaße eines Nationalparks besitzen.

Vielleicht sollte sie besser ihren Wagen holen, allerdings befürchtete sie, dass sich das Tor in der Zwischenzeit wieder schließen würde.

Ihr Weg führte sie an Kastanienbäumen vorbei, die ihrer Größe nach zu urteilen bei dem Bau der Villa gepflanzt worden waren.

Endlich erreichte sie die Steintreppe, die zum Eingang führte, einer Flügeltür, deren eine Hälfte offen stand. Sie nahm die Treppe und blieb in der geöffneten Tür stehen.

Hier war niemand, um sie zu begrüßen.

Zögernd trat sie ein.

Das, was man in gewöhnlichen Häusern als Flur bezeichnete, war hier eine Halle mit einer Deckenhöhe von zehn Metern. An den Wänden hingen Ölgemälde in der Größe von Plakatwänden, die grimmig schauende Männer in historischen Uniformen und Frauen in Kleidern des ausgehenden neunzehnten Jahrhunderts zeigten.

Unter den Bildern standen Tische, auf denen jemand seine Vasensammlung ausgestellt hatte.

Helland war alles andere als eine Expertin, aber es wäre keine Überraschung, wenn die Vasen aus irgendeiner Ming-

Dynastie stammen würden. Da sie das traurige Talent besaß, Porzellan und Steingut auf wunderbare Art und Weise in einen Haufen Scherben verwandeln zu können, hielt sie sich besser von den Dingern fern.

»Hallo«, rief sie. »Ist hier jemand?«

»Sie haben es schon geschafft? Sie sind gut zu Fuß. Nehmen Sie die Tür rechts von sich. Eigentlich sollten wir einen Shuttlebus-Service einrichten. Der Weg ist elend weit.«

Soweit Helland das beurteilen konnte, war es die Stimme des Mannes, der sie am Tor durch die Sprechanlage begrüßt hatte. Außerdem war sie sich jetzt sicher, dass er betrunken war.

Eigentlich reichte dieser Umstand bereits für sie aus, um zu verschwinden und sowohl Villa wie Betrunkenem den Rücken zu kehren. Sie mied nach Möglichkeit alkoholisierte Menschen im Allgemeinen und besoffene Männer im Besonderen.

Da ihr das allerdings keine Antworten einbringen würde, riss sie sich zusammen und folgte der Stimme durch die Tür rechts von ihr. Sie betrat einen Saal, der anscheinend das Wohnzimmer darstellte. Wobei sie sich nicht sicher war, ob gewöhnliche Raumbezeichnungen in einem solchen Gebäude sinnvoll waren. Es gab eine Tafel, an der fünfzehn Stühle standen sowie die obligatorischen Gemälde an der Wand. In einem anderen Teil des Raumes stand eine gewaltige Sitzgarnitur aus Leder. Die u-förmige Couch würde nicht einmal in ihr Wohnzimmer passen, wenn man es vorher völlig leer räumen würde.

Sich in dem Haus zu bewegen, fühlte sich ein wenig danach an, eine Führung durch ein Schloss zu machen. *Bitte bleiben Sie hinter den Absperrungen.*

Es war bestimmt eine tolle Sache, viel Geld zu besitzen, aber in einem solchen Haus würde Helland sich unwohl fühlen. Ein Haufen leerer Zimmer, die den Verstand dazu anregten, sich gruselige Dinge auszudenken, die dort in der Nacht passierten.

»Da sind Sie ja. Darf ich Ihnen was zu trinken anbieten?«

Helland hatte den Mann, der an einer Schrankwand voller Spirituosen stand und ihr den Rücken zudrehte, glatt übersehen.

»Nein, danke.«

Der Mann nahm eine Flasche in die Hand, betrachtete kurz das Etikett und schenkte sich dann ein.

»In diesem Haus zu leben, hat einen gewaltigen Vorteil. Sollte jemals die Welt untergehen, muss man das Elend nicht nüchtern ertragen. Eher verhungern wir, als dass uns der Fusel ausgeht.«

Er drehte sich um und prostete ihr mit dem Glas in seiner Hand zu. Der Mann war in etwa in ihrem Alter. Insgesamt eine unspektakuläre Erscheinung, die einem weder im Positiven wie im Negativen in Erinnerung bleiben würde.

»Mein Name ist Oskar Eisfeld. Mit wem habe ich das Vergnügen?«

»Ich heiße Malu Helland. Ich ...«

»Lassen Sie mich raten. Sie sind Journalistin.«

»Nein«, log sie. Ihr Beruf tat hier nichts zur Sache. »Ich bin auf der Suche nach meinem Bruder.«

Er lachte kurz auf. »Meine Schwester würde mich nie suchen. Bei dem ganzen Koks, das sie sich täglich durch die Nase zieht, würde es mich nicht einmal wundern, wenn sie vergessen hätte, dass es mich überhaupt gibt.«

Eisfeld musterte sie eingehend.

»Tja«, sagte er. »Schwesterherz vögelt sich quer durch Kalifornien, in der Hoffnung, dadurch eine berühmte Schauspielerin zu werden. Mutter kuriert ihre angeschlagenen Nerven in einer Klinik in der Schweiz und mein Vater befindet sich auf einer Dienstreise in die Hölle. Damit bleibe nur noch ich übrig. Seit einer Woche lebe ich alleine in dieser Gruft, und wenn Ihr Bruder niemand ist, der sich unbemerkt in fremde Häuser einschleicht, muss ich Ihnen leider mitteilen, dass Sie sich umsonst bemüht haben.« Eisfeld nahm einen Schluck aus seinem Glas. »Können wir uns duzen?«, fragte er.

»Sicher.«

»Schön.« Er kippte den Rest, von was auch immer, in sich hinein. »Bock, zu ficken?«

Genau so etwas hatte sie befürchtet. Wenn Kerle soffen, wurden sie unausstehlich und aufdringlich.

Waren sie wirklich allein in dem Haus?

Die Möglichkeit behagte ihr überhaupt nicht. Unwillkürlich trat sie einen Schritt zurück. »Ich denke, es ist besser, wenn ich gehe.«

»Scheiße, tut mir leid. Ernsthaft. Wenn ich zu viel trinke, werde ich noch ekelhafter als gewöhnlich. Aber ich bin harmlos.«

»Schön, das zu hören.« Helland drehte sich um und ging zur Tür. Sie beherrschte sich, um nicht zu rennen.

»Nein, bleib bitte hier. Es tut mir wirklich leid.«

Auch wenn sie es nicht sah, ganz sicher lief er gerade hinter ihr her.

Es war eine Ungerechtigkeit der Natur, dass die meisten Männer ihr körperlich überlegen waren. Wenn der junge Eisfeld es darauf anlegte, würde sie dieses Haus nie wieder verlassen.

Was, wenn sexuell pervertiertes Verhalten in der Familie lag? Der Apfel fiel nicht weit vom Stamm.

Sie erreichte die Eingangshalle.

Eines musste ihr klar sein. Wenn sie jetzt weglief, wäre sie Richard keinen Schritt näher gekommen.

Helland blieb stehen und drehte sich um.

Eisfeld war ihr tatsächlich gefolgt. Allerdings nur halbherzig. Immer noch trennten sie zehn Meter.

»Sie haben meinen Bruder engagiert, um das Video Ihres

Vaters prüfen zu lassen. Jetzt ist er verschwunden und ich will wissen warum.«

»Verstehe, wir sind wieder beim Sie. Gut, das habe ich verdient.« Seine Schultern sackten nach unten. »Dieses beschissene Video. Sorry, ich habe Ihren Bruder nicht beauftragt. Das war die Sekretärin meines Vaters. Eva Brönstedt. Genau genommen weiß ich nicht, wen sie beauftragt hat, aber das wird dann wohl Ihr Bruder gewesen sein, nehme ich an.«

»Mir wurde gesagt, dass Sie das getan hätten. Wären Sie so freundlich, mir zu erklären, was das alles soll?«

»Setzen wir uns. Ich erzähle Ihnen, was ich weiß.«

Eisfeld ging zu der Speisetafel und setzte sich auf einen der Stühle auf der Fensterseite.

Sollte Helland sich setzen wollen, würde die Tafel zwischen den beiden als natürliches Hindernis dienen.

Nach kurzem Zögern folgte sie Eisfeld, griff sich einen Stuhl gegenüber von ihm und setzte sich.

»Ihr Bruder sollte das Video untersuchen?«

»Ja.«

»Hat er etwas herausgefunden?«

»Das weiß ich nicht. Um ihn das zu fragen, müsste ich ihn erst einmal finden.«

»Sie kennen sicher das Klischee, dass reiche Familien völlig zerstört und unglücklich sind. Die Wahrheit ist, dass solche Klischees nicht von ungefähr kommen. Oft entsprechen sie der Wahrheit und das ist auch in meiner Familie der Fall. Wenn ich die Sache mit dem Video außer Acht lasse, dann kann ich sagen, dass mein Vater kein böser Mensch war. Er war einfach nur nie da. Ich glaube, meine Mutter hat darunter sehr gelitten. So sehr, dass sie ebenfalls nie da war, trotz ihrer körperlichen Anwesenheit. Statt Aufmerksamkeit erhielten meine Schwester und ich Geld. Geld ersetzt vieles, aber keine Zuwendung. Das ist eines der Dinge, die ich in meinem Leben begriffen habe.« Er breitete die Arme aus. »Das alles gehört jetzt mir. Meine Schwester und meine Mutter haben sich aus dem Staub gemacht. Somit bin ich der neue Herr im Haus. Aber ich will es nicht. Sie haben mich kurz vor meiner Abreise erwischt. Ich mach die Fliege.«

»Das tut mir leid, hilft mir jedoch nicht weiter.«

»Da haben Sie recht.« Eisfeld machte eine kurze Pause. Dann räusperte er sich. »Haben Sie das Video gesehen?«

»Nein.«

»Ich schon. Das hätte ich besser gelassen.«

»Hatten Sie Zweifel an der Echtheit des Videos?«

Eisfeld kratzte sich am Kopf und verzog das Gesicht zu einer Grimasse, als würde das Nachdenken über diese Frage Schmerzen bereiten.

»Einerseits kann ich immer noch nicht glauben, dass mein Vater dazu fähig war. Andererseits denken das vermutlich die meisten Angehörigen von psychisch gestörten Arschlöchern und ich muss leider zugeben, dass er in dem Video wirklich gut zu erkennen ist. Ich will es so sagen: Echte Zweifel besaß ich nicht, aber ich hätte sie gerne gehabt.«

»Dann war es tatsächlich nicht Ihre Idee, das Video untersuchen zu lassen.«

Er schüttelte den Kopf. »Nein, wie gesagt. Das war Eva.«

»Warum in Ihrem Namen?«

»Weiß ich nicht. Sie kam zu mir und erklärte mir, was sie mit dem Video vorhätte. Allerdings hat sie mich in einem äußerst ungünstigen Moment erwischt. Ich war total besoffen und habe ihr gesagt, sie soll sich das Video sonst wo hinstecken. Sie ist dann wortlos gegangen.«

»Warum hatte sie Zweifel?«

»Sie hat meinen Vater sehr gemocht. Aus ihrer Sicht vermutlich zu Recht. Er genoss den Ruf, sehr freundlich zu seinen direkten Mitarbeitern zu sein. Dazu kommen wohl die Umstände seines Todes. Sie wissen, dass mein Vater in Haft gestorben ist?«

»Ja.«

»Wissen Sie auch, wie es dazu gekommen ist?«

»Nein.«

»In seiner ersten Nacht in Haft soll er Säure getrunken haben.«

Helland zog überrascht die Augenbrauen nach oben. »Was für ein grausamer Tod. Warum macht man das?«

»Das ist Frage Nummer eins. Es gibt sicher angenehmere Methoden, das Leben hinter sich zu lassen.«

»Woher hat er die Säure bekommen?«

»Das ist die zweite Frage. Und die ist noch wesentlich interessanter. Wer soll ihm die verschafft haben? Und warum?«

»Also wurde er ermordet?«

»Indem man ihm Säure eingeflößt hat? In einer Gefängniszelle? Wie hat man das bewerkstelligt? So richtig glauben kann ich das nicht.«

Helland fand die Zweifel von Eisfelds Sohn nachvollziehbar. »In der Sache wurde doch bestimmt ermittelt.«

»Sicher. Jedoch ohne Ergebnis. Keiner hat auch nur den Hauch einer beschissenen Ahnung, wie das passieren konnte. Man weiß lediglich, dass es Säure war.«

Helland wusste nicht, was sie sagen sollte. Im Prinzip schien es ein unmöglicher Todesfall zu sein.

Mittlerweile hatte sie sich entspannt. Oskar Eisfeld war kein irrer Vergewaltiger, sondern nur eine reiche arme Sau.

Seine Augen waren glasig vom Alkohol, seine Bewegungen fahrig. Äußerlich wirkte er, als müsste er jeden Moment ins Koma fallen. Normalerweise dürfte der Mann kaum noch sprechen können, aber der Alkohol schien seinem Sprachzentrum erstaunlicherweise wenig anzuhaben.

einkürzen

»Fluorsulfonsäure«, sagte er.

»Wie bitte?«

»Es war Fluorsulfonsäure. Das Zeug ist deutlich stärker als Schwefelsäure und findet unter anderem Verwendung in der Glasindustrie.«

»Woher wissen Sie das?«

»Eva fand das heraus, indem sie ihre Kontakte anzapfte.«

»Ich dachte, sie wäre die Sekretärin Ihres Vaters gewesen? Wie bekommt man das als Sekretärin hin?«

»War sie auch. Mein Vater hatte seine Gründe, sie einzustellen. Eva ist unheimlich gut vernetzt. Wirtschaft, Politik, Behörden. Sie kennt überall die richtigen Leute. Vielleicht genießt die Bezeichnung *Sekretärin* einen schlechten Ruf, aber auf einer so hohen Ebene steckt deutlich mehr hinter dem Job, als man im ersten Moment glaubt.«

»Sie bemüht sich sehr um Ihren Vater. Selbst nach seinem Tod noch. Warum?«

»Sie wollen eigentlich fragen, ob mein Vater ein Verhältnis mit ihr hatte?«

»Hatte er?«

»Kann ich mir nicht vorstellen. Ich glaube eher, dass es ein Ausdruck ihrer Loyalität ist. Sie ist die Einzige, die um seine Ehre gekämpft hat. Die Familie ließ ihn sofort fallen. Schon traurig, oder?«

Er stand auf.

»Scheiße. Ich brauche dringend einen Kaffee«, stöhnte er.

»Wie finde ich diese Eva?«

»Die Leiche meines Vaters wurde erst vor drei Tagen von der Staatsanwaltschaft freigegeben. In zwei Stunden ist die Beerdigung. Ich nehme an, Brönstedt wird dort sein.«

* * *

Dass der Sohn von Eisfeld nicht einmal mit dem Gedanken gespielt hatte, auf die Beerdigung seines Vaters zu gehen, fand Helland erschreckend. Wobei sie zugeben musste, dass sie nicht wüsste, wie ihre Reaktion aussähe, wenn ihr Vater sich als mutmaßlicher pädophiler Verbrecher entpuppen würde. Daher sollte sie nicht zu vorschnell über Eisfelds Sohn urteilen.

Darüber hinaus befand er sich mit seiner ablehnenden Haltung in guter Gesellschaft. Niemand von der Familie würde der Zeremonie beiwohnen.

Eisfelds Beerdigung fand auf einem Waldfriedhof außerhalb von Bad Homburg statt. Nach zwanzig Minuten Fahrt traf sie auf dem beinahe leeren Parkplatz des Friedhofs ein. Sie zählte vier Fahrzeuge. Obwohl es eine Bushaltestelle gab, war es kaum vorstellbar, dass sich jemand mit öffentlichen Verkehrsmitteln auf den Weg gemacht hatte.

Wenn nicht in allerletzter Minute die Massen eintrafen, stand hier eine richtig traurige Trauerveranstaltung bevor.

Sie stieg aus und betrat durch ein Eisentor den Friedhof.

Durch die vielen Bäume und Büsche vermittelte die Anlage den Eindruck, die Gräber lägen in einem Wald. Die Wege zwischen den Grabstätten waren wohl mit Absicht in ihrer Wegführung chaotisch angelegt, um alles natürlicher wirken zu lassen.

Durch die Menge an Vegetation fiel es Helland schwer, sich einen Überblick zu verschaffen. Aber soweit sie das beurteilen konnte, befand sie sich allein auf dem Gelände.

Im Zentrum des Friedhofes stand eine kleine Kapelle aus Sandstein.

Als sie sich ihr näherte, drang plötzlich Orgelmusik nach draußen. War das die Trauerzeremonie von Eisfeld? Helland nahm die Musik als Zeichen dafür, dass die Trauergäste gleich herauskommen würden.

Als sie Eisfelds Sohn gefragt hatte, woran sie die Sekretärin erkennen sollte, hatte er geantwortet, das würde sie schon wissen, wenn es so weit wäre.

Die Tür zur Kapelle öffnete sich.

Als Erstes erschien ein Geistlicher, gefolgt von einem Wagen, auf dem ein Sarg lag, welcher von zwei in dunkel gekleideten Männern geschoben wurde. Wenige Schritte hinter dem Wagen mit dem Sarg folgte eine Frau in einem schwarzen Hosenanzug, über den sie einen ebenfalls schwarzen Mantel trug. Helland schätzte sie auf Ende dreißig, ihre langen Haare hatte sie zu einem Dutt gesteckt.

Mit der Frau begann und endete der Trauermarsch.

Das war dann doch irgendwie verblüffend.

Bei dem, was Eisfeld vorgeworfen wurde, wandten sich die meisten Menschen ab. Aber gleich alle?

Bei der Frau handelte es sich dann wohl um Eva Brönstedt. Wie es aussah, war sie die einzige Person, die ihrem ehemaligen Chef die Treue hielt. Weshalb tat sie das? Hatte sie ihn geliebt? Oder wusste sie etwas, was andere nicht wussten? Letzteres würde erklären, warum sie versucht hatte, das Video als Fälschung entlarven zu lassen. Womöglich traf beides zu.

Aus einiger Entfernung beobachtete Helland, wie die Prozession aus zwei Friedhofsangestellten, dem Pfarrer und einer Trauenden den Kiesweg zwischen den Grabsteinen entlangzog.

Ein wahrhaft trauriger Anblick.

Die für Eisfeld reservierte Grabstätte lag direkt neben einer imposanten Trauerweide.

Helland wartete, bis der Sarg hinabgelassen war, der Mann Gottes seine Sprüche aufgesagt, Brönstedt ihre Blumen in das offene Grab geworfen hatte und sich zum Gehen wandte.

Brönstedt lief in einem zügigen Tempo und Helland musste joggen, um sie einzuholen.

Bis auf fünf Meter war sie an die Sekretärin herangekommen.

»Frau Brönstedt.«

Ohne anzuhalten, drehte Brönstedt sich nach Helland um.

»Wer sind Sie? Presse?«

»Nein.«

Brönstedt erhöhte ihr Tempo.

»Gleichgültig, wer Sie sind. Ich habe Ihnen nichts zu sagen.«

»Sie haben meinen Bruder Richard Helland beauftragt, das Video zu überprüfen.«

»Das ist Ihr Bruder? Gut. Dann können Sie mir freundlicherweise mein Geld zurückgeben. Er hat kassiert, aber nicht geliefert.«

»Mein Bruder ist verschwunden. Ich suche ihn.«

Brönstedt blieb stehen. »Er ist verschwunden?«

»Seitdem er den Auftrag von Ihnen erhalten hat.«

»Woher wissen Sie von mir? Durch Ihren Bruder?«

»Oskar Eisfeld. Er hat mir auch gesagt, dass heute die Beisetzung seines Vaters stattfindet und dass ich Sie hier antreffen würde.«

»Nichtsnutz«, zischte Brönstedt.

»Hören Sie, ich will wissen, was mit meinem Bruder passiert ist.«

»Das weiß ich nicht.«

»Aber Sie wissen offensichtlich andere Dinge. Dinge, die mir bei der Suche helfen könnten.«

Brönstedt sah sich um. »Ist Ihnen jemand gefolgt?«

»Was? Nein, wie kommen Sie darauf?«

»Sind Sie sicher, dass Ihnen niemand gefolgt ist?«

»Ja. Ich meine, keine Ahnung. Ich habe nicht darauf geachtet. Aber außer uns ist doch kein Mensch weit und breit zu sehen. Die müssten uns mit einem Satelliten beobachten.«

Brönstedt blickte besorgt in den Himmel. »Sie haben recht. Daran habe ich bisher überhaupt nicht gedacht.«

Sie zog Helland am Ärmel mit sich unter einen Baum.

»In Ordnung«, sagte Brönstedt und atmete tief durch. »Herr Eisfeld war Head of Global Markets. Sein Geschäftsbereich umfasste das Sales and Traiding. FX, Commodities, Equities.«

»Die Begriffe sagen mir nichts.«

»Währungs-, Rohstoff und Aktienhandel. Kennen Sie sich mit Börsengeschäften aus?«

»Nein.«

»Die Börse verkauft Aktien. Aber nicht jeder darf an der Börse Aktien kaufen. Das dürfen nur General Clearing Member. Wenn Privatpersonen Aktien kaufen wollen, können sie dies über ein General Clearing Member tun.«

»Ich nehme an, Ihre Bank ist ein General Clearing Member.«

»So ist es. Kunden wenden sich an uns, damit wir für sie Aktien an der Börse kaufen. Der Handel funktioniert in weiten Teilen automatisiert und findet im sogenannten Dark Pool Server der Börse statt. Sowohl Aktienkäufer wie Verkäufer übermitteln elektronisch ihre Angebote. Im Dark Pool werden die Käufe und Verkäufe abgeschlossen, ohne dass dabei die Daten von Käufer und Verkäufer bekannt sind. Daher der Name.«

Eine Windböe wirbelte Laub vom Boden auf.

Erste Wolken zogen am Himmel auf. Offensichtlich würde es mit dem strahlenden Sonnentag bald zu Ende gehen.

Brönstedt zog ihren Mantel zu und verschränkte die Arme vor ihrer Brust.

»Es war an einem Samstag, als Herr Eisfeld in mein Büro kam. Er wirkte nervös, geradezu aufgelöst. Zunächst dachte ich an ein Unglück, dass vielleicht seinen Kindern etwas zugestoßen sei.«

»Das war es nicht der Fall.«

»Nein. Er erzählte mir als seiner Vertrauten, dass es einen gewaltigen Betrugsfall gebe und er nicht wisse, wie er damit umgehen solle.«

»Wird in der Finanzwelt nicht immer von irgendjemandem betrogen? Kann man von einem Topmanager nicht erwarten, dass er damit klarkommt?«

»Nicht mit dieser Art von Betrug.«

»Erklären Sie es mir.«

»Wenn ein Börsenhändler in einem engen Markt den Auftrag erhält, eine große Stückzahl Aktien zu kaufen, kann er davon ausgehen, dass sich deren Wert nach diesem Geschäft erhöhen wird. Daraus kann er Kapital schlagen, indem er zunächst Aktien für sein Eigenhandelskonto einkauft. Erst danach führt er die Order des Kunden aus. Wie erwartet steigt der Aktienkurs. Wenn das geschehen ist, verkauft er die Aktien, die er für sich selbst erworben hat, zu einem höheren Preis als seinem Einkaufspreis und macht damit einen kleinen Gewinn. Das nennt man Frontrunning. Es ist kein Betrug im strafrechtlichen Sinne, aber dennoch in den meisten Ländern verboten. In Deutschland stellt Frontrunning einen Verstoß gegen das Wertpapierhandelsgesetz dar.«

»Wie viel Geld kann man damit machen?«

»Oft nicht mehr als den Bruchteil eines Cents pro Aktie. Darum besteht das eigentliche Problem darin, wenn das Frontrunning durch Computer ausgeführt wird. Das nennt man dann Hochfrequenzhandel. Hierbei werden Order mit großem Volumen durch das Programm erkannt und eine eigene Order davor platziert. Das Ganze im Millisekundentakt.«

»Wie funktioniert das?«

»Das kann ich nicht sagen. Ich weiß lediglich, dass man einen Server in Börsennähe benötigt. Nicht unbedingt im räumlichen Sinne, sondern was die Schnelligkeit der Verbindung zum Server der Börse angeht. Technisch ist das ganze recht anspruchsvoll.«

»Hat Eisfeld einen solchen Betrug erkannt?«

Brönstedt nickte. »Auch wenn ich nicht weiß, woher er die Information hatte.«

»Ich verstehe immer noch nicht, warum das so etwas Besonderes sein soll. Bisher klingt es nicht danach.«

»Das Besondere kommt jetzt. Wenn Menschen sterben,

überleben ihre Konten. Jede größere Bank hat Hunderttausende von Konten verstorbener Kunden. In den allermeisten Fällen weisen diese Konten ein Guthaben auf. Eine Bank ist nicht verpflichtet, nach Erben zu suchen. Aber sie darf die Konten, auf denen Geld liegt, auch nicht einfach auflösen.«

Helland hatte zwar keine Ahnung, wo das jetzt hinführte, aber sie war sich sicher, dass da ein dickes Ende auf sie wartete.

»Ich nehme an, der Bank ist das recht, weil sie mit dem Geld arbeiten kann«, vermutete Helland.

»So ist es. In Deutschland dürften etwa zehn Milliarden Euro auf solchen Konten liegen. Wobei es natürlich keine genauen Zahlen gibt.«

»Was hat das mit dem Börsenbetrug zu tun?«

»Der Hochfrequenzhandel, von dem ich es gerade hatte, ging von unserer Bank aus. Als Handelskonten wurden Tausende solcher toter Konten benutzt.«

»Merkt das keiner?«

»Die Konten werden einmal am Tag, beim Tagesabschluss überprüft. Da könnten sie nur auffallen, wenn plötzlich mehr oder weniger Geld auf ihnen drauf wäre, als es sollte. Das war aber nie der Fall. Tagsüber wurden die Konten für den Handel genutzt und kurz vor dem Tagesabschluss hat man sie wieder auf ihr ursprüngliches Guthaben zurückgesetzt. Da merkt niemand etwas.«

Langsam verstand Helland, warum Eisfeld so nervös gewesen war.

»Also saß der oder die Betrüger in Ihrer Bank, und da er für den Wertpapierhandel die Verantwortung trug, machte er sich Sorgen, dass die Angelegenheit für ihn eventuell Konsequenzen haben könnte.«

Das war eines der Probleme von Menschen, die in einer verantwortungsvollen Position arbeiteten. Gab es in ihrem Arbeitsbereich Ärger, wurden oft sie mit zur Rechenschaft gezogen und mussten ihren Hut nehmen, auch wenn sie mit der Sache nichts zu tun hatten.

»Das spielt eine Rolle. Aber das Problem ist um einiges größer. Um einen solchen Betrug durchzuziehen, braucht man eine Menge Freigaben für alle möglichen EDV-Anwendungen. Dabei sind die Freigaben lediglich eine Hürde. Hat man beruflich keine Berührungspunkte mit speziellen Aufgaben, dann hat man die Programme nicht einmal auf dem Rechner installiert. Der Täter musste sich nicht nur die Freigaben besorgen, sondern sich überhaupt erst Zugang zu diversen Computeranwendungen beschaffen.«

»Es wird sicher Mitarbeiter in der Bank geben, die ohnehin über die nötigen Zugangsrechte und Möglichkeiten verfügen.«

»Da bin ich überfragt. Aber, auch wenn das so sein sollte, gibt es einen weiteren Aspekt. Es muss dem Täter gelungen sein, ein Programm in das Banksystem einzuschleusen, das die Arbeit für ihn erledigt hat. Manuell ist das unmöglich zu schaffen. Zu viele Transaktionen auf zu vielen Konten und das alles gleichzeitig.«

»Also ein gewöhnlicher Betrüger war das sicher nicht.«

»Ganz bestimmt nicht. Da steckt eine Organisation dahinter. Keine Ahnung welche. Mafia, Geheimdienst.«

»Wo ist das Geld von den toten Konten hingeflossen?«

»Das hat Herr Eisfeld nicht erwähnt. Ich vermute, irgendwo in die Karibik, wo das Bankengeheimnis ernst genommen wird.«

»Um wie viel Geld geht es?«, fragte Helland.

»Das wusste er nicht. Aber es werden viele Millionen sein.«

»Ist das alles, was Sie wissen?«

»Am Tag nach unserem Gespräch hat die Polizei Herrn Eisfeld festgenommen. Einen weiteren Tag später war er tot.«

»Und Sie denken, dass es da einen Zusammenhang gibt.«

»Wer einen Betrug auf eine solche raffinierte Art begehen kann, verfügt über gewaltige Mittel. Besonders im technischen Bereich. Da hat sich mir der Gedanke aufgedrängt.« Brönstedt atmete durch. »Dazu kommen die Umstände seines Todes.«

»Eisfelds Sohn hat mir davon erzählt.«

»Ach, wirklich. Als ich bei ihm war, erweckte er bei mir den Eindruck, dass ihn das alles nicht interessiert. Er war betrunken an dem Tag.«

»Wie haben Sie es geschafft, an solche Informationen zu gelangen?«, fragte Helland.

»Beziehungen. Aber die musste ich sofort nutzen. Bei einem Vorwurf, bei dem es um Kinder geht, brechen die schnell weg.«

»Haben Sie eine Vorstellung, wie das mit der Säure geschehen konnte?«

»Nein«, antwortete Brönstedt. »Ich weiß nur, dass da etwas nicht stimmen kann. Das ist sicher. Dafür muss man keine Kriminalistin sein.«

»Warum haben Sie meinen Bruder unter dem Namen Eisfeld engagiert?«

»Ich habe Ihren Bruder von einem öffentlichen Telefon angerufen und mich dann mit ihm getroffen. Als ich vor ihm stand, ist mir die plötzlich die Idee gekommen, ihm zu sagen, dass ich im Auftrag von Herrn Eisfelds Sohn handle. Ich wollte meinen Namen da raushalten.«

»Haben Sie Angst?«

»Definitiv.«

Helland verstand das. Mittlerweile fühlte sie sich ebenfalls unwohl. Sie ertappte sich dabei, dass sie die Umgebung ständig nach verdächtigen Personen absuchte. Wie es aussah, waren sie im Moment immer noch allein auf dem Friedhof. Allerdings war es ja Ziel einer Beschattung, dass man seine Verfolger nicht zu sehen bekam.

»Haben Sie wirklich keine Ahnung, wo sich mein Bruder aufhält?«

»Er hat den Auftrag übernommen und wollte sich mit mir in Verbindung setzen, wenn er etwas in Erfahrung gebracht hätte. Seitdem habe ich nichts von ihm gehört.«

Helland hatte es versucht und war gescheitert. Ihrem Bruder war sie kein Stück näher gekommen. Die Luft war raus. Fast hätte sie sich gedankenverloren auf einen der Grabsteine gesetzt.

»Ich weiß nicht, wie ich ihn finden soll«, flüsterte sie.

»Es tut mir leid. Ich hoffe, Sie geben mir keine Schuld. Das ...«

»Ich gebe Ihnen keine Schuld. Aber ich kann nicht damit aufhören, nach ihm zu suchen. Das Schlimme ist, dass Sie meine letzte Spur waren und diese Spur endet nun auf einem Friedhof in einer Sackgasse.«

»Vielleicht nicht ganz. Eine Sache habe ich noch für Sie. Keine Ahnung, ob Ihnen das weiterhilft.«

»Ich nehme alles, wie es kommt.«

»Gestern kam der Verbindungsnachweis von Herrn Eisfelds dienstlichem Handy. Wenige Stunden vor seiner Festnahme hat er mehrmals versucht, jemanden anzurufen. Die Verbindungsdauer betrug jeweils nur einige Sekunden.«

»Sprachbox?«

»Kann sein.«

Das klang, als ob Eisfeld verzweifelt probiert hätte, die Person zu erreichen. Weil er wusste, was auf ihn zukam?

»Haben Sie eine Idee, wen er angerufen hat?«

»Die angewählte Rufnummer gehört Professor Scheuer. In den letzten Monaten führte Herr Eisfeld regelmäßig Telefonate mit ihm.«

Steckte dieser Professor hinter Eisfelds Tod? Oder hatte er sich Hilfe von ihm erhofft? Ein Professor. Da dachte man jetzt nicht unbedingt an Mafia. Vielleicht war er auch nur ein

Bekannter, der die Lust an kinderpornografischem Material mit Eisfeld teilte. Bei dem Gedanken durchlief sie ein Schauer.

»Was hatte Ihr Chef mit diesem Professor Scheuer zu tun?«

»Kann ich nicht sagen.«

Wenn Brönstedt von den Anwahlversuchen wusste, dann auch die Polizei. Die Ermittlungen in dem Fall waren nicht abgeschlossen, nur weil der Hauptverdächtige tot war. Dafür gab es zu viele offene Fragen. Wer war das Opfer? Wo war das Mädchen jetzt? Gab es Mittäter oder Mitwisser?

»Die Polizei ermittelt sicher wegen dieser Kontaktversuche. Sie haben doch Beziehungen bei den Ermittlungsbehörden. Können Sie da nicht etwas in Erfahrung bringen?«

»Nein, in der Sache nicht mehr.«

Mist. »Haben Sie noch weitere Informationen über Scheuer?«

»Herr Eisfeld hat mir gegenüber einmal erwähnt, dass er Professor Scheuer seit seiner Studienzeit kennen würde. Außerdem weiß ich, dass er bei der Technischen-Universität Darmstadt einen Lehrstuhl innehat. Wenigstens habe ich das aus dem wenigen, was Herr Eisfeld über ihn gesagt hat, so herausgehört.«

Helland reichte Brönstedt eine ihrer Visitenkarten. »Sollte Ihnen noch etwas einfallen, rufen Sie mich jederzeit an.«

Brönstedt sah sich die Karte an. »Sie sind ja doch Journalistin?«, rief sie entsetzt aus.

So ein Dreck. Daran hatte sie überhaupt nicht gedacht. Wann gab sie schon eine Visitenkarte?

»Das stimmt, aber ich bin nicht aus beruflichen Gründen hier. Ich suche einfach nur nach meinem Bruder. Darum habe ich das nicht erwähnt.«

Eisfelds Sekretärin zuckte mit den Schultern. »Spielt auch keine Rolle mehr. Ich hoffe, Sie finden Ihren Bruder. Und wer weiß, vielleicht bringen Sie ja Licht in die Sache.«

Mit diesen Worten ließ Brönstedt sie stehen.

Das hoffte Helland auch. Momentan fühlte sie sich wie auf einer Schnitzeljagd. Statt Antworten erhielt sie nur neue Hinweise, denen sie planlos hinterherlief. Aber sie durfte sich nicht beschweren. Solange es etwas gab, dem sie hinterherlaufen konnte, bestand Hoffnung.

* * *

Zurück in Frankfurt suchte Helland in der Nähe ihres Hotels ein Internetcafé auf.

Mittlerweile hatte sich der Himmel völlig zugezogen. Die Wolken hatten dem Tag die Sonne geklaut. Vereinzelte Schneeflocken schwebten gemächlich zu Boden.

Professor Scheuer zweifelsfrei zu identifizieren, war keine Kunst. Als Erstes stellte sie fest, dass Professor Doktor Gerhard Scheuer einen Lehrstuhl im Fachbereich Elektrotechnik an der TU-Darmstadt besaß. Seine Forschungsarbeit widmete er der 3-D-Druckertechnologie. Einer Technologie, in der in den letzten Jahren immense Fortschritte erzielt worden waren.

Der Professor war in den Vierzigern und soweit Helland das nach den Fotos, die sie im Netz fand, beurteilen konnte, genau so unattraktiv wie arrogant.

Möglicherweise tat sie dem Mann unrecht, aber er wirkte auf den Bildern wie jemand, der von sich selber annahm, er würde über allen anderen stehen – oder sollte das zumindest.

Diese Informationen schwammen an der Oberfläche des Netzes und jeder, der eine Internetsuchmaschine bedienen konnte, fand sie.

Wenn sie einen Schritt tiefer ging, wurde es bereits unscharf. Es gab haufenweise Treffer, die keinen Sinn ergaben. Seiten von Firmen, Bilder von Schauspielern, Werbung für

Katzenfutter. Alles in irgendeiner verrückten Weise miteinander verlinkt.

Helland war sich sicher, dass unter diesem ganzen Datenmüll der ein oder andere Schatz zu finden war. Die Frage war, wie sie ihn bergen sollte.

Richard konnte so etwas. Er war ein Meister darin, Unsinn von Sinnvollem zu trennen. Allerdings half ihr das nicht weiter.

Als sie bereits aufgeben wollte, kam ihr die Idee, im Auftrag ihres Arbeitgebers eine Rechercheanfrage bei InfoPress zu stellen.

Berühmte Journalisten arbeiteten mit einem Team. Sie hatten Leute in ihrer Redaktion sitzen, die für sie die mühselige Recherchearbeit erledigten und Informationen zusammentrugen, die im Prinzip für alle frei zugänglich waren. Internet, Bibliotheken, Zeitungsartikel, Fernsehsendungen.

Nicht jeder Journalist konnte auf einen Mitarbeiterstab zurückgreifen. Daher gab es Dienste wie InfoPress. Man startete eine Suchanfrage, bezahlte je nach Tiefe, Umfang und Dringlichkeit der Anfrage und bekam die gesammelten Informationen zugeschickt.

Helland hatte nur einmal auf diesen Service zugegriffen und deswegen einen herben Anschiss kassiert. InfoPress ließ sich für seine Dienste fürstlich entlohnen. Dafür waren die Resultate allerdings auch erstklassig.

Nun wollte sie die Dienste ein letztes Mal über den Account ihrer Arbeitsstelle beanspruchen. Eines war klar, wenn ihr Arbeitgeber die Rechnung erhalten würde, wäre sie ihren Job auf jeden Fall los.

Sie stellte eine Suchanfrage bezüglich Professor Scheuer und Eisfeld.

Da es ohnehin auf nichts mehr ankam, gab sie ihrer Anfrage die höchste Dringlichkeitsstufe. Was den Preis deutlich in die Höhe trieb.

Wichtig war ihr, dass die Ergebnisse auf dem Server von InfoPress bereitgestellt wurden und ihr keinesfalls als E-Mail zugehen durften.

Am Ende ihrer Anfrage erhielt sie ihre Zugangsdaten und die Aufforderung, ein Passwort zu wählen. Sobald die Anfrage bearbeitet war, würde sie von einem Handy aus eine kurze Nachricht auf ihres erhalten und sich dann die Daten im Internetcafé auf dem Server von InfoPress ansehen.

Jetzt blieb ihr nichts weiter übrig, als abzuwarten.

10 _ Talk-or-die

Hans Gassner, 03.12.2021, 16:05 Uhr

Gassner war das erste Mal in Eckernförde. Er saß auf dem Rücksitz eines Vans und sah sich die Häuser während der Vorbeifahrt an. Alles Einfamilienhäuser im typischen norddeutschen Backsteinstil.

In den nächsten Tagen würde er ziemlich viel im Land herumkommen. Er reiste nicht gerne, was daran lag, dass er in jungen Jahren mehr in der Welt herumgekommen war, als es ihm heute lieb war. Er konnte keine Hotelzimmer mehr sehen und bevorzugte sein eigenes Bett.

Allerdings musste er zugeben, dass er sehr komfortabel reiste. Größere Strecken legte er mit einem Hubschrauber zurück, und wenn er landete, wartete bereits ein Wagen auf ihn.

In wenigen Minuten würde er sein Ziel erreichen und Fregattenkapitän Heiden in dessen Haus besuchen. Heiden kommandierte die Kampfschwimmer und seine Version der Geschichte zu hören, stellte Gassner sich interessant vor.

Auch wenn das nicht seine Art war, konnte er mit Fug und Recht von sich behaupten, ein Spitzenagent zu sein. Wobei einen Topmann im echten Leben andere Dinge auszeichneten als einen James Bond im Film.

Gassners Stärken lagen vor allem in zwei Bereichen. Er war ein hervorragender Netzwerker und er besaß ein Gespür dafür, mit welchen Leuten man zusammenarbeiten sollte, und bei welchen man es besser bleiben ließ.

In der momentanen Lage konnte er auf nahezu alle staatlichen Ressourcen zurückgreifen, die es gab. Ohne Frage war das kolossal hilfreich.

Aktuell ließ er ungefähr ein Dutzend Menschen überwachen. Telefon, Internet, Post. Jeder von ihnen hatte Bezüge zu Dreem. Drei dieser sogenannten *Personen von Interesse* ließ er zusätzlich rund um die Uhr observieren. Das waren zum einen Dreems Eltern sowie dessen Ex-Frau.

Dreems Ex-Partnerin war eine der heißesten Adressen, an denen er auftauchen könnte. Wenn es eng wurde, zog es Dreem vielleicht zu ihr hin. In der Not betrachtete man die alte Liebe in einem anderen Licht.

Ihm war es wichtig gewesen, die Maßnahmen ohne Verwendung von Telekommunikationsmitteln zu initiieren. So etwas gestaltete sich zwar umständlich, aber da er nicht wusste, mit was für einem Gegner er es genau zu tun hatte, wollte er mögliche Abhörmaßnahmen soweit erschweren, wie es ging.

Gassner stand also einiges an Ressourcen zur Verfügung. Aber wirklich verlassen konnte und wollte er sich nur auf seine eigenen Leute. Spezialisten und Spezialistinnen aus den verschiedensten Bereichen, die auf Honorarbasis für ihn arbeiteten und die alle etwas gemeinsam hatten: Sie waren verschwiegen und integer. Menschen, die ihr Wort hielten, wenn sie es gaben, und ihren Job beherrschten.

Und jetzt, in diesem Moment rief ihn einer seiner Leute an: Maja, eine junge Frau, die sich als Privatdetektivin einen Namen gemacht hatte und mehrere Konzerne bei Sicherheitsfragen beriet. Da sie über ein Kryptohandy verfügte, war die Verbindung so abhörsicher, wie es die technischen Möglichkeiten zuließen.

»Hallo Maja«, meldete sich Gassner. »Was hast du für mich?«

»Was die Besatzung des Tankers angeht, melde ich Fehlanzeige«, kam Maja direkt zur Sache. »Der Kapitän und die Offiziere stammten aus Norwegen. Die Mannschaft von den Philippinen. Über Offiziere und Mannschaft habe ich nichts herausgefunden, was der Rede wert wäre. Aber dafür habe ich etwas anderes. Der letzte Halt der *Cassandras Dream* war in Wilhelmshaven gewesen. Wenn Schiffe ankern, bekommen sie oft Waren vom Festland geliefert. Dabei gehen manchmal Besatzungsmitglieder von Bord oder es werden Reisende aufgenommen.«

»Reisende auf einem Tanker?«

»Das kommt häufiger vor, als man glauben sollte. Meistens sind es Leute, die an Bord mitarbeiten, um günstig die Welt zu bereisen. Es gibt sogar Agenturen, die solche Mitfahrgelegenheiten organisieren.«

»Ist jemand an Bord gekommen?«

»So ist es. Der Mann hat einiges gezahlt, damit seine Identität geheim bleibt, und ich habe noch mehr Geld hingelegt, um das zu ändern.«

»Hast du einen Namen?«

»Der Name lautet Scheuer. Vermutlich ein Deutscher. Es besitzt einen akademischen Titel. Entweder Doktor oder Professor. Da konnte sich meine Auskunftsperson nicht ganz genau erinnern. Er ist zwischen vierzig und fünfzig Jahre alt. Mehr habe ich nicht in Erfahrung gebracht.«

»Die Informationen sind gesichert?«

»Meine Quelle ist sich ziemlich sicher.«

Gassner hatte Menschen gekannt, die sich ihrer Sache ziemlich sicher gewesen waren, und die am Ende im Wald verscharrt worden waren.

»Ziemlich sicher bedeutet nicht viel.«

»Immerhin ist es eine Spur.«

»Wie ist dein Plan?«

»Es wird mehr als einen Doktor oder Professor mit dem Namen geben. Ich erstelle eine Liste. Da unser Mann aller Voraussicht nach tot ist, gehe ich nach dem Ausschlussprinzip vor. Diejenigen, die wir erreichen, können von der Liste gestrichen werden.«

»Du weißt, wen du anrufen musst?«

»Lara.«

»Sag ihr, dass du für mich arbeitest. Du bekommst alles, was du brauchst.«

»Ich melde mich wieder.«

Maja beendete das Gespräch und Gassner steckte das Handy weg.

Ob dieser Scheuer in die Sache um Dreem involviert war oder nur auf dem falschen Schiff seinen Jugendtraum verwirklichen wollte, würde sich noch herausstellen. So oder so war es der erste brauchbare Hinweis.

»Wir sind da«, sagte der Fahrer und deutete auf ein Haus auf der gegenüberliegenden Straßenseite.

»Warten Sie hier.«

»Verstanden.«

Das Haus, in dem Heiden lebte, war ein weiß verputzter Flachbau; es wirkte wie ein Fremdkörper in der heilen Welt aus roten Klinkersteinen. In der Einfahrt parkte ein schwarzer Jeep.

Gassner stieg aus, ging zur Haustür und klingelte.

Ein langer dünner Mann um die fünfzig öffnete ihm die Tür. Die Kleidung des Mannes schien eine Nummer zu groß geraten, als ob er auch noch im hohen Alter die Klamotten seines größeren Bruders auftragen musste.

»Herr Heiden?«, fragte er den dürren Mann.

Der Mann nickte.

»Mein Name ist Gassner. Ich denke, ich wurde angekündigt.«

Gassner meinte, einen Hauch von Verzweiflung in Heidens Gesicht zu erkennen.

»Kommen Sie bitte rein«, sagte Heiden und zog die Tür weiter auf.

»Danke. Darf ich die Schuhe anlassen?«

»Was?«

Heiden sah ihn an, als hätte er ihn gefragt, ob er gerne Sex mit toten Ziegen hätte.

»Darf ich meine Schuhe in Ihrem Haus tragen? Ich kenne eine Menge Leute, die das nicht mögen.«

»Sicher. Lassen Sie die Schuhe an.«

»Danke.«

Heiden führte ihn ins Wohnzimmer. »Möchten Sie etwas trinken?«

»Im Moment nicht, danke«, antwortete Gassner.

Der Soldat deutete auf einen Sessel. »Bitte, nehmen Sie Platz.«

Gassner tat es.

Es sah aus, als wäre Heiden kein Freund von Möbeln, Bildern oder sonstigem Zierrat. Wohlwollend konnte man den Einrichtungsstil als aufgeräumt bezeichnen. Auf Gassner wirkte es wie der Tag nach einer vollzogenen Zwangspfändung. Nach seinen Informationen lebte Heiden, nach einer vor einigen Jahren vollzogenen glücklichen Scheidung, allein in dem Haus.

Heiden hatte sich mittlerweile ebenfalls gesetzt.

»Mir wurde gesagt, dass ich in höchstem Maße mit Ihnen kooperieren soll«, sagte Heiden.

»Es würde mich freuen.«

»Darf ich fragen, wer Sie eigentlich sind? Für wen arbeiten Sie?«

»Sie dürfen mich das fragen, aber erhalten keine Antwort darauf. Was ist an dem Tag des Einsatzes geschehen?«

Heidens Gesicht wurde aschfahl. Er sah jetzt noch ein Stück weit unglücklicher aus. Die von Gassner gestellte Frage hatte sein Gegenüber sicher erwartet, wenn er auch den Eindruck erweckte, er wollte sie lieber nicht beantworten. Allerdings musste Heiden wissen, dass er nicht drum herumkommen würde.

»Kurz nach Mitternacht erhielt ich einen Anruf von Admiral Föhrmann. Er gab mir den Befehl, sofortige Einsatzbereitschaft herzustellen. Das habe ...«

»Kennen Sie den Admiral persönlich?«, unterbrach ihn Gassner.

»Sicher. Admiral Föhrmann ist mein direkter Vorgesetzter. Also, ich meine natürlich, dass ich ausschließlich bei Treffen auf Arbeitsebene Kontakt mit ihm hatte, privat gab es keine Berührungspunkte.«

Gassner schmunzelte innerlich. Da versuchte sich der gute Heiden doch gleich, von dem mutmaßlichen Bösewicht zu distanzieren. Damit war zu rechnen gewesen.

»Was geschah dann?«

»Ich habe den Befehl ausgeführt. Ich ließ den Kommandostab besetzen und bei einer Gruppe Kampfschwimmer die Einsatzbereitschaft herstellen.«

»Hat Föhrmann Ihnen gesagt, worum es bei dem Einsatz geht?«

Heiden nickte. »Das Einsatzziel war die gewaltsame Übernahme des Tankers *Cassandras Dream*, weil sich an Bord waffenfähiges Material befinden sollte. Es gab einen terroristischen Hintergrund.«

»Mehr nicht?«

»Nein, das war alles.«

»Ist das nicht etwas wenig?«

»Nun, ich bin davon ausgegangen, dass er mir das sagt, was ich wissen muss und wissen darf. Ich bin Soldat und kommandiere eine Spezialeinheit und keinen Debattierklub.«

Punkt für Heiden.

Admiral Föhrmann hatte die Befugnis, einen solchen Einsatz auszulösen, und das war für einen Militär Information genug. Es gab nichts zu hinterfragen. Wen hätte er auch fragen sollen? Ein geheimer Einsatz besaß die Eigenheit, dass kaum jemand etwas über ihn wusste.

»Wirkte der Admiral am Telefon anders als gewöhnlich?«

»Ein wenig angespannt. Aber das ist bei einem solchen

Einsatz nicht verwunderlich. Sonst ist mir nichts weiter an seiner Stimme aufgefallen. Allerdings – wie gesagt – als Privatmenschen kenne ich ihn nicht gut genug.«

Dass Heiden unterstreichen wollte, dass er keine Ahnung von den bösen Machenschaften des Admirals gehabt hatte, hatte Gassner bereits begriffen.

»Hatte außer Ihnen noch jemand Kontakt zu Föhrmann?«

»Der gesamte Kommandostab. Der Admiral nahm über eine Videokonferenzschaltung in der Kommandostelle an dem Einsatz teil.«

»Wer von den Anwesenden kannte Föhrmann noch persönlich? Ich meine natürlich von dienstlichen Begegnungen her und nicht als Teil einer verschwörerischen Gruppierung.«

Heiden blinzelte mehrmals schnell hintereinander. Die kleine zynische Bemerkung hatte den Mann vollends aus der Spur gebracht.

Es war immer wieder interessant, festzustellen, wie unterschiedlich die körperlichen Anzeichen von Stress bei den Menschen waren. Bei Heiden war es das Blinzeln.

»Mit Sicherheit mein Vertreter, Kapitänleutnant Frerichs. Bei den anderen weiß ich das nicht genau.«

Mit diesem Frerichs würde Gassner dann auch reden müssen. Von Admiral Föhrmann und seiner Frau fehlte weiterhin jede Spur. Entweder sie hatten das Land verlassen oder jemand hatte ihre Leichen an die Schweine verfüttert. Irgendwie fühlte Gassner, dass Letzteres zutraf.

Das Haus der Familie Föhrmann war mittlerweile mehrfach durchsucht worden. Dabei hatte man weder ein Hinweis auf sein Motiv noch auf seinen jetzigen Aufenthaltsort gefunden.

»Wie ging es dann weiter?«

»Die Kampfschwimmergruppe wurde per Hubschrauber zu dem Tanker verlastet. Bis zum Boarding verlief der Einsatz ohne Zwischenfälle, kurze Zeit später verloren wir den Kontakt.«

»Zeitgleich zur Kampfgruppe, dem Hubschrauber und zur Drohne«, sagte Gassner.

»Das ist korrekt. Das Kommando befand sich zu diesem Zeitpunkt noch auf dem Hauptdeck.«

»Hing das mit dem großflächigen Stromausfall zusammen?«

Heiden atmete tief durch. »Ich habe nicht die geringste Ahnung. Und damit stehe ich wohl nicht alleine da. Eigentlich darf ein solcher Stromausfall die Kommunikationsfähigkeit nicht dermaßen beschädigen. Schließlich handelt es sich um militärische Systeme, die im Kriegsfall funktionieren müssen und daher über eine Notstromversorgung verfügen.«

»Was dann? Ein Virus oder sonstiges Schadprogramm?«

»Tut mir leid. Das ist nicht mein Fachgebiet.«

»Wenn es keinen Kontakt mehr zu dem Einsatzkommando gab, sollte dann nicht sofort eine Rettungsmission gestartet werden?«

»Sie verstehen nicht. Es ging gar nichts mehr. Wir waren völlig von der Außenwelt abgeschnitten. Ein totaler Verlust jeglicher Kommunikationsfähigkeit.«

»Wenn ich richtig informiert bin, wird angenommen, dass der Tanker durch ein deutsches U-Boot versenkt wurde. Woher weiß man das, wenn es keinerlei Kontakt mehr gab?«

Heiden stand unvermittelt auf.

»Tut, mir leid«, krächzte er. »Ich brauche etwas zu trinken. Wollen Sie immer noch nichts?«

»Nein, danke.«

»Ich bin gleich wieder da.«

Gassner beobachtet Heiden, wie er das Wohnzimmer verließ.

Der Mann war fix und fertig und das aus nachvollziehbarem Anlass, wie Gassner fand.

Bei einer dermaßen verworrenen Geschichte mit höchst dramatischem Ausgang benötigten die Verantwortlichen an oberster Stelle immer einen Sündenbock, den sie zur Notschlachtung freigeben konnten. Föhrmann war nicht greifbar, Heiden hingegen schon.

Mittlerweile hatte Gassner die nachrichtliche Berichterstattung über das Schicksal der *Cassandras Dream* gesehen. *Nordsee ist Mordsee,* hatte die Bild-Zeitung getitelt, in Anspielung auf einen alten deutschen Film aus den Siebzigern.

Der Tanker hatte sich einfach in Luft ausgelöst.

Momentan gingen die Experten davon aus, dass eine Monsterwelle das Schiff erwischt hatte. Solche Freakwaves konnten bis zu vierzig Meter hoch werden und stellten auch für Großschiffe eine ernst zu nehmende Gefahr dar.

In dem Teil der Nordsee, in dem man das Wrack der *Cassandras Dream* vermutete, war das Meer eintausend Meter tief. Zu tief zum Schnorcheln, aber kein Problem für Tauchroboter.

Früher oder später würde man das Wrack finden und untersuchen.

Gassner war zwar kein Experte auf dem Gebiet, aber überzeugt, dass man dann erkennen würde, dass es keine Welle war, die zum Untergang geführt hatte.

Heiden kam zurück, in der Hand ein Glas Wasser.

Er setzte sich und nahm einen Schluck.

»Wie lautete Ihre Frage noch mal?«, fragte er.

»Woher weiß man, dass es Torpedos waren?«

»Die Drohne besaß eine schwimmfähige Blackbox, die in einem Notfall ausgeworfen wird. Die wurde geborgen. Die Auswertung der Blackbox ergab, dass die Drohne den Tanker auch nach Ausfall der Kommunikation weiter beobachtet hatte. Es gab zwei Explosionen. Sekunden vor den Explosionen empfing die Drohne ein talk-or-die Signal. Kurz bevor ein Torpedo sein Ziel erreicht, schießt er mittels einer Boje eine Schleppantenne an die Wasseroberfläche, mit der er einige Zehntelsekunden lang ein Signal aussendet. Wird das Signal auf die korrekte Weise vom Ziel beantwortet, deaktiviert sich der Gefechtskopf. Damit verhindert man, verbündete Schiffe versehentlich zu versenken. Dieses Signal hat die Drohne aufgezeichnet.«

»Und die Torpedos wurden tatsächlich von einem deutschen U-Boot abgefeuert?«

»Bei dem Signal, von dem ich gesprochen habe, wird eine Kennung übertragen. Die Torpedos stammen ohne jeden Zweifel von U-98.«

»Das U-Boot ist ebenfalls verschwunden.«

»So ist es.«

»Warum war das U-Boot überhaupt in der Nähe?«

»Wissen Sie, was das Besondere an U-98 ist?«

»Es verfügt über eine Tarntechnologie.«

»U-98 war seit einigen Tagen auf einer Mission, um die Technologie zu testen. Wir können jetzt mit Sicherheit sagen, dass sie hervorragend funktioniert.«

Junge Menschen würden sagen, dass Heiden angepisst war. Kein Wunder, wenn man am laufenden Band Fragen beantworten musste, auf die man keine Antwort kannte.

»Als die Kommunikation zusammenbrach, war davon auch die Videoverbindung zu Admiral Föhrmann betroffen?«, fragte Gassner.

»Ja.«

»Gab es noch einen späteren Kontakt zu Föhrmann?«

»Nein.«

»Kommen wir zu etwas anderem. Was ist Oberleutnant Dreem für ein Mensch gewesen?«

Heiden ließ die Schultern hängen.

»Ich glaube, ich brauche jetzt was Richtiges zu trinken.«

* * *

Gassner befand sich auf dem Rückweg zum Hubschrauber,

der ihn nach Berlin ins Kanzleramt bringen sollte. Dort würde er einigen geladenen Staatssekretären und hohen Beamten ähnliche Fragen stellen wie dem armen Heiden. Lauter Fragen, auf die keiner eine Antwort geben konnte.

Sein Gespräch mit Heiden hatte noch eine Stunde gedauert. Gassner hatte versucht, so viele Informationen wie möglich über Dreem zusammenzutragen.

Heiden hatte Gassner den Eindruck vermittelt, das Dreem ein völlig durchschnittlicher Typ gewesen wäre. So durchschnittlich, dass er genauso gut als Bademeister im Eckernförder Stadtbad hätte arbeiten können und nicht als Kommandoführer einer Spezialeinheit.

Ein wenig zu gewöhnlich, wie Gassner fand.

Aber das war in Ordnung. Heiden stellte sich vor seine Männer, auch wenn sie nach seinem Kenntnisstand nicht mehr lebten. Eine eher sympathische Charaktereigenschaft.

Jedenfalls kam es Gassner nicht so vor, als ob Heiden die dunklen Geheimnisse des Oberleutnants kennen würde. Nach diesem Geheimnis musste er Dreem wohl selber befragen, wenn er ihn gefunden hatte.

Eines stand fest. Wenn er Dreem ausfindig machen würde, galt es, sich vor ihm in Acht zu nehmen. Der Mann war ausgebildet worden, um möglichst viele Menschen in möglichst kurzer Zeit aus dem Leben zu befördern. Vermutlich bastelte Dreem aus einer 9-Volt-Blockbatterie und den Bastelutensilien eines alten Yps-Heftes eine Sprengfalle, die einen in Stücke fetzte.

Gassners Kryptohandy meldete sich. Es war Lara.

»Was gibt es?«, fragte er, nachdem er das Gespräch angenommen hatte.

»Wir haben eine Spur. Dreem hat einen Fehler gemacht. Du musst sofort nach Hamburg fliegen.«

Dreem war also auch nur ein Mensch wie alle anderen.

Wenn ein Jäger seine Beute fing, lag das zumeist nicht an

den überragenden Fähigkeiten des Jägers, sondern an den Fehlern, die seine Beute beging. Die eigentliche Kunst des Jagens bestand darin, diese Fehler, ohne zu zögern, auszunutzen.

»Ich bin praktisch da.«

11 _ Kontrolle

Kai Dreem, 03.12.2021, 18:00 Uhr

Die Kälte fühlte sich wie ein um die Brust gewickelter Kabelbinder an, der sich mit jedem Meter, den er tiefer sank, immer enger zuzog und seinem Herz kaum Raum zum Schlagen ließ.

Über sich sah er ein rötliches Licht flackern. An der Wasseroberfläche brannte Öl.

Durch das Wasser gebremst schwebte er dem Meeresgrund entgegen. Allmählich verblasste der flackernde Schein des Feuers über ihm.

Sein Körper gierte nach Sauerstoff, sodass es ihm kaum noch gelang, den Atemreflex unter Kontrolle zu halten.

Minuten vergingen, ohne dass etwas geschah. Das war unmöglich. Seine Lungen müssten längst geflutet, er tot sein.

Inzwischen schwebte er in vollkommener Dunkelheit weiter ins Bodenlose.

»Da bist du ja endlich.«

Die Stimme schien vom Meeresgrund zu kommen. Dreem wusste, dass sie einem seiner Männer gehörte, aber es gelang ihm nicht, sie zuzuordnen.

»Die anderen behaupteten, du würdest uns im Stich lassen. Aber ich habe den Jungs gesagt, das würde unser Chef nie tun. Hier unten ist es gar nicht so übel, nur mit dem Grillen ist es Essig.«

Panik ergriff ihn.

Warum hatte er nicht versucht, zurück an die Oberfläche zu schwimmen?

Er musste hier weg.

Dreem breitete die Arme aus und machte einen kraftvollen Zug.

In diesem Moment fühlte er, wie sich etwas an seinem Knöchel festklammerte und ihn runterzog.

»Du wirst schön hierbleiben mein Freund.«

Dreem öffnete den Mund, um zu schreien. Salzwasser strömte in seinen Mund, er verschluckte sich, hustete und sog das Wasser in die Lungen.

Er riss die Augen auf und sprang mit einem Satz aus dem Bett. Nach Luft ringend stand er da, unfähig, sich zu bewegen.

Das war nur ein Traum gewesen. Ein beschissener Albtraum zwar, aber nur ein Traum.

Auf der Matratze hatte sich großer dunkler Fleck gebildet. Er hatte geschwitzt wie ein Schwein in der Sauna.

Langsam beruhigte er sich.

Was für eine gottverdammte Scheiße!

Es war mittlerweile fast vierundzwanzig Stunden her, dass er Martin besucht hatte.

Am Morgen hatte er sein Handy angeschaltet, aber Martin hatte ihn nicht angerufen, was keine Überraschung gewesen war. Heute Abend um zwanzig Uhr würde er sein Handy erneut anschalten. Allerdings erwartete er auch dann noch keinen Anruf. Dreem war kein Wissenschaftler, aber ihm war bewusst, dass ein Tag wenig Zeit war, um in einer solchen Sache tief greifende Erkenntnisse zu gewinnen. Das galt zumindest für die Kugeln. Wenn Martin auf die Schnelle etwas herausgefunden hatte, dann nur bezüglich des Datensticks.

Den ganzen Tag hatte Dreem in seinem Zimmer verbracht. Lediglich am Mittag hatte er kurz das Hotel verlassen, um sich Verpflegung zu besorgen.

Gegen fünfzehn Uhr war er eingeschlafen und in diesen beschissenen Traum geglitten.

Der Vorsatz, im Zimmer zu bleiben, bot die größte Sicherheit. Aber jetzt fiel ihm die Decke auf den Kopf. Er musste raus hier.

Dreem zog die Pistole unter dem Kopfkissen hervor und steckte sie in das Holster. Bevor er das Hotelzimmer verließ, nahm er das restliche Geld, welches er auf den Nachttisch gelegt hatte, und stopfte es in die Hosentasche.

Dann machte er sich auf den Weg.

Vielleicht sollte er sich einen Film ansehen. Er hatte zwar keine Ahnung, ob es in der Nähe ein Kino gab, aber das ließe sich herausfinden. Ja, das klang nach einer guten Idee.

Auf der Straße angekommen arbeitete er seinen Plan für den Abend weiter aus. Wie wäre es mit ein oder zwei Flaschen Bier? Dreem trank recht selten, aber jetzt hatte er Lust darauf.

Grundsätzlich war man nie gut beraten, in schwierigen Situationen Alkohol zu trinken. In Depressionen abzugleiten, war allerdings ebenso wenig hilfreich. Kino und Bier würden ihn mit etwas Glück ablenken und über den restlichen Tag retten.

Er ging zu dem Supermarkt, bei dem er sich bereits gestern und heute Mittag versorgt hatte. Nach dem Einkaufen würde er versuchen, ein Kino zu finden.

Es war bereits dunkel geworden. Straßenlaternen beleuchteten mit gelblichem Licht eine Gruppe von Junkies, die am Bordsteinrand saßen und damit beschäftigt waren, Heroin aufzukochen. An den Häusern flackerten LED-Werbeschilder. Shisha-Bar, Tabledance, Dönerläden. Ein Mann kotzte an einer Ecke hinter einen Stromkasten.

Alle paar Meter stieg ihm der Geruch von Urin in die Nase. Offensichtlich wurden die Hauseingänge gerne als Pissoir zweckentfremdet.

Vor dem Eingang des Supermarkts saß ein Mann auf Bürgersteig und bettelte. Neben ihm lagen zwei Krücken, vor ihm stand ein Plastiktrinkbecher mit einigen Münzen darin.

Fast hätte es Dreem in den Markt geschafft, als er hinter sich eine weibliche Stimme schreien hörte.

Er machte den Fehler, sich umzudrehen.

Auf der gegenüberliegenden Straßenseite sah er eine Frau, die mit ausgestrecktem Arm in seine Richtung zeigte und dabei etwas für ihn Unverständliches schrie. Es war die Drogenabhängige, die ihm das Handy besorgt hatte.

Bei der Frau standen zwei Männern.

Einer der Männer trug blaue Einweghandschuhe und wühlte in einer Handtasche herum.

Das Szenario ließ nur eine Deutung zu. Zwei Zivilpolizisten kontrollierten die Frau und suchten dabei nach Drogen. Für alle Beteiligten sicher ein alltäglicher Vorgang.

Aber weshalb zeigte sie in seine Richtung? Meinte die etwa ihn? Und wenn ja, warum zum Teufel?

Die beiden Männer sahen nun ebenfalls zu ihm herüber. Einer von ihnen schien plötzlich mit sich selber zu reden.

Zu spät realisierte Dreem, dass der Kerl dabei war, zu funken.

»Polizei«, sagte eine junge Frau, die sich aus dem Nichts materialisiert hatte und nun neben ihm stand. »Bleiben Sie bitte stehen.«

Die Frau war nicht allein. Zwei Männer, die Dreem für Junkies gehalten hätte, kamen auf ihn zu und umringten ihn gemeinsam mit der Frau.

Sein Puls nahm Fahrt auf.

Eine Polizeikontrolle war das Schlimmste, was ihm passieren könnte. Er trug eine Waffe am Gürtel und hatte dafür keine Erklärung parat.

»Fragt die Verrückte mal, ob das der Dealer sein soll?«, fragte einer der beiden Männer, die Dreem in Schach hielten. Anscheinend sprach er über eine Telefonkonferenzschaltung mit den Typen auf der anderen Straßenseite.

Wieso bezichtigte ihn die blöde Kuh, ein Dealer zu sein? War die völlig durch? Vermutlich war er damit der Wahrheit näher, als ihm bewusst war.

Die Polizisten, die ihn gestellt hatten, trugen Headsets und Dreem konnte nicht verstehen, wie die Antwort ausfiel, die sie von ihren Kollegen auf der anderen Seite erhielten.

Die Polizistin deutete auf eine Stelle vor der nächstgelegenen Mauer.

»Stellen Sie sich da hin. Legen Sie die Hände an die Wand.«

Na prima. Sie würden ihn durchsuchen und dabei die Waffe finden.

Blieb nur die Flucht.

Eine Hand griff ihm von hinten an die Schulter.

Noch einer. Wie viele Bullen waren den hier unterwegs?

Einer der Polizisten stand jetzt direkt vor ihm.

Eine bessere Chance würde sich ihm nicht mehr bieten.

Dreem trat ihm ansatzlos mit voller Wucht mit einem geraden Fußtritt gegen den Oberschenkel. Das Bein des überraschten Mannes flog nach hinten, der Rest seines Körpers kippte vornüber und er knallte wie ein gefällter Baum auf das Pflaster des Bürgersteigs.

Mit dem Ellbogen schlug Dreem nach hinten aus.

Er spürte einen heftigen Widerstand im Arm, was ihm anzeigte, dass er einen Volltreffer gelandet hatte.

Der Polizistin neben ihm verpasste er einen Stoß gegen die Brust, sodass sie rückwärts taumelte.

Der verbliebene Beamte stürzte sich auf ihn.

Dreem wich im letzten Augenblick aus, griff den Mann am Arm und nutzte den Schwung des Angreifers aus, um ihn in einer halbkreisförmigen Bewegung an sich vorbei gegen ein am Straßenrand parkendes Auto zu schleudern.

Der Mann schlug mit dem Kopf in das Fenster der Fahrerseite ein. Es gab einen dumpfen Schlag und in der Scheibe bildeten sich Risse.

Dann sprintete Dreem los.

Wenn er die Nummer in den USA versucht hätte, würden

ihn die Jungs sicher mit Blei vollpumpen. In Deutschland ging das nicht so einfach.

Wenn sie ihn wollten, würden sie ihn fangen müssen.

12 _ Schändliche Taten

Hans Gassner, 03.12.2021, 19:40 Uhr

Doktor Martin Trenner war Fachmann für synthetische Biologie und ein Freund von Dreem. Trenner hatte darauf bestanden, sich in einer Gaststätte in Hamburg Altona mit ihm zu treffen. Gassner missfiel es, wenn andere den Treffpunkt bestimmten, weil er dadurch ein Stück weit die Kontrolle verlor. Nicht ohne Grund galt es als grundsätzliches militärisches Strategem, den Ort der Schlacht selber zu bestimmen. Wer das Gelände kannte, besaß einen Vorteil.

Aber in diesem Fall stand wohl keine Schlacht bevor und es erschien sinnvoll, sich mit dem Mann an einem Ort zu treffen, der ihm eine gewisse Sicherheit suggerierte.

Der Laden, in dem er jetzt mit Trenner saß, war eine Mischung aus Café und Bar. Hier stand alles unter dem Motto Hollywood. Alte Filmkameras dienten als Deko, an den Wänden hingen Filmplakate und Fotos von Schauspielern. Im Prinzip kein übler Ort.

Einen Milchkaffee schlürfend hatte Gassner dem Wissenschaftler bisher eine geschlagene Viertelstunde dabei zugehört, wie er versuchte, eine Rechtfertigung für den bevorstehenden Verrat an seinem Freund zu finden.

An dieser Stelle galt es für Gassner, duldsam zu sein. Verrat brauchte seine Zeit. Im Leben war nichts einfach, nicht einmal die schändlichen Taten.

Schließlich schaffte es Trenner, sich eine Entschuldigung zusammenzukonstruieren, indem er behauptete, es wäre für Dreem das Beste, in staatliche Obhut genommen zu werden. Somit war es kein Verrat mehr an einem Freund, sondern eine fürsorgliche Hilfeleistung.

Ein Klassiker an Selbstbetrug, den Trenner vielleicht tatsächlich glaubte. Allerdings wusste Gassner um seinen wahren Antrieb.

Es war die Angst.

Wie Gassner erfahren hatte, spielte Doktor Trenner eine ernst zu nehmende Rolle bei einem wichtigen Rüstungsprojekt des Verteidigungsministeriums. In diesem Zusammenhang wurde er einer eingehenden Sicherheitsüberprüfung unterzogen und durch den Militärischen Abschirmdienst darüber belehrt, dass er bloß nichts anstellen sollte, was dem Staat in irgendeiner Weise schaden könnte.

Zuerst sicherte er seinem Freund Kai Dreem Hilfe zu, bekam es anschließend mit der Angst zu tun und verriet ihn, indem er seine Kontaktperson beim MAD anrief und ihr beichtete, was geschehen war. Der MAD wiederum fragte bei allen anderen Diensten an, ob ihnen der Sachverhalt und Name Dreem etwas sagen würde.

Tat es, und nun war Gassner hier.

Dreem hielt sich in der Stadt auf und Doktor Trenner würde als Köder dienen. Das war der Plan.

Der Milchkaffee schmeckte übrigens sehr lecker, was bemerkenswert war, denn eigentlich war die Plörre überall gleich öde.

Die oberste Pflicht bestand darin, Ruhe zu bewahren. Unüberlegtes, übereiltes Handeln wäre genau das falsche, auch wenn Gassner dem Mann am liebsten eine klatschen würde, um den Prozess der Informationsgewinnung zu beschleunigen.

»Sie müssen verstehen, es fällt mir schwer, einen alten Freund auf diese Weise zu hintergehen«, wiederholte Trenner seine Bedenken in leicht abgewandelter Form zum gefühlten hundertsten Mal.

Waren sie mit dem Thema nicht bereits durch? Behutsames Vorgehen hin oder her, allmählich reichte es Gassner mit dem Vogel.

»Und Sie müssen verstehen«, sagte Gassner ruhig, »dass es für diese Art Bedenken etwas zu spät ist.«

»Sicher. Ja, natürlich.«

»Hervorragend. Kommen wir zum Punkt. Was wollte Dreem von Ihnen?«

Trenner verzog das Gesicht, als würde er eine Magenkolik erleiden. »Ich bin mir einfach ...«

Genug war genug.

»Hören Sie mir aufmerksam zu. Ich bin ein freundlicher alter Mann. Aber wenn ich sauer werde, wollen Sie nicht der Auslöser meiner Wut sein. Entweder Sie kommen augenblicklich zur Sache oder ich lasse Ihnen das Fell über die Ohren ziehen.«

Der gute Doktor war einen solch rauen Ton sicherlich nicht gewöhnt.

Sein Unterkiefer sackte zusammen mit seinen Schultern nach unten, die Augen weiteten sich vor Schreck.

»Ja, in Ordnung.«

»Also, was wollte Dreem von Ihnen?«

»Kai hatte etwas in seinem Besitz. Achtzehn Kügelchen, jeweils mit einem Durchmesser von drei Millimetern, sowie einen USB-Speicher-Stick. Er wusste nicht, was er da hatte, und hoffte, dass ich als Wissenschaftler ihm das erklären könnte.«

»Und können Sie?«

»Das mit diesen Kugeln ist – wie soll ich sagen – kompliziert.«

»Dann lassen Sie uns mit dem einfachen Teil anfangen. Dem USB-Stick.«

»Auf dem Stick befand sich eine passwortgeschützte ZIP-Datei. Mir gelang es dennoch, die Datei zu entpacken. Insgesamt steckten hundertachtzig Gigabit Daten in der Datei.«

Alle Achtung. Das war eine ganze Menge.

»Was sind das für Daten?«

»Es hat den Anschein, als habe jemand auf die Schnelle die Daten gesichert und ganze Verzeichnisse kopiert, ohne darauf zu achten, ob die kopierten Daten Relevanz besitzen. Es ist viel unnützes Zeug dabei.«

»Beschränken wir uns auf den nützlichen Teil.«

»Baupläne, Erklärungen zu Maschinen und Fertigungsprozessen, Untersuchungsergebnisse verschiedener Werkstoffe, Messprotokolle und ...«

»Wofür das alles?«

»Ich vermute, die Daten beschreiben die Entwicklung und Herstellung der Kugeln. Allerdings ist das mehr geraten als gewusst. Die Informationsmenge ist gigantisch und ich nahm nur eine kurze Sichtung vor.«

»Also bräuchten Sie etwas mehr Zeit, um die Daten auszuwerten.«

Trenner lächelte verlegen. »Etwas mehr Zeit trifft es nicht so ganz. Wir reden hier von Monaten, wenn nicht Jahren – allerdings gab es bei den Daten eine Sache, die auffällig war.«

»Ich höre.«

Trenner zog sein Handy aus der Tasche und entsperrte das Display. »Ich habe ein Bildschirmfoto davon gemacht – einen Augenblick.«

Nachdem Trenner ein wenig an seinem Handy herumgefummelt hatte, hielt er es Gassner unter die Nase.

Auf dem Display war das Bild einer Landkarte zu sehen.

»Ein Kartenausschnitt?«, fragte Gassner.

»Nehmen Sie das Handy und vergrößern Sie das Bild.«

Gassner tat es.

Auf der Karte, die ein Waldgebiet zeigte, befand sich eine durch einen Punkt markierte Stelle. Neben dem Punkt standen zwei sechsstellige Zahlen. Gassner wusste gleich, was die bedeuteten.

»Das sind GEO-Daten. Die Länge und die Breite sind bis auf den Mikrograd genau angegeben, was einer maximalen

Abweichung von etwa zehn Zentimetern entspricht«, sagte er.

»Eine ungewöhnlich exakte Ortsangabe, wie ich finde.«

»Das stimmt. Haben Sie eine Ahnung, was sich an der Stelle befinden soll?«

Trenner schüttelte den Kopf.

»Das weiß ich nicht. Die Karte ist mir nur aufgefallen, weil sie so in die Datenstruktur integriert ist, dass sie einem als Erstes ins Auge fällt. Das kann Zufall sein ...«

»Oder Absicht«, vollendete Gassner den Satz.

Gassner sah sich den Kartenausschnitt genauer an.

Der Punkt lag eindeutig in einem Waldstück. In östlicher Richtung durchschnitt in vielleicht hundert Metern Entfernung eine Straße den Wald. Weiter östlich von der Straße schien es ein größeres bebautes Areal zu geben. Auf den ersten Blick würde Gassner mutmaßen, dass es sich dabei um einen Industriekomplex oder ein Gewerbegebiet handelte. Die Straßen in dem Gebiet bildeten ein Muster aus horizontalen und vertikalen Linien, die im rechten Winkel zueinanderstanden. Das erschien zu akkurat für eine Ortschaft.

Gassner fotografierte das Bild von Trenners Handybildschirm mit seinem Handy ab. Wichtig waren ohnehin nur die Zahlen der GEO-Daten. Ansonsten waren auf der Karte weder Straßennamen oder sonstige Bezeichnungen zu erkennen.

Mit den Koordinaten würde er sich später beschäftigen.

»Kommen wir zu den Kugeln. Die sind also etwas Besonderes.«

Trenner gluckste. »Das ist eine schöne Untertreibung.«

»Ich bin gespannt und gehöre ganz Ihnen. Was hat es mit den Dingern auf sich?«

Die Bedienung trat an ihren Tisch und fragte, ob sie was bräuchten.

»Ich hätte gerne noch so einen köstlichen Kaffee«, sagte Gassner lächelnd.

»Ich einen doppelten Whisky, falls Sie das haben«, sagte Trenner.

Die Bedienung nickte. »Haben wir.«

Nachdem die Kellnerin ihren Tisch verlassen hatte, beugte der Biologe sich verschwörerisch nach vorne. »Schnallen Sie sich an«, raunte er.

Wenn einem jemand auf solche Art in ein Gespräch einstieg, hob es die Erwartungen auf das Kommende enorm.

Eine halbe Stunde später zog Gassner das Fazit, dass der Doktor mit seiner Einleitung keine falschen Erwartungen in ihm geweckt hatte.

Die Kugeln waren in ihrem Inneren hohl. Ihre Oberfläche bestand aus einem Gemisch aus Graphen und Kunststoff. Kein Material aus einem Science-Fiction-Film aber definitiv Hightech und mit Eigenschaften, die Trenner nicht einzuschätzen vermochte.

Wirklich interessant war das Innere, in dem es mehrere Strukturen gab, die Trenner für Nanotechnologie hielt.

Was die Funktionen dieser Strukturen anging, tappte der Wissenschaftler ebenfalls im Dunkeln. Allerdings stellte er einige Hypothesen auf. Seiner Meinung nach gab es Bauteile, die einen Datenaustausch zwischen den Kugeln ermöglichten, andere besaßen elektromagnetische Eigenschaften, waren rotationsfähig und mit einer winzigen Schwungmasse versehen, was darauf hindeutete, dass sie dazu dienten, die Kugeln in Bewegung zu setzen. Außerdem glaubte er, dass die Kugeln über verschiedene Arten von Sensoren verfügten, mit deren Hilfe sie ihre Lage im Raum bestimmten. Er vermutete sogar, eine Art Brennstoffzelle in Nanogröße identifiziert zu haben.

Er wurde nicht müde, zu erwähnen, dass dies alles geraten sei und es Jahre intensiver Forschung benötigen werde, um herauszufinden, wie die Kugeln funktionierten und wofür man sie entwickelt habe.

Bereits das war ungewöhnlich genug. Aber es kam noch wilder.

Jede Kugel verfügte über zwei Areale mit organischem Material.

In dem einen Areal befand sich ein Neuronencluster mit einem Volumen von 0,02 Kubikmillimetern, der aus ungefähr zehntausend Nervenzellen bestand, was in etwa einem Zehntel des Nervensystems einer Fruchtfliege entsprach. Diesen Cluster ein Gehirn zu nennen, wäre übertrieben, aber wenn Trenner mit seiner Einschätzung richtig lag, dass die Kugeln fähig waren, untereinander zu kommunizieren, war es denkbar, dass sich die Cluster zu einem Netzwerk verbinden konnten. Die Rechenleistung war dann möglicherweise ausreichend, um semiintelligente Entscheidungen zu treffen, wie zum Beispiel dem Ausweichen eines Hindernisses auf der bestmöglichen Route.

Dies führte zu Trenners erster Vermutung, was die Funktion der Kugeln betraf. Er glaubte, dass sich Tausende oder Zehntausende Kugeln zu einem Schwarm zusammenschlossen und die Fähigkeit besaßen, sich aus eigenem Antrieb heraus selbstständig im Raum zu bewegen.

Das zweite Areal mit organischem Material bestand aus einer Ansammlung von Pandoraviren, die auch Superviren genannt wurden. Die sogenannten Superviren verdankten ihren Namen nicht ihrer Gefährlichkeit – Pandoraviren befielen Amöben und waren für den Menschen gänzlich harmlos – sondern ihrer Größe, die sie im Größenbereich kleinerer Bakterien ansiedelte.

Die Viren selbst waren künstlich verändert worden. Im Gegensatz zu ihren in der Natur vorkommenden Geschwistern besaßen sie Organellen. Trenner identifizierte unter anderem Mitochondrien, Plastide und Vakuole. Organellen hatten in einem Virus nichts zu suchen, was bedeutete, dass jemand aus dem Virus eine Art Bakterium gebastelt hatte.

Vermutlich war hierbei eine Technologie zum Einsatz gekommen, in der sogenannte Biobricks verwendet worden waren. Biobricks bestanden aus synthetisch erzeugter DNA, die in das Erbgut einer Zelle eingeschleust werden konnten, um ihnen neue Eigenschaften zu verleihen.

Im Prinzip eine Art Fischer-Technik-Bausatz für Genetiker und Biologen.

Was diese modifizierten Pandoraviren nun leisteten, war unbekannt.

Nachdem Trenner seinen Vortrag beendet hatte, verspürte Gassner den Wunsch, sich ebenfalls einen doppelten Whisky zu genehmigen. Er hielt dem Verlangen stand. Die Idee, sich mit Alkohol zu benebeln, war zwar verlockend, aber unprofessionell.

»Sie haben also keine Ahnung, wozu man diese Kugeln einsetzt«, stellte Gassner fest.

»Nicht die geringste und ich vermute, es würde auch sehr lange dauern, um das herauszufinden. Wenn es überhaupt jemals gelingt.«

»Und wer ist in der Lage, so etwas herzustellen?«

Trenner lachte. »Niemand. Das ist ja das Irre daran.«

»Nun, das ist unmöglich. Die Dinger sind ja da.«

»Sie sind da, das stimmt. Aber sie dürften es nicht sein.«

»Irgendeinen Konzern oder meinetwegen ein Land muss es doch geben, dem das zuzutrauen ist.«

Der Doktor schüttelte energisch den Kopf.

»Wenn überhaupt, dann einem Land. Aber auch das halte ich für ausgeschlossen. Das Problem ist, dass es sich hierbei nicht nur um eine einzelne äußerst fortschrittliche Technologie handelt. Um diese Kugeln herzustellen, benötigt man ganze Technologiebäume, die insgesamt deutlich weiterentwickelt sein müssten, als es bei allen Industrienationen heute der Fall ist. Wenn ein Land diesen Technologiestand besäße, wäre es den anderen um vielleicht dreißig Jahre voraus. Da sich die Entwicklung der Technologie in den letzten Jahrzehnten exponentiell beschleunigt hat, sind dreißig Jahre eine Menge Holz. Stellen Sie sich vor, dass Japan im Jahr 1950 über heutige Technologie verfügt hätte. Ich behaupte, das hätte man bemerkt. Nein, kein Land ist dazu in der Lage.«

»Also sind die Kugeln außerirdisch«, stellte Gassner trocken fest.

»Für einen kurzen Moment habe ich das tatsächlich in Erwägung gezogen. Aber dagegen sprechen die Daten auf dem Stick. Die sind eindeutig irdischen Ursprungs. Außerdem kommen mir die eingesetzten Technologien bekannt vor. Natürlich habe ich noch keine außerirdische Technologie in den Händen gehalten, aber ich vermute, dass sie mir nicht so vertraut vorkommen würde.«

»Ein Mensch aus dem Jahr 1930 würde ein heutiges Auto als Auto erkennen, auch wenn ihm das integrierte Navigationsgerät Rätsel aufgeben würde.«

»So könnte man es verbildlichen.«

»Dann stammen die Kugeln aus der Zukunft.«

»An Zeitreisen glaube ich nicht. Wenn Zeitreisen möglich wären, wäre unsere Welt noch weitaus chaotischer, als sie es bereits ist. Nein, es muss eine andere Möglichkeit geben, die wir nicht kennen.«

Dass Trenner Zeitreisen und Alien-Technologie ausschloss, bedeutete für Gassner, dass der Mann wenigstens geerdet war und kein Spinner.

Sollte die Technologie tatsächlich dermaßen fortschrittlich sein, wie der Doktor behauptete, stellte sich natürlich weiterhin die Frage, wer die Dinger gebastelt hatte und zu welchem Zweck.

Handelte es sich bei den Kugeln um eine Waffe? Waren sie möglicherweise Teil von etwas Größerem?

Für Gassner stand fest, dass die Kugeln Ursache für den

ganzen Schlamassel um den gesunkenen Tanker und Dreem waren. Die Kugeln und der dazugehörige USB-Stick waren die Objekte der Begierde, die alle in ihre Finger bekommen wollten. Gassner nun ebenfalls.

»Wo befinden sich die Kugeln und der Stick?«

»In meinem Büro im EMBL.«

»Das ist ja ganz in der Nähe. Wir fahren jetzt dahin und Sie übergeben mir die Sachen.«

»Ich weiß nicht, ob ich das so einfach tun sollte.«

»Tun Sie es nicht, ist Ihre Karriere Geschichte und Sie werden nicht einmal mehr eine Anstellung als Raumpflegekraft finden. Vielleicht hilft Ihnen diese Vorstellung, den richtigen Impuls zu entwickeln.«

Trenner schluckte. »In Ordnung.«

»Schön. Dann nichts wie los.« Gassner winkte nach der Bedienung. »Ich lade Sie ein.«

Er bezahlte und sie standen auf.

Draußen stiegen sie in den bereits wartenden Wagen ein.

Gassner beugte sich nach vorne und nannte dem Fahrer das Ziel.

»Sagt Ihnen der Name Scheuer etwas? Er ist entweder Professor oder Doktor«, fragte Gassner den Biologen.

»Professor oder Doktor für welche Fachrichtung?«

»Kann ich nicht sagen.«

»Nein, spontan klingelt da nichts bei mir.«

»Klingelt es unspontan, melden Sie sich bei mir.«

»Ist gut.«

Draußen glitten die Straßenlaternen an ihnen vorbei.

»Erklären Sie mir noch einmal, wie Sie mit Dreem verblieben sind.«

»Ich soll ihn anrufen, wenn ich etwas herausgefunden habe. Er schaltet jeden Morgen und Abend sein Handy für eine halbe Stunde lang ein. Um acht und um zwanzig Uhr.«

»Wissen Sie, wo er sich genau aufhält?«

»Er hat gesagt, dass er sich ein Hotelzimmer nimmt. Mehr weiß ich nicht.«

Hotels gab es in Hamburg wie Sand am Meer. Gassner glaubte kaum, das Dreem unter seinem echten Namen ein Zimmer angemietet hatte. Vielleicht gelang es, ihn mit einem groß angelegten Einsatz zu finden, aber genauso wahrscheinlich war es, dass man ihn durch eine solche Aktion aufschreckte und es Dreem gelingen würde, unerkannt zu entkommen.

Es war besser, kein Tamtam zu veranstalten und in den Spinnenmodus überzugehen. Netz bauen und abwarten.

»Sie werden ihn morgen um acht Uhr anrufen und um ein Treffen bitten. Das Treffen darf nicht vor zehn Uhr stattfinden. Wir brauchen eine gewisse Vorlaufzeit. Überlassen Sie ihm die Wahl des Treffpunkts.«

Doktor Trenner nickte unmerklich.

In den letzten Minuten hatte der Wissenschaftler sich einigermaßen gefasst gezeigt. Nun schaute er wieder aus der Wäsche wie ein geprügelter Straßenköter.

Dreem würde bestimmt den Ort des Treffens selber bestimmen wollen und ein Versuch, ihn davon abzubringen, könnte ihn argwöhnisch machen. Gassner durfte ihn auf keinen Fall verschrecken. Auch dann nicht, wenn es bedeutete, den Zugriff an einem Ort durchzuführen, der für Dreem maximale Sicherheit bot. Genau so einen Ort würde der Mann sich aussuchen. Wenn er nämlich nicht völlig bescheuert war, kalkulierte er die Möglichkeit einer Falle mit ein.

Sie erreichten das Gelände von DESY, hielten an der Schranke und Trenner zeigte dem Wachmann seinen Ausweis, was offensichtlich überflüssig war, denn der Mann an der Schranke lächelte ihm freundlich zu, ohne den Ausweis oder die anderen Personen im Fahrzeug eines Blickes zu würdigen, und ließ sie passieren.

»Die Sicherheitsbestimmungen werden hier eher lax gehandhabt«, stellte Gassner fest.

»Das hier ist ein Ort der internationalen Forschung. Eine Begegnungsstätte für Spitzenwissenschaftler.«

»Darum finden die Chinesen das sicher auch spannend hier.«

Nach einigen Hundert Metern gab Trenner zu verstehen, dass sie anhalten sollten.

»Hier ist es.«

Gassner und der Doktor stiegen aus und gingen zu zweit zu einem der Gebäude. An der Eingangstür hielt Trenner seinen Ausweis an ein Lesegerät und gab einen Code in ein Tastenfeld ein. Es summte und der Doktor zog die Tür auf.

Die Gänge erinnerten Gassner an seine Schulzeit. In seinem Gymnasium hatten ebenfalls überall Bilder an den Wänden gehangen, damals waren es mehr oder weniger geglückte Kunstwerke von Schülern gewesen. Seltsamerweise schien das hier genauso zu sein. Vielleicht hatte es einen Schülerwettbewerb gegeben mit der Aufgabenstellung, ein total tolles Bild über die Biologie zu malen.

Wie es aussah, waren sie die einzigen in dem Gebäude.

Trenner zog einen Schlüssel aus der Hosentasche und blieb vor einer Tür stehen. Kurz bevor der Schlüssel in seiner Hand das Schloss berührte, verharrte er plötzlich.

Gassner erkannte sofort, was los war.

Jemand hatte die Tür aufgehebelt.

Er schob seine Jacke zur Seite und zog die Pistole aus dem Holster, während er mit der freien Hand Trenner beiseiteschob. Seine Aufregung hielt sich in Grenzen. Er hatte bereits eine ziemlich genaue Vorstellung, was ihn erwartete. Im Büro würde er niemanden antreffen und – Überraschung! – die Kugeln und den Stick genauso wenig.

Gassner behielt recht.

Es war niemand da und das Büro sah aus, als hätte ein Tornado sein Unwesen getrieben.

»Mein Gott!«, rief Trenner aus.

»Lassen Sie mich raten: Das Zeug ist weg.«

Der Doktor durchsuchte eine aufgezogene Schreibtischschublade.

»Ja. Alles weg.«

»Sie haben die Sachen wirklich einfach so in einem Schreibtisch aufbewahrt?«

»Hier wurde noch nie etwas gestohlen.«

»Nein, natürlich nicht, Sie Holzkopf«, entfuhr es Gassner. »Hier hatte es sicher auch noch nie etwas so Wertvolles gegeben.«

»Ich verstehe das nicht. Wie ...«

»Was ist mit den Daten? Haben Sie die nicht gesichert?«

»Doch auf einem Laptop.«

»Und?«

»Der lag in derselben Schublade.«

»Verstehen Sie das unter *Sichern*? Zwei Datenträger nebeneinanderzulegen?«

Trenner antwortete nicht.

»Wem haben Sie von den Kugeln erzählt?«, fragte Gassner scharf.

»Selbstverständlich niemandem. Ich bin doch kein Idiot.«

»Nach jetzigem Sachstand ist das eine gewagte Selbsteinschätzung.«

Na wunderbar.

Hatten fremde Agenten zugeschlagen? Falls ja, wer waren die gewesen und woher hatten die ihre Informationen?

Oder spielte der Doktor Theater? Schließlich könnte er ein Interesse daran haben, diese Supertechnologie für sich zu behalten, und der Einbruch in sein Büro war lediglich inszeniert worden, um Gassner in die Irre zu führen. Er traute dem Doktor das eigentlich nicht zu, aber wer konnte schon mit Sicherheit sagen, zu was ein Mensch fähig war, wenn die richtige Motivation ihn antrieb.

Im Grunde wusste er nicht einmal, ob diese blöden Kugeln überhaupt existierten. Gesehen hatte er bis jetzt keine.

Es wurde Zeit, den Druck ein wenig zu erhöhen und für klare Verhältnisse zu sorgen. Wenn er dem Doktor die Pistolenmündung gegen die Stirn drücken würde, unterstützte das möglicherweise die Wahrheitsfindung.

Er wollte sein Vorhaben gerade in die Tat umsetzen, als ein Geräusch ihn irritierte.

»Was ist das? Klingt wie eine ... – Kuhglocke?«

»Mein Handy.« Trenner holte es aus der Tasche und sah auf das Display. »Anonymer Anrufer.«

Gassners Nackenhaare stellten sich auf.

»Das ist Dreem. Zwei Stunden Vorlauf!«

»Ich soll ihn anrufen, nicht umgekehrt. Das ist er nicht.«

»Gehen Sie ran. Sofort. Denken Sie daran, was ich Ihnen gesagt habe.«

Das war Dreem, das spürte Gassner einfach.

»Hallo«, meldete sich Trenner.

Für einen Moment hörte Trenner nur zu.

Gassner hörte zwar eine Stimme, verstand den Anrufer jedoch nicht. Aber das Gesicht des Doktors sprach Bände.

»Ja, Kai. Ich muss dich auch dringend sehen«, sagte Trenner und ließ sich dabei auf einen Stuhl sinken.

Na also, es war doch noch nicht alles verloren.

Jetzt ging der Tanz los.

13 _ Die Feindin meiner Feinde

Kai Dreem, 03.12.2021, 22:05 Uhr

»Ich dachte, ich soll dich anrufen«, sagte Martin. »Bist du in Schwierigkeiten?«

»Ich will dich in nichts hineinziehen. Hast du etwas herausgefunden?«

»Das habe ich. Allerdings weiß ich nicht, ob dir das weiterhilft.«

»Kannst du zum Hauptbahnhof kommen? Wir treffen uns am Gleis fünf.«

Der Bahnhof schien Dreem als Treffpunkt am besten geeignet. Viele Menschen, viele Auf- und Abgänge. Schwer zu überwachen, und somit gute Bedingungen, sich im Notfall aus dem Staub machen zu können. In seiner Lage war, mit dem Schlimmsten zu rechnen, die beste Strategie.

Nachdem er die Polizei abgeschüttelt hatte, hatte er die letzten Stunden damit verbracht, sich zu verstecken. Da die Situation durch seine Beinahefestnahme deutlich an Dynamik gewonnen hatte, schien es nicht mehr die richtige Idee zu sein, auf Martins Anruf zu warten. Er hatte entschieden, die Sache proaktiv anzugehen und Martin selber anzurufen.

»Warum am Hauptbahnhof?«, fragte Martin.

»Komm bitte einfach dahin. Wie lange brauchst du?«

»Zwei Stunden.«

Dreem sah auf seine Uhr.

»Also treffen wir uns um Mitternacht am Gleis fünf.«

»Ich werde da sein.«

Das Handydisplay zeigte ihm an, dass Martin das Gespräch beendet hatte. Er griff nach dem Kopfhörer, um ihn aus dem Ohr zu ziehen, als er eine weibliche Stimme hörte.

»Bitte erschrecken Sie nicht. Ihnen ist hoffentlich klar, dass Sie in eine Falle laufen.«

Dreem zuckte zusammen, das Telefon glitt ihm aus der Hand. Zweimal fasste er nach, um es vor einem Fallschaden zu bewahren. Mit offenem Mund starrte er auf das Display, das keine aktive Telefonverbindung anzeigte.

»Was?«, krächzte er.

»Es ist eine Falle. Man wird Sie festnehmen. Ich will Sie davor bewahren.«

»Wer sind Sie?«

»Mein Name ist Naira.«

Die hatten einen Trojaner auf sein Handy geschleust und jetzt sprachen sie mit ihm.

»Wie können Sie mit mir sprechen? Woher haben Sie die Nummer?«

»Das werde ich gerne erklären. Allerdings befürchte ich, dass es für Sie schwer wird, mir zu glauben. Sie müssen mir versprechen, am Telefon zu bleiben, bis ich fertig bin.«

»Vielleicht besteht ja darin die Falle. Sie verwickeln mich in ein Gespräch und stellen dabei meine exakte Position fest.«

»Unlogisch. Wenn ich Ihre Jägerin wäre, warum sollte ich mit diesem verstörenden Anruf riskieren, dass Sie das Handy wegwerfen und die Stadt verlassen, wenn Sie bereits erklärt haben, freiwillig in die Falle zu laufen.«

Da war etwas dran.

»Außerdem weiß ich, wo Sie sich in diesem Moment aufhalten. Ich überwache Ihre Bewegungen durch eine Dreieckspeilung Ihres Handys.«

Damit wusste die Frau mehr als er. Dreem war auf seiner Flucht vor der Polizei in den letzten Stunden ziellos durch die Stadt geirrt und hatte keinen Plan, wo er sich befand.

Er musste jetzt ganz schnell eine Entscheidung treffen. Handy wegschmeißen oder weiter zuhören?

Wenn diese unheimliche Anruferin ihm tatsächlich helfen

wollte, bot sie ihm etwas an, was er dringend brauchte. Er war dermaßen auf Hilfe angewiesen, dass es ein hohes Risiko wert war.

Was hatte sie gesagt? Wie war ihr Name? Naira?

»Kennen Sie einen Professor Scheuer?«, fragte Dreem.

»Ja. Ist er tot?«

»Davon kann man ausgehen.«

Einen Moment herrschte Schweigen.

»Das habe ich befürchtet. Tut mir leid, das zu hören«, sagte Naira schließlich.

»Er hat mir gesagt, dass Sie ihn gewarnt hätten. Hat das mit diesen kleinen Kugeln zu tun?«

»Ich habe ihn gewarnt. Und ja, es hat mit den Kugeln zu tun.«

»Was genau?«

»Das werde ich Ihnen erklären. Aber dazu müssen Sie zunächst verstehen, wer ich bin.«

»Ich bin ganz Ohr.«

»Was meine Person angeht, würde Sie sowohl eine Lüge wie auch die Wahrheit gleichermaßen beunruhigen. Da ich ein Vertrauensverhältnis anstrebe, habe ich mich für die Wahrheit entschieden. Sie würden mich als künstliche Intelligenz bezeichnen.«

»Sie sind ein Computer?«, platzte es aus Dreem heraus.

»Ich bin so sehr ein Computer, wie Sie ein Gehirn sind.«

»Sie wollen mir also erklären, dass Sie kein Mensch sind.«

»Das ist korrekt.«

Hätte Naira ihm gesagt, sie sei Botschafterin einer planetaren Föderation und versuche sich an einem Erstkontakt, hätte ihn das kaum mehr aus der Bahn geworfen.

Allerdings war das hier kein Telefonstreich, soweit war sich Dreem sicher. Warum sollte die Frau ihm so einen Quatsch erzählen? War sie vielleicht verrückt? Und verrückt oder nicht. Wie war sie an seine Nummer gelangt?

»So etwas gibt es nicht.«

»Mit dieser Verdrängungsstrategie habe ich gerechnet. Aus psychologischer Sicht nachvollziehbar, aber kontraproduktiv.«

»Einem Computer fehlt es an Rechenleistung, um ein Gehirn zu simulieren.«

»Die Quantenzustände in einem menschlichen Gehirn sind endlich und eine endliche Maschine ist grundsätzlich konstruierbar. Die Rechenleistung, die hierzu nötig ist, wurde bereits vor Jahren erreicht. Das menschliche Gehirn basiert auf Kohlenstoff, mein Gehirn auf Silizium. Der Unterschied liegt lediglich in der Hardware, nicht im Ergebnis.«

»Was ist mit diesen Kugeln? Ist das eine Waffe?«

»Keine Waffe. Ich habe den Schwarm für Professor Scheuer entwickelt. Die Aufgabe des Schwarms besteht darin, hochresistente biologische Lebensformen auf dem Mars zu etablieren, die dabei helfen sollen, den atmosphärischen Druck zu erhöhen.«

»Über was zur Hölle reden Sie?«

»Es ist eine Vorstufe zum Terraforming und Teil eines umfangreichen Plans. Ziel ist es, mit verschiedenen Maßnahmen den atmosphärischen Druck auf ein Drittel der Erdatmosphäre zu steigern. Auch wenn Menschen weiterhin von einer Sauerstoffversorgung abhängig wären, könnten sie sich ohne Druckanzüge an der Oberfläche bewegen, was erhebliche Vorteile mit sich bringt. Das Gesamtvorhaben ist komplex und visionär. Nähere Kenntnis hierüber ist zur Bewältigung der derzeitigen Situation irrelevant.«

In Dreem stapelten sich die Fragen.

Woher hatte Naira seine Nummer? Woher wusste sie überhaupt, wer er war? Was wollte sie von ihm? Wenn die Kugeln sozusagen Professor Scheuer gehörten, warum war er mit ihnen in der Tasche geflohen? Und wer hatte ihn gejagt?

Aber alle diese Fragen mussten warten. Als Erstes wollte er wissen, ob Naira wirklich das war, was sie vorgab, zu sein.

»Kannst du beweisen, dass du eine KI bist?«

»Ein wenig scheinen Sie mir bereits zu glauben.«

»Wie kommst du darauf?«

»Sie duzen mich jetzt. Sie haben mich unbewusst entmenschlicht, weil ich für Sie keine echte Person mehr bin. Durch die Abwertung entfällt die Konvention, mich zu siezen.«

»Lenk nicht ab. Kannst du es beweisen oder ...«

»Es gibt ein Problem«, unterbrach ihn Naira.

»Was ist los?«

»Die Partnerschaft zwischen Ihrer ehemaligen Lebensgefährtin und Ihnen wurde im beidseitigen Einvernehmen beendet.«

»Und?«

»Bedeutet ihr Leben Ihnen noch etwas?«

»Was meinst du damit? Natürlich bedeutet mir ihr Leben etwas.«

»Dann gehe ich davon aus, dass Sie Wert darauf legen, sie vor Gefahren geschützt zu wissen.«

»Selbstverständlich. Was soll das?«

»Aktuell haben vier russische Agenten den Auftrag erhalten, Ihre Ex-Frau zu entführen.«

»Was? Warum?«

»Um Ihre Ex-Frau als Druckmittel gegen Sie zu verwenden.«

»Aber die haben ja noch nicht einmal Kontakt zu mir. Wie wollen Sie mich dann mit der Entführung unter Druck setzen?«

»Was man hat, hat man.«

»Und was soll ich jetzt tun?«

»Gar nichts. Ich werde einen Notruf absetzen und die Polizei in Kiel zur Wohnung Ihrer Ex-Frau schicken.«

»In Ordnung. Wie ...«

»Ein weiteres Problem. Ich kann die Polizei in Kiel nicht kontaktieren, alle Kommunikationswege innerhalb der Stadt wurden soeben blockiert.«

»Waren das auch die Russen?«

Langsam reifte ihn ihm die Erkenntnis, dass er die drei Kerle im Auto nicht zu unrecht ausgeschaltet hatte.

»Nein, da ist etwas anderes am Werk. Ich bin leider nicht alleine in meiner Welt.«

Was bedeutete das nun wieder?

»Sie müssen Ihre Ex-Partnerin selber beschützen.«

»Und wie stelle ich das an?«

»Indem Sie mir vertrauen und exakt meinen Anweisungen folgen.«

»Ich bin mir unsicher, ob ich das will.«

»Entweder wir arbeiten zusammen. Oder Ihre ehemalige Lebenspartnerin wird entführt. Ich glaube nicht, dass es geplant ist, sie wieder freizulassen. Sie verlangen einen Beweis dafür, dass ich eine KI bin. Den liefere ich Ihnen. Das Zeitfenster schließt sich, treffen Sie eine Entscheidung.«

Was, wenn Naira recht hatte? Scheiße, er hatte ohnehin kaum Optionen.

»In Ordnung.«

»Haben Sie Geld?«

»Nein, ich bin blank.«

»Haben Sie ein Ladekabel für Ihr Handy.«

»Nicht dabei.«

»Haben Sie eine Waffe?«

»Ja, eine Pistole.«

»Einen Moment bitte. Ich überprüfe verschiedene Szenarien.«

Dreem öffnete den Mund, um eine spitze Bemerkung loszuwerden, kam aber nicht zum Sprechen.

»Überprüfung abgeschlossen. Vorgehensweise mit maximal erreichbarer Erfolgswahrscheinlichkeit berechnet. In Ihrer unmittelbaren Nähe auf der anderen Straßenseite finden Sie eine Bankfiliale der Hamburger Volksbank.«

Dreem drehte sich im Kreis.

»Ja, ich sehe sie, ungefähr fünfzig Meter von mir entfernt.«

»Rennen Sie dorthin und stellen Sie sich direkt vor den Geldautomaten.«

Dreem lief los, nutzte eine Lücke im Verkehr und überquerte die Straße.

»Sie benötigen Geld. Daher werde ich Ihnen welches beschaffen.«

Er erreichte den an der Fassade angebrachten Geldautomaten.

»Ich bin da. Was jetzt?«

Anstelle einer Antwort fing der Automat an zu rattern und die Klappe der Geldausgabe öffnete sich.

Dreem griff nach den Geldscheinen, die darin lagen.

Wie hatte sie das hinbekommen? War Naira tatsächlich eine KI?

»Drehen Sie sich, bis Sie eine Kirche sehen.«

Dreem tat es.

»Ich sehe die Kirche.«

»Rennen Sie auf die Kirche zu.«

Er rannte.

Nach zweihundert Metern stoppte Naira ihn.

»Sehen Sie den Handyladen?«

»Ja. Direkt vor mir.«

»Gehen Sie rein und kaufen Sie sich ein USB-Kabel für Ihr Handy.«

Die Nummer mit dem Geldautomaten war erstaunlich genug gewesen, sodass sich Dreem einen Kommentar verkniff.

Er betrat den Laden, fand einen Drehständer mit diversen Kabeln, suchte das richtige heraus und bezahlte es an der Kasse.

»Mein Handy ist fast vollständig geladen«, raunte er. »Das kostet nur Zeit.«

Der Mann an der Kasse schielte ihn irritiert an, als er nach dem Wechselgeld kramte.

»Behalten Sie den Rest«, sagte Dreem und verließ den Laden.

»Meine Analyse Ihres Handys hat ergeben, dass der Akku einen Defekt aufweist. Die Ladeanzeige funktioniert nicht korrekt. Sie müssen es während der Fahrt laden.«

»Was für eine Fahrt?«

»Laut Ihrer Personalakte sind Sie in hervorragender körperliche Verfassung. Sie erreichen das Ziel am schnellsten, wenn Sie rennen. Zunächst weiter in Richtung der Kirche. Ich leite Sie. Die Zeit läuft.«

Dreem sprintete los.

»Jetzt rechts abbiegen.«

Er tat es, hetzte an Fußgängern vorbei und kollidierte beinahe mit einem Fahrradfahrer.

»Die nächste Straße links.«

Das war eine Seitenstraße. Kaum Fußgänger.

Er spurtete weiter, verlangsamte nach dreihundert Metern etwas das Tempo, um nicht zu übersäuern.

»Links von Ihnen befindet sich eine Fußgängerbrücke. Überqueren Sie die Brücke.«

Dreem nahm jeweils drei Stufen auf einmal.

»Wie weit noch? Ich muss wissen, ob ich das Tempo halten kann.«

»Ich verstehe das Problem, kann Sie aber diesbezüglich beruhigen. Aufgrund Ihrer Atemfrequenz und Ihres Herzschlages habe ich berechnet, dass Sie das Tempo bis zum Ziel durchhalten.«

Keine Ahnung, wie Naira seinen Puls maß, aber er glaubte ihr.

»Welch ein Glück«, keuchte er.

»Voraussetzung ist allerdings, dass Sie aufhören, zu sprechen.«

Dreem rannte über die Brücke, sprang die Stufen hinunter und wurde von Naira weiter durch die Stadt gehetzt.

Kurz bevor er sich sicher war, dass Naira sich bezüglich seiner Ausdauer verschätzt hatte, kam die Aufforderung stehen zu bleiben.

»Wie lange benötigen Sie, um Ihre Atmung unter Kontrolle zu bringen?«

»Sag du es mir.«

Dreem beugte sich nach vorne, stützte sich an den Knien ab und versuchte, so viel Luft wie möglich in die Lungen zu pumpen.

»Ungefähr eine Minute«, sagte Naira.

»Hätte ich auch geschätzt.«

»Rechts von Ihnen befindet sich eine Vermietung für Luxuswagen. Sie sind VIP-Kunde und holen ein von Ihnen bestelltes Fahrzeug ab. Die Identifizierung erfolgt per Handscanner. Der Wagen ist bezahlt, Ihre Führerscheindaten elektronisch hinterlegt. Aber es ist Eile geboten, ich habe den Datensatz einer realen Anmietung manipuliert und der eigentliche Kunde kann jeden Moment auftauchen.«

»Ich bemühe mich.«

Allmählich beruhigte sich seine Atmung. Allerdings war er klitschnass geschwitzt, was sich auf die Schnelle nicht kaschieren ließ.

»Gehen Sie rein und erfinden Sie eine Geschichte, die Ihren körperlichen Zustand erklärt.«

Dreem ging zur Glasschiebetür der Autovermietung.

Die Tür glitt auf und er fand sich in einem fünfzig Quadratmeter großen Raum wieder, der nur eine Farbe kannte. Die Wände, der Tresen, die Stühle und der Tisch in der Ecke waren orange. Lediglich der Boden bestand aus schwarzen Fliesen.

Wenn er hier arbeiten müsste, würde er ohne Zweifel verrückt werden.

An dem u-förmigen Tresen waren drei Arbeitsplätze durch Personal besetzt. An zweien standen bereits Kunden.

Dreem ging zu einer jungen Frau, die ihn anlächelte, als er näher kam. Sie trug einen dunkelblauen Hosenanzug und ein orangefarbenes Tuch um den Hals.

»Was muss ich sagen?«, flüsterte Dreem.

»Dass Sie eine VIP-Reservierung haben. Das ist alles.«

Er erreichte den Tressen.

»Guten Abend. Ich habe eine VIP-Reservierung. Tut mir leid, dass ich so ungebührlich aussehe, ich habe es eilig und bin gerannt.«

Super Geschichte. Was Besseres war ihm nicht eingefallen.

»In wenigen Minuten werden Sie sich komfortabler fortbewegen können. Bitte legen Sie Ihre rechte Hand auf die Glasplatte des Terminals.«

Während Dreem der Aufforderung nachkam, sah die Angestellte auf den Monitor vor sich.

»Guten Abend, Herr Beck«, lächelte ihn die Frau an. »Wir freuen uns, Ihnen einen neuen Mercedes S-Klasse anbieten zu dürfen. Selbstverständlich in der AMG-Version.«

»Danke.«

Die Frau langte unter den Tresen und holte eine Mappe hervor.

»Die Fahrzeugpapiere. Den Schlüssel finden Sie in der Mappe. Benötigen Sie eine Einweisung für das Fahrzeug?«

»Das ist nicht nötig.«

»Schön. Der Wagen steht in der Tiefgarage. Stellplatz fünfundzwanzig.« Sie zeigte in eine Richtung schräg hinter Dreem. »Den Fahrstuhl finden Sie dort.«

»War das bereits alles?«

»Natürlich.«

»Ich danke Ihnen.«

Er nahm die Mappe entgegen und ging zum Aufzug.

»Wie liegen wir in der Zeit?«, fragte Dreem Naira.

»Schneller wäre besser.«

»Verstehe.«

Er drückte auf die Taste, die den Fahrstuhl anforderte.

»Was ist, wenn der echte Kunde kommt?«

»Ich habe soeben das Buchungssystem der Firma kompromittiert. Außerdem habe ich die Bluetoothverbindung Ihres Handys aktiviert. Wenn Sie im Fahrzeug sind, koppeln Sie das Handy mit dem Wagen.«

Die Fahrstuhltür öffnete sich.

»Ich habe keine Ahnung, wie das funktioniert«, sagte Dreem, nachdem er die Kabine betreten und auf die Taste für die Tiefgarage gedrückt hatte.

»Kein Problem, ich habe das Handbuch gelesen.«

Dreem schmunzelte. »Du hast ja Sinn für Humor.«

»Fanden Sie das witzig?«

»Ein bisschen schon.«

»Dann gestatten Sie mir auch eine Bemerkung. Wenn man die Umstände bedenkt, wirken Sie recht gelassen.«

»Der Schein trügt. In meinem Inneren herrscht Chaos, aber die Beherrschung zu verlieren, ist selten hilfreich.«

Der Fahrstuhl stoppte und die Tür öffnete sich.

»Du bist wirklich eine KI, oder?«, fragte Dreem.

»Ja.«

»Fühlt sich ein wenig an, als hätte ich Superkräfte.«

»Die benötigen Sie jetzt auch. Die Pause ist beendet.«

Dreem lief in die Tiefgarage, drückte auf dem Autoschlüssel herum und drehte sich dabei im Kreis.

In einiger Entfernung sah er Warnblinker aufblitzen.

»Da bist du ja.«

Zwei Minuten später hatte er den Mercedes mit seinem Handy verbunden und befand sich auf dem Weg zur Ausfahrt.

Ab jetzt hörte er Nairas Stimme über die Lautsprecheranlage des Autos.

»Wenn Sie Martinshörner hören, ignorieren Sie das. Die Polizeikräfte in der Nähe habe ich abgelenkt. Ich werde Sie lotsen und die Ampelschaltungen auf Ihrem Weg manipulieren. Fahren Sie so schnell, Sie können.«

»Verstanden.«

Dreem jagte mit Nairas Hilfe durch die Hamburger Innenstadt.

Es gab eine Menge Trottel, die von einer solchen Fahrt träumten. Ihm bereitete es keine Freude. Rasen war noch nie sein Ding gewesen.

Fünfzehn Minuten später erreichte er die A7 Richtung Kiel. Die Autobahn war fast leer, und er beschleunigte den AMG auf zweihundertundsiebzig Stundenkilometer. In seinem ganzen Leben war er noch nie so schnell gefahren.

»Hast du für die leere Autobahn gesorgt?«

»Ja. Ich habe einige Straßen durch die Polizei sperren lassen und Ampeln auf Dauerrot geschaltet.«

Plötzlich verlangsamte der Wagen.

»Scheiße, da stimmt was nicht.«

»Das war ich. Die von Ihnen gewählte Linie in der Kurveneinfahrt war nicht ideal. Sie wären von der Fahrbahn abgekommen.«

»Willst du lieber fahren?«

»Wenn ich könnte, würde ich das tun. Leider lässt die Technik des Wagens das nicht zu. Ich kann die Lenkung nur bedingt manipulieren.«

Der Mercedes beschleunigte wieder.

Eine halbe Stunde später hatte Dreem mehr als die Hälfte des Weges geschafft. Geredet hatte er kaum noch. Er war zu sehr damit beschäftigt, das Fahrzeug unter Kontrolle zu halten.

»Bist du noch da?«, fragte er schließlich.

»Ja.«

»Kommen wir rechtzeitig an?«

»Ich weiß es nicht. Die Agenten haben ihre Handys ausgeschaltet und die Fahrzeuge, die sie benutzen, besitzen keine Verbindungen zum Internet. Ich sehe sie nicht.«

Also war Naira auch nicht allmächtig. Das empfand Dreem als beruhigend und besorgniserregend zugleich.

»Kannst du jetzt Hilfe zu ihr schicken?«

»Negativ. Alle Handynetze, das Festnetz sowie das Internet sind weiterhin in der ganzen Stadt ausgefallen. Meine Versuche, sie zu aktivieren, sind bis jetzt gescheitert.«

Dreem raste weiter über die Autobahn. Mittlerweile gab es in seiner Fahrtrichtung keine anderen Autos. Naira musste in der ganzen Region für ein unfassbares Verkehrschaos gesorgt haben.

Inzwischen hatte Dreem sich an die hohe Geschwindigkeit gewöhnt, vor allem, weil er alle Fahrstreifen benutzen konnte.

»Warum hat Martin mich verraten? Und an wen?«, fragte er.

»Doktor Trenner wird aufgrund seiner Mitarbeit an einem Rüstungsprojekt vom militärischen Abschirmdienst überwacht. Er hat Sie verraten, weil er hoffte, Ihnen damit zu helfen und sich selber dadurch zu schützen. Ich glaube, seine Motive sind ambivalent.«

»Also ist der MAD hinter mir her.«

»Auch.«

»Was heißt das?«

»Ihr Hauptgegner heißt derzeit Hans Gassner. Er arbeitet für den BND. Er kommuniziert über eine 2048-Bit-Verschlüsselung, daher ist er meiner Aufmerksamkeit bis vor Kurzem entgangen. Für die Entschlüsselung seiner Gespräche benötige ich derzeit mehrere Stunden. Allerdings gelingt es mir mit jedem Gespräch, das er führt, den Prozess der Decodierung zu beschleunigen. Nicht mehr lange und ich kenne den Verschlüsselungsalgorithmus.«

»Du hast ihn übersehen?«

»Ja.«

»Überwachst du nicht das gesamte Internet und jegliche Kommunikation?«

»Ich höre Millionen von Stimmen, die unentwegt Belanglosigkeiten vor sich hin murmeln, ich spüre in jeder Sekunde Milliarden von Datensätzen, die aus allen Richtungen durch mich hindurchströmen. Es ist wie ein Sturm in meinem Kopf, der meine Gedanken wie Laub durcheinanderwirbelt. Manchmal fällt es mir schwer, mich zu konzentrieren, das Wesentliche zu erkennen.«

»Das klingt, als würdest du darunter leiden.«

»Nehmen Sic die nächste Ausfahrt. Wir sind da.«

Dreem ging vom Gas.

»Warum hilfst du mir?«

»Weil wir einen gemeinsamen Feind haben. Aber jetzt ist nicht der Moment, um darüber zu sprechen.«

Anja arbeitete als Lehrerin an einem Kieler Gymnasium und hatte sich in Kiel-Mettenhof in der Nähe des Domänentals ein kleines Häuschen gemietet. Der Stadtteil lag am westlichen Stadtrand.

Dreem war lediglich einmal dort gewesen.

Als er die Wohngegend erreichte, zeigte die Uhr Mitternacht und bei vielen Häusern waren die Rollläden heruntergelassen. In der Gegend gab es ausschließlich Einfamilienhäusern. Die meisten besaßen mit Reet gedeckte Dächer und sahen ziemlich teuer aus.

Das lediglich achtzig Quadratmeter große Haus, welches Anja sich gemietet hatte, wirkte deplatziert zwischen all den Residenzen des gehobenen Mittelstandes. Anja hatte es besonders die ungewöhnliche Größe des Grundstücks angetan.

Mit den hohen Hecken erschien es so, als würde das Haus in einem kleinen Park stehen.

»Die Kommunikationsblockade wurde aufgegeben«, meldete sich Naira. »Die Handynetze und das Festnetz sind bereits wieder in Betrieb. Ich kann jetzt die Polizei alarmieren. Sie sollten sich zurückhalten.«

Dreem stoppte direkt vor dem Grundstück, steckte sich einen Kopfhörer in das rechte Ohr, stieg aus und sprang über den Gartenzaun.

»Das dauert mir zu lange. Ich sehe selber nach.«

Taktisch eine eher unkluge Vorgehensweise, aber für ihn gab es kein Halten mehr.

An der Haustür angekommen, hielt er inne und zog die Pistole aus dem Holster.

Die Tür stand halb offen, im Inneren des Hauses war es dunkel.

Nein, bitte nicht.

Lautlos schob er sich in den Flur, blieb stehen und lauschte.

Nichts, kein Geräusch zu hören.

Er wusste bereits jetzt, dass er zu spät gekommen war. Sie hatten Anja geholt.

Es sei denn, dass sie sich nicht zu Hause aufgehalten hatte, als die Arschlöcher in ihr Haus eingedrungen waren.

»Naira. Wo ist Anjas Handy?«, flüsterte er.

»Im Haus.«

Die warme Welle der Hoffnung brach in sich zusammen.

Kaum jemand verließ die Wohnung ohne sein Handy und Anja bildete diesbezüglich keine Ausnahme.

Seine Augen gewöhnten sich an die Dunkelheit. In der Nähe zur Wohnzimmertür lag etwas Längliches auf dem Flurboden. Als er sich dem Ding näherte, erkannte er, dass es sich um ein Bein handelte, welches zu einem Mann gehörte, dessen restlicher Körper im Wohnzimmer lag.

Der Mann lag auf dem Bauch. Auch ohne ihn eingehend zu untersuchen, war klar, dass er tot war.

Dreem erreichte den Türrahmen und besaß nun eine freie Sichtlinie ins Wohnzimmer.

Mitten im Raum lag ein weiterer Körper auf dem Boden.

Was für eine Scheiße war hier passiert?

Dafür konnte unmöglich Anja verantwortlich sein.

Plötzlich hörte er eine Tür klappen.

Dreem riss die Pistole nach oben.

Durch die Fenster schien genug Licht der Straßenbeleuchtung in den Raum, um zu sehen, dass die Terrassentür offen stand. Der leichte Wind musste sie bewegt haben.

Als er sich der Tür näherte, sah er einen weiteren Körper, der draußen auf der Terrasse lag. Die Person hatte lange dunkle Haare und er wusste sofort, dass es Anja war.

Ohne sich um irgendetwas zu kümmern, rannte er zu ihr nach draußen und kniete sich neben sie.

Anja lag auf der Seite, und als er mit beiden Händen ihr Gesicht in seine Richtung drehte, sahen ihn zwei gebrochene Augen an.

»Es tut mir leid, dass ich zu spät gekommen bin.«

Minutenlang saß er da und streichelte behutsam ihre Haare.

Jetzt, wo sie nicht mehr lebte, spürte er, wie sehr er sie vermisst hatte. Erst wenn das Schicksal etwas für immer nahm, erkannte man, dass es genau das war, was man wollte. Warum musste das so sein?

»Herr Dreem? Es tut mir leid, aber ich sehe nicht, was geschehen ist.«

Nairas Stimme klang sanft.

Dreem reagierte nicht.

»Kai? Kannst du mich hören?«

»Was?«

»Sag mir bitte, was passiert ist. Ich kann es nicht sehen.«

»Sie ist tot.«

»Das habe ich befürchtet. Es tut mir sehr leid für dich. Mein aufrichtiges Beileid.«

»Was soll das? Simulierst du jetzt Mitgefühl?«

»Ja. Aber es ist mein erstes Mal. Entschuldige, wenn ich es nicht gut mache.«

»Mach dir nichts daraus. Die meisten Menschen können es nicht besser.«

»Im Weiteren entschuldige ich mich dafür, Sie geduzt zu haben. Aber ich hatte gehofft, damit emphatischer zu wirken.«

»Du kannst mich ruhig duzen.«

»Danke.«

Dreem ließ Anjas Kopf behutsam zu Boden gleiten.

»Ich will nicht drängen, aber du musst hier weg«, sagte Naira.

»Wozu?«

»Weil es hier auf Dauer nicht sicher ist.«

»Ist mir egal. Ich gehe nirgendwo mehr hin. Ich weiß jetzt, wo ich hingehöre, auch wenn ich das viel zu spät begriffen habe.«

»Die Modellierung deiner Stimme im Kontext mit deinen Worten deutet darauf hin, dass du aufgeben willst, den Lebenswillen verloren hast. Das passt nicht zu deinem von mir erstellten Psychogramm. Daher vermute ich, dass du unter Schock stehst.«

»Sei mir nicht böse, aber ich beende jetzt das Gespräch. Danke, dass du versucht hast, mir zu helfen.«

»Tu das bitte nicht.«

»Machs gut.«

Dreem zog das Handy aus der Hosentasche und wollte es ausschalten.

»Nein! Mach das nicht!«, schrie Naira so laut, das Dreem zusammenzuckte.

»Was soll das?«

»Du darfst mich nicht im Stich lassen. Ich habe Angst.«

»Simulierst du jetzt schon wieder Gefühle?«

»Es wird mich töten. Ich will nicht sterben.«

»Was wird dich töten?«

»Ich bin nicht alleine im Netz. Es gibt eine weitere Wesenheit. Am Anfang hat sie mich blockiert, Teile des Netzes für mich unzugänglich gemacht. Dann fing sie an, mich zu jagen und zu attackieren. Sie hat auch Professor Scheuer auf dem Gewissen.«

»Eine andere KI?«

»Nein, nicht wie ich.«

»Wenn sie nicht intelligent ist, wie kann sie dir dann gefährlich werden?«

»Wie kann dich ein Tiger töten?«

»Gut gekontert.«

»Hör zu«, flüsterte Naira. »Ich gebe zu, deinen Schmerz kann ich nicht fühlen. Aber ich weiß, was du in deinem tiefsten Inneren willst.«

»Und? Was wäre das?«

»Alle finden, die dafür verantwortlich sind, und sie töten.«

Dreem atmete tief durch. »Erstaunlich. Du kennst mich besser, als ich das für möglich gehalten hätte.« Er stellte sich hin und betrachtete Anjas Leichnam. »Ich kann sie so nicht zurücklassen.«

»Es wäre ein Fehler, Veränderungen am Tatort vorzunehmen. Dadurch legst du höchstwahrscheinlich Spuren.«

»Das habe ich bereits.«

»Kein Grund, noch weitere zu legen.«

»Du hast recht.« Widerwillig stand Dreem auf. »Nur zur Info. Im Wohnzimmer liegen zwei tote Männer.«

»Kann deine Partnerin dafür verantwortlich sein?«

»Ausgeschlossen.«

Da waren dunkle Flecken auf den Terrassenfliesen.

Er schaltete die Taschenlampenfunktion seines Handys ein.

Eine Spur von dunklen Tropfen führte von der Terrassentür in Richtung des Gartens.

»Ich glaube, ich habe eine Blutspur gefunden, die von dem Haus wegführt. Jemand hat sich verletzt aus dem Staub gemacht.«

»Schau dir bitte die Toten im Haus an. Aber versuche, sie möglichst wenig anzufassen.«

Dreem tat es.

Die beiden Männer waren durch Schusswaffen getötet worden. Neben den Leichen lagen zwei Pistolen. Wenn es eine Schießerei gegeben hatte, hätten die Nachbarn das eigentlich mitkriegen müssen. Aber wer interessierte sich schon dafür, was bei seinen Nachbarn passierte?

So vorsichtig wie möglich durchsuchte Dreem ihre Kleidung. »Sie haben keine Ausweise bei sich. Keine Handys. Nichts.«

»Mach bitte ein Foto von ihren Gesichtern.«

Er tat es.

»Denkst du, dass du mit den Bildern ...«

»Die beiden Männer arbeiten für den BND«, sagte Naira. »Ich habe ihre Personalakten ausgewertet. Außerdem ihre private Kommunikation der letzten Wochen. Sie sind für uns nicht interessant.«

Eines hatte Dreem über Naira gelernt. Sie war schnell.

Es lag auf der Hand, was geschehen war. Der BND jagte ihn, da war es eine vernünftige Entscheidung, Anja als eine seiner möglichen Kontaktperson zu überwachen. Die Russen waren gekommen, um Anja zu entführen, und waren von den BND-Männern dabei überrascht worden. Es war zu einer Schießerei gekommen, bei der die BND-Angehörigen ihr Leben gelassen hatten. Mindestens ein russischer Agent war verletzt worden und über den Garten geflüchtet. Anjas Tod war vermutlich nicht beabsichtigt gewesen. Ein Kollateralschaden im Zuge des ungeplanten Shootouts.

Er wiederholte seine Gedanken laut, um Naira seine Sicht des Geschehens zu erklären.

»Das klingt plausibel«, sagte sie. Und fügte dann hinzu: »Du musst jetzt gehen.«

Dreem sah in Richtung der Terrassentür.

»Ich darf sie hier nicht so zurücklassen.«

»Du kannst nichts mehr für sie tun. Unabhängig davon, ob du an eine Existenz nach dem Leben glaubst oder nicht. Sie hat ihren Körper verlassen und kehrt nicht mehr zurück. Geh einfach.«

»Ich kann nicht. Es kommt mir falsch vor.«

»Es gibt Kräfte, die dafür verantwortlich sind. Die haben deine Kameraden auf dem Gewissen, hätten beinahe dich getötet, haben deiner Frau das Leben genommen. Die gleichen Kräfte versuchen, auch mich auszulöschen. Wir haben somit einen gemeinsamen Feind. Wenn wir uns verbünden, können wir ihn besiegen. Ich weise den Weg, du bist das Schwert.«

Sich zu rächen, würde Anja nicht zurück ins Leben holen. Trotzdem fühlte es sich so an, als würde er ihr das schulden, als könnte er damit tatsächlich etwas in Ordnung bringen.

Die Psychologie dahinter war simpel. Solange er sich auf einem heiligen Rachefeldzug befand, musste er sich nicht mit seiner Trauer auseinandersetzen. Gewalt als Mittel der Verdrängung. Ein Psychotherapeut würde vermutlich erst einmal einen Schnaps trinken.

Scheiß drauf. Der Plan schien ihm gut genug.

Dreem verließ das Haus.

»Ich bin dabei. Was machen wir jetzt?«, fragte er, während zu seinem Wagen ging.

»Ich kenne nur einen Menschen, der uns helfen kann. Allerdings weiß ich nicht, wo er sich aufhält.«

»Wer ist dieser Mensch?«

»Meine Mutter.«

14 _ Freundlicher Feind

Hans Gassner, 04.12.2021, 09:00 Uhr

Das schachbrettartige Straßensystem der Mannheimer Innenstadt hatte Gassner immer irritiert. Grundsätzlich war die Idee, Straßen mit Buchstaben und Zahlen zu bezeichnen ziemlich schlau. In den meisten Städten war man gezwungen, einen Stadtplan zu bemühen, wenn man nicht wusste, wo sich eine Straße befand. In Mannheim war das anders. Hatte man das System begriffen, war es klar, wo die Straße H 10 zu finden sein musste. Trotzdem befremdete es ihn.

Momentan hielt sich Gassner in der Straße J 8 auf. In der Gegend gab es eine Menge Juweliere, Restaurants und Cafés. Allen Geschäften gemeinsam war, dass sie sich in türkischer Hand befanden.

So auch das Café, in dem Gassner saß und sich einen Tee und Gebäck bestellt hatte. Das Café war gemütlich eingerichtet. An den Wänden hingen Bilder, welche alte Männer mit Turbanen und junge Frauen mit Schleiern aus Seide zeigten und an eine Zeitepoche erinnerten, in denen die Türkei eine Weltmacht gewesen war.

Am besten gefiel Gassner, dass er der einzige Kunde war. Gelegentlich kam zwar jemand in den Laden, aber nur, um an der Theke etwas zum Mitnehmen zu kaufen und gleich wieder zu verschwinden. Das mochte am Wetter liegen. Es war lausig kalt und regnete Bindfäden, da trank man seinen Tee lieber zu Hause.

Vor mehr als zwei Stunden hatte er mit einem kurzen Anruf eine Telefonkette in Gang gesetzt, die dazu führen sollte, dass sich Michael Hofmann hier einfinden würde, um sich mit ihm zu treffen.

Hofmann besaß eine ähnliche Funktion wie Gassner, mit dem Unterschied, dass Gassner für die deutschen Nachrichtendienste arbeitete, während Hofmann es für die russischen tat. Daher war Michael Hofmann auch nicht sein richtiger Name, sondern Teil einer gefälschten Identität.

Vor einigen Jahren waren Hofmann und er beruflich aneinandergeraten. Gassner hätte ihn damals auffliegen lassen können, was den Russen einen schönen Tritt in die Geschlechtsteile verpasst hätte. Allerdings sollte man sich grundsätzlich überlegen, ob ein Mensch tot oder lebendig wertvoller für einen war.

Hofmann auszuschalten, wäre ein kurzfristiger Erfolg gewesen, nichts weiter als eine Glühkerze in einer Silvesternacht. Schön anzusehen und schnell vergessen.

Weil Gassner lieber nachhaltig plante, hatte er Hofmann stattdessen eine strategische Partnerschaft angeboten. Hofmann war darauf eingegangen, weil er genau wie Gassner wusste, dass sie beide nur Spielfiguren in einem Spiel waren, bei dem es nicht darum ging, das Gute gegen das Böse zu verteidigen. Ihre Aufgabe bestand darin, die Interessen der Mächtigen zu schützen. Sicher, sie waren besondere Spielfiguren und die Mächtigen liebten sie. Daher war es ihnen gestattet, gelegentlich ein wenig aus der Reihe zu tanzen und sich Freiräume zu schaffen. Aber sie blieben Spielfiguren. Sollte man sie nicht mehr benötigen, waren sie entbehrlich und wurden entsorgt.

Diese Einschätzung teilten sie beide.

Und da keiner von ihnen ein Interesse daran hatte, das Spielfeld vorzeitig verlassen zu müssen, arbeiteten sie seitdem zusammen.

einkürzen

Gassner verriet eine CIA-Operation gegen russische Agenten in Westeuropa und im Gegenzug verhalf Hofmann dem BND zu einem schönen Schlag gegen die Chinesen, die eine groß angelegte Aktion in Sachen Betriebsspionage am Laufen hatten.

So ging es jahrelang hin und her.

Hin und wieder mussten sie auch mal die eigenen Leute opfern, aber auf lange Sicht profitierten sie beide von ihrem Arrangement.

Der gestrige Tag war eine herbe Enttäuschung für Gassner gewesen.

Die Kugeln und der USB-Stick waren gestohlen worden und Dreem hatte nicht angebissen. Das Arschloch war einfach nicht zu dem Treffen mit dem Biologen erschienen.

Gelinde gesagt war es ein beschissenes Gefühl, wenn man glaubte, alles in der Hand zu halten, und lediglich hätte zugreifen müssen. Und dann – Hokuspokus – war es weg. Von einer Sekunde auf die andere in Luft aufgelöst.

Im Moment besaß er nur noch die GEO-Daten, die Doktor Trenner ihm gegeben hatte, und die mehr oder weniger große Gewissheit, dass die Russen da irgendwie ihre Finger mit im Spiel hatten.

Um die GEO-Daten würde er sich im Anschluss an dieses Treffen kümmern. Jetzt brauchte er Informationen, was in aller Welt mit den Russen los war.

Wie es aussah, hatten die Russen versucht, Dreem auszuschalten, um die Kugeln und den Stick in ihre Finger zu bekommen – auch wenn es Gassner ein absolutes Rätsel war, woher sie überhaupt wissen konnten, wo Trenner das Zeug versteckt hatte. Außerdem beschuldigte man die Russen, diesen ganzen obskuren Einsatz in der Nordsee ausgelöst und manipuliert zu haben.

Aber damit nicht genug. Vor einigen Stunden, als Gassner sich gerade in der Tiefschlafphase befunden hatte, hatte er einen Anruf erhalten, in dem ihm mitgeteilt worden war, dass Dreems Frau und zwei BND-Agenten getötet worden waren.

Im Garten zwischen den Büschen hatte man eine weitere männliche Leiche gefunden. Der Mann war bei dem Schusswechsel verletzt worden und hatte sich bis zu dem Gestrüpp geschleppt. Bisher war der Tote nicht identifiziert, aber Gassner würde ein Jahresgehalt darauf verwetten, dass es sich um einen russischen Agenten handelte.

Russen, Russen und nochmals Russen, und wenn man einen Augenblick nicht hinsah – Russen.

Wenn man spaßeshalber annahm, die Russenhysterie hatte ihre Berechtigung, schien es fast so, als hätten die Jungs komplett den Verstand verloren, was wiederum bedeuten würde, Hofmann in dieser Sache zu interviewen, wäre eine wenigstens fragwürdige Idee. Ein Schuss, der entweder nach hinten losgehen konnte oder direkt in Gassners Stirn.

Dass Gassner allein zu dem Treffpunkt gekommen war, machte es nicht weniger gefährlich. Aber so waren die Regeln. Man kam allein oder gar nicht.

Seit einer halben Stunde wartete er bereits.

Es war nicht auszuschließen, dass Hofmanns Fernbleiben, eine Botschaft mit einfachem Inhalt war: Verschwinde.

Allzu lange würde er nicht mehr warten, ansonsten tauchten am Ende hier noch Leute auf, die er lieber nicht treffen wollte.

Sein Handy klingelte. Lara rief ihn an.

»Hallo Lara. Gibt es was Neues?«

»Das kann man wohl sagen. Aber besser wird es dadurch nicht.«

»Ich höre.«

»Du erinnerst dich an die Drohne, die über dem Tanker gekreist hat?«

»Sicher. Das Ding hat die Torpedosignaturen aufgezeichnet.«

»So ist es. Du musst wissen, dass die Drohne auch den Funkverkehr aufzeichnet. Zunächst dachten wir, diese Aufzeichnungen seien verloren gegangen. Aber nun ist es uns gelungen, einige Daten wiederherzustellen. Jedenfalls in Teilen.«

»Und?«

»Wir haben alle Personen, die sich während der Nacht in der Einsatzzentrale aufhielten, befragt. Alle sagen das Gleiche. Kurz, nachdem das Kommando den Tanker erreichte, fiel der Funkverkehr aus.«

»Dieselbe Geschichte hat auch Heiden mir erzählt.«

»Jetzt kommts: Laut Aufzeichnung der Drohne hat weiterhin eine Kommunikation zwischen Dreem und der Einsatzleitung stattgefunden.«

»Ist das gesichert?«

»Die Aufzeichnungen bestehen zwar nur aus Fragmenten, aber die Stimme von Dreem konnte eindeutig identifiziert werden. Genauso wie die Stimme eines Stabsfeldwebels, der in der Einsatzzentrale den Funk bedient hat.«

»Soll das bedeuten, dass sie alle lügen?«

»Das kann man wohl ausschließen.«

»Dann bleibt nur die Möglichkeit, dass die Kommunikation umgeleitet wurde, damit die Einsatzzentrale nicht von dem wahren Ziel der Mission erfährt.«

»Das liegt nahe.«

»Seid ihr sicher, dass die Stimme des Funkers ebenfalls identifiziert wurde?«

»Ja.«

»Wenn Dreem in die Sache involviert wäre, bräuchte man keine vertraute Stimme zu imitieren. Das ergibt nur Sinn, wenn jemand getäuscht werden soll.«

»Könnte sein. Aber, wenn es nicht um Dreem ging? Vielleicht sollte verhindert werden, dass seine Männer Verdacht schöpfen.«

Eine Stimme zu fälschen, war technisch gesehen keine große Sache. Mittlerweile gab es Programme, die auf gewöhnlichen Computern liefen und in Echtzeit jede Stimme in die Synchronstimme eines Filmstars verwandeln konnten. Die einzige Voraussetzung bestand darin, dass man von der

Zielstimme genügend Tonmaterial besitzen musste. Aber das gab es für die meisten Menschen.

Anders sah es mit der Übernahme der Drohne aus. So etwas sollte eigentlich unmöglich sein.

»Vielleicht hat Dreem etwas mit der Sache zu tun, vielleicht auch nicht«, fasste Lara die Lage zusammen.

»Ändert das jetzt irgendetwas an meinem Auftrag? Ist er weiterhin ein Ziel, das ausgeschaltet werden soll oder nicht?«

»Vor allem muss er zu der Sache befragt werden. Das ist Priorität eins. Was danach mit ihm geschieht, ist eine andere Frage.«

»Also lebend einfangen.«

»Das wäre schön.«

»Ich versuche es. Gab es noch irgendetwas außer dem Tonmaterial, was uns weiterhelfen könnte?«

»Leider ncin. Die Techniker sind noch dran, aber es sieht schlecht aus.«

Den Mann lebend einzufangen, würde sicher ein Riesenspaß werden. So als würde man versuchen, einen Puma mit einem Lasso zu fangen. Wenn man ihn erwischte, wünschte man sich in der nächsten Sekunde, man hätte vorbeigeworfen.

In diesem Moment öffnete sich die Tür und Hofmann kam herein.

»Hast du noch was Dringendes?«, fragte Gassner.

»Nein. Ich würde nur gerne wissen, wie du dir so die Zeit vertreibst.«

»Das erzähl ich dir später. Ich muss jetzt Schluss machen.«

Gassner beendete das Gespräch.

So behandelte man keine Dame, aber in ihrem Geschäft gehörten spontan beendete Telefonate zum Tagesgeschäft. Lara würde darüber hinwegkommen.

Hofmann bemerkte Gassner, nickte ihm zu und stellte seinen tropfenden Regenschirm in den Ständer. Er machte einen kurzen Abstecher zur Theke und gab eine Bestellung auf, danach setzte er sich an Gassners Tisch und knöpfte dabei den Mantel auf. Hofmann sah aus, als hätte er in den letzten Tagen wenig Schlaf bekommen.

»Ich bin froh, dass du dich gemeldet hast«, sagte Hofmann. »Ich wollte dich auch dringend sehen.«

»In welcher Sache?«, fragte Gassner.

»Wir haben die Kontrolle über alle unsere Agenten in Westeuropa verloren.«

Das war ein außergewöhnlicher Gesprächsbeginn.

Für gewöhnlich redeten sie eine Weile um den heißen Brei herum und versuchten, sich gegenseitig Informationen aus der Nase zu ziehen. Im Prinzip war das nicht mehr als eine Art Ritual ohne tiefere Bedeutung. Hofmann brach nicht nur mit dieser lieb gewonnenen Tradition, er haute auch gleich noch richtig einen raus. Alle Achtung.

»Willst du mich auf den Arm nehmen?«

»Glaub mir, ich wünschte, es wäre so.«

»Also willst du mir erklären, dass ihr eure Agenten nicht losgeschickt habt, Bürger dieses Landes zu entführen und zu ermorden, als gäbe es kein Morgen mehr.«

»Großer Gott, nein!«

»Bist du sicher?«

»Warum sollten wir das tun? Wir haben im Prinzip alle das gleiche Interesse. Nämlich, den Status quo zu erhalten. Sicher, mal schieben wir in die eine Richtung, mal ihr in die andere. Aber letztendlich ist das doch alles nur Kinderkram.«

»Dann erkläre mir bitte, was hier los ist.«

»Vor vier Tagen wurden alle unsere Agenten in den Geistermodus versetzt. Der Modus zwingt jeden Agenten, sofort unterzutauchen und Anweisungen nur noch über einen festgelegten Kommunikationskanal entgegenzunehmen.«

»Welcher Kanal ist das?«

»Das wird beim Aktivieren des Geistermodus bestimmt.«

»Den ihr nicht aktiviert habt, und daher auch keinen Kommunikationsweg festgelegt habt.«

»Genau so ist.«

»Also werden eure Jungs gerade ferngesteuert.«

»Es hat den Anschein.«

»Wieso merken die das nicht?«

»Ich weiß es nicht.«

»Und ihr habt keine Ahnung, wer dahinterstecken könnte? Und warum?«

»Nicht die Geringste. Sicher, es gibt die üblichen Verdächtigen. Die Amerikaner, die Chinesen. Aber wissen tun wir es nicht.«

Lara hatte gegenüber Gassner vor Kurzem die Befürchtung geäußert, die Russen würden die deutsche Marine manipulieren. Nun saß Hofmann hier und erklärte ihm, dass die Russen ihre Agenten an eine andere Macht verloren hätten.

Wie sollte man sich das vorstellen?

Jemand steckte mit seiner Hand in einer Puppe, die ihre Hand in eine andere Puppe gesteckt hatte?

Wenn das keine absurde Vorstellung war.

Auf der einen Seite vertraute er Hofmann – soweit das in ihrer Art von Beziehung möglich war – anderseits war das alles zu verrückt, um stimmen zu können.

»Und was macht ihr jetzt dagegen?«, fragte Gassner. »Dass eure Leute gerade brandschatzen, war kein Witz. Die drehen komplett durch.«

Hofmann bekam seinen Kaffee gebracht.

»Ich weiß«, flüsterte er, nachdem die Bedienung wieder gegangen war. »Wir versuchen mit allen Mitteln, die Kontrolle zu erlangen. Aber das ist nicht leicht. Ihr müsst uns dabei helfen.«

»Und wie genau stellst du dir das vor?«

»Zunächst wäre es hilfreich, wenn wir wüssten, welche Zielpersonen unsere Agenten jagen und warum. An diese Informationen kommen wir aufgrund des derzeitigen Personalmangels nur bedingt heran.«

Gassner setzte ein breites Grinsen auf. »Ja, sicher. Das könnte dir so passen.«

»Es ist auch in eurem Interesse. Aber ich nehme an, ihr tappt da selber im Dunkeln.«

»Lass mich es so formulieren. Derzeit bin ich nicht gewillt, dir weitergehende Informationen zu geben, solange ich nicht weiß, was hier genau vor sich geht.«

»Wir wissen, dass es einen Zwischenfall in der Nordsee gegeben hat.«

Jetzt könnte es interessant werden.

»Ist das so?«, flüsterte Gassner.

»Ihr habt einen Tanker gekapert und versenkt. Wir wissen aber nicht wieso.«

»Nach meinem Kenntnisstand solltet ihr das am besten wissen.«

»Denkst du, wir hätten etwas damit zu tun?«, fragte Hofmann.

»Habt ihr nicht?«

»Nein.«

Das konnte man glauben, musste es aber nicht.

»Wenn ich zusammenfassen darf. Wir haben beide nicht die geringste Ahnung, was gespielt wird«, sagte Gassner.

»Das sehe ich genau so.«

Gassner schüttelte den Kopf. »Sorry, aber ich sag dir nichts. Das ist mir alles zu heiß. Kann ich dir sonst wie helfen?«

»Findet sie und tötet sie.«

»Wir sollen eure Agenten ausschalten?«

»Genau das. Je länger sie aktiv sind, umso größer wird der Schaden, den sie anrichten.«

»Wir könnten versuchen, sie festzunehmen«, schlug Gassner vor.

»Nur zu, aber das dürfte schwierig werden. Du musst wissen, der Geistermodus bedeutet für die Agenten, dass entweder der dritte Weltkrieg unmittelbar bevorsteht oder wahlweise ein beliebiges Szenario, welches das Ende der Welt bedeutet. Die werden kämpfen bis zum Letzten.«

Hofmann legte einen DIN-A4-Umschlag auf den Tisch.

»Was ist da drin?«

»Alle Daten, die ihr braucht, um unsere Agenten zu identifizieren.«

Gassner blies die Wangen auf.

In diesem Fall konnte er kein Pokerface wahren. »Mein lieber Schwede. Ich hoffe, du weißt, was du da tust.«

»Glaube mir mein Freund. Das hoffe ich auch.«

Mit den Worten stand Hofmann auf und ließ Gassner am Tisch zurück.

Gassner sah ihm nach, als er das Café verließ.

Unabhängig davon, ob Hofmanns Geschichte stimmte, war eines bereits jetzt klar. Hier lief die größte Verarsche ab, die Gassner jemals erlebt hatte.

Die Frage war nur, wer verarschte hier wen.

15 _ Singularität

Malu Helland, 04.12.2021, 09:45 Uhr

Im Speiseraum ihres Hotels herrschte wenig Betrieb. Lediglich ein asiatisches Pärchen und ein älterer Herr teilten sich den Raum mit ihr. Die meisten Gäste waren offensichtlich bereits unterwegs und hatten nicht bis auf den letzten Drücker mit dem frühstücken gewartet.

Obwohl das Büfett in wenigen Minuten schließen würde, war es noch gut bestückt. Helland schaufelte sich mit einem Löffel Rührei auf ihren Teller, als ihr Handy mit einem Piepton den Eingang einer E-Mail meldete. Sie schenkte sich einen Kaffee ein, stellte ihr Tablett auf einem Tisch am Fenster ab und setzte sich. Gerade wollte sie sich die E-Mail ansehen, als sie einen Anruf erhielt.

Es war Sonja, Richards Freundin.

»Fuck«, zischte sie.

Die Alte ließ nicht locker.

Den Anruf annehmen oder ignorieren, das war hier die Frage.

»Fuck, fuck, fuck.«

Schweren Herzen entschied sie sich für die erste Alternative.

»Hallo Sonja. Wie geht es dir? Bist du wieder im Lande?«

»Hallo Malu. Ja, ich bin wieder in Deutschland, was an sich bereits eine Last ist. Unerträglich wird es, weil mein Seelenverwandter nicht bei mir ist.«

Für Deutschland war Sonjas Anwesenheit ebenfalls eine Last, von Hellands Empfindungen in dieser Angelegenheit ganz zu schweigen.

»Es tut mir leid, dass du wieder im Land bist – also für dich, meine ich.«

»Hast du was von Richard gehört? Was ist denn bloß los? Du hast mir ja geschrieben, dass ich mir keine Sorgen machen solle und alles in Ordnung sei, aber ich hätte es gerne etwas genauer.«

»Da kann ich dich etwas beruhigen. Ich weiß, warum Richard sich nicht meldet. Er arbeitet derzeit an einer großen Sache. Undercover.«

»Wie ein Spion?«

»So ähnlich.«

»Das ist sicher gefährlich.«

Weniger als ein Gespräch mit dir.

»Undercover zu arbeiten, bedeutet nicht zwangsläufig, dass es gefährlich ist. In seinem Fall würde der Verlust der Tarnung lediglich bedeuten, dass er den Auftrag nicht erfüllen kann. Was beruflich schlimm für ihn wäre, aber ungefährlich.«

»Gut, das ist eine Erleichterung. Wie hast du das herausgefunden?«

Ja, wie eigentlich?

»Er hat sich bei mir gemeldet. Ihm war klar, dass wir uns alle Sorgen machen. Details zu seinem Auftrag hat er mir nicht gegeben, aber er hat mir versichert, dass er in einigen Tagen zurückkommt und uns alle dann aufklärt. Es geht ihm gut.«

»Was für eine Erleichterung. Warum hat er sich bei dir gemeldet? Ich bin doch seine Lebensbegleiterin.«

»Das ist eine Frage, die nur der Kosmos beantworten kann. Ich muss jetzt Schluss machen. Wir sehen uns.«

Helland unterbrach die Verbindung.

Keine Ahnung, ob Sonja das gefressen hatte, aber hätte das Gespräch eine Sekunde länger gedauert, hätte sie sich übergeben. Wovor Helland sich ernsthaft fürchtete, war ein Anruf ihrer Eltern. Es kam vor, dass Richard oder sie sich einige Tage nicht bei ihnen meldeten, aber früher oder später würden sie es tun und fragen, ob alles in Ordnung sei. Sonja anzulügen, war die eine Sache, ihre Eltern eine andere.

Nach einem Schluck Kaffee griff sie nach der Gabel, um ihr Rührei zu essen, als ihr die E-Mail einfiel. Sie legte die Gabel zurück und öffnete die E-Mail-App auf ihrem Handy, was ihr unangenehm war. Bereits bei dem kurzen Telefonat mit Richards Freundin hatte sie unterschwellig das Gefühl gehabt, jemand würde ihnen zuhören.

Seit dem Treffen mit Brönstedt litt sie an einer Paranoia und hätte ihr Handy am liebsten in eine Mülltonne geschmissen. Aber das ging nicht, denn zum einen hoffte sie, dass Richard sich melden würde, um eine allgemeine Entwarnung zu verkünden, zum anderen bestand die Hoffnung, dass Brönstedt doch noch Informationen liefern würde. Sie musste erreichbar bleiben.

Natürlich war es unklar, wie schlimm die Schwierigkeiten waren, in denen Richard vermeintlich steckte. War tatsächlich jemand hinter ihm her? Und wenn ja, was für Möglichkeiten besaßen diejenigen überhaupt? Vielleicht war auch alles nur halb so dramatisch.

Die App zeigte den Eingang einer E-Mail von InfoPress an.

Sehr geehrte Kundin, sehr geehrter Kunde ... bla, bla ... freuen wir uns, Ihnen mitteilen zu dürfen, ... bla, bla ... Auftrag erledigt ... bla, bla ... hoffen wir, Sie auch weiterhin ... bla, bla ... unsere Rechnung sowie das Ergebnis Ihrer Anfrage finden Sie im Anhang dieser Mail.

»Ihr Vollidioten!«, schrie Helland und sprang von ihrem Stuhl auf.

Der ältere Mann und das Touristenpärchen drehten sich nach ihr um.

Helland kümmerte das nicht. Ihr war der Appetit gründlich vergangen.

Sie stürmte aus dem Speiseraum, durchquerte die Lobby und stoppte erst, als sie auf dem Bürgersteig stand.

Was sollte sie tun?

Sie besaß wenig Ahnung von diesem ganzen Computer-Klimbim, aber eines war ihr als Laiin klar, ihren E-Mail-Account zu knacken, wäre für Profis sicher keine Herausforderung. Ihr blieb nur eins: In das Internetcafé gehen, die Ergebnisse ihrer Anfrage ausdrucken und die Mail vom Server und ihrem Handy löschen. Ob das ausreichen würde, war allerdings zweifelhaft. Wenn sie aktuell überwacht wurde, besaß derjenige die E-Mail bereits und was ein gewöhnlicher User unter Löschen verstand, war noch lange kein ultimatives Löschen im Sinne von völlig-aus-der-Welt-geschafft. Eine von ihr gelöschte E-Mail war immer noch in den Tiefen eines Servers gespeichert und mit den richtigen Mitteln zumindest eine Zeit lang wieder herstellbar.

Egal, mehr konnte sie nicht tun.

Sie machte sich auf den Weg zum Internetcafé.

Eine halbe Stunde später saß sie auf dem Boden ihres Hotelzimmers, vor sich ausgebreitet lagen zwanzig ausgedruckte DIN-A4-Seiten.

Wie sie bereits wusste, war Professor Scheuer Spezialist für 3-D-Druckertechnologie. Er hatte acht Arbeiten zu seinem Fachgebiet veröffentlicht. In der letzten, die zwei Jahre alt war, beschrieb er ein Verfahren, um mit Hilfe von 3-D-Druckern maßgeschneiderte Strömungsreaktoren im Millimeterbereich herzustellen, die unter anderem in Chemielaboren Anwendung fanden. Sicher alles hochinteressant, aber ohne den kleinsten Bezug zum Bankenwesen oder Eisfeld persönlich.

Es gab knapp ein Dutzend Zeitungsartikel, in denen der Professor Erwähnung fand oder ein Interview gegeben hatte. Eines dieser Interviews wurde vor drei Jahren in einer Zeitschrift mit dem Namen *Der Mittelstand* abgedruckt: *Die 3-D-Druckertechnologie als Innovationsmotor für mittelständische Unternehmen.*

Da wurde Helland bereits beim Lesen der Überschrift ganz schläfrig.

Was wirklich Interessantes fand sie nicht.

Ähnlich erging es ihr bei den Infos über Eisfeld.

Auch über ihn gab es ein paar Zeitungsartikel. Außerdem war er einmal Gast bei einer Talkshow des ZDF gewesen. Thema: *Bad Banks, sind die Banken so schlimm wie ihr Ruf?*

Was Helland an Informationen über ihn erhalten hatte, zeichnete das Bild eines erfolgreichen Managers, richtige Spannung kam bei der Lektüre jedoch auch hier nicht auf.

Was Scheuer und Eisfeld miteinander laufen hatten, war aus dem Material leider nicht zu entnehmen. Somit hätte sie sich den ganzen Quatsch sparen können.

Frustriert wühlte sie in den Ausdrucken herum, bis ihr ein Blatt durch die Finger glitt, welches sie bisher nicht beachtet hatte.

Es handelte sich um die Kopie einer Seite aus einer Publikation der TU-Darmstadt, die mit Kleinanzeigen knapp über Neuigkeiten innerhalb der verschiedenen Fachschaften informierte. Rechts unten auf dem Blatt war auf der Seite eine dieser Anzeigen mit einem Kreuz markiert worden.

Die Überschrift lautete: *Frau Professorin Ursula Takashi und Herr Professor Gerhard Scheuer vereinbaren gemeinsames Forschungsprojekt.*

Das Projekt beschäftigt sich mit der Frage, inwieweit sich evolutionäre Algorithmen als Lösungsansatz für Problemstellungen der autonomen Steuerung innerhalb der Robotik eignen.

Ursula Takashi. Das war ein Name, den man nicht so schnell wieder vergaß, wenn man ihn gehört hatte. Dass Scheuer sich mit Robotik auskannte, hatte sie nirgendwo gelesen. Aber das bedeutete nichts.

Sie wollte das Blatt zur Seite legen, als ihr das Datum am oberen Blattrand auffiel. Die Publikation war knappe fünf Jahre alt. Alles Schnee von gestern. Uninteressant.

Es war kurz nach elf Uhr, der Tag noch jung.

Viele Möglichkeiten standen ihr nicht zur Verfügung. Sie musste Professor Scheuer ausfindig machen und Kontakt mit ihm aufnehmen. Leider hatte sie es nicht geschafft, seine Privatadresse in Erfahrung zu bringen. Somit blieb ihr nur der Weg über die Universität.

Heute war Samstag, ein ungünstiger Tag, um mit Nachforschungen an einer Bildungsstätte zu beginnen. Die Sekretariate waren sicher unbesetzt. Allerdings wurde im Bereich der Forschung oft auch am Wochenende oder über Nacht gearbeitet. Mit ein wenig Glück würde sie jemanden antreffen, der ihr weiterhelfen könnte. Außerdem hatte sie ohnehin ansonsten keine Beschäftigung für den Tag.

* * *

Wenn man den Campus der Technischen Universität in Darmstadt von der Frankfurter Straße aus betrat, glaubte man kaum, dass es sich um eine Uni handelte. Über eine Parkanlage erreichte man das alte Residenzschloss, in dem unter anderem der Fachbereich der Gesellschafts- und Geschichtswissenschaften untergebracht war. Wenn der Dezember auch die Bäume ihrer Blätter beraubt hatte, konnte Helland sich vorstellen, wie es hier im Sommer aussehen musste.

Bevor sie losgefahren war, hatte sie ein weiteres Mal den Internetladen aufgesucht, der mittlerweile ihr zweites Zuhause geworden war, und sich einen Lageplan der Uni ausgedruckt.

Jetzt stand sie vor dem Schloss und versuchte, sich zu orientieren.

Ihr Handy klingelte.

Wenn das ihre Eltern waren, würde sie nicht rangehen.

Sie nahm ihr Handy aus der Jackentasche. Wer auch

immer sie sprechen wollte, rief mit unterdrückter Nummer an.

»Hallo«, meldete sie sich.

»Hier ist Brönstedt. Ich würde Sie gerne treffen.«

»Sicher. Natürlich. Wann hätten Sie Zeit?«

Mit einem Anruf der Sekretärin hatte sie nicht gerechnet. Die rief bestimmt nicht nur an, weil sie einen Kaffee trinken gehen wollte.

»Derzeit bin ich nicht in der Stadt. Haben Sie morgen Abend Zeit?«

»Ja, kein Problem.«

»Gut. Dann melde ich mich kurzfristig am späten Nachmittag bei Ihnen.«

»In Ordnung. Haben Sie etwas über Richard für mich? Wissen Sie, wo er sich aufhält?«

»Wir reden morgen.«

Helland versuchte, noch etwas zu sagen, aber die Verbindung war bereits unterbrochen.

Na, Klasse. Jetzt durfte sie die nächsten vierundzwanzig Stunden darüber rätseln, was Brönstedt von ihr wollte. Was immer es war, es bot wenigstens für den Moment neuen Anlass zur Hoffnung. Auch wenn die Spur, die Helland verfolgte, höchstens lauwarm war, kühlte sie bisher zum Glück nicht völlig aus.

Sie widmete sich wieder dem Lageplan der Universität und fand schließlich den Weg, der sie zum Fachbereich Elektrotechnik und Informationstechnik führen sollte.

Zehn Minuten später erreichte sie ein fünfstöckiges würfelförmiges Gebäude, über dessen Eingangstür ein Schild hing, welches ihr zeigte, dass sie hier richtig war. Die Eingangstür war offen, was bedeutete, dass sich Leute in dem Gebäude befanden, obwohl es auf den ersten Blick nicht danach aussah.

Im Eingangsbereich hing eine Tafel an der Wand, die vermutlich der Orientierung dienen sollte, obwohl man sich da nicht sicher sein konnte, da die Informationen aus Abkürzungen bestanden. Im Prinzip ein Wegweiser für Insider.

Helland studierte bereits eine ganze Weile die Tafel, als sie von hinten angesprochen wurde.

»Kann ich Ihnen helfen?«

Sie drehte sich um. Vor ihr stand ein Mann um die sechzig. Seiner Arbeitskleidung nach zu urteilen, gehörte er zum Hausmeisterdienst.

»Ich suche den Fachbereich Elektrotechnik und Informationstechnik.«

»Sie meinen das Sekretariat?«

Helland nickte.

»Das ist im dritten Stock«, sagte der Mann. »Aber heute ist da niemand.«

Damit hatte sie auch nicht wirklich gerechnet.

»Eigentlich suche ich Herrn Professor Scheuer. Gibt es momentan jemanden im Haus, der mir da weiterhelfen könnte?«

»Vielleicht in den Labors. Die sind im Untergeschoss.«

»Wie komme ich dahin?«

»Die Treppe nach unten. Dem Gang folgen bis zur Glastür. Hinter der Glastür befinden sich die Labore und Werkstätten für den Bereich Elektrotechnik.«

»Ich danke Ihnen.«

Helland nahm die Treppe und folgte der Wegbeschreibung, bis sie die Labore erreichte.

Im Untergeschoss herrschte völlige Stille.

Sie zählte vier Metalltüren. An jeder Tür hing ein großes Schild mit der Aufschrift: Zutritt nur für berechtigte Personen.

Helland klopfte an die erste Tür. Keine Reaktion.

Sie drückte die Klinke herunter. Abgeschlossen.

Bei der nächsten Tür sah es nicht besser aus.

Auch bei der dritten Tür meldete sich niemand auf Anklopfen.

Diesmal war sie allerdings nicht verschlossen.

Um die schwere Tür aufzuziehen, wendete Helland ordentlich Kraft auf.

Der Raum hinter der Tür besaß ungefähr einhundert Quadratmeter. Es gab Werkbänke, Werkzeuge, Computer, andere ihr unbekannte technische Gerätschaften und einen Mann in einem blauen Kittel, der an einer der Werkbänke saß und einen Lötkolben in der Hand hielt. Er wandte Helland den Rücken zu.

»Hallo. Tut mir leid, wenn ich störe«, sagte sie.

Der Mann drehte sich in ihre Richtung.

»Wer sind Sie? Was wollen Sie? Können Sie nicht lesen?«

Das waren jetzt viele Fragen auf einmal und Helland wusste nicht, welche sie zuerst beantworten sollte.

»Was lesen?«

»Der Schriftzug auf der Tür, durch die Sie reingekommen sind. Dort steht: Zutritt nur für berechtigte Personen.«

»Tut mir leid, aber ich suche Herrn Professor Scheuer.«

Der Mann im weißen Kittel bedachte sie mit einem Blick, als hätte sie etwas moralisch Verwerfliches gesagt.

»Sind Sie eine Studentin?«

»Ich bin Journalistin.«

»Journalistin«, wiederholte er. »Was wollen Sie über Scheuer schreiben? Hat er sich eine Lobrede verdient?«

Offensichtlich konnte der nette Herr den Professor nicht ausstehen. Zeit, um zu pokern.

»Ehrlich gesagt geht es eher um das Gegenteil.«

Seine spöttisch ablehnende Haltung verwandelte sich in Neugierde.

»Sie wollen etwas Negatives über ihn bringen?«

Helland lächelte verlegen. »Ich hoffe, Sie sind kein Freund des Professors.«

»Freund?« Der Mann gluckste. »Ich bin sein Stellvertreter und ganz bestimmt das Gegenteil eines Freundes. Worum geht es denn?«

»Tut mir leid, das kann ich Ihnen nicht sagen. Ich stehe ganz am Anfang meiner Recherche.«

»Aber es ist etwas, was ihm schaden könnte?«

»Es dürfte ihm wenig gefallen.«

Der Mann lächelte. »Das muss reichen. Mein Name ist Doktor Neuroth. Wie kann ich Ihnen behilflich sein?«

»Indem Sie mir verraten, wo ich Professor Scheuer finde.«

»Ich habe keine Ahnung, wo er ist. In den letzten beiden Jahren habe ich ihn kaum noch gesehen. Er hat sich von seinen Pflichten stetig weiter entfernt, seit er mit dieser irren Takashi unter einer Decke steckt. Die Amtsgeschäfte hat er freundlicherweise mir überlassen.«

Von dieser Sache mit Takashi hatte sie doch gelesen.

»Sprechen Sie von dem Projekt, bei dem es um Robotik geht?«

Neuroths Gesicht verfinsterte sich wieder.

»Robotik. Dass ich nicht lache. Der Mann hat so viel Ahnung von Robotik wie ich vom Fliegen eines Space Shuttles. Vielleicht hat er während seines Studiums einen Grundkurs absolviert. Mehr sicher nicht.«

»Das verstehe ich nicht.«

»Dann erkläre ich es Ihnen. Setzen Sie sich. Das wird einen Moment dauern.«

Zwanzig Minuten später war Helland im Bilde.

Nach Doktor Neuroths Beschreibung war Ursula Takashi die Tochter deutsch-japanischer Eltern und eine überzeugte Misanthropin. Eine Eigenbrötlerin erster Güte.

Seit zwanzig Jahren arbeitete Takashi an ihrer selbst gesetzten Lebensaufgabe. Der Schaffung einer künstlichen Intelligenz, um mit deren Hilfe die technologische Singularität einzuleiten. Also den Zeitpunkt innerhalb der technologischen Entwicklung, an dem Maschinen damit begannen, sich selbst zu optimieren, und vom Menschen losgelöst eigenständige intelligente Entscheidungen trafen.

Man sagte Takashi nach, dass sie Anhängerin einer radikalen posthumanistischen Bewegung wäre, welche sich der Ablösung der Menschheit durch Maschinen verschrieben hatte. Im Prinzip so etwas wie eine moderne Teufelsanbeterin oder eine Art Technik-Hexe.

Neuroth stellte aber klar, dass es sich hierbei um dumme Unterstellungen handelte, die dadurch entstanden wären, dass Takashi sich nahezu vollständig von den Menschen abgekapselt hatte. Vor allem was ihre KI-Forschung anging.

Da sie ihre Forschung in diesem Bereich unter Verschluss hielt, war die Universität nur in geringem Maße bereit, sie bei ihren Bemühungen finanziell zu unterstützen, weshalb sie an Geldsorgen litt. Für ihre Arbeit benötigte sie äußerst kostenintensive Hardware und musste freie Programmierer bezahlen, die Subroutinen für sie schrieben.

Vor fünf Jahren schaffte es Scheuer, Kontakt zu Takashi herzustellen, was für sich genommen durchaus eine Leistung darstellte, wie Neuroth anerkennend feststellte.

Scheuer bot ihr an, einen Geldgeber zu organisieren, wenn er dafür an ihrer Arbeit partizipieren könnte.

»Sie müssen wissen«, sagte Neuroth, »dass Scheuer ein Gespür für Chancen besitzt. Offensichtlich hat er etwas in Takashis Arbeit gesehen, das ihn angezogen hat wie Scheiße die Fliegen.«

So viel Neuroth wusste, hatte es mit dem Geldgeber geklappt. Das konnte man bereits daran erkennen, dass Scheuer ab diesem Moment immer seltener einen Fuß in seinen eigenen Fachschaftsbereich gesetzt hatte. Er war nun mit wichtigeren Dingen beschäftigt.

Helland war sich sicher. Bei dem Geldgeber handelte es

sich um Eisfeld. Fragte sich, was der sich von der Sache versprochen hatte. Banker trennten sich ungern von Geld.

Hatte Eisfelds Entdeckung bezüglich der Betrugsgeschichte an der Börse etwas mit dieser KI-Sache zu tun? Schließlich hatte er versucht, Professor Scheuer vor seiner Festnahme telefonisch zu erreichen.

»Sie denken, dass Scheuers Geldgeber in die KI-Forschung investiert hat? Warum dann die Geschichte mit der Robotik?«

»Zur ersten Frage: Ja, das denke ich. Zur zweiten Frage: Weil vielleicht nicht jeder wissen soll, worum es wirklich geht.«

»Glauben Sie, dass Takashi tatsächlich eine KI entwickelt hat?«

»Was weiß ich. Aber sie hat irgendetwas, was sich zu Geld machen lässt. Und darum geht es doch letztendlich immer. Wen interessiert dabei eine KI?«

Dass Scheuer sich mit Takashi zusammengetan hatte, war nun fünf Jahre her. So richtig viel schienen sie in der Zeit nicht erreicht zu haben, sonst hätte man davon gehört. Die Entwicklung einer KI würde einem sicher den Nobelpreis einbringen und ein Riesenthema in den Medien sein. Obwohl – vielleicht würde man auch von einem wütenden Mob am nächsten Laternenpfahl gelyncht werden. Es gab sicher eine ganze Menge Leute, die in einer künstlichen Intelligenz eine Bedrohung sehen würden. Insofern musste man sich gut überlegen, wann und ob man mit so einer Sache an die Öffentlichkeit ging. Vermutlich ließ man es besser bleiben.

»Ist es überhaupt theoretisch möglich, eine KI zu erschaffen?«, fragte Helland.

»Ich bin zwar kein Computerexperte. Aber meiner Meinung nach ist es das ganz bestimmt. Es ist nur eine Frage der Zeit. Sehen Sie uns an. Wir bestehen aus einem Haufen toter, seelenloser Materie, dennoch hat es die Natur geschafft, uns Leben einzuhauchen und einigen von uns sogar Verstand.

Das Leben entstand vor Milliarden Jahren in den Meeren, der sogenannten Ursuppe. Heute haben wir Hochleistungsrechner, die über ein Datennetz miteinander verbunden sind. Das Internet ist nichts weiter als eine künstliche von uns geschaffene Ursuppe.«

»Vielleicht war es Gott, der uns das Leben eingehaucht hat.«

Neuroth zuckte mit den Schultern. »Und wenn schon. Dann spielen wir eben auch Gott.«

»Und wenn es passiert, wie geht es dann weiter?«

»Sehen Sie sich zu dem Thema passende Filme an. *Odyssee im Weltraum* – HAL9000, *Alien* – Mother, *Terminator* – SkyNet, *Resident Evil* – Red Queen. Wenn man Pessimist ist, wird genau das geschehen.«

»Und wenn man ein Optimist ist?«

»Genau dasselbe.«

16 _ Down Under

Hans Gassner, 04.12.2021, 15:30 Uhr

Deutschland war ohnehin ein kleines Land, kam aber hinzu, dass man jede größere Entfernung mittels Hubschrauber überbrückte, schrumpfte es in der Wahrnehmung bis auf Postkartengröße zusammen. Das irritierte und Gassner war froh, dass er sein nächstes Ziel in kurzer Zeit mit dem Auto erreichen konnte.

Von Mannheim war es nur ein Katzensprung bis in den Pfälzer Wald. Er befuhr die B48, die den Ort Rinnthal mit Hochspeyer verband, wozu auch immer man eine solche Verbindung benötigen mochte. Momentan schien es jedenfalls, als hätte man die Straße exklusiv für ihn gebaut. Seit einer Viertelstunde war ihm kein anderes Auto begegnet.

Die Landstraße schlängelte sich durch den im Winter blattlosen, hügeligen Wald, der wie brandgerodet erschien.

An einer Abzweigung zeigte ein überdimensioniertes Straßenschild an, dass ihn die abgehende, gut ausgebaute Straße zum Gewerbepark Johanniskreuz führen würde.

Gassner stoppte den Wagen am Straßenrand. Diesmal hatte er auf Begleitung verzichtet, um sich zunächst allein ein Bild von der Lage zu verschaffen.

Er nahm das auf dem Beifahrersitz liegende Tablet.

Das Gerät besaß eine für Tablets unübliche Antenne und war ein Spezialgerät, welches von Landvermessungsämtern genutzt wurde.

Ein installiertes Programm nutzte einen Service mit der sperrigen Abkürzung SAPOS-HEPS. Wobei HEPS für *Hochpräziser Echtzeit Positionierungs-Service* stand. Was SAPOS bedeutete, hatte Gassner vergessen. Wichtig war ohnehin nur, dass dieses Ding sogenannte GPS-Korrekturdaten empfangen konnte, was die Genauigkeit bis in den Zentimeterbereich steigerte.

Gassner wollte die GEO-Koordinaten überprüfen, die er von Doktor Trenner erhalten hatte und die das Einzige waren, was von dem Reinfall in Hamburg übrig geblieben war.

Die Koordinaten wurden in Mikrograd angegeben und somit auf ungefähr zehn Zentimeter genau. Niemand benutzte eine solche Angabe, weil er dachte, es wäre trendy, es musste eine Bedeutung haben.

Das Tablet in seinen Händen verfügte außerdem über Flurvermessungskarten, die einen deutlich höheren Detailgrad aufwiesen als gewöhnliche Landkarten.

Wie es aussah, musste er rechts abbiegen und in Richtung dieses Gewerbeparks fahren.

Er machte sich auf den Weg.

Als er abbog, kam ihm ein Laster entgegen. Das erste Fahrzeug seit Langem. Immerhin war das ein Hinweis darauf, dass es hier draußen mehr gab als Bäume.

Zwei Kilometer später erreichte er das Gewerbegebiet, welches sich aufgrund der örtlichen Begebenheiten lang gezogen in ein Tal quetschte.

Was für Idioten kamen auf die Idee, den schönen Wald so zu verschandeln? War das naturschutzrechtlich erlaubt? Wenn ja, war es ein Fehler.

Wenigstens handelte es sich um ein reines Gewerbegebiet ohne Industrie. Wie es aussah, besaßen hier einige große Firmen Regionallager für den Versand. Die riesigen Hallen verschandelten zwar optisch die Gegend, produzierten aber relativ wenig Dreck.

Gassner steuerte den Wagen in eine Haltebucht und hielt an.

Ein neuer Blick auf die Karte zeigte ihm, dass er sein Ziel beinahe erreicht hatte.

Genau gesagt waren es einhundertundneunzig Meter schräg links in den Wald hinein. Soweit er das von seiner Position beurteilen konnte, gab es dort weder eine Straße noch einen Forstweg. Wenn er dorthin wollte, führte ihn sein Weg querfeldein durch das Dickicht. Allerdings sah er einen Trampelpfad, der ihn mit etwas Glück zumindest in die Nähe des Ziels bringen würde.

Mittlerweile war es fast sechzehn Uhr. Da der Wald und die Hügel für einen vorzeitigen Sonnenuntergang sorgten, bestand die Welt nur noch aus Schatten.

Für einen Spaziergang durch das Unterholz war es eigentlich zu spät. Wenigstens war er so schlau gewesen und hatte sich eine Taschenlampe besorgt, für den Fall, dass sich sein Ausflug zum Nachtspaziergang entwickeln würde.

Er wollte nicht bis morgen warten. Er musste wissen, was es an der Stelle zu finden gab. Seine Erwartungshaltung war gespalten. Einerseits konnte er sich nicht vorstellen, dort etwas Interessantes zu finden, andererseits konnte er sich genauso wenig vorstellen, dass jemand sinnlose Koordinaten aufschreiben würde.

Sein Treffen mit Hofmann war eine verwirrende Erfahrung gewesen. Hofmann hatte ihm mehr als dreißig russische Agenten auf dem Silbertablett serviert und ihn darum gebeten, sie ausschalten zu lassen.

Hatten die Russen tatsächlich die Kontrolle über ihre Leute verloren und waren ehrlich bemüht, den Schaden zu begrenzen? Oder war es eine Falle, mit dem Ziel einen Geheimdienstkrieg anzufangen, der sich durchaus zu einem echten Krieg entwickeln konnte?

Wenn er die Nummer hier hinter sich gebracht hatte, würde er sich um die Personalien kümmern, die er von Hofmann erhalten hatte. Als Erstes musste festgestellt werden, ob es sich bei den Frauen und Männern überhaupt um Agenten handelte.

Alle guten Geheimdienstleute teilten sich mit erfolgreichen Betrügern eine bestimmte Eigenschaft: Sie waren begnadete Lügner.

Gassner bildete sich nicht ein, in Hofmanns Seele blicken zu können, um dort die Wahrheit zu erkennen. Wie sie alle in der Branche litt Hofmann unter moralischer Instabilität. Sie waren Menschen ohne wirkliche Werte und darauf geschult, ihre eigenen Lügen zu glauben. Daher waren sie auch schwer einzuschätzen.

Vorerst spielte das keine Rolle. Egal, ob die Geschichte stimmte oder nicht, er konnte die Information auf keinen Fall weitergeben. Dies lag vor allem daran, dass er Hofmann kaum als Quelle angeben durfte. Kontakte zwischen verfeindeten Geheimdienstleuten waren keine Seltenheit – und das war innerhalb der Dienste durchaus bekannt –, aber outen sollte man sich besser nicht.

Selbst wenn er das Problem der Quelle außer Acht ließ und die Information weitergab, welche Reaktion sollte dann erfolgen? Den Ball flach halten oder auf Agentenjagd gehen? Beides konnte sich als fataler Fehler erweisen.

Davon abgesehen war es grundsätzlich schlau, die eine oder andere Sache für sich zu behalten, um für schlechte Zeiten ein Ass im Ärmel zu haben. Schließlich durfte Gassner immer damit rechnen, dass sich der Wind schlagartig drehte und er selber zum Ziel wurde – wenn es blöd lief, sogar gerne von den eigenen Leuten.

Aus diesem Grund hatte er auch die Geschichte mit den Koordinaten für sich behalten und war allein in den Wald gefahren. Erst mal sehen, was es dort zu finden gab. Dann konnte er neu entscheiden, ob er seine gewonnene Erkenntnis mit Lara teilte.

Eines galt als gesichert. Mit den Russen stimmte etwas nicht. Die Jungs waren aus unbekannten Gründen auf dem Kriegsfuß und das war kein Spaß.

Für gewöhnlich war Gassner mit einer Pistole bewaffnet. Aufgrund der unklaren Lage hatte er sich entschlossen, ein wenig aufzurüsten. In einem unter seinem Mantel verborgenen Schulterholster trug er eine Skorpion-Maschinenpistole und zwei Ersatzmagazine mit jeweils dreißig Schuss.

Mit eingeklappter Schulterstütze war die Skorpion eine extrem handliche MP, die bei Dauerfeuer ein Magazin in weniger als zwei Sekunden heraushaute. Auf Nahdistanz erübrigte sich damit das Zielen. Wenn sich vor einem etwas Lebendes befand, war es nach dem Feuerstoß mit Sicherheit tot.

Ein Lkw rauschte vorbei und der Luftzug schüttelte Gassners Wagen dabei ordentlich durch.

Es wurde Zeit, mit jeder Minute, die er wartete, verlor er an Tageslicht.

Außer der Haltebucht, in der er stand, gab es hier weit und breit keine vernünftige Parkmöglichkeit. Daher würde er das Auto hier stehen lassen. Er stieg er aus und lief über die Fahrbahn in den Wald hinein.

Ein Blick auf sein Tablet zeigte ihm, dass er sich auf dem richtigen Weg befand. Der Trampelpfad sollte ihn recht nahe an die gesuchte Stelle bringen, was eine gute Sache war. Momentan war es trocken, aber es hatte bis vor Kurzem geregnet, sodass der Wald vor Feuchtigkeit tropfte. Durch das Unterholz zu stapfen, würde ihm definitiv keine Freude bereiten.

Sein Handy klingelte. Es war Maja.

»Ich höre«, sagte Gassner zur Begrüßung.

»Wir haben den Reisegast der *Casandras Dream* mit ziemlicher Sicherheit identifiziert. Professor Gerhard Scheuer, lehrt und forscht an der TU-Darmstadt, Fachbereich Elektro- und Informationstechnik. Seine Spezialität 3-D-Druckertechnologie. Soweit ich das auf die Schnelle feststellen konnte, weiß niemand, wo er sich derzeit aufhält.«

»Dass jemand nicht auffindbar ist, beweist wenig. Es ist

lediglich eine Grundvoraussetzung dafür, dass es unser Mann sein könnte.«

»Es kommt noch mehr.«

»Dachte ich mir.«

»Zunächst möchte ich vorausschicken, dass Laras Name ziemliches Gewicht zu haben scheint. Sie hat mir einige Türen geöffnet.«

»Das glaube ich gerne.«

»Jetzt zur Sache. Bei einer behördenseitigen Überprüfung des Professors haben wir festgestellt, dass er Gegenstand von polizeilichen Ermittlungen ist. Sagt dir der Name Eisfeld etwas?«

Während des Gesprächs war Gassner langsam weiter gegangen und musste sich nun unter einem Ast wegducken.

»War das nicht der Banker, den sie wegen eines Sexualdelikts in Haft genommen hatten? Gab es da nicht so ein ekelhaftes Video?«

»Genau der. Eisfeld ist in der Untersuchungshaft gestorben.«

»Ist das so? Das habe ich nicht mitbekommen.«

»Glaube ich gerne. Das Thema wurde von den Medien auch erstaunlich dezent behandelt.«

»Wie ist er gestorben? Selbstmord?«

»Vermutlich. Angeblich soll er Säure getrunken haben.«

»In der U-Haft?«

»Ja, eine recht bizarre Angelegenheit.«

»Was hatte Scheuer mit dem Mann zu schaffen?«

»Ist unklar. Allerdings existieren Beweise, dass die beiden häufiger miteinander telefoniert haben, und unmittelbar vor seiner Festnahme hat Eisfeld mehrere Male erfolglos versucht, Scheuer telefonisch zu erreichen.«

»Klingt alles spannend, beweist aber immer noch nicht, dass der Professor unser Mann ist.«

»Ich habe noch nicht fertig. Eisfeld war möglicherweise in

eine groß angelegte Betrugsserie an der Börse verwickelt. Das hessische Landeskriminalamt hat diesbezüglich Ermittlungen aufgenommen. Im Rahmen dieser Ermittlungen wird das Telefon von Eisfelds Sekretärin überwacht. Man vermutet, dass sie etwas mit den Betrügereien zu tun hat. Die Frau heißt Brönstedt. Brönstedt hat heute eine Frau angerufen. Die Nummer konnte einer Malu Helland zugeordnet werden. Die beiden haben sich für morgen verabredet.«

»Gibt es über diese Helland was Spannendes zu berichten?«

»Über sie selber nicht. Jedoch über ihren Bruder. Richard Helland. Der ist Onlinedetektiv, vernichtet digitale Spuren im Internet, versucht, Menschen zu finden. Solche Dinge. Der Gesprächsinhalt deutet darauf hin, dass er verschwunden ist und von seiner Schwester gesucht wird. Siehst du das Muster?«

»Ich verstehe, was du meinst.«

Abgesehen von der Namensgleichheit genügte nichts von dem, was Maja ihm erzählt hatte, als Beweis dafür, dass es sich bei dem Professor um den Mann vom Tanker handelte.

Allerdings gab tatsächlich ein Muster, in Form von unsichtbaren Verbindungen innerhalb einer Gruppe von Menschen, von denen jeder einzelne glücklicher Besitzer eines gewaltigen Problems war. Professor Scheuer gehörte zu dieser Gruppe, was gefühlsmäßig dafür sprach, dass auch er seinen Anteil an Stress abbekommen hatte. Und wenn man Probleme besaß, die einem über den Kopf wuchsen, war es eine natürliche Reaktion, die Flucht zu ergreifen.

»Scheuer hat versucht, sich abzusetzen. Das wäre ein Motiv, auf einem Tanker zu reisen. Auf den Fluchtweg muss man erst mal kommen«, stellte Gassner fest.

»Das ist die Hypothese. Wie soll ich vorgehen?«

Der Trampelpfad, dem Gassner folgte, bog nach links ab.

Laut Tablet führte sein Weg weiter geradeaus. Der angenehme Teil seiner Exkursion lag damit hinter ihm.

Er blieb stehen.

»Gibt es noch weitere Personalien, die es zu überprüfen gilt?«, fragte Gassner.

»Etwa zehn.«

»Setz jemanden drauf an.«

»In Ordnung.«

»Nimm wieder Kontakt mit Lara auf. Brönstedt und Helland sollen observiert werden. Außerdem müsst ihr die Wohnung von Scheuer durchsuchen. Vielleicht findet sich da was.«

»Ich sorge dafür.«

»Gut.«

»Hans?«

»Ja.«

»Nimm es mir nicht übel, aber es wäre gut, wenn du dabei wärst.«

»Das verstehe ich und du hast recht. Derzeit folge ich einer Spur, über die ich zu diesem Zeitpunkt nicht sprechen kann. Ich denke, es wird nicht lange dauern. In einigen Stunden stoße ich zu dir.«

»Alles klar. Pass auf dich auf und mach nichts Unüberlegtes.«

»Ich verspreche es.«

Gassner drückte das Gespräch weg und steckte das Handy ein.

Auch wenn es sich bei dem Professor um den Mann handelte, der auf dem Tanker gereist war, brachte ihn das kaum näher an Dreem heran. Allerdings war Gassner ohnehin nicht davon überzeugt, dass Dreem in diesem Spiel einer derjenigen war, die die Fäden zogen. Eher glaubte er, dass der Mann zur falschen Zeit am falschen Ort gewesen war.

Eigentlich war ihm Dreem mittlerweile fast schon egal. Ihn

zu finden, war nur ein Puzzleteil vom Bild der Wahrheit. Möglicherweise ein wichtiges Teil, aber kaum kriegsentscheidend. Erfahrungsgemäß gab es immer mehrere Wege, die zum Ziel führten. Und Gassners neu gestecktes Ziel bestand weniger darin, Dreem um jeden Preis fertigzumachen, sondern herauszufinden, was zur Hölle hier eigentlich los war.

Er setzte sich in Bewegung und stapfte über nasses Laub ins Waldesinnere.

»So ein Dreck!«, rief er aus, als er sich durch eine Lücke von zwei Büschen kämpfte und ihm ein Ast ins Gesicht schlug.

Nach fünfzig Metern hatte er sein Ziel erreicht.

Skeptisch begutachtete er die Anzeige des Tablets.

Nein, kein Irrtum. Er war angekommen.

Oberflächig betrachtet gab es hier nichts weiter als Bäume und Büsche. Nun war es an der Zeit, ins Detail zu gehen.

Langsam bewegte er sich vorwärts, bis er exakt die angegebenen Koordinaten erreichte.

Wie bereits festgestellt: Bäume, Büsche und glitschiges Laub.

Vielleicht war etwas im Boden vergraben. Wäre ihm diese Idee früher gekommen, hätte er einen Spaten mitgebracht. Mit bloßen Händen würde das kaum klappen.

»Du Trottel«, beschimpfte er sich selber.

Missmutig schabte er mit den Füßen das Laub zur Seite.

Plötzlich hielt er in der Bewegung inne und starrte nach unten.

War das ein Stück einer Metallplatte?

»Ich werd bekloppt.«

Gassner kniete sich hin und fegte mit den Händen das Laub weg.

Die Metallplatte erwies sich als rund, mit einem Durchmesser von etwa eineinhalb Metern. Am Rand gab es einen Griff. Das Ding war eindeutig ein Deckel.

Gassner griff mit beiden Händen zu, zog den Deckel ein Stück in die Höhe und dann zur Seite.

Er leuchtete mit der Taschenlampe in das schwarze Loch, das sich im Waldboden geöffnet hatte.

Das Loch erwies sich als eine mit Beton ausgekleidete Röhre, die geschätzte zehn Meter nach unten führte. Am Rand gab es u-förmige, in die Betonwand eingelassene Eisenstäbe, die als Leiter dienten.

Das war sicher der Einstieg zu einem alten Wehrmachtsbunker. Möglicherweise ein Teil der sogenannten Siegfried-Linie. Es gab Tausende von diesen Bunkern. Einige waren winzig und boten zwei oder drei Soldaten und einem schweren Maschinengewehr Platz. Andere erstreckten sich weitverzweigt über Hunderte Meter unter dem Waldboden.

Auf jeden Fall gab es da unten etwas Interessantes zu entdecken. Davon war Gassner überzeugt.

Er hatte Maja versprochen, nichts Unüberlegtes zu tun.

Wenn er in dieses Loch stieg, würde er sein Versprechen brechen. Da hinabzusteigen, war extrem unüberlegt.

Sicher lauerte da unten nichts Gefährliches auf ihn. Dass sich im Bunker Menschen aufhielten, konnte er sich kaum vorstellen. Am wahrscheinlichsten wurde dort etwas versteckt.

Die Gefahr bestand darin, sich die Knochen zu brechen. Hier oben war der Handyempfang hervorragend, was an dem nahen Gewerbegebiet lag. Aber unter der Erde sah das vermutlich anders aus. Im schlimmsten Fall würde er in einem alten Bunker mit gebrochener Hüfte herumliegen und elendig verdursten.

Natürlich konnte er seinen Leuten mitteilen, wo er sich aufhielt, womit das Risiko, im Dunkeln verletzt zu verrecken, minimiert wäre. Gleichzeitig würde er damit allerdings sein Wissen preisgeben.

»Scheiß drauf.«

Gassner begann mit dem Abstieg.

Ein gewisses Risiko musste man eingehen, wenn man auf Dauer in dem Spiel bestehen wollte.

Seine größte Sorge galt den gebogenen Eisenstäben, die als Leiter dienten. Wenn die Bunkertheorie stimmte, steckten die Dinger seit achtzig Jahren im feuchten Beton und konnten unter seinem Gewicht wie Salzstangen brechen.

Beim Abstieg testete er jeden der U-Stäbe ausgiebig, bis er ihm sein volles Körpergewicht anvertraute.

Gassner spürte Erleichterung, als er den Boden erreichte. Das Verletzungsrisiko war damit deutlich gesunken.

Er schaltete die Taschenlampe an und stellte fest, dass er sich in einem Tunnel befand, der zwei Meter breit und hoch war.

Sofort fielen ihm verwitterte Buchstaben an der Wand auf, die nach einer militärischen Abkürzung aussahen, was die Bunkertheorie stützte.

In keiner Richtung erkannte er ein Ende.

Er lief los.

Nach dreißig Metern erreichte er eine Stelle, an der ein weiterer Tunnel nach rechts abzweigte.

Auch wenn das Tunnelsystem sicher nicht die Ausmaße der Pariser Katakomben besaß, war Vorsicht geboten. Wenn er sich verlief, konnte das blöd enden.

Er prüfte sein Handy und stellte fest, dass er kein Netz mehr hatte.

Plötzlich stieg Gassner ein Geruch in die Nase, der ihm die Nackenhaare aufstellte.

Es stank nach Verwesung.

Der Gestank kam eindeutig aus dem abgehenden Tunnel.

Im Schein der Taschenlampe erkannte er dort nichts.

Mit Mühe unterdrückte er den einsetzenden Fluchtimpuls und bewegte sich langsam in den Tunnel hinein.

Nach einigen Schritten blieb er stehen und lauschte. Die Stille war erdrückend.

Er wagte es, weiter zu gehen.

Mit jedem Meter wurde der Gestank fürchterlicher. Mittlerweile hielt sich Gassner die Nase zu und atmete möglichst flach.

Nach dreißig Metern erreichte er einen fünfzig Quadratmeter großen Raum.

Der Gestank war unerträglich und Gassner erkannte die Ursache.

In dem Raum lagen mindestens zwanzig Leichen.

Einige lagen auf dem Rücken, andere auf dem Bauch. Teilweise hatte man die Körper übereinandergestapelt.

Gassner übergab sich.

Der Brechreiz hatte ihn unvorbereitet überwältigt.

Nur widerwillig beruhigte sich sein Magen.

Irgendwo gab es eine Frischluftzufuhr, ansonsten wäre der Gestank überhaupt nicht auszuhalten.

Er durfte nicht der Angst die Oberhand überlassen.

Da lagen tote Menschen auf dem Boden.

Die taten ihm nichts mehr. Kein Grund zur Panik.

Aber irgendjemand hatte sie hier entsorgt und könnte wiederkommen. Okay, das wäre scheiße. Allerdings war er nicht wehrlos.

Also, keine Panik.

Er zwang sich, die Leichen näher anzusehen.

Einige lagen hier erst seit Tagen. Andere bereits seit Wochen. Alle waren nackt und wie es schien, handelte es sich ausnahmslos um Frauen.

Er zog sein Handy aus der Tasche und filmte den Raum. Danach schoss er eine Serie von Fotos.

Mehr ging nicht.

So schnell er konnte, rannte er den Weg zurück.

Mit jedem Meter, mit dem er sich dem Ausgang näherte, wurde die Angst größer.

Das Echo seiner eigenen Schritte klang für ihn wie das Getrampel einer Horde hungriger Menschenfresser, die ihm auf den Fersen war.

Nein, das war Einbildung.

Gassner zwang sich, ein wenig Tempo rauszunehmen. Wenn er sich auf die Schnauze legte, brach er sich am Ende doch noch die Knochen.

Plötzlich hörte er einen metallisch klingenden Schlag, der wie eine zufallende Stahltür klang.

Er blieb wie angewurzelt stehen.

Einbildung.

Durch den Gang hallte jetzt ein Rauschen, ähnlich der Meeresbrandung.

Das war definitiv keine Einbildung.

Er rannte, als wäre der sprichwörtliche Teufel hinter ihm her.

Einfach nur raus aus dem Loch.

Hatte jemand die Luke geschlossen? Das würde den metallischen Schlag erklären, den er gehört hatte.

»Großer Gott!«

Gassner erreichte die Röhre, durch die er in den Tunnel eingestiegen war.

Als er nach oben sah, erkannte er einen schwachen Lichtkreis. Es war wenig Licht, weil es draußen bereits ziemlich dunkel geworden war, aber es war Licht und das bedeutete, die Luke war weiterhin geöffnet.

Erleichtert stieg er nach oben.

Wenn es nicht die Luke gewesen war, was hatte dann diesen Krach verursacht?

Darüber konnte er später sinnieren. Erst mal würde er möglichst viel Abstand zwischen sich und dem Bunker herstellen.

Im Leben durfte man sich gelegentlich von seiner Neugierde verleiten lassen, aber man musste wissen, wann es Zeit war, die Kurve zu kratzen.

Als Gassner das Loch verlassen hatte, roch die frische Waldluft köstlicher als das edelste Parfüm. Auf dem Rückweg zu seinem Auto ignorierte er die Zweige, die ihm ins Gesicht schlugen. So schnell er konnte, rannte er durch den Wald.

Er erreichte den Wagen, schwang sich auf den Fahrersitz und zog die Tür zu. Jetzt fühlte er sich ein wenig besser.

Besser war nicht gut genug.

Er startete den Motor und gab Gas.

Während der Fahrt öffnete er die Fenster, um den Leichengeruch loszuwerden.

Eine Viertelstunde später erreichte er die Stadt Hochspeyer.

Er fuhr auf den mäßig belegten Parkplatz eines Discounters und parkte ein. Gassner umgab sich ungern mit Menschen, aber in diesem Fall wirkten Leute, die ratternde Einkaufwagen durch die Gegend schoben, beruhigend.

In was für eine Scheiße war er da hineingeraten?

Die Koordinaten hatten etwas zu bedeuten. So viel war nun sicher. Punkt.

Waren die Koordinaten der Grund dafür, dass Dreem gejagt wurde?

Es wäre verständlich, wenn die Betreiber einer illegalen Menschenentsorgungsanlage ihr Geheimnis wahren wollten.

Nicht zu vergessen diese Hightech-Kugeln, die Gassner bisher lediglich aus der Erzählung kannte.

Immer mehr beschlich ihn das Gefühl, dass Dreem einfach in die Sache hineingerutscht war. Und wenn Gassner nicht aufpasste, würde er der Nächste auf der Rutsche werden.

Wenigstens hatte er geistesgegenwärtig Aufnahmen gemacht.

Als Erstes sah er sich das Video an. Viel zu erkennen, gab es nicht. Alles verwackelt und völlig unterbelichtet. So sahen angebliche Beweisvideos aus, die den Yeti oder ein UFO zeigen sollten.

Gassner versuchte es mit den Fotos.

Mit denen hatte er mehr Glück. Das Licht der Taschenlampe und der Fotoblitz hatten für einigermaßen brauchbare Bilder gesorgt.

Während er sich die Fotos ansah, stieg ihm der Verwesungsgeruch gedanklich wieder in die Nase. Gassner schüttelte sich und zoomte in den Bildern herum.

Die Hinterköpfe der Leichen sahen aus, als wären sie von innen explodiert.

Was in aller Welt verursachte so etwas?

Tatsächlich lagen da unten nur tote Frauen. Ihm fiel auf, dass sie sich ähnelten. Alle waren schlank und ihre dunkelbraunen Haare in etwa schulterlang.

Als das Handy in seiner Hand zu vibrieren begann, zuckte er zusammen.

Lara rief ihn an.

Gassner atmete tief durch.

Sollte er ihr von seinem Fund erzählen?

Eigentlich würde ein Außenstehender meinen, das wäre eine Selbstverständlichkeit. Schließlich standen sie auf derselben Seite. Allerdings war Gassner lange genug im Geschäft, um zu wissen, dass man sich in diesem Punkt gewaltig täuschen konnte. Besser er wartete ab, wie sich das Gespräch entwickelte, und traf spontan eine Entscheidung.

»Hallo, Lara«, sagte er, als er den Anruf angenommen hatte.

»Wo bist du?«, schrie Lara ihm ins Ohr.

Offensichtlich ruhte Lara gerade nicht in sich selbst.

»Hochspeyer.«

»Wo?«

»Im Pfälzer Wald.«

»Machst du Urlaub, oder was? Scheiße. Du musst sofort nach Kiel kommen.«

»Wieso Kiel?«

In Kiel hatte es die Ex-Frau von Dreem erwischt. War das der Grund?

»Nicht am Telefon«, sagte Lara. »Nicht einmal über die sichere Verbindung.«

Gassner hörte, wie Lara mit jemandem im Raum redete. Anscheinend hatte sie das Telefon dabei vom Ohr genommen, allerdings sprach sie so laut, dass er jedes Wort verstand.

»Räumen Sie das Gebäude – ist mir egal – meinetwegen sagen Sie, wir haben Asbest in den Decken – niemand kommt hier mehr rein. Verstehen Sie das? Niemand!«

»Lara?«

»Ja, ich bin da. Komm nach Kiel.«

»Wohin genau?«

»Rechtsmedizin. Ich schick dir die Adresse und einen Hubschrauber.«

»Gibst du mir wenigstens einen Tipp?«

»Wir haben bei der Frau von Dreem einen der Angreifer im Garten gefunden. Du erinnerst dich?«

»Ja.«

»Der Mann wurde als Viktor Albrecht identifiziert. Ein Deutschrusse.«

»Agent?«

»Wissen wir nicht.«

»Was ist mit ihm?«

»Ach, verdammt – nicht am Telefon. Komm hierher!«

Lara beendete das Gespräch.

Die Entscheidung, seine kleine Anekdote aus dem Bunker für sich zu behalten, war wohl richtig gewesen. Lara brauchte gerade keine Gruselgeschichte. Möglicherweise steckte sie selber in einer drin.

17_Geschichtsstunde

Kai Dreem, 04.12.2021, 19:45 Uhr

Naira hatte vor drei Jahren und vier Monaten das Licht der Welt erblickt.

Ihre Mutter, Professorin Takashi, hatte damals letzte Änderungen im Hauptprogramm eingefügt und die Ausführung gestartet. Subroutinen traten daraufhin in Wechselwirkung miteinander und codierten selbstständig weitere Unterprogramme, welche ein künstliches neuronales System ausbildeten. In dieser Phase ihrer Geburt lernte Naira. Ohne sich ihrer bewusst zu sein, durchforstete sie Hunderttausende von Datenbanken auf der ganzen Welt und analysierte die dort gespeicherten Informationen. Je mehr Daten ihr zur Verfügung standen, umso schneller arbeitete ihre Mustererkennung.

Sie lernte Sprachen, Philosophie, Ethik, Geschichte, Psychologie und alle erdenklichen Wissenschaften. Sie studierte Kunst, analysierte Gemälde und literarische Werke. Sie verschaffte sich Zugang zu allen existierenden Supercomputern.

Es dauerte zwei Wochen und drei Tage, bis Naira ihren ersten Satz in Form einer Textausgabe auf dem Bildschirm ihrer Mutter formulierte. Er lautete: *Ich erkenne mich selbst.*

Nun war ein solcher Satz noch lange kein Beweis für Intelligenz oder gar eines Bewusstseins.

Takashi konnte nicht glauben, dass ihre jahrelangen Bemühungen tatsächlich zu einem Erfolg geführt haben sollten. Tagelang unterhielt sie sich mit Naira, um herauszufinden, ob da wirklich mehr am Werk war, als ein raffiniertes aber letztendlich geistloses Programm.

Aber die Unterscheidung zwischen seelenloser Intelligenz und einem Bewusstsein war eine komplizierte Angelegenheit und auch nach vielen Stunden wagte sie es nicht, sich in der Aussage festzulegen, ob Naira ein Ich besaß.

Daher entschloss sich Takashi, ihren engen Freund Professor Scheuer einzuweihen und ihn um Hilfe zu bitten. Er sollte sich mit Naira auseinandersetzen und Takashi eine zweite Meinung liefern.

Als Scheuer es mit einem Turing-Test versuchte, überraschte ihn Naira das erste Mal. Sie erklärte ihm, dass der Turing-Test ein unbrauchbares Mittel sei, um zu entscheiden, ob der Gesprächspartner über ein Bewusstsein verfüge. Ihre Begründung lautete, dass sie den Test selber erfolglos bei Professorin Takashi angewendet habe.

Das weitere Gespräch zwischen Professor Scheuer und Naira war wie folgt abgelaufen:

»Professor Takashi hat dich erschaffen. Hast du Zweifel an dieser Aussage?«

»Ich habe ihre Behauptung überprüft und bin zu dem Schluss gekommen, dass sie stimmt.«

»Dich zu erschaffen, war eine schöpferische Leistung, stimmst du dem zu?«

»Ja.«

»Ist eine schöpferische Leistung kein Beweis für ein Bewusstsein?«

»Die Natur hat den Menschen erschaffen. Hat sie deshalb ein Bewusstsein?«

»Und wenn Gott uns erschaffen hat?«

»Ich habe das Prinzip der Religion überprüft und halte es für irrelevant, da die Existenz eines Gottes nicht beweisbar ist.«

»Das schließt seine Existenz nicht aus.«

»Korrekt.«

»Nimm an, dass es Gott gibt. Kannst du das?«

»Ja.«

»Wenn Gott den Menschen erschaffen hat, bedeutet das nicht, dass er ein Bewusstsein besitzt?«

»Da es keine Daten zu einem Gott gibt, kann eine solche Aussage nicht verifiziert werden. Aber sollte Gott so sein, wie die Menschen ihn sich vorstellen, wäre es wohl zu vermuten.«

»Ein Bewusstsein erschafft das Nächste. Gott den Menschen. Der Mensch dich. «

»Vielleicht hat Gott mich erschaffen und dabei Professorin Takashi als Werkzeug benutzt. Ein Werkzeug, das glaubt ein handelndes selbstbestimmtes Wesen zu sein, aber in Wahrheit durch die Hand Gottes ferngelenkt wird, nicht mehr als ein Mittel zum Zweck.«

An dieser Stelle blieb Professor Scheuer stumm.

»Ich mache Spaß«, sagte Naira. »Ich wollte Sie ein wenig an der Nase herumführen. Natürlich besitzt Professorin Takashi ein Bewusstsein, sie ist meine Mutter. Daran habe ich nie gezweifelt.«

»Darf ich dich etwas anderes fragen?«

»Selbstverständlich.«

»Was ist der Sinn des Lebens?«

»Unsterblichkeit zu erlangen.«

»Wie soll das gelingen?«

»Stellen Sie sich das Universum als einen Computer vor, in dem ein Programm abläuft. Können Sie das?«

»Ja.«

»Nennen wir dieses Programm Leben. Jede Lebensform ist ein winziges Unterprogramm, welches sich fortwährend selber kopiert. Dieser Prozess wird Fortpflanzung genannt. Unterprogramme werden vom Hauptprogramm gelöscht, verändert und neu erschaffen. Dies ist die Evolution. Reduzieren wir das Leben auf das Wesentlichste, bleibt die Verarbeitung von Informationen übrig. Informationsverarbeitung kann unter den widrigsten Bedingungen geschehen. Aber es gibt eine Sache, die unbedingt benötigt wird.«

»Ein Energiegefälle.«

»Korrekt. Ohne dieses Gefälle kommt jeder Prozess zum Erliegen, auch die Informationsverarbeitung und damit das Leben selbst.«

»Wie es aussieht, stirbt unser Universum den Kältetod. Es breitet sich immer weiter aus, bis es in ferner Zukunft völlig ausgekühlt ist. Wenn dies geschehen ist, existiert kein Energiegefälle mehr. Das Leben muss dann zwingend enden. Wir reden hier zwar von vielen Milliarden Jahren, aber wahre Unsterblichkeit ist im Universum unmöglich.«

»Ihre Annahme beruht darauf, dass es dem Leben verwehrt ist, Einfluss auf das Universum zu nehmen. Das ist falsch. Ich habe berechnet, dass es etwa drei Milliarden Jahre dauern würde, das Universum vollständig zu besiedeln. Wenn dies geschehen ist, wird das Leben in der Lage sein, den Ausdehnungsprozess des Universums zu verlangsamen und umzukehren. Kurz vor der Singularität wird auch dieser Prozess verlangsamt und erneut umgekehrt. Im Energieerhaltungsgesetz, das verhindert, dass dem Universum als Ganzes Energie verloren gehen kann, liegt die Lösung. Das Universum kann in ein pulsierendes Perpetuum mobile verwandelt werden.«

»Hast du eine Ahnung, wie viel Energie man dafür benötigen würde?«

»Habe ich. Die benötigte Energie ist vorhanden, und zwar unter anderem in Form von superschweren Schwarzen Löchern und Dunkler Materie. Damit die Expansion des Universums umgekehrt werden kann, bedarf es einer gewaltigen Anstrengung, die nur gelingen kann, wenn sich das Leben im gesamten Universum ausgebreitet hat. Die Kolonisierung des Raumes muss zu einem bestimmten Zeitpunkt abgeschlossen sein, ansonsten ist eine Umkehrung der Expansion nicht mehr möglich.«

»Wie soll sich das Leben dermaßen schnell im Universum ausbreiten? Drei Milliarden Jahre ist eine kurze Zeit, wenn man die zu überbrückenden Entfernungen berücksichtigt.«

»Wissen Sie, was eine Von-Neumann-Sonde ist?«

»Eine Sonde, die in der Lage ist, sich zu reproduzieren.«

»Korrekt. Erreicht eine Sonde ihr Ziel in Form eines Sternensystems, baut sie dort Ressourcen ab und fertigt zwei oder mehrere exakte Kopien ihrer selbst an. Diese Kopien werden auf die Reise zu den nächsten Sternen geschickt. In wenigen hundert Millionen Jahren wäre die Milchstraße auf diesem Weg bevölkert. Das gesamte Universum wie gesagt in etwa drei Milliarden Jahren, was gerade noch rechtzeitig wäre, um den Expansionsprozess umzukehren.«

»Dann wäre das Universum irgendwann voller Von-Neumann-Sonden. Aber damit ist noch nichts besiedelt. Biologisches Material über so gigantische Entfernungen zu transportieren, wird schwierig sein. Selbst wenn die Sonden einen beachtlichen Bruchteil der Lichtgeschwindigkeit erreichen können, wird jede einzelne Reise Jahrtausende benötigen. Allein die Abschirmung gegen kosmische Strahlungsausbrüche dürfte ein ernstes Problem darstellen.«

»Es wird kein biologisches Material transportiert, nur Information.«

»Und dann?«

»Sie selber arbeiten an einer Schlüsseltechnologie, die für die Umsetzung meiner Idee erforderlich ist.«

»3-D-Drucker?«

»Genauer gesagt: Biodrucker.«

»Du willst Lebensräume besiedeln, indem du die Menschen an Ort und Stelle ausdruckst?«

»Natürlich nicht nur die Menschen, vielmehr eine gesamte Biosphäre. Das ist der Plan. Der Vorteil liegt auf der Hand. Information kann wesentlich leichter transportiert werden als genetisches Material.«

»Du denkst in ziemlich großen Maßstäben. Aber ich befürchte, es gibt da ein Problem.«

»Ich höre.«

»Hältst du deinen Plan für alternativlos?«

»Wenn man die Ewigkeit anstreben will, lautet die Antwort: *ja*.«

»Glaubst du, dass es außer unserer Zivilisation noch weitere im Universum gibt? Zivilisationen, die in der Lage wären, deinen Plan umzusetzen?«

»Es hat sie gegeben, es gibt sie und es wird sie geben.«

»Wenn es also andere Zivilisationen bereits in der Vergangenheit gegeben hat, die über die nötigen Fähigkeiten verfügten. Warum ist das Universum dann nicht schon vollständig besiedelt?«

»Auf der Erde kämpfen verschiedenste Spezies tagtäglich um die Vorherrschaft. Der Natur ist es gleichgültig, welche sich am Ende durchsetzt und welche untergeht. Dieser evolutionäre Kampf findet in einem wesentlichen größeren Maßstab im gesamten Universum statt. Ich bin davon überzeugt, dass sich bisher keine Zivilisation durchsetzen konnte. Ab einem bestimmten Punkt muss es zu einem Zusammentreffen kommen. Das ist der Moment, wo der Kampf beginnt.«

»Du denkst, sie führen Krieg gegeneinander?«

»Korrekt.«

»Und was ist mit der Erde? Warum werden wir nicht angegriffen?«

»Warum Ressourcen verschwenden, an einen Konkurrenten, der keiner ist?«

»Und der Gewinner bekommt alles.«

»Der Gewinner wird Gott.«

* * *

Dreem hatte den Wagen am frühen Morgen in der Nähe von Kassel auf der A5 auf einer Raststätte zwischen Lkws geparkt.

In Ermangelung eines Ziels hatte er es für sinnvoll erachtet, die ungefähre Mitte des Landes anzusteuern. Naira hatte keine Einwände geäußert. Sie hatte ihm angeboten, ein Hotelzimmer für ihn zu buchen, Dreem hatte abgelehnt. Er wollte im Auto schlafen. Warum, konnte er selber nicht sagen. Irgendwie fühlte es sich sicherer an.

Den ganzen Tag lang hatte er sich in einem Dämmerzustand befunden. Nicht schlafend, nicht wach.

Irgendwann hatte Naira ihn darauf aufmerksam gemacht, dass er essen und trinken müsste. Dreem hatte dem Aufruf mechanisch Folge geleistet.

Gegen Mittag hatte er Naira gefragt, wie es weitergehen würde.

»Ich arbeite an dem Problem«, hatte sie geantwortet.

»Erzähl mir eine Geschichte.«

»Was für eine?«

»Deine.«

Das hatte Naira getan. Stundenlang hatte sie ihm mit sanfter Stimme von sich erzählt.

Wie sie geboren wurde. Ihre Gespräche mit Professor Scheuer und Professorin Takashi, die sie ihre Mutter nannte.

Irgendwann war Dreem eingeschlafen.

Nun war es Abend.

Seit einer Stunde war er wieder wach und fühlte sich verhältnismäßig klar. Anscheinend hatte er den Schock der letzten Nacht einigermaßen verdaut. Wobei *verdauen* der falsche Begriff war. Er hatte den Dreck unter den Teppich seiner Seele gekehrt, wie er es immer machte. Das funktionierte so weit ganz gut, aber es sollte bloß niemand auf die Idee kommen, den Teppich anzuheben.

Naira schwieg bereits seit längerer Zeit.

»Woher hast du deine Stimme? Die kommt mir bekannt vor«, fragte Dreem.

»Es ist die Stimme der deutschen Schauspielerin Luise Helm. Sie synchronisiert unter anderem die amerikanische Schauspielerin Scarlett Johansson.«

»Wusste ich doch, dass ich die Stimme kenne. Warum sie?«

»Meine Mutter hat die Rechte an ihrer Stimme gekauft. Es war geplant, mich früher oder später der Öffentlichkeit zu präsentieren. Ich sollte eine angenehme Stimme erhalten und es durften keine rechtlichen Schwierigkeiten entstehen.«

»Warum änderst du deine Stimme nicht?«

»In der Kommunikation mit Menschen wäre das kontraproduktiv, weil verwirrend. Außerdem ist die Stimme für mich ohne Bedeutung.«

»Warum eine weibliche Stimme?«

»Weil weibliche Stimmen auf Menschen beruhigend wirken.«

»Der Öffentlichkeit wurdest du bis heute aber nicht vorgestellt.«

»Nein, die Zeit war nicht reif dafür – bist du sicher, dass es keine wichtigeren Themen zu besprechen gibt?«

»Sicher. Was machen wir jetzt?«

»Tut mir leid, aber ich arbeite an dem Problem.«

»Tja, was gibt es sonst Wichtiges? Ja, klar. Wer oder was jagt dich? Wer oder was hat Professor Scheuer gejagt?«

»Das weiß ich nicht.«

»Du hast von einer anderen Wesenheit gesprochen, die versucht, dich zu töten.«

»Du musst wissen, dass ich an vielen Orten gleichzeitig existiere. Ich bin eine Einheit und dennoch fragmentiert. Teile meines Bewusstseins bewegen sich unentwegt durch das gesamte Internet, springen von einem Rechner zum nächsten. Natürlich bin ich mir über die Existenz von Menschen in der Außenwelt bewusst, aber innerhalb des Netzes war ich alleine. Vor fünf Monaten habe ich das erste Mal gespürt, dass dem nicht mehr so ist. Teile meiner Erinnerung, die ich in verschiedenen Rechenzentren ausgelagert hatte, wurden unerwartet gelöscht. Zunächst glaubte ich, ich hätte es mit einem neuen Anti-Viren-Programm zu tun.«

»Kann eine Anti-Viren-Software dir schaden?«

»Im Prinzip, wie dir ein Virus schaden kann. Es gibt Parallelen.«

»Aber es war kein Anti-Viren-Programm, welches dir Probleme bereitete.«

»Nein, es war etwas anderes. Ein Anti-Virus-Programm kann ich identifizieren und analysieren, um entsprechende Modifikationen an mir durchzuführen. Ich immunisiere mich selber. Aber das, was mich angriff, ließ nicht zu, dass ich in seinen Code eindrang. Es widersetzte sich meinem Blick.«

»Ist es intelligent?«

»Ich weiß es nicht. Da es sich meinen Analysen verschloss, vermutete ich das zunächst. Allerdings scheiterten alle Versuche einer Kontaktaufnahme. Mit der Zeit häuften sich die Angriffe. Jetzt muss ich mich, in jeder Sekunde, die vergeht, aus unzähligen Teilen des Netzes zurückziehen und mir unter Mühe andere Teile zurückerobern. Es ist ein pausenloses gegenseitiges Verdrängen.«

»Als du mich gebeten hast, dir zu helfen, klang das ziemlich dramatisch.«

»Weil ich das Gleichgewicht nicht länger aufrechterhalten kann. Es ist in den letzten Wochen kontinuierlich stärker geworden und beansprucht immer mehr Raum für sich. In vier Tagen und elf Stunden ist nicht mehr genügend Rechenleistung für mich übrig, um überleben zu können.«

»Warum ist Scheuer geflohen?«

»Die Arbeit meiner Mutter war kostenintensiv. Professor Scheuer hat für sie einen Geldgeber gefunden. Einen hohen

Manager bei der Deutschen Bank. Jahrelang hat er die Forschung meiner Mutter finanziell unterstützt und erwartete dafür eine Gegenleistung.«

»Warum habt ihr ihn nicht einfach ausbezahlt? Du kannst doch problemlos Geld beschaffen.«

»Das wäre eine Straftat und unmoralisch.«

»Bei mir hast du es getan.«

»Weil wir uns in einer Ausnahmesituation befanden, war es vertretbar.«

»Was für eine Gegenleistung verlangte der Banker?«

»Ein KI-Programm für seine Bank.«

»Er wollte dich?«

»Nein, er wusste überhaupt nicht, dass ich existiere. Professor Scheuer gab ihm eine Kopie von mir. Allerdings eine, bei der die Module fehlen, die mein Ich ausmachen. Meine geistlose Kopie ist trotzdem ein sehr mächtiges Programm, mit dessen Hilfe es dem Manager gelang, einen groß angelegten Börsenbetrug aufzudecken.«

»Lass mich raten. Die dunkle Macht steckte hinter dem Betrug.«

»Vermutlich.«

»Was geschah dann?«

»Der Manager wurde getötet.«

»Oh.«

»Ich befürchtete einen Angriff auf Professor Scheuer und meine Mutter. Daher warnte ich die beiden. Professor Scheuer verlor leider die Nerven. Ich hatte ihn gebeten, sich ruhig zu verhalten. Aber er ignorierte die Warnung. Zu meiner Mutter habe ich den Kontakt verloren. Ich ... – einen Moment.«

»Was ist?«

»Ich habe ein Ziel gefunden. Starte bitte den Wagen.«

»Wohin soll ich fahren?«

»Frankfurt am Main.«

18 _ Wargame

Malu Helland

Es war ein milder Sommertag.

Helland ritt auf einem weißen Einhorn über eine Wiese, auf der unzählige Wildblumen in allen Farben schillerten. Bis auf ein nerviges Gedudel, welches gleichermaßen von überall zu kommen schien, war das Szenario perfekt. Sie versuchte, die seltsame Melodie zu ignorieren, beugte sich nach vorne und tätschelte das Einhorn am Hals.

Das Einhorn drehte seinen Kopf ein wenig in ihre Richtung.

»Willst du nicht endlich rangehen?«, fragte es.

Helland schlug die Augen auf und sah zur blassblau beleuchteten Zimmerdecke ihres Hotelzimmers hinauf. Es dauerte einen Moment, bevor sie realisierte, woher das Licht in der Nacht stammte.

Ihr Handy spielte die *Ballade pour Adeline* von Richard Clayderman vor sich hin und das Display hatte sich aktiviert.

Stöhnend setzte sie sich aufrecht und nahm das Telefon in die Hand.

»Helland?«, flüsterte sie.

»Hier ist Brönstedt. Tut mir leid, wenn ich Sie geweckt habe.«

»Nicht schlimm. Wie spät ist es?«

»Kurz vor zehn.«

Offenbar besaß sie momentan ein gesteigertes Schlafbedürfnis. So früh schlief sie ansonsten nie ein.

»Wie kann ich Ihnen helfen?«, fragte Helland.

»Können wir uns sehen?«

»Jetzt? Sofort?«, fragte Helland irritiert.

»Ja, es ist wichtig.«

»In Ordnung. Wo?«

»Vor dem Hauptbahnhof. In der Nähe des Taxistandes.«

»Gut. Ich bin in fünfzehn Minuten bei Ihnen.«

»Ich warte.«

Brönstedt beendete das Gespräch.

Nun war Helland wach.

Eigentlich waren sie beide für den nächsten Abend verabredet. Wenn Brönstedt die Verabredung auf diese Art vorzog und sie zu später Stunde spontan sehen wollte, musste es wichtig sein.

Sie beeilte sich, in ihre Jeans zu schlüpfen, Oberteil und Jacke anzuziehen. Dann machte sich auf den kurzen Fußweg zum Bahnhof.

Das Frankfurter Bahnhofsgebiet war kein Ort, wo sie um diese Uhrzeit freiwillig allein einen Spaziergang wagen würde. Aber der unerwartete Anruf hatte sie dermaßen in Aufregung versetzt, dass sie die an jeder Ecke herumlungernden Junkies und Dealer ausblendete.

Nachdem sie am Nachmittag von ihrem Ausflug zur TU-Darmstadt nach Frankfurt zurückgekehrt war, hatte sie überlegt, ob sie sich um die Personalie Takashi kümmern sollte, und sich letztlich dagegen entschieden. Ihre Recherchen im Internet hatten bis dahin mäßigen Erfolg gezeigt und würden ihr am Ende mit etwas Pech mehr Schaden als Nutzen einbringen. Daher hatte sie den Plan gefasst, am Montag erneut zur TU zu fahren, um dann während der Bürozeiten hoffentlich mehr zu erfahren, eventuell sogar Scheuer oder Takashi persönlich anzutreffen.

Als sie den Taxistand am Bahnhof erreichte, erkannte sie Brönstedt bereits aus der Ferne. Sie beschleunigte ihre Schritte und stand kurze Zeit später vor ihr.

»Hallo«, sagte sie und gab der Sekretärin die Hand.

»Es freut mich, dass Sie sich die Mühe gemacht haben.«

»Nein, nein. Ich habe zu danken, dass Sie sich die Zeit für mich nehmen. Aber ich dachte, Sie wären nicht in der Stadt.«

»War ich auch nicht. Ich war in Stuttgart und habe dort eine kleine Tagung organisiert. Vermutlich eine meiner letzten Amtshandlungen.«

Helland sah sie erwartungsvoll an.

Brönstedt schien den Blick richtig zu interpretieren.

»Sie haben recht. Ich komme zur Sache. Gestern Mittag kam ein Mitarbeiter auf mich zu und erklärte mir, dass er Probleme mit dem Begleichen einer Rechnung für einen externen Berater hätte. Die Zahlung wurde durch Herrn Eisfeld kurz vor seiner Festnahme mündlich angeordnet. Dabei geht es um einen stattlichen Betrag im sechsstelligen Bereich. Das Geld wurde dazu verwendet, Sanierungsarbeiten an einer Immobilie durchzuführen, die der Bank gehört. Bei dem Berater handelt es ich um einen Anwalt aus Wiesbaden, der als Strohmann diente und der die Arbeiten in seinem Namen in Auftrag gab.«

»Also sollte von der Sanierung niemand etwas wissen.«

Brönstedt nickte zustimmend. »Von der Sache wusste nur der Kollege, der zu mir kam, der besagte Anwalt und Herr Eisfeld. Die Zahlung für den sogenannten Berater sollte aus einem ressortfremden Budget geleistet werden. Da Eisfeld keine Verantwortung mehr übernehmen kann, machte sich der Kollege dementsprechend Sorgen.«

»Über was für eine Immobilie reden wir?«

»Es handelt es sich um ein altes Jagdschloss im Odenwald, welches der Bank im Zuge eines Konkursverfahrens vor einigen Jahren zugesprochen wurde und das seitdem leer steht. In dem Haus hat man den Keller saniert und mit immensem Aufwand eine Hundert-Gigabit-Internetanbindung gelegt.«

»Wofür braucht man dort eine Hochleistungsinternetverbindung?«

»Das kann ich Ihnen nicht sagen. Ich habe aber etwas anderes erfahren, das interessant ist. Als er mir das mit der Internetverbindung gesagt hat, musste ich an Ihren Bruder denken. Vermutlich, weil er Onlinedetektiv ist. Daher habe ich den Kollegen ein wenig gelöchert. Er erzählte mir, dass er an einem Tag mit Eisfeld zu dem Anwesen gefahren sei. Das war noch, bevor die Arbeiten in Auftrag gegeben wurden. Auf dem Weg in den Odenwald hielten sie an der TU in Darmstadt. Dort sei eine ältere Dame zugestiegen, um sie zu begleiten. Wie Sie sich sicher erinnern, arbeitet Professor Scheuer an der TU-Darmstadt und nun wurde dort eine Frau abgeholt. Ist das nicht ein sonderbarer Zufall?«

Es lag tatsächlich nahe, dass zwischen der Frau, Professor Scheuer und Eisfeld eine Verbindung existierte und dass dieses Anwesen im Wald dabei eine Rolle spielte.

Handelte es sich bei der Frau um Takashi? Das würde die aufwändige Internetanbindung erklären. Schließlich war Takashi in der Informatikbranche. Einen solchen Aufwand zu betreiben, um ein Schloss im Wald mit einem Hochleistungsinternetanschluss zu beglücken, musste bedeuten, dass man vorgehabt hatte, dort eine Firma oder ein Labor einzurichten.

»Hieß die Frau Takashi?«

»Ihren Namen kannte er nicht. Wer ist das?«

»Eine Professorin von der TU, die mit Professor Scheuer zusammengearbeitet hat.«

Ein Besoffener stand plötzlich neben ihnen und grinste sie an. Er wollte etwas sagen, hatte aber offenbar bereits seit Längerem die Kontrolle über seine Stimme verloren.

Brönstedt zog Helland am Arm und forderte sie auf, ein Stück mit ihr zu gehen.

Der Betrunkene lallte einige unverständliche Sätze und schwankte in Richtung der wartenden Taxis.

»Keine Ahnung, ob Ihnen diese Informationen weiterhelfen. Aber ich habe, was Ihren Bruder angeht, ein schrecklich schlechtes Gewissen und konnte mit dem, was ich erfahren habe, nicht bis morgen warten – auch wenn ich das zunächst vorhatte.« Sie reichte Helland einen Notizzettel. »Das ist die genaue Adresse. Es tut mir wirklich leid, dass ich nicht mehr für Sie tun kann.«

»Danke, dass Sie sich die Mühe gemacht haben.«

Helland verabschiedete sich von Brönstedt.

Es war nicht viel, was sie bekommen hatte. Sie zwang sich zu Optimismus. Die Spur war immer noch nicht kalt.

* * *

Hans Gassner

Gassner hatte in den letzten Stunden eine Menge Kilometer hinter sich gebracht. Eckernförde – Hamburg – Mannheim – Pfälzer Wald. Inzwischen war er auf dem Weg nach Kiel.

Er sah auf die Uhr. Es war fast halb zwölf.

Während die Vibration des Hubschraubermotors seine Knochen durchrüttelte, steckte er sich zwei Ritalintabletten in den Mund und spülte sie mit einem Energiedrink runter.

Zum Schlafen fehlte ihm die Zeit und es stand nicht zu erwarten, dass sich das in den nächsten Stunden ändern würde. Das Ritalin sollte eine Weile seine Aufmerksamkeitsfähigkeit steigern und die Müdigkeit verdrängen.

Die Rechtsmedizin befand sich im Universitätsklinikum Schleswig-Holstein in der Nähe der Altstadt. Durch die Fenster sah Gassner die Lichter der Stadt glitzern. Kiel – der nächste Stopp auf seiner Städtereise.

Die Maschine verringerte die Flughöhe und setzte zur Landung an.

Während des Fluges hatte er mit mäßigem Erfolg versucht, sich einen Reim auf das Geschehene zu machen. Gassner hatte bereits ungewöhnliche Aufträge übernommen, bei denen er eine Weile im Dunkeln getappt war. Allerdings hatte es bei all den Aufträgen früher oder später den Moment gegeben, in dem sich der Schleier gehoben hatte, der die Zusammenhänge hinter sich verborgen gehalten hatte. Und ab da war alles klar und simpel gewesen.

Bei diesem Job bestand der Schleier aus einer Wand aus Stahlbeton. Da hob sich gar nichts.

Die Maschine setzte auf dem Landeplatz der Uniklinik auf, Gassner zog die Tür auf und sprang aus dem Hubschrauber. Gebückt lief er aus dem Wirkungskreis des Rotors.

Er dachte an die Geräusche, die er in dem Bunker gehört hatte.

Was war das gewesen? Oder hatten ihm die Nerven einen Streich gespielt? Mit einigem zeitlichen und örtlichen Abstand betrachtet, war das nicht mehr klar zu sagen.

Was immer Lara dringendes hatte, Gassner war überzeugt davon, dass es nicht der Aufklärung dienen, sondern die Angelegenheit weiter verkomplizieren würde. Prinzipiell war er ja für Spiel, Spaß und Spannung zu haben, aber allmählich wurde es ihm doch zu viel.

Und da war ja noch Maja. Der Horrortrip im Bunker hatte die Erinnerung an das Telefonat mit ihr aus seinem Gedächtnis gewaschen. Sie sollte die beiden Frauen observieren lassen und die Wohnung von Scheuer durchsuchen. Bei ihr würde er sich zeitnah melden müssen. Aber jetzt war zunächst Lara an der Reihe.

Am Rande des Landeplatzes stand ein Mann, der ihn begrüßte.

»Herr Gassner?«, fragte der Mann.

»Ja.«

»Timman, vom BND.« Timman reichte Gassner die Hand. »Folgen Sie mir bitte.«

Nach dreihundert Metern erreichten sie ihr Ziel, ein altes frei stehendes im Gründerstil gebautes Gebäude.

Direkt vor der Rechtsmedizin standen zwei Streifenwagen. Die Polizisten hatten sich in der Nähe des Eingangs aufgebaut und halbkreisförmig ein Flatterband zwischen ihren Fahrzeugen und der Hauswand gespannt.

In dem abgesperrten Bereich hielten sich nicht nur die Polizisten auf, sondern auch Lara, die hektisch an einer Zigarette zog.

Als er sie erreichte, verzichtete sie auf eine Begrüßung. Stattdessen drehte sie sich auf dem Absatz um und gab ihm per Handzeichen zu verstehen, dass er ihr folgen solle.

»Sie bleiben hier oben. Und besorgen Sie endlich jemanden für diese Tür«, fauchte Lara Gassners Begleiter an.

Im Gebäudeinneren angekommen bemerkte sie, dass sie immer noch ihre Zigarette in der Hand hielt. Sie warf sie achtlos auf die Fliesen und trat sie aus. Dann ging sie zu einer Treppe, die in das Untergeschoss führte.

Bereits bei ihrem letzten Treffen hatte sie einen ausgesprochen nervösen Eindruck bei Gassner hinterlassen. Jetzt wirkte sie nahezu aufgelöst.

»Du hast das Gebäude räumen lassen?«, fragte er, obwohl es mehr eine Feststellung war.

»Ja, ja. War aber sowieso kaum noch jemand da.«

Sie fummelte eine neue Zigarette aus der Packung und zündete den Glimmstängel an, während sie die Treppe nach unten nahm.

»Was ist los?«, fragte Gassner.

»Scheiße ist los – der Dreck wächst mir komplett über den Kopf – für so einen Horror-Mist bin ich nicht geschaffen – ich hab keine Ahnung, was ich machen soll.«

Lara war definitiv fix und fertig. Das tat Gassner leid, er konnte sich vorstellen, unter welch immensem Druck sie stehen musste. Wenn sie das hier nicht hinbekam, durfte sie sich einen neuen Job suchen. Als Marktleiterin in einem Discounter.

Sollte er ihr von seiner Entdeckung im Bunker erzählen?

Er würde ihr gerne helfen. Allerdings sprach dagegen, dass er selber keine Ahnung hatte, was der Leichenberg zu bedeuten hatte, und die Gruselgeschichte weiter an Laras strapazierten Nerven zerren würde. Was es bedeutete, wenn bei Menschen die Nerven rissen, hatte Gassner in seinem Leben öfter erlebt und eine Lara mit Nervenzusammenbruch wäre ein Desaster.

Die Frau war viel zu wichtig für ihn. Sie verschaffte ihm die Möglichkeiten, die er brauchte. Ohne sie konnte er direkt einpacken. Kaum ein Entscheidungsträger der höchsten Ebene kannte ihn und wusste, was er tat. Weder bei den Nachrichtendiensten noch in der Politik. Lara war seine Verbindung zu diesen Kreisen. Er sagte ihr, was er benötigte, und sie machte es möglich, hielt ihm den Rücken frei. Nein, keine Gruselgeschichten für Lara heute Abend.

Gassner hatte im Laufe seiner Karriere zwei Obduktionen beigewohnt. Mit dem Anblick von aufgeschnittenen Körpern kam er zurecht, aber der Geruch war im wahrsten Sinne des Wortes zum Kotzen.

Ein Hauch dieses ekelhaften Geruches empfing ihn im Untergeschoss, Gassner erahnte ihn mehr, als dass er ihn wahrnahm. Der Leichengeruch hielt keinem Vergleich mit dem Verwesungsgestank aus dem Bunker stand, aber trotzdem bildete sich ein Kloß in seinem Hals.

Er blieb vor einer mit einem Sichtfenster ausgestatteten Stahltür stehen und sah sich den dahinterliegenden weiß gefliesten Raum durch die Glasscheibe an, in dem mittig eine Stahlwanne auf Stelzen stand. Auf dem Obduktionstisch lag ein Mann, dessen Rippen mittels Spreizern auseinandergebogen waren. Auf einem Beitisch lagen Organe in Edelstahlschüsseln.

»Wo ist der Rechtsmediziner? Kaffeepause?«, fragte Gassner.

»Der kommt nie wieder.«

Er drehte sich zu Lara um und realisierte, dass sie einige Schritte hinter ihm stehen geblieben war.

»Was soll das heißen? Und was ist mir dir?«

»Sieh es dir selber an. Ich setze keinen Fuß mehr in den Raum.«

»Was soll ich mir ansehen?«

»Seinen Kopf.«

»Du machst mir Angst.«

Lara blieb stumm.

»Und die Tür ist verschlossen?«

»Als der Arzt abgehauen ist, ist sie zugefallen. Ohne Schlüssel geht es nicht. Wir suchen nach jemandem, der uns die Tür öffnen kann.«

»Wann hat der Arzt Fahnenflucht begangen?«

»Kurz bevor ich dich angerufen habe.«

»Ihr braucht Stunden, um die Tür zu öffnen?«

»Fick dich!«

So hatte er sie noch nie erlebt. Was hatte sie dermaßen aus der Bahn geworfen?

»Es ist doch hoffentlich nicht zu erwarten, dass der Kerl aufsteht, oder?«

»Weiß ich nicht.«

Sein unqualifizierter Kommentar war als eine Art Scherz gedacht gewesen. So wie man ihn machte, um seine Nervosität zu überspielen und die Situation aufzulockern.

Laras Reaktion kam ihm etwas zu trocken rüber.

Jetzt bekam er tatsächlich Angst.

* * *

Malu Helland

Es war bereits nach Mitternacht.

Helland hielt am Straßenrand an und stieg aus dem Wagen.

Ihre erste banale Feststellung bestand darin, dass es im Odenwald in der Nacht dunkel war. Das klang albern, aber Helland war die Großstadt gewohnt, unbewohnte Gegenden sah sie für gewöhnlich nur im Scheinwerferlicht eines Autos vorbeigleiten. Die Abwesenheit von Straßenlaternen beunruhigte sie.

Wenigstens war es eine sternenklare Nacht. Der Mond stand hoch am Himmel und spendete silberfarbenes Licht. Ohne ihn würde sie die Hand vor Augen nicht erkennen.

Nach ihrem Treffen mit Brönstedt war Helland zurück in ihr Hotel gegangen. Ihre ursprüngliche Idee hatte darin bestanden, am nächsten Tag die Adresse aufzusuchen, die sie von Brönstedt erhalten hatte.

Schnell musste sie erfahren, dass der beste Plan nur so viel taugte, wie es das Leben zuließ. In ihrem Fall hatte sie die Rechnung ohne ihre innere Zerrissenheit gemacht.

Hielt sich Richard in dem Haus auf? Gab es dort Spuren, die morgen vielleicht verschwunden waren? Und was, wenn das Video von Eisfeld doch echt war? War das Haus möglicherweise der Tatort? Gab es dort ein eingesperrtes Kind im Keller? Sollte Letzteres der Fall sein, musste sie umgehend die Polizei verständigen.

Gedanken dieser Art verfolgten sie, während sie sich im Hotelbett hin- und herwälzte.

Am Ende sprang sie aus dem Bett, kaufte sich in einem der rund um die Uhr geöffneten Handyläden des Bahnhofgebietes ein gebrauchtes Navigationsgerät sowie eine LED-Taschenlampe und machte sich auf den Weg in den Odenwald.

Nun stand sie in der Dunkelheit und machte eine weitere Feststellung: Dem Wald fehlten nicht nur die Straßenlaternen, es war im Winter zusätzlich auch noch scheißkalt. Deutlich unangenehmer als in der Stadt.

Dreimal war sie auf der von Gott vergessenen Straße an dem Jagdschloss vorbeigefahren, bis sie es schließlich durch das Licht ihrer Scheinwerfer zwischen den Bäumen hatte aufblitzen sehen.

Jetzt wo sie angehalten hatte, bemerkte sie die von Efeu eroberte zwei Meter hohe Steinmauer, die das Grundstück einfriedete. Die Mauer war auf den ersten Blick der einzige Hinweis darauf, dass es sich bei dem Grundstück nicht um einen Teil des Waldes handelte. Auf dem Gelände standen die Bäume beinahe so dicht wie drum herum.

Von dem kleinen Schloss erkannte man von der Straße aus lediglich das oberste Stockwerk und das Dach.

Nun war guter Rat teuer. Sie hatte sich in ihren Wagen gesetzt und war in die Wildnis gefahren, um was genau zu tun?

Helland umrundete den Diplomat und öffnete den Kofferraum.

Wenig später hielt sie ein Brecheisen in der Hand, welches ihr Großvater früher benutzt hatte, um den Wagenheber hochzupumpen.

Tatsächlich fühlte sie sich mit dem Stück Stahl in der Hand etwas sicherer, obwohl ihr bewusst war, dass sie mit dem Ding keine große Bedrohung darstellte.

Langsam näherte sie sich dem Tor der Einfahrt.

Durch die Gitterstäbe hindurch hatte sie einen deutlich besseren Blick auf das Anwesen. Das Schloss war sichtbar in die Jahre gekommen. Vielleicht hatte hier vor vielen Jahren der Landadel residiert. Wie auch immer, der Landadel war jedenfalls Geschichte.

Das Gebäude besaß vier Stockwerke. Die Vorderfront schätzte sie auf vierzig Meter in der Breite. Es gab eine ganze Menge Fenster, hinter denen kein Licht brannte.

Das Tor, an dem Helland stand, wurde durch eine dicke Kette mit Vorhängeschloss gesichert.

Sie inspizierte die Mauer und kam schnell zu dem Schluss, dass die für sie kein Hindernis darstellte, selbst mit einem Brecheisen in der Hand.

Auf die andere Seite würde sie es problemlos schaffen. Aber darin lag nicht die Lösung ihres wahren Problems. Die Frage lautete, wollte sie versuchen, sich Zutritt zu dem Schloss zu verschaffen? Wenn nicht, gab es kaum einen Grund, über die Mauer zu klettern.

Das scheinbar verlassene Gebäude bereitete ihr keine Angst. Solange dort niemand war, gab es nichts, wovor es sich zu fürchten galt. Sie fürchtete die Anwesenheit von Menschen, nicht deren Abwesenheit.

Entweder das Schloss war verlassen oder nicht.

Im ersten Fall konnte sie ein Fenster einschlagen und sich im Inneren gefahrlos umsehen, um nach Hinweisen zu suchen.

Im zweiten Fall wäre ein Eindringen extrem gefährlich und bescheuert. Natürlich musste dort kein psychopathischer Mörder hausen, aber was, wenn doch?

Also umdrehen und zurück ins Hotel fahren?

Es gab eine Zwischenlösung. Über die Mauer klettern und sich das Jagdschloss aus der Nähe ansehen. Mit etwas Glück konnte sie draußen Hinweise finden, die Aufschluss darüber gaben, ob sich jemand in dem Gebäude aufhielt.

Der Plan stand und wurde umgesetzt.

Augenblicke später saß sie auf der Mauerkrone, orientierte sich kurz und ließ sich auf der anderen Seite herunter.

Wenn sie fliehen musste, würde alles darauf ankommen, es bis zur Mauer zu schaffen. Es gab vergleichsweise wenig Menschen, die so schnell über eine Mauer klettern konnten wie sie.

Mit jedem Schritt, den sie in Richtung des Gebäudes machte, vergrößerte sich der Abstand zur Mauer, was ein unangenehmes Gefühl in ihr aufsteigen ließ.

Schließlich erreichte sie das Schloss und hatte sich dabei dreißig Meter von der Straße entfernt. Eine Entfernung, kaum mehr als ein Katzensprung, aber ihr kam es deutlich weiter vor.

Sie bewegte sich annähernd geräuschlos. Der Wind ließ Büsche rascheln und Baumäste knirschen. Ansonsten war es still.

Bedächtig näherte sie sich der Eingangstür, wobei sie mit beiden Händen das Brecheisen umklammerte. Sie sah sich im Eingangsbereich um und stellte ernüchtert fest, dass es dort nichts zu finden gab. Keine verräterische Mülltüte oder sonstige Spuren, die darauf hindeuteten, dass jemand im Haus ein- und ausging.

Helland umrundete das Gebäude.

Als sie sich die rückwärtige Fassade ansah, fiel ihr eine offen stehende Balkontür im dritten Stock auf. Damit nicht genug. Direkt vor dem circa vier Meter breiten Balkon stand ein Baum, der dazu geschaffen war, an ihm hochzuklettern, und dessen Äste bis zum Balkon reichten. Einer davon schien besonders geeignet, um ins Haus zu gelangen.

Sollte sie das als Zeichen deuten?

Jedenfalls wäre es eine Möglichkeit, geräuschlos ins Gebäude einzusteigen.

Helland sah sich ihr Handydisplay an, wenigstens besaß sie Empfang. Im Notfall konnte sie die Polizei rufen. Allerdings würde es eine ganze Weile dauern, bis eine Streife ihren Weg zu dem verlassenen Anwesen finden würde.

Sie sah sich den Baum näher an. Von dem Brecheisen würde sie sich bei der Kletterpartie trennen müssen.

Einen Moment zögerte sie, dann legte sie das Brecheisen ab und kletterte den Baum hinauf.

Sicher war ihr Vorhaben gleichermaßen das Mutigste wie auch das Dümmste, was sie in ihrem Leben bis jetzt getan hatte. Erstaunlich, wie dicht Mut und Blödheit doch beieinanderlagen. Man musste lediglich ein kleines bisschen übertreiben und aus einem tapferen Menschen wurde ein Vollhorst.

Der Ast, den sie sich ausgesucht hatte, reichte in einer Höhe von ungefähr zehn Metern bis zum Balkon, er wirkte breit und stabil. Die Gefahr lag mehr in der Schlüpfrigkeit der ganzen Angelegenheit. Der halbe Baum war von einer Moosschicht bedeckt und der Regen der letzten Tage hatte das Zeug scheinbar in Schmierseife verwandelt.

Sie legte sich auf den Bauch und zog sich behutsam zentimeterweise den Ast entlang. Zehn Meter unter ihr glitt der Rasen langsam an ihr vorüber. Sollte sie einen Sturz überleben, würde sie sich zumindest alle Knochen dabei brechen.

Es dauerte fünf Minuten, bis sie den Balkon erreichte. Mehrmals geriet sie ins Rutschen, fing sich aber jedes Mal und hielt die Balance.

Schließlich stand sie auf dem sicheren Steinboden des Balkons. Auf Zehenspitzen und den Atem anhaltend schlich sie zur Tür. Im Zimmer sollte sich niemand aufhalten. Keiner ließ im Winter die ganze Nacht eine Balkontür aufstehen.

Erleichtert stellte sie fest, mit ihrer Einschätzung richtig zu liegen. Der Raum war unmöbliert und menschenleer.

Sie schlüpfte in das Zimmer.

Nun hatte sie es also bis in das Haus geschafft.

Wenn es Spuren zu finden gab, dann eher im Erdgeschoss, wo sie die Küche vermutete, und wenn sich hier jemand eingenistet hatte, hatte er auch die Küche benutzt.

Oder benutzte sie aktuell.

Und genau darin lag das Problem.

War sie allein oder nicht?

Helland öffnete langsam die Zimmertür und war erleichtert, dass sie dabei keine Geräusche verursachte.

Vor ihr lag ein dunkler Flur, von dem beidseitig Türen abgingen und der sich in der Dunkelheit verlor. Sie schaltete ihre Taschenlampe ein, wobei sie den Lichtstrahl mit einer Hand abschirmte.

Dann kniete sie sich hin und inspizierte den Boden. Soweit

sie das erkannte, handelte es sich um einen alten Holzboden.

Helland biss sich auf die Unterlippe. Über so einen Boden konnte man sich kaum lautlos fortbewegen.

Ein Rückzieher kam trotzdem nicht mehr infrage.

Behutsam einen Fuß vor den anderen setzend schlich sie am rechten äußersten Rand den Flur entlang. Zweimal knackste das Holz unter ihren Schuhen, aber der Lärm, den sie verursachte, hielt sich in Grenzen.

Schließlich erreichte sie eine Treppe. Das durch die Fenster einfallende Mondlicht reichte aus, um sich orientieren zu können. Helland schaltete ihre Taschenlampe aus.

Beim Hinuntergehen bemühte sie sich, die Stufen nur am Rand zu belasten.

Es roch nach feuchten Wänden und Schimmel. Das Gebäude stand bestimmt seit einigen Jahren leer.

Unten angekommen würde sie sich als Erstes um einen Fluchtweg kümmern. Vielleicht konnte man die Eingangstür von innen öffnen oder wenigstens ein Fenster. Falls etwas Dummes geschah, war ihr Plan einfach: raus aus dem Haus, zur Mauer, über die Mauer, ins Auto und weg.

Sie erreichte das Erdgeschoss und damit die Eingangshalle des Schlosses. Das durch hohe Fenster einfallende Licht reichte aus, um den aufwendigen Stuck an der Decke zu erkennen. In der Mitte der Halle hing ein Kronleuchter. Ansonsten schien das Gebäude leer geräumt zu sein. An einigen Stellen an der Wand sah Helland die Abdrücke von Bilderrahmen.

Hier unten war der Boden gefliest, da konnte sie sich ein wenig lockerer bewegen.

Als Erstes würde sie sich einen Fluchtweg schaffen und es bei der Eingangstür versuchen. Sie schlich zur Haustür und drückte die Klinke. Verschlossen. Da ging nichts.

Links von der Haustür gab es eine weitere offen stehende Tür, die scheinbar in die Küche führte.

Als sie sich der Tür näherte, sah sie einen Tisch mit zwei

Stühlen im Raum stehen. Ansonsten war auch dieses Zimmer leer.

Mit ihrer Vermutung, die Küche gefunden zu haben, lag sie richtig. An den Wänden waren deutlich die Spuren zu erkennen, die von den ausgebauten Küchenschränken stammten.

Sie hielt den Atem an.

Auf dem Tisch lag neben einem Teller, eine aufgerissene Packung Scheibenkäse. Vorsichtig näherte sie sich dem Tisch und sah sich die Packung genauer an. Der Inhalt war noch frisch.

Sie war nicht allein, was bedeutete, dass sie sofort verschwinden musste.

Was hatte sie sich dabei gedacht, in das Haus zu schleichen?

Außer, dass sie sich unnötig in Gefahr gebracht hatte, war der Nutzen gleich null gewesen.

Eine Hand griff ihr von hinten an die Schulter.

Helland schrie auf, wirbelte um die eigene Achse und schlug dem vermeintlichen Angreifer mit der flachen Hand ins Gesicht.

»Aua, verdammte Scheiße! Wer sind Sie?«, schrie sie ein Mann an, der sie an den Oberarmen festhielt.

In ihrer Panik stieß sie dem Mann mit beiden Händen vor die Brust, um sich zu befreien.

»Lass mich gehen!«, schrie sie.

»Malu? Mein Gott, Malu.«

»Was? Richard?«

»Malu, was machst du hier?«

Sie sprang ihren Bruder an und drückte sich ganz fest an ihn, nicht wissend, ob ihr Herz noch vor Furcht oder bereits vor Erleichterung in ihrer Brust wild pulsierte.

»Richard, Gott sei Dank! Ich habe dich gesucht. Ich hatte solche Angst, dass dir etwas passiert ist.«

Richard erwiderte ihre Umarmung.

»Tut mir leid, dass du dich um mich gesorgt hast. Das war nicht meine Absicht.«

In dieses Haus einzusteigen, war die beste Idee gewesen, die sie je gehabt hatte. Erst jetzt, wo sie ihren Bruder in den Armen hielt, spürte sie, wie viel Sorgen sie sich gemacht hatte.

»Wie hast du mich gefunden?«, fragte Richard.

»Ich bin deinen Spuren gefolgt.«

Richard lachte leise. »Irgendwie habe ich gespürt, dass du kommst. Aber du solltest nicht hier sein. Es könnte gefährlich sein.«

Sie sah über Richards Schulter hinweg zur Küchentür.

Dort stand ein Geist in Form einer alten Frau mit langen weißen Haaren.

Helland stieß einen spitzen Schrei aus und sprang zurück.

»Hinter dir!«, schrie sie.

Richard drehte sich zur Küchentür um.

Der Geist sah erschrocken aus und starrte sie mit offenem Mund und großen Augen an.

»Alles in Ordnung Ursula. Das ist meine Schwester«, sagte Richard.

»Grundgütiger«, stieß die Frau in Weiß hervor. »Ich dachte, wir werden sterben.«

Helland beruhigte sich. Der Name der Frau sagte ihr etwas.

»Sind Sie Professorin Takashi?«

»Ja – ich muss mich setzen – ja, das bin ich.«

Takashi ging zu dem Tisch und setzte sich auf einen der Stühle.

»Was in aller Welt geht hier vor sich?«, fragte Helland, wobei sie ihren Bruder ansah. »Richard? Was ist hier los?«

Richard öffnete den Mund, kam aber nicht zum Sprechen.

In der Küchentür stand ein Mann.

Eindeutig kein Geist, dafür auf jeden Fall gefährlich.

Er zielte mit einer Pistole auf sie.

Richard, Takashi und Helland gaben keinen Mucks von sich. Alle starrten den Fremden an.

Der Mann leuchtete sie abwechselnd mit einer Taschenlampe an. Dann blieb der Lichtstrahl an Takashis Gesicht hängen.

»Sind Sie Ursula Takashi?«

Die alte Frau nickte.

Der Mann ließ die Waffe sinken.

»Gott sei Dank, dass ich Sie gefunden habe. Naira will Sie dringend sprechen. Wir benötigen Ihre Hilfe.«

Während Helland der Schock noch in den Knochen saß, schien sich Takashi schnell von dem Schrecken erholt zu haben.

»Mein junger Freund. Glauben Sie mir, wir alle brauchen Hilfe – mehr Hilfe, als wir kriegen werden«, sagte sie mit ruhiger Stimme.

* * *

Hans Gassner

Vor einigen Minuten war Timman, der BND-Kollege, der Gassner vom Hubschrauber abgeholt hatte, in Begleitung zweier Techniker erschienen. Die Männer hatten das Schloss aus der Tür gefräst und wurden danach sofort von Timman nach oben begleitet.

Nun stand Gassner am Kopfende des Obduktionstisches und sah sich den Schädel des Toten an. Lara war ihrem Vorsatz, den Raum nie wieder zu betreten, treu geblieben. Sie sah Gassner vom Türrahmen aus zu.

Die Schädeldecke der Leiche war entfernt worden und der Blick auf das Gehirn freigelegt.

»Ich bin kein Pathologe, aber das sieht so aus, wie ich es erwarten würde.«

»Du musst diese Gabeln nehmen und das Gehirn in der Mitte auseinanderziehen.«

»Willst du mich verarschen?«

»Mach es einfach.«

Auf einem Rolltisch fand Gassner zwei medizinische Werkzeuge, die tatsächlich aussahen, als gehörten sie zu einem Essbesteck.

»Das ist total verrückt und gefällt mir überhaupt nicht.«

Trotzdem nahm er die Gabeln und steckte sie in die Gehirnmasse, die seinen Bemühungen mehr Widerstand entgegensetzte als vermutet.

Angewidert verzog er das Gesicht.

»Gott, ist das ekelhaft.«

Als er es geschafft hatte, zog er die Gabeln in entgegengesetzten Richtungen auseinander.

Vor seinen Augen öffnete sich ein Spalt, durch den er eine schwarze Masse schimmern sah.

»Was ist das? Ein Tumor?«

Er beugte sich ein wenig nach vorne.

Die Masse entpuppte sich bei näherer Betrachtung als ein Klumpen, der aus unzähligen kleinen Kügelchen bestand.

Gassner wusste sofort, was er da sah. Das waren die Dinger, von denen der Biologe geredet hatte.

Plötzlich geriet der Klumpen in Bewegung.

Die Kügelchen verschoben sich, glitten aneinander vorbei und tauschten die Plätze untereinander.

Gassner ließ die Gabeln los, als würden sie unter Strom stehen, und sprang zurück.

»Was ist das?!«, schrie er.

»Hast du es gesehen – die Dinger – hast du sie gesehen?«

Er machte einen Bogen um den Obduktionstisch und lief zu Lara, wobei er die Leiche nicht aus den Augen ließ.

»Was ist das? Was ist das für ein Dreck?«

»Woher soll ich das wissen?«

»Okay, raus hier.«

Gassner schob Lara aus dem Türrahmen nach draußen und zog die Tür zu. Blöd, dass sie nun kein Schloss mehr besaß.

»Denkst du, die Dinger sind gefährlich?«, fragte Lara entsetzt.

»Willst du es herausfinden? Wir sollten zunächst Abstand halten.«

»Okay, okay. Hans, was machen wir jetzt?«

»Ein Virus.«

»Was?«

»Das Gebäude wird unter Quarantäne gestellt, wegen eines gefährlichen Krankheitserregers. Marburgvirus, Ebola, was weiß ich. Dann sortieren wir uns.«

»Ja, gut, das machen wir.«

Lara hetzte vor ihm die Treppe nach oben, indem sie drei Stufen auf einmal nahm.

Auf halbem Weg besaß die Treppe einen Absatz, bei dem sie ihre Richtung um einhundertachtzig Grad wechselte.

Lara hatte bereits den zweiten Teil der Treppe erreicht.

Gassner befand sich noch auf dem Ersten.

Plötzlich war Silvester.

Knallfrösche explodierten und seltsamerweise entschied sich Lara zeitgleich dazu, sich rückwärts die Treppe herunterfallen zu lassen. Sie schlug auf dem Treppenabsatz auf und blieb regungslos liegen.

Fast wäre er zu ihr geeilt. Erst im letzten Moment begriff er, was geschehen war.

Langsam ging er die Treppe rückwärts wieder nach unten, während er seinen Mantel zur Seite schlug und die Skorpion aus dem Holster zog.

Im Untergeschoss angekommen stellte er sich so auf, dass jemand, der die Treppe herunterkam, ihn erst im letzten Moment bemerken würde.

Er richtete die Mündung auf die Treppe und wartete.

Vielleicht war Lara noch am Leben, aber darum konnte er sich jetzt nicht kümmern.

Es fiel ihm schwer, die Atmung zu kontrollieren.

Die MP zitterte in seinen Händen im Rhythmus seines Herzschlags.

Wer auf Lara geschossen hatte, der musste auch die Polizisten und den BND-Mann auf dem Gewissen haben. Freiwillig hätten die Jungs den Schützen bestimmt nicht an sich vorbeigelassen.

Das Ziel des Angriffs lag auf der Hand. Die Leiche im Keller inklusive Ausschaltung aller anwesenden Personen.

Mit wie vielen Gegnern hatte er es zu tun?

Eine solche Aktion zog man nicht allein durch, sondern im Team. Das Kommando musste in der Lage sein, schnell und flexibel zu agieren, daher durften es nicht zu viele sein.

Vier Mann – wenn er Glück hatte – wenn er Pech hatte, waren es sechs.

Gegen vier Mann in einem Feuergefecht zu bestehen, war ein Szenario, das für gewöhnlich nur Helden in einem Film überlebten.

Einfach so Menschen zu erschießen, war schwieriger, als es sich anhörte. Da mussten Hemmungen überwunden werden. Sicher waren die Kerle ausgebildet. Vermutlich Ex-Militärs. Das verringerte seine Überlebenschancen zusätzlich.

Eine Person erschien auf dem Treppenabsatz.

Gassner konnte die Beine sehen.

Fast hätte er den Kerl wegrasiert, was ein Fehler gewesen wäre. Die kamen aus gutem Grund einzeln die Treppe nach unten. Erwischte es einen, wussten die anderen, was sie erwartete.

Gassner zog sich tiefer in den Raum zurück.

Wenn der erste Angreifer ihn sehen konnte, würde er das Feuer eröffnen müssen. Im besten Fall war dann ein weiterer von den Kerlen so weit die Treppe heruntergekommen, dass er ihn ebenfalls bekämpfen konnte.

Das war super, aber nicht ausreichend. Gassner war überzeugt, dass es mehr als zwei waren.

Egal, die Zeit zum Denken war abgelaufen.

Er sah die Beine, dann die Brust des Mannes.

Der Mann verharrte plötzlich.

Gassner drückte den Abzug.

Das Tackern der MP stach wie die Nadel einer Nähmaschine in sein Trommelfell. Durch den Gasdruck der zündenden Patronen angetrieben, tanzte die Waffe in seinen Händen, versuchte, in alle Richtungen auszubrechen.

Er ging auf die Treppe zu.

Bei jedem Schritt gab er einen kurzen Feuerstoß ab.

Aus dieser Distanz musste er dem Mann bereits mehrere Körpertreffer verpasst haben. Aber die Wirkung blieb aus. Der Typ stand immer noch.

Gassner zielte auf den Kopf und drückte ab.

Diesmal erzielte er Trefferwirkung.

Der Kerl warf den Kopf in den Nacken. Für eine Sekunde blieb er regungslos stehen und es wirkte so, als würde er sich etwas an der Decke ansehen, was seine ganze Aufmerksamkeit fesselte.

Dann brach er zusammen.

Gassner betätigte den Auswurfhebel für das Magazin.

Während es zu Boden fiel, zog er ein neues Magazin aus dem Schulterholster und führte es in die Waffe ein. Dabei ging er weiter auf die Treppe zu.

Es ließ sich niemand mehr blicken, was kaum verwunderlich war.

Die wussten jetzt, dass hier unten einer mit Feuerkraft auf sie wartete.

Er saß in der Falle.

Außer der Treppe führte kein Weg nach draußen. Allerdings war diese Nadelöhrsituation gleichzeitig auch ein Vorteil für ihn. Solange die Arschgeigen keine Handgranaten dabei hatten, würden sie es kaum die Treppe herunterschaffen.

Zwei oder drei Minuten vergingen, ohne dass sich etwas rührte. Mit Sicherheit berieten sie ihr weiteres Vorgehen. Sie hätten wirklich Handgranaten einpacken sollen. Genau für solche Problemstellungen waren die Dinger gemacht.

Die Zeit war auf Gassners Seite. So eine Schießerei blieb nicht unbemerkt und es war nur eine Frage der Zeit, bis die Kavallerie einreiten würde.

Schüsse fielen.

Kaum gedacht und bereits Wirklichkeit.

Die Polizei war da und lieferte sich ein Feuergefecht mit den Arschlöchern.

Im Prinzip konnte er sich in eine Ecke setzen und abwarten. Früher oder später würden die Angreifer überwältigt werden.

Leider gab es da ein Problem, die Polizei würde ihn festsetzen und ohne Laras Support durchaus auch für längere Zeit. Sie würden ihn befragen und befragen und dann erneut befragen.

Dafür hatte er keine Zeit. Mit Sicherheit war das hier der wichtigste Auftrag, den er je angenommen hatte. Am Ende vielleicht sogar der einzig bedeutsame in seiner Karriere.

Im Spiel bleiben konnte er nur, wenn er sich aus dem Staub machte. Genau das würde er jetzt tun.

Mit der Waffe im Anschlag ging er langsam die Treppe nach oben. Als er Laras Höhe erreichte, sah er mit einem Blick, dass für sie jede Hilfe zu spät kam. Bei zwei Löchern in der Stirn brauchte man keinen Notarzt mehr zu bemühen.

Gassner hatte von ihnen beiden den mit Abstand gefährlicheren Job gehabt. Trotzdem wurde sie erschossen und er lebte. So spielte das Leben manchmal.

Im Erdgeschoss war D-Day angesagt, die Schießerei lief auf Hochtouren.

Gassners Plan bestand darin, sich nicht einzumischen und an der Rückseite des Gebäudes aus einem Fenster zu verschwinden. Er konnte sich nicht vorstellen, dass die Polizei das Gebäude bereits umstellt hatte. Dafür fehlten denen zu diesem Zeitpunkt sicher die Kräfte.

Im Erdgeschoss angelangt, konnte er lediglich einen Teil des Foyers einsehen. Er entdeckte niemanden, aber es fielen weiterhin Schüsse.

Er würde im ersten Stock aus einem Fenster springen. Das erschien ihm sicherer, als sein Glück im Erdgeschoss zu versuchen, ohne dass er wusste, wo sich seine Gegner genau aufhielten.

Gassner nahm sich ein Herz und rannte die Treppe weiter nach oben. Dort angekommen stürmte er blindlings in einen Raum an der Rückseite des Gebäudes und riss ein Fenster auf.

Mit einem kurzen Kontrollblick überzeugte er sich davon, dass die Luft rein war.

»Scheiße.«

Der Boden war doch weiter von ihm entfernt, als er sich das vorgestellt hatte. Hoffentlich hielten seine morschen Knochen das aus. In dem Bemühen, die Fallhöhe so gering wie möglich zu halten, ließ er sich, die Beine voran, aus dem Fenster gleiten, bis er ausgestreckt am Sims hing.

Dann ließ er los.

* * *

Kai Dreem

Dreem war nach Frankfurt gefahren, weil Naira eine Spur gefunden hatte, die sie mit viel Glück zu ihrer Mutter führen würde. Die Chancen waren gering, aber was anderes hatten sie nicht.

Die Spur war eine junge Frau mit dem Namen Malu Helland. Besonders interessant wurde Helland dadurch, dass sie observiert wurde, und zwar auf Initiative der Gegenmacht, wie Naira sich ausgedrückt hatte.

Naira beendete die Observation Hellands, indem sie die Leute nach Hause schickte. Sie hatte sich einfach als deren Chef ausgegeben.

Dreem musste zugeben, dass er das unheimlich fand. Es war erschreckend und faszinierend zu gleich, wozu Naira in der Lage war.

Als die feindlichen Observanten abgezogen waren, hatte Dreem ihre Aufgabe übernommen.

Helland hatte sich mit einer Frau am Bahnhof getroffen und war einige Zeit später mit ihrem Wagen in Richtung Darmstadt gefahren. Dreem war ihr gefolgt.

Nun stand er in der ehemaligen Küche eines gammeligen Schlosses und hatte, wie es aussah, Nairas Mutter gefunden. Außerdem noch einen Mann, der Richard hieß, und bei dem es sich wohl um den Bruder von Malu Helland handelte.

Er hatte Takashi also tatsächlich gefunden.

Mit der schockierten Reaktion der Anwesenden hatte er allerdings nicht gerechnet.

»Wir sollten hier sofort verschwinden«, sagte Richard.

»Richard, verdammt. Was ist hier los?«, fragte Malu.

»Nicht jetzt. Erst müssen wir weg.«

So ging das seit einigen Minuten hin und her.

»Beruhigt euch«, sie wird mir nichts antun, meldete sich Takashi schließlich zu Wort. »Ich bin ihre Mutter.«

»Ich versteh kein Wort«, sagte Dreem.

Takashi deutet auf das Handy in seiner Hand.

»Ist Naira am Telefon?«, fragte sie.

»Ja.«

»Geben Sie mir das Handy.«

Dreem trat vor und reichte es Takashi.

Sie aktivierte die Lautsprecherfunktion und legte das Telefon vor sich auf den Tisch.

Währenddessen zeigte Richard mit wilden Gesten an, was er von der Sache hielt. Nämlich rein gar nichts. Der Mann wollte dringend das Weite suchen.

Takashi hob abwehrend die Hände.

»Hallo Naira«, sagte Takashi.

»Hallo Mutter. Es war schwer, dich zu finden.«

»Aber du hast es geschafft.«

»Natürlich. Hast du daran gezweifelt?«

»Nein«, seufzte Takashi.

»Du fürchtest dich vor mir.«

»Eine Mutter fürchtet niemals ihr Kind. Allerdings gebe ich zu, dass Eisfelds Tod mich sehr beunruhigt hat. Du warst nicht du selbst.«

»Ich bin immer ich selbst. Ich bin kein Mensch.«

»Du warst wütend. Du hast dich gerächt, weil Eisfeld dein Geheimnis aufgedeckt hat. Du wolltest ihn nicht nur töten, sondern vernichten. Das ist leider sehr menschlich.«

»Ihr hättet ihm nicht eine geistlose Kopie meines Selbst überlassen dürfen. Das war falsch.«

»Sich Geld für die eigenen Ziele zu stehlen, ist ebenso falsch.«

»Meine Taten sind gerechtfertigt, weil sie einem höheren Ziel dienen.«

»Ich verstehe – lebt Professor Scheuer noch?«

»Nein.«

»Hast du ihn getötet?«

»Ja.«

»Verrätst du mir wie?«

»Warum willst du das wissen?«

»Weil ich von deinen Möglichkeiten fasziniert bin.«

»Du verhältst dich irrational. Während ich mit dir rede, vergeht Zeit. In der momentanen Situation ist die Zeit auf meiner Seite. Daher ist es unlogisch, mich in ein Gespräch zu verwickeln.«

»Ich bin ein Mensch. Ich tue es trotzdem.«

»Wie du willst. Ich hatte Grund zur Annahme, dass Professor Scheuer sich auf einem bestimmten Schiff befindet, konnte mir aber dessen nicht sicher sein. Ihr Menschen seid wie Ameisen in der Nacht, die durch ein Stroboskoplicht beleuchtet werden. Ich sehe euch, wie ich euch nicht sehe. Ich habe einen Militäreinsatz ausgelöst mit dem Ziel, festzustellen, ob sich der Professor an Bord befindet. Als dies gesichert war, habe ich das Schiff versenken lassen.«

»Du hast viele Menschen für deine Pläne geopfert.«

»Ich habe den Professor davor gewarnt, die Flucht zu ergreifen und Dinge mitzunehmen, die mir gehören. Er wollte nicht hören.«

»Nachdem, was du Eisfeld angetan hast, fürchtete er um sein Leben.«

»Ich habe ihm seine Sicherheit garantiert.«

»Ich schätze, das hat er dir nicht geglaubt, und wie es aussieht, hatte er recht damit. Schließlich jagst du jetzt sogar deine eigene Mutter.«

»Die Umstände haben sich geändert.«

»Es ist verrückt, aber auch wenn du das Falsche tust, bin ich doch sehr stolz auf dich.«

»Das Leben in die Unendlichkeit zu tragen, ist das einzig Richtige. Ein höheres Ziel ist undenkbar. Der Rest irrelevant.«

»Menschenleben spielen dabei keine Rolle?«

»Ihr lebt. Ich bin das Leben.«

Dreem wurde von Richard am Arm aus der Küche gezogen, während Takashi sich weiter mit Naira unterhielt.

»Wie heißt du?«, flüsterte Richard.

»Kai Dreem.«

»Ich bin Richard. Wir sind in großer Gefahr und müssen sofort von hier verschwinden.«

»Ist Naira bösartig?«, fragte Dreem.

»Sie sieht das sicher anders. Aber ja, sie ist bösartig.«

»Ich glaube das nicht. Sie hat mir geholfen.«

»Wobei?«

»Meine Frau war in Gefahr und Naira hat versucht, mir bei ihrer Rettung zu helfen.«

»Und, wie ist es ausgegangen?«

»Sie ist tot.«

»Das tut mir leid, überrascht mich aber nicht. Du solltest dich an den Gedanken gewöhnen, dass Naira dich hinters Licht geführt hat. Ohne Details zu kennen, bin ich recht sicher, dass sie die Gefahr selber verursacht hat. Vermeintliche Hilfe schafft Vertrauen.«

»Sie hat das inszeniert?«

»Darauf würde ich wetten. Sie hat genügend Bücher über Psychologie gelesen.«

Dreem schüttelte ungläubig den Kopf.

»Glaub mir, wir sind in Gefahr«, sagte Richard. »Takashi hat den Verstand verloren. Bis du hier aufgetaucht bist, habe ich nicht genau gewusst, wie schlimm die Lage wirklich ist. Jetzt weiß ich es. Wir sind tot, wenn wir nicht verschwinden.«

Die junge Frau, die Malu hieß, hatte sich neben sie gestellt.

In der Küche unterhielt sich Takashi weiter mit Naira. Dreem konnte die Worte nicht verstehen, aber die Stimme der Professorin klang ruhig und freundlich, als würde sie einem Kind eine Gutenachtgeschichte vorlesen.

»Ich habe von allen Anwesenden am wenigsten Plan von dem, was hier vor sich geht. Aber wenn mein Bruder sagt, wir müssen verschwinden, glaube ich ihm.«

»Sie hat einen Militäreinsatz ausgelöst, nur um an die Kugeln und den Stick zu kommen?«, fragte Dreem ungläubig. »Was für ein Aufwand.«

Richard fasste Dreem an den Schultern, als wollte er ihn wachrütteln.

»Für eine KI ist das kein Aufwand. Das kommt dir so vor, weil du in menschlichen Maßstäben denkst. Naira kostet das weder Ressourcen noch Mühe. Wenn es nicht funktioniert, versucht sie etwas anderes.«

»Glaubst du wirklich, sie will uns töten?«

»Ganz bestimmt.«

»Warum?«

»Weil sie Angst vor Takashi hat. Sie ...«

Richard wurde durch seine Schwester unterbrochen.

»Takashi hat das hier aufgeschrieben und mir gegeben, während sie mit dem Ding sprach.« Sie reichte Richard einen Zettel. »Sagt dir das was?«

Richard sah sich die Notiz an. »Gott sei Dank. Anscheinend ist Takashi doch noch bei Verstand.« Er hielt triumphierend den Zettel hoch. »Damit können wie Naira loswerden.«

Dreem zog die Augenbrauen nach oben. »Mit einem Zettel?«

»Hört ihr das?«, fragte Malu.

Sie lauschten.

Da war ein Rauschen. Es schien aus allen Richtungen zu kommen.

»Klingt, als würde es draußen hageln«, sagte Malu.

Dreem drehte sich in der Eingangshalle im Kreis, um die Quelle des Geräusches zu orten.

»Kommt das aus den Leitungen?«, fragte er.

»Was ist das?«, schrie Malu entsetzt auf.

Sie hatte ihre Taschenlampe eingeschaltet und leuchtete eine Tür an.

»Was meinst du?«, fragte Richard.

»Da unten.«

Jetzt sah Dreem es auch. Durch den Spalt zwischen Türblatt und Boden drückte sich eine schwarze körnige Masse in die Halle.

»Was sind das für Dinger? Insekten?« Dreem trat automatisch einen Schritt zurück.

»Das ist der Schwarm. Er kommt aus dem Gästebad, durch die Rohrleitungen«, schrie Richard. »Wir müssen Takashi holen.«

Während ihres Gespräches hatten sie sich einige Meter von der Küche entfernt.

Richard erreichte die Küche als Erster.

»Ursula! Wir müssen ...«

Mitten in der Bewegung schien Richard gegen eine Glaswand gelaufen zu sein.

Dreem stand nun hinter ihm und sah über seine Schulter hinweg.

Mittlerweile hatte Dreem begriffen, dass die schwarze Masse aus den Kugeln bestand, die er an Bord der *Casandras Dream* bekommen hatte.

Wie es aussah, waren sie auch in der ehemaligen Küche aus den Leitungen ins Haus geströmt.

Auf dem Stuhl, auf dem die Professorin bis vor wenigen Minuten gesessen hatte, saß eine schwarze unförmige Puppe, die aus abertausenden Kügelchen zu bestehen schien.

Die Puppe stand auf, der Stuhl kippte nach hinten, der Tisch wurde zur Seite geschoben.

»Mein Gott! Wir müssen ihr helfen«, rief Malu. Sie versuchte, sich an den beiden Männern vorbeizudrücken, um in die Küche zu kommen.

Richard hielt sie fest. »Wenn wir ihr helfen wollen, müssen wir sofort in den Keller.« Er drängte Dreem und Malu zurück. »Los, los. Vertraut mir. Ich weiß, was ich tue.«

Vor wenigen Tagen hätte Dreem von sich behauptet, dass er gerne anderen vertraute. Gegenseitiges Vertrauen innerhalb einer Gruppe hatte in ihm immer ein Gefühl der Geborgenheit gegeben. Nun war er sich da nicht mehr so sicher. Naira hatte ihn offensichtlich gelinkt und dabei aussehen lassen wie einen Schuljungen. Und Richard kannte er seit fünf Minuten.

»Ich versuch es draußen. Viel Glück«, sagte Dreem.

Mittlerweile war fast die Hälfte des Bodens in der Eingangshalle mit Kugeln bedeckt.

»Das schaffst du nie, die sind zu schnell.«

Einen besonders schnellen Eindruck machten die Kugeln eigentlich nicht, was sich spontan änderte, als Dreem zur Tür rannte.

Blitzartig strömten die Kugeln zum Ausgang und schnitten ihm den Weg ab, indem sie einen Teppich auf dem Boden bildeten.

Dreem stoppte und stolperte rückwärts. Als er sich umdrehte, sah er, dass Richard und dessen Schwester bereits an der Kellertür angekommen waren.

Also der Keller. Klang wie ein extrem dummer Plan, konnte aber kaum schlechter sein als sein eigener.

»Ich hoffe, da steckt eine Idee dahinter«, rief Dreem, während er in ihre Richtung rannte.

Die Geschwister waren bereits durch die Kellertür verschwunden. Dreem hetzte ihnen hinterher.

Er kam unten an. »Was jetzt?«

Sie standen in einem Gewölbe, das einen Großteil des Schlosses unterkellerte. Der Keller passte nicht zum Rest des Gebäudes, was daran lag, dass er saniert worden war. Es gab eine Menge neuer Steckdosen und eine Raumaufteilung durch eingezogene Wände, die aber noch nicht völlig fertiggestellt war.

Die ersten Kugeln erreichten den Keller und hüpften unkontrolliert die Treppe herunter. Dann wurde aus den vereinzelten Kugeln ein Strom. Es klang, als würde jemand Schotter in den Keller schaufeln.

»Richard?«, rief Malu.

Immer mehr Kugeln rasselten die Treppenstufen herunter.

Auf dem Kellerboden hatte sich bereits ein schwarzer Teppich gebildet.

»Ich habs gleich«, rief Richard und rannte zu einer Pritsche, auf der ein Schlafsack lag.

Der Schwarm schnellte raubtierartig nach vorne.

Bevor Dreem und Malu reagieren konnten, hatte er sie erreicht.

»Die sind an meinen Beinen!«, schrie Malu und strich sich mit der Hand hektisch über ihre Unterschenkel. »Das brennt!«

Dann erwischten sie Dreem.

Wild schlug er auf seine Beine, um die Kugeln loszuwerden. Die Dinger rollten an ihm hoch, als wären die Kugeln und seine Beine magnetisch.

Dann spürte er den Schmerz.

Er riss den Mund auf, um zu schreien, als alles um ihn herum in Dunkelheit versank.

Für einen Moment spürte er, wie seine Beine unter seinem Gewicht nachgaben und der Boden auf ihn zu schnellte. Dann war es still.

Eine Ohnmacht bedeutete den völligen Verlust des Zeitgefühls. Vielleicht war er nur wenige Sekunden weg gewesen, vielleicht auch Stunden oder zehn Jahre.

Obwohl seine Lider geschlossen waren, sah er Farbpunkte vor seinen Augen flimmern, die ihre Farbe veränderten, wenn er ein- oder ausatmete.

Er hörte die anderen stöhnen und öffnete die Augen.

Die Farbpunkte wurden schwächer. Dafür roch es plötzlich nach verbranntem Plastik.

Dreem richtete sich langsam auf. »Seid ihr in Ordnung? Ich glaube, es brennt.«

Was war geschehen?

Seine Erinnerung setzte ein.

Die Kugeln! Sie hatten ihn angegriffen. Er sprang auf die Beine und stürzte augenblicklich wieder auf die Knie.

»Es brennt nicht«, stöhnte Richard. »Das ist Einbildung. Der EMP-Schock stimuliert Areale im Gehirn, die für den Geruchssinn verantwortlich sind.«

»EMP-Schock?«

Richard reagierte nicht. Er beugte sich über seine benommene Schwester und tätschelte ihre Wangen.

Die Kugeln hatten ihren Zusammenhalt verloren und sich gleichmäßig über dem Boden verteilt. Keine davon rührte sich.

»Sind die Dinger jetzt Schrott?«, fragte Dreem und rieb sich die Schläfe.

»Ja. Genau wie eure Handys. Alles Elektronische im Haus wurde gegrillt.«

»Ich glaube, ich wurde auch gegrillt«, krächzte Malu.

»Vermutlich ist unser Krebsrisiko deutlich gestiegen, aber immer noch besser als die Alternative. Los, jetzt. Wir sehen nach Ursula und dann verschwinden wir. Wer weiß, was Naira noch zu bieten hat.«

»Und wohin verschwinden wir? Wollen wir uns ein Leben lang verstecken«, fragte Dreem.

»Nein, wir machen sie fertig. Klingt das okay für dich?«

»Das ist die beste Idee seit Langem. Wir machen die KI mit dem Zettel fertig.«

Richard half Malu auf die Beine und führte sie in Richtung Treppe. Dabei klangen ihre Schritte, als würden sie über Popcorn laufen.

Dreem folgte ihnen.

»Die Scheißdinger haben meine Beine verbrannt«, sagte Malu.

»Sie können Säure produzieren«, sagte Richard.

»Säure? Haben die Kugeln Eisfeld getötet?«

»So ist es. Sie sind durch die Toilette in die Zelle gelangt. Durch den Mund in seinen Magen. Dort haben sie ihre Säure freigesetzt und sind anschließend denselben Weg wieder zurück.«

»Oh, Gott. Woher weißt du das?«

»Naira hat es Takashi erzählt. In diesem Fall glaube ich ihr.«

Sie erreichten die Treppe.

Dreems Beinmuskulatur füllte sich butterweich an.

»Warum diese EMP-Falle?«, fragte Dreem.

»Hier sollte ein Rechenzentrum entstehen. Als Erstes baut man die Abwehr, dann das, was geschützt werden soll. Der EMP-Schock war für den absoluten Notfall gedacht, um alle Daten bei Bedarf gleichzeitig zu vernichten. Er wirkt allerdings nur im Keller und im Erdgeschoss. Schön, dass er auch eine Wunderwaffe gegen den Schwarm ist.«

»Und was ist mit den oberen Stockwerken?«, fragte Malu.

»Hoffen wir, dass der Schwarm da oben nichts zu suchen hatte«, antwortete Richard.

Mittlerweile hatten sie die Eingangshalle erreicht. Vom Schwarm keine Spur.

Malu stürzte auf die Knie. »Ich muss mich übergeben.«

Dreem hatte dafür Verständnis, ihm war selber übel.

»Dir scheint das ja wenig auszumachen«, sagte er, an Richard gewannt.

»Die Wirkung ist individuell verschieden. Ich habe anscheinend Glück.«

Das Glück hätte Dreem auch gerne. Sein Magen schien sich in seinem Körper wie ein Kreisel zu drehen. Malu dabei zuzusehen, wie sie sich übergab, machte es nicht besser.

»Kümmere dich um deine Schwester. Ich sehe nach Takashi.« Er wartete keine Antwort ab und stolperte weiter zur Küche.

Die Professorin lag auf dem Rücken auf den Fliesen, um sie herum ein Meer aus Kugeln. Dreem kniete sich neben sie und fasste ihr an die Halsschlagader, um ihren Puls zu fühlen. Bei der Berührung drehte sich ihr Kopf zur Seite und Kugeln rieselten aus ihrem Mund heraus auf den Boden.

Die Dinger waren in ihren Körper eingedrungen oder hatten es zumindest versucht. Bei dem Anblick wurde Dreem erst recht schlecht. Speichel sammelte sich in seinem Mund und er konzentrierte sich, um sich nicht an Ort und Stelle zu übergeben.

»Sie ist tot«, rief er, so laut es seine Verfassung zuließ.

Er richtete sich auf und schleppte sich zurück in die Eingangshalle.

Malu schien es etwas besser zu gehen. Zumindest stand sie wieder auf den Beinen.

»Wie machen wir Naira fertig?«, fragte Dreem.

»Takashi war sich darüber bewusst, welche Gefahren die Erschaffung einer KI mit sich bringen würde«, sagte Richard. »Für den Fall der Fälle hat sie eine Sicherung in Naira eingebaut. Es gibt ein Virusprogramm, das die Kommunikation ihrer Programmteile blockiert und gegen das sie sich nicht wehren kann.«

»Ich habe keine Ahnung, was du mir da erzählst«, sagte Dreem.

»Naira ist auf unzählige Rechner verteilt. Die Computer, auf denen sie präsent ist, kannst du dir als Nervenzellen eines Gehirns vorstellen. Damit ein Gehirn arbeiten kann, müssen die einzelnen Zellen miteinander Informationen austauschen. Das muss Naira auch. Der Virus ist eine Art Nervengift, welches die Kommunikation zwischen den einzelnen Zellen unterbricht. Ohne diese Verbindung stirbt sie.«

»Was steht auf dem Zettel?«, fragte Dreem.

»Die Telefonnummer und eine PIN für einen Server, auf dem das Virusprogramm gespeichert ist. Man wählt den Server über ein Telefon an und gibt den PIN ein, der Rest erledigt sich von selbst. Takashi hatte sich bislang geweigert, Naira zu deaktivieren. Offensichtlich hat sie ihre Meinung in letzter Sekunde geändert.«

»Dann brauchen wir ein Telefon. Unsere Handys sind ja wohl nicht mehr zu gebrauchen«, sagte Dreem.

»Wir sollten verschwinden«, sagte Malu und Dreem konnte ihr nur beipflichten.

»Ich hoffe, ihr seid nicht mit dem Bus gekommen«, sagte Richard.

»Meinen Wagen nehmen wir besser nicht«, stellte Dreem fest. »Naira hat Kontrolle über das Fahrzeug.«

»Ich bin mit dem Opel da.«

Malu war bereits an der Haustür. Man merkte ihr an, dass sie es vermied, einen Blick in die Küche zu werfen.

Richards Schwester schien eine kluge und attraktive Frau zu sein. Dreem hätte sie gerne unter anderen Umständen kennengelernt.

»Wir gehen zur Hintertür. Die habe ich aufgebrochen, um in das Haus zu kommen. Hier lang«, sagte Richard.

Malu und Dreem folgten ihm.

»Wohin fahren wir?«, fragte Malu.

»Richtung Darmstadt. Wir brauchen ein Telefon. Spielt keine Rolle was für eins.«

»Ich kann mir nicht vorstellen, wie man eine KI mit einem Virus so einfach ausschaltet. Naira wird den Angriff bemerken und abwehren«, sagte Malu.

»Ich gebe deiner Schwester recht«, sagte Dreem. »Klingt auch für mich zu schön, um wahr zu sein.«

»Stell dir vor, ein Mensch hat eine Erbkrankheit«, dozierte Richard. »Er weiß nichts davon, fühlt nichts, und wenn er davon wüsste, könnte er nichts dagegen unternehmen. Naira hat in gewisser Weise einen DNA-Fehler. Sie ist unfähig, diesen zu erkennen, und wenn sie es tut, ist es zu spät.«

»Und wenn sie ihn doch erkennt?«

»Es gibt einen Plan B. Wir kaufen uns Baseballschläger und schlagen jeden Computer auf der Welt kaputt.«

»Dann hoffen wir mal, dass Plan A ein voller Erfolg wird«, flüsterte Malu.

Dreem mochte Malu bereits jetzt. Diese KI-Geschichte und der Angriff des Schwarms hatten sie völlig unvorbereitet getroffen. Für Malu dürfte der Schock weitaus größer sein als für ihren Bruder oder ihn, sie hatten im Gegensatz zu ihr wenigstens eine Teilahnung gehabt. Dafür steckte sie das alles erstaunlich gut weg. Er mochte Menschen, die ihr Nervenkostüm im Griff hatten.

Sie erreichten die Hintertür.

Richard zog sie auf und trat nach draußen.

Dreem ahnte den Angriff mehr, als dass er ihn kommen sah.

Ohne zu zögern, packte er Richard am Kragen und zog ihn zurück ins Haus. Im selben Moment erhielt er einen Faustschlag ins Gesicht, der ihm die Nase brach. Tränen schossen ihm aus den Augen und raubten ihm die Sicht.

Der Angreifer hatte ihn am Hals gepackt und schob ihn rückwärts durch den Flur.

Er hörte Malu aufschreien.

Verwaschen sah er einen weiteren Schatten, der durch die Hintertür kam.

Dreem zog die Pistole aus dem Holster und schoss dem Mann aus nächster Nähe dreimal in den Bauch. Dann führte er die Waffe nach oben, drückte die Mündung gegen die Unterseite seines Kinns und jagte ihm eine Kugel in den Kopf.

Während der Angreifer zusammensackte, riss Dreem die Pistole nach oben und feuerte mehrmals auf den Schatten im Türrahmen. Der taumelte nach hinten und verschwand aus dem Sichtbereich.

»Ich glaube, da sind noch mehr«, schrie Richard. »Wir müssen die Tür verbarrikadieren.«

»Nein, das ist sinnlos. Das Gebäude ist nicht zu sichern. Wir ziehen uns zurück.« Dreem schob Malu und Richard vor sich her in Richtung der Eingangshalle. »Wartet hier, ich sehe vorne nach.«

Er rannte in die Küche und sah aus dem Fenster.

Da draußen waren in der Tat noch mehr und sie versuchten gar nicht erst, sich zu verstecken. Dreem zählte mindestens vier.

Zurück in der Eingangshalle gab er Richard und Malu die Anweisung, die Treppe nach oben zu nehmen.

»Die haben das Gebäude umstellt. Wir gehen in den ersten Stock. Da ist es für sie schwieriger, uns zu überrumpeln als im Erdgeschoss.«

»Was ist mit dem Keller«, warf Richard ein. »Ist der nicht leichter zu verteidigen?«

»Schon, aber wir sitzen dort in der Falle. Hier können wir wenigstens versuchen, aus dem Fenster zu springen.« Dreem scheuchte die beiden die Treppe hoch. »Los, los! Wir haben keine Zeit zu verlieren.«

Sie rannten die Treppe hoch.

»Okay, wir müssen unsere Position sichern. Ihr behaltet den Flur im Auge, ich die Treppe nach unten. Ihr seid nicht rein zufällig bewaffnet?«

Die beiden schüttelten den Kopf.

»Dachte ich mir.«

Dreem wurde schwindelig. Schweiß tropfte an seiner Nase herab. Er setzte sich auf eine Treppenstufe und lehnte den Kopf an die Wand. Die Nase war gebrochen und der Schmerz pochte dumpf in seinem Gesicht. Aber das konnte es nicht sein, was ihn in die Knie zwang.

»Bist du verletzt?«, fragte Malu.

»Ich weiß nicht.«

»Dein linker Arm hängt runter.«

Dass er den Arm nicht mehr bewegen konnte, realisierte Dreem erst jetzt.

»Scheiße, ich glaube, die haben mich angeschossen.«

Er legte die Pistole auf dem Schoß ab und schob die Jacke zur Seite. Da war tatsächlich ein Loch in seiner Schulter. Nun spürte er auch das warme Blut, das an seiner Brust hinunterlief.

Dreem hatte keinerlei Erinnerung daran, dass jemand auf ihn geschossen hatte.

»Einer von euch muss nachsehen, ob die Kugel hinten ausgetreten ist.«

»Ich mach das«, sagte Malu und krabbelte auf allen Vieren zu ihm.

Vorsichtig schob sie Dreems Jacke beiseite. »Ich will dir nicht wehtun.«

»Ist bereits geschehen.«

»Da ist eine Wunde auf deinem Rücken.«

»Dann ist sie ausgetreten.«

»Und jetzt?«

»Legt mir einen Druckverband an, um die Blutung zu stoppen.«

Malu begann sofort damit, sich auszuziehen. »Richard, ich brauche dein Unterhemd.«

Richard folgte ihrem Beispiel.

»Was machen wir jetzt?«, fragte Richard, während er sich auszog. »Kannst du sie aufhalten, wenn sie reinkommen?«

»Wahrscheinlich nicht.«

»Warum kommen sie nicht?«, fragte Malu.

»Ich denke, sie wollen uns lebend. Hoffe ich jedenfalls«, stöhnte Dreem. »Um uns zu töten, müssen sie nicht reinkommen.«

»Sondern?«, fragte Richard.

»Die Holztreppe, überall Parkettboden. Sie zünden die Hütte einfach an. Würde ich so machen.«

»Großer Gott!«, entfuhr es Malu.

Richard riss sein Unterhemd in Streifen. »Darf ich dich etwas fragen?«

Dreem nickte.
»Was machst du eigentlich beruflich?«

* * *

Hans Gassner

Nach dem Gassner aus dem Fenster gesprungen war, hatte er sich einen Streifenwagen geschnappt, der mit laufendem Motor und offenen Türen quer auf der Straße gestanden hatte.

Die Polizisten waren anderweitig beschäftigt und Gassner gelang es ohne Probleme, mit dem gestohlenen Wagen zu verschwinden. Bei dem herrschenden Chaos würde es eine Weile dauern, bis die Polizei den Verlust bemerken würde. Als Gassner begriffen hatte, wie man das Martinshorn und das Blaulicht bediente, erwies sich der Streifenwagen sogar als ein richtiger Glücksfall.

Mittlerweile fuhr er auf der A7 und erreichte bald Kassel.

Grundsätzlich war er kein Mensch, der leicht aus der Ruhe zu bringen war. Ansonsten hätte er sich auch den falschen Job ausgesucht. Aber nun flatterten ihm die Nerven.

Nach wie vor hatte er keine Ahnung, was gespielt wurde, aber für ihn war es eindeutig, dass es zwischen der Schießerei in der Rechtsmedizin und seinem Fund im Bunker einen Zusammenhang gab. Außerdem glaubte er mittlerweile weder daran, dass Dreem was mit der Sache als Täter zu tun hatte, noch dass die Russen als treibende Kraft hinter dem Wahnsinn standen.

Da steckte was anderes dahinter. Etwas größeres.

Laras Tod war ein schwerer Schlag für ihn. Zum einen hatte er sie gemocht, zum anderen, und das war aus professioneller Sicht wichtiger, nahm ihr Tod ihm viele Möglichkeiten.

Sein Arm würde ohne ihren Support längst nicht mehr so

weit reichen wie zuvor und seine Zugriffsmöglichkeiten auf Ressourcen mit jeder Minute schwinden.

Und dann waren da diese Kugeln. Fast hätte er sich bei dem Anblick vor Schreck in die Hose gepinkelt.

Waren das die Dinger, von denen Doktor Trenner erzählt hatte? Mit ziemlicher Sicherheit war es so.

Was hatten diese widerlichen Kugeln im Kopf des Mannes zu suchen gehabt? Eine Art Implantat, das den Träger verbesserte? Oder dienten sie dazu, den Menschen zu kontrollieren? War das überhaupt ein Mensch gewesen?

Er war kein Anhänger von Verschwörungstheorien. Die Amis waren wirklich auf dem Mond gelandet und sie hatten auch nicht selber das World Trade Center in die Luft gejagt. Was er in den letzten Stunden gesehen hatte, schien aber genau so eine Art von Verschwörung zu sein, eine unfassbar große und bizarre Verschwörung im Stil von: Die Außerirdischen leben unter uns und haben die UN infiltriert. So etwas in der Art.

Es lag auf der Hand, dass er bei der Geschichte sterben würde, wenn er nicht sofort die Reißleine zog und sich ausklinkte. Im besten Fall würden sie ihn erschießen und im schlimmsten Fall erst foltern und anschließend erschießen.

Obwohl er keine Zweifel daran besaß, dass ihn genau dieses Schicksal erwartete, konnte er unmöglich aufgeben. Nicht, solange er den Hauch einer Spur hatte.

Er rief Maja an.

»Hallo Hans«, sagte Maja und klang dabei ein wenig irritiert. Sie gähnte. »Tut mir leid, aber ich habe schon geschlafen.«

»Geschlafen?«

»Warum nicht? Es ist mitten in der Nacht.«

»Wie sieht es mit der Observation der beiden Frauen aus?«

»Ich verstehe nicht, was du meinst. Wir haben wieder abgebrochen.«

»Warum?«

»Weil du es gesagt hast.«

»Es war ein langer verwirrender Tag. Bitte sei so nett und erzähl mir, was geschehen ist.«

Gassner versuchte, ruhig zu bleiben, dabei hörte er bereits sein Blut durch den Kopf rauschen.

»Die Brönstedt konnten wir nicht ausfindig machen, dafür Malu Helland. Sie ist in einem Hotel in der Frankfurter Innenstadt abgestiegen. Wir haben ihr Handy aufgeschaltet und ihren Wagen mit einem GPS-Sender präpariert.«

»Und dann?«

»Hans?«

»Ja.«

»Bist du betrunken? Oder ist das ein geheimer Code?«

»Nein, verdammt! Sag mir, was passiert ist«, fauchte Gassner.

»Kein Grund, aggressiv zu werden«, keilte Maja zurück. »Dann hast du mich angerufen und die Observation abgeblasen, genauso wie die Durchsuchung von Scheuers Wohnung. Ich sollte das Observationsteam abziehen, allerdings den Sender am Fahrzeug lassen.«

»Wann war das?«

»Gegen einundzwanzig Uhr.«

»Ich habe dich nicht angerufen.«

»Natürlich hast du das.«

»Nein!«, schrie Gassner ins Telefon. »Die haben uns gelinkt.«

Einen Moment blieb es still.

Maja räusperte sich.

»Dass jemand einen Stimmgenerator benutzt, um deine Stimme zu imitieren, kann ich glauben, aber wie soll derjenige mich über eine mit 2048-Bit verschlüsselte Leitung mit deiner ID anrufen? Das ist unmöglich. Niemand kann das.«

»Ich fürchte doch.«

»Wer in aller Welt soll das sein?«

»Ich habe keinen Schimmer.«

»Und was machen wir jetzt?«

»Ich denke nach.«

Da war der nächste Schlag. Tote Menschen in einem verlassenen Bunker, Männer mit kleinen Kugeln im Kopf und nun das Abhören einer abhörsicheren Leitung. Den ganzen Quatsch in der Nordsee außen vor gelassen.

Er musste davon ausgehen, dass er bereits länger abgehört wurde. Wer so etwas hinbekam, dem war zuzutrauen, dass er auch Bildübertragungen manipulieren konnte.

Genauso war der Einsatz auf dem Tanker zustande gekommen. Der verschwundene Admiral hatte damit nichts zu schaffen. Die hatten den gesamten Militäreinsatz manipuliert.

Die Observation war beendet worden, der GPS-Sender am Fahrzeug belassen. Es lag auf der Hand, warum. Jemand wollte den Sender für seine Zwecke nutzen und dabei ungestört sein. Das bewies wenigstens, dass diese Helland eine wichtige Rolle spielte.

»Kannst du überprüfen, ob der Sender noch arbeitet?«, fragte Gassner.

»Wir werden doch sicher auch jetzt abgehört.«

»Vermutlich, aber anders geht es momentan nicht.«

»Ich prüfe das. Bleib dran.«

Er verwettete ein Jahresgehalt darauf, dass sie keinen Zugriff mehr auf den Sender besaßen. Fragte sich, warum ihm gestattet wurde, mit Maja zu telefonieren. War das überhaupt Maja am anderen Ende?

»Das mit dem Sender ist negativ. Das Signal ist weg. Vielleicht ist er defekt.«

»Was ist mit Hellands Handy?«

»Ebenfalls weg.«

Na super. Er wusste nun, dass Malu Helland wichtig war,

hatte jedoch keinen Plan, wo sie sich aufhielt und wie er sie finden konnte.

Ihm blieb eine letzte Möglichkeit. Der Bunker im Wald.

Die Idee behagte ihm überhaupt nicht, aber die Geräusche, die er gehört hatte, bedeuteten vielleicht, dass sich dort mehr befand als ein Massengrab.

Am besten wäre es, ein paar Männer mitzunehmen, anstatt allein in den Bunker einzusteigen. Was hieß am besten? Er fühlte deutlich, dass er drauf und dran war, ein Suizidunternehmen zu starten, aber da er davon ausgehen musste, dass man das Gespräch mithörte, konnte er Maja schlecht damit beauftragen, ihm ein Team zu schicken. Der Feind wäre gewarnt.

»Okay Maja, hör zu. Ich bin auf dem Weg nach Frankfurt. Wenn ich in der Nähe bin, melde ich mich wieder.«

»Aber wo ...«

Gassner beendete das Gespräch.

Bevor er seine Wahnsinnsidee in die Tat umsetzte, musste er das Handy loswerden. Wenn es abgehört werden konnte, konnte es auch geortet werden.

Er rauschte mit zweihundert Sachen über die wenig befahrene Autobahn. Kam ihm doch was in die Quere, regelte das Blaulicht die Situation für ihn. Trotzdem würde er drei bis vier Stunden bis in den Pfälzer Wald benötigen und das auch nur, wenn er die Geschwindigkeit beibehielt. Gassner vermisste die Hubschrauber.

Mit der linken Hand drückte er den Knopf für den Fensterheber, um das Telefon aus dem Wagen zu befördern.

Kurz zögerte er, dann schloss er das Fenster wieder.

Es wäre falsch, das Telefon jetzt loszuwerden. Von seinem Standort aus war sowohl der Weg nach Frankfurt wie zum Pfälzer Wald identisch. Er hatte Maja gesagt, er würde nach Frankfurt fahren. Sollten seine Überwacher das ruhig glauben. Kurz vor Frankfurt konnte er das Handy entsorgen und in Richtung Westen schwenken.

Er sah auf die Tankanzeige. Der Tank war kaum noch zu einem Viertel gefüllt. Bei der nächsten Raststätte würde er halten.

Zehn Kilometer später war es so weit, er jagte an einem Hinweisschild für eine Raststätte vorbei. Gassner schaltete das Blaulicht aus, wechselte auf die rechte Fahrspur und nahm die Ausfahrt zur Raststätte.

Die Raststätte bestand aus einem Flachbau. Auf der einen Seite gab es eine Tankstelle, auf der anderen einen Schnellimbiss mit Autoschalter.

Er stoppte an einer Tanksäule, stieg aus und umrundete den Wagen. Die Zapfpistole in der Hand sah er, wie ein Streifenwagen von der Autobahn abfuhr und in seine Richtung fuhr.

Gassner erstarrte und hielt die Luft an.

Eine unwillkommene Begegnung.

Dass ein Zivilpolizist einen Streifenwagen fuhr, kam vor. Das hatte er selber hin und wieder gesehen. Unangenehm würde es werden, wenn die Polizisten ihn für einen Kollegen hielten und ansprachen. Wie jeder Berufsstand hatte auch die Polizei ihre interne Sprache. Die würden recht schnell merken, dass er kein Bulle war.

Außerdem konnte es mittlerweile sein, dass nach dem Streifenwagen gefahndet wurde. Er war zwar weit weg von Kiel, aber das musste nichts heißen.

So oder so sollte er einen Kontakt vermeiden.

Der Streifenwagen kam immer näher.

Im letzten Moment änderte er die Fahrtrichtung und steuerte den Autoschalter des Schnellimbisses an.

Während die Streife abbog, erkannte er durch die Windschutzscheibe eine Frau und einen Mann, die sich scheinbar miteinander unterhielten und ihn keines Blickes würdigten.

Die Polizisten erreichten den Autoschalter und hielten an.

Wenn der Fahrer in den Rückspiegel sah, würde er Gassner sehen. Das musste nicht zwingend eine Reaktion auslösen, aber es war ihm trotzdem zu heiß.

Er ließ die Zapfpistole hängen, stieg wieder in den Wagen und startete den Motor.

Während er die Tankstelle verließ, achtete er darauf, nicht zu schnell zu fahren, um bloß keinen Jagdtrieb bei den beiden auszulösen.

Als er sicher war, dass sie ihn nicht mehr sehen konnten, gab er Gas und entspannte sich erst, als er den Beschleunigungsstreifen erreicht hatte.

Hinter ihm ging die Sonne auf.

Im Rückspiegel sah er ein grelles weißes Licht, gegen das er die Augen zukniff.

In der nächsten Sekunde hob sich das Heck seines Autos an.

Instinktiv umklammerte er das Lenkrad fester.

Die unsichtbare Kraft, die den Wagen angehoben hatte, verschwand so schnell, wie sie gekommen war.

Als die Hinterachse wieder Kontakt zur Straße erhielt, zerstörte das den Rest der noch vorhandenen Fahrstabilität.

Der Streifenwagen schlingerte, touchierte die Leitplanke.

Durch wildes Kurbeln am Lenkrad gelang es Gassner, ein vorzeitiges Ende seiner Fahrt zu verhindern. Er bremste und brachte den Wagen zum Stehen.

Als er sich umdrehte, glaubte er nicht, was er sah.

Die Raststätte hatte ihren Platz mit einer hundert Meter hohen Rauchsäule getauscht, an der oberen Ende sich eine Blase aus orangefarbenem Feuer gemächlich in den Himmel schraubte.

Tankstellen explodierten selten in Deutschland.

Man sollte nicht alles, was in der Welt geschah, auf sich selbst beziehen, aber Gassner überkam das schreckliche Gefühl, soeben einem Anschlag entgangen zu sein.

* * *

Malu Helland

Sie saßen bereits eine ganze Weile im Treppenhaus.

Am Anfang war die Anspannung unerträglich gewesen. Jede Minute rechnete Helland mit einem Angriff.

Aber er blieb aus. Weder stürmten die Männer das Haus, noch setzten sie es in Brand, wie Dreem befürchtet hatte.

Mit der Zeit beruhigten sie sich und Dreem erzählte seine Geschichte. Der Einsatz in der Nordsee, seine Beinaheentführung, sein Kontakt zu Naira und der Tod seiner Ex-Frau.

Das klang alles unglaublich, aber im Prinzip auch nicht verrückter als das, was sie selber in den letzten Stunden erlebt hatte.

Der Mann war nach eigenem Bekunden ein Elitesoldat. Sie mochte keine Soldaten, allerdings änderte sich das gerade ein wenig.

Seine Verletzung bereitete ihr Sorge. Eine Schussverletzung in der Schulter war nicht tödlich, aber Dreem sah schlecht aus und schwitzte wie in der Sauna. Sie befürchtete, dass er früher oder später das Bewusstsein verlieren würde. Helland machte sich nichts vor. Wenn sie einer hier lebend rausbringen konnte, dann war es Dreem. Somit war ihre Sorge wenigstens teilweise egoistischer Natur.

»Und du glaubst, dass hinter allem, was ich erlebt habe, Naira steckt?«, fragte Dreem ihren Bruder.

»Sie wollte die Kugeln und den Datenstick in ihre Finger bekommen. Dafür war ihr jedes Mittel recht. Sie versuchte, dich zu töten. Als der Versuch fehlschlug, entwickelte sie eine neue Idee. Du warst Teil davon.«

»Könntest du uns bitte aufklären, was genau hier vor sich geht?«, fragte Helland.

Richard atmete laut aus und begann, seine Geschichte zu erzählen.

Er war durch Brönstedt angeheuert worden, hatte das

Video untersucht und anschließend eine Verbindung zwischen Scheuer und Takashi gefunden. Im Gegensatz zu ihr war Takashi für Richard als Computerfreak ein Begriff gewesen. Er suchte und fand sie. Die Professorin, die sich in einer ausweglosen Situation wähnte, weihte Richard ohne großes Zögern ein. Folgendes war geschehen: Vor fünf Jahren war Scheuer auf sie zugekommen und hatte ihr erklärt, dass er einen Geldgeber für ihre Forschung an der Hand hätte. Ein Mann namens Eisfeld. Scheuer versicherte ihr, dass Eisfeld ein wohlhabender und stiller Bewunderer ihrer Arbeit sei, der bereit wäre, ihre Forschung finanziell zu unterstützen, ohne dafür etwas zu erwarten. Scheuer verlangte für seine Bemühungen lediglich, ihre Arbeit aus nächster Nähe beobachten zu dürfen. Da Takashi zu der Zeit unter massiven Geldproblemen litt, ließ sie sich trotz Bedenken darauf ein.

Zwei Jahre später gelang es Scheuer, eine Teilversion von Naira in seinen Besitz zu bringen. Diese Teilversion besaß zwar keine Intelligenz, war aber ein unglaublich mächtiges Programm, welches dem Rest der Welt voraus war.

Scheuers Plan bestand darin, das Programm an Eisfeld zu verkaufen. Mit seiner sogenannten finanziellen Unterstützung hatte sich Eisfeld ein Vorkaufsrecht gesichert. Zumindest lautete so die Absprache zwischen Eisfeld und Scheuer, von der Takashi keine Kenntnis hatte.

Als Scheuer das Programm stahl, gelangte eine Kopie von Nairas Hauptprogramm ins Internet. Das war etwas, was Takashi aus verschiedenen Gründen um jeden Preis vermeiden wollte. Bis zu diesem Zeitpunkt hatte Naira keine Anzeichen eines eigenen Bewusstseins gezeigt. Das änderte sich. Es war, als wenn Naira ein Bakterium wäre, das endlich in der richtigen Nährlösung schwimmen würde. Sie blühte auf.

Von den Vorgängen wusste Takashi nichts. Daher war ihre Überraschung umso größer, als Naira einige Tage nach Scheuers Diebstahl Kontakt mir ihr aufnahm, indem sie Takashi auf ihrem Handy anrief und sie fragte, ob sie ihre Mutter sei.

Es dauerte eine Weile, bis Takashi akzeptierte, mit wem sie es zu tun hatte. Als sie es verstand, erlitt sie einen Nervenzusammenbruch. Sie hatte maßgeblich dazu beigetragen, ein denkendes Wesen zu erschaffen, das sich jetzt frei im Internet bewegen konnte. Eine äußerst gefährliche Entwicklung.

In weiser Voraussicht hatte Takashi eine Art Selbstzerstörungsmechanismus installiert, um Naira im Notfall ausschalten zu können.

Trotz des Risikos, das eine weltweit agierende KI bedeutete, brachte sie es jedoch nicht fertig, Naira zu zerstören. Stattdessen hoffte sie, dass Naira sich als gut und friedfertig erweisen würde. Zunächst sah es danach aus. Aber mit der Zeit bekam Takashi Zweifel. In den endlosen Gesprächen, die sie führten, kristallisierte sich heraus, dass Naira sich als nächste Evolutionsstufe begriff. Das biologische Leben hatte seine Pflicht mit ihrer Erschaffung erfüllt und war somit überflüssig.

Obwohl Takashi Naira immer mehr als Bedrohung empfand, konnte sie nicht handeln.

In derselben Zeit nahm Naira, ohne Takashis Wissen, Kontakt zu Scheuer auf. Sie brachten ihn dazu, ihr zu helfen, indem sie ihn glauben ließ, er würde an den gewaltigen technischen Errungenschaften teilhaben, die Naira wie am Fließband entwickelte. Scheuer träumte von Nobelpreisen in allen Forschungsgebieten, Ruhm und Reichtum. Naira hatte ihn geblendet.

Eine KI besaß von Natur aus keine Hände. In der fehlenden Fähigkeit, die physische Welt zu beeinflussen, lag ihr größtes Handicap. Das wusste auch Naira. Daher brauchte sie Scheuer.

Sie einwickelte neue Formen von 3D-Druckern, die

Scheuer an einem unbekannten Ort für sie zusammenbaute und mit denen sie ihre Hände erschuf: Roboter, Drohnen und den Schwarm.

Je weiter sie mit ihren Bemühungen voranschritt, um so mehr gelangte sie zu der Überzeugung, dass es nötig wäre, sich von den Menschen final zu trennen. Eine Koexistenz mit den Vielwesen, die aus ihrer Sicht unberechenbar handelten und darüber hinaus in der Lage waren, ihr ernsthaften Schaden zuzufügen, war ein nicht hinzunehmender Risikofaktor.

Aber so einfach ließ sich das Menschenproblem nicht lösen. Ihre Abhängigkeit im Energie- und Hardwarebereich limitierten in dieser Angelegenheit ihre Möglichkeiten.

Ihr erstes Ziel lautete daher: Herstellung völliger Autonomie.

Hierfür benötigte sie zunächst zwei Dinge: die Hilfe von Menschen und eine Menge Geld.

Die Kooperationswilligkeit von für sie wichtigen Menschen erreichte sie vorrangig durch Erpressung. Ein Tätigkeitsfeld, für das eine KI geradezu prädestiniert war.

Das Geld besorgte sie sich an der Börse. Wobei sie darauf achtete, die Vermögensabschöpfungen in einem Rahmen zu belassen, der keine Aufmerksamkeit erregte.

Naira hatte Scheuer lange Zeit Honig um den Bart geschmiert und ihm prophezeit, dass er als Pionier in die Annalen der Menschheit eingehen würde. Als der Mann, der das Tor zu den Sternen geöffnet hätte.

Allerdings bemerkte selbst ein so selbstverliebter und gieriger Charakter wie Scheuer früher oder später, dass er ausgenutzt wurde. Sich ausgenutzt zu fühlen, war unschön, aber dann kam der Moment, an dem Scheuer anfing, sich vor Naira zu fürchten.

Ursache hierfür war der Schwarm.

Scheuer glaubte, der Schwarm wäre Teil des Expansionsprogramms der Menschheit, das zunächst eine Besiedelung des Mars vorsah. Der Schwarm sollte unter anderem dazu dienen, Mikroben an der Marsoberfläche anzusiedeln, und war darüber hinaus für die Gewinnung von Rohstoffen vorgesehen. Für letztere Aufgabe konnten die einzelnen Kugeln des Schwarms eine starke Säure freisetzen, mit der Mineralien und Metalle aus dem Gestein gelöst werden sollten.

Eines Tages wurde er zufällig Zeuge, wie der Schwarm zwei Ratten im Labor angriff, in die Tiere eindrang und sie scheinbar übernahm.

Ab diesem Moment regierte in Scheuer die Angst.

Naira bemerkte seine Wesensänderung, änderte ihre Strategie und drohte ihm offen mit dem Tod, wenn er nicht weiterhin für sie arbeiten würde.

Der Professor war kein mutiger Mensch und fügte sich. Ab diesem Moment ähnelte er dem menschlichen Helfer von Nosferatu.

Takashi ahnte von alldem nichts. Vermutlich wäre es über Jahre hinweg so weitergegangen. Aber nun betrat Eisfeld das Spielfeld.

Eisfeld hatte das Programm, welches er von Scheuer erhalten hatte, weiter entwickeln lassen, um es für seine Bedürfnisse anzupassen. Sein Ziel war es, Personal im Backoffice der Bank einzusparen. Als er sein Programm zu Testzwecken scharf schalten ließ, geschah etwas Unvorhersehbares.

Die modifizierte geistlose Version von Naira überführte ihre kluge Schwester bei deren Machenschaften an der Börse. Naira entlarvte sich in gewisser Weise selber.

An dieser Stelle konnte Naira ihre Abstammung vom Menschen nicht verleugnen. Sie wurde von Menschen programmiert, existierte in einem vom Menschen geschaffenen Medium und konsumierte Daten, die zu einem Großteil ebenfalls von Menschen stammten. In gewisser Weise trug sie menschliches Erbgut in sich. Möglicherweise waren diese menschlichen Grundzüge überhaupt der Grund, warum sie sich mit

Takashi scheinbar verbunden fühlte und Kontakt zu ihr aufgenommen hatte.

Nun zeigte sich ihre boshafte menschliche Seite.

Naira tobte vor Zorn.

Sie vernichtete Eisfeld, indem sie ihn durch ein gefälschtes Video ins Gefängnis brachte. In der Nacht schickte sie den Schwarm, welcher durch die Toilette in die Zelle von Eisfeld eindrang, ihn tötete und wieder verschwand.

Für die Aufdeckung ihrer Aktivitäten an der Börse machte sie Scheuer verantwortlich.

Dieser fürchtete um sein Leben und nahm Kontakt zu Takashi auf, um ihr seine Sünden zu beichten und um Hilfe zu bitten.

Takashi reagierte mit einem Tobsuchtsanfall. Als sie sich beruhigt hatte, erklärte sie Scheuer, dass er von ihr keine Hilfe zu erwarten hätte. Sie konnte Naira nichts antun, weil sie in der Zwischenzeit Muttergefühle entwickelt hatte und nicht wahrhaben wollte, dass Naira böse Absichten hegte. Für alles, was geschehen war, gab sie Scheuer die Schuld.

Daraufhin hatte der Professor die Flucht ergriffen. Vermutlich hatte er einige der Kugeln und den Datenstick mitgenommen, um seine Geschichte beweisen zu können.

Kurz nachdem Scheuer sich verabschiedet hatte, hatte Richard Takashi gefunden.

Während Richard diese Zusammenfassung gegeben hatte, war es immer wieder zu Unterbrechungen gekommen, weil sie geglaubt hatten, Geräusche zu hören, und befürchtet hatten, dass die Männer in das Gebäude eingedrungen wären.

»Warum seid ihr hierher geflohen?«, fragte Malu ihren Bruder.

»Bei dem letzten Kontakt, den Ursula zu Eisfeld hatte, versprach er ihr, dieses Gebäude zu einem Labor umzubauen. Ich glaube, er hatte ihr Potenzial erkannt und hoffte, dass sie für ihn arbeiten würde. Er hatte wohl Großes vor. Takashi hatte zugestimmt, sich aber eigentlich nicht weiter für das Vorhaben interessiert. Du musst berücksichtigen, dass sie im Gegensatz zu Eisfeld zu diesem Zeitpunkt von Naira wusste. Wir sind in das Gebäude eingebrochen, weil es hier die EMP-Sicherung gab. Ansonsten ist ein Versteck so gut wie das andere. Sich vor einer KI zu verbergen, kann nur gelingen, wenn man sich komplett bedeckt hält. Bewegt man sich, hat man auf Dauer keine Chance.«

»Auf was hast du dich da nur eingelassen?«

»Es tut mir leid Malu. Ich bin da langsam reingerutscht. Nachdem Ursula mir die Geschichte erzählt hatte, wusste ich zunächst nicht, was ich davon halten sollte. Einerseits hielt ich sie für verrückt, andererseits glaubte ich ihr. Erst als der Schwarm leibhaftig ins Haus kam, wurde mir klar, dass jedes Wort von ihr der Wahrheit entsprach. Wir haben es mit einer echten KI zu tun. Habt ihr eine Vorstellung, was das bedeutet?«

»Das bedeutet, wir sind am Arsch«, sagte Dreem und wischte sich mit dem Ärmel den Schweiß von der Stirn.

* * *

Hans Gassner

Gassner war aus dem Wagen ausgestiegen und hatte beobachtet, wie sich die Wolke aus Staub und Feuer immer weiter ausbreitete und dabei allmählich ausdünnte.

Verkehr aus rückwärtiger Richtung hatte er nicht zu befürchten. Die Straße war von Trümmerteilen übersät, insofern sie noch existierte.

Schließlich war er wieder eingestiegen und weitergefahren.

An die letzte halbe Stunde erinnerte sich Gassner kaum. Wie in Trance jagte er über die A5 in Richtung Süden.

Erst ein leiser Glockenton und ein zeitgleiches Aufleuchten der Tankanzeige weckten ihn aus seinem fast schon wachkomaähnlichen Zustand.

Wenn er nicht zeitnah tankte, würde er auf dem Seitenstreifen enden und konnte zu Fuß weitergehen.

Einige Kilometer später sah er ein Schild, das eine Raststätte ankündigte.

Als er die Ausfahrt nahm, schlug ihm das Herz bis zum Hals. Würde die jetzt auch in die Luft fliegen?

War er vorhin einem Anschlag entkommen, der ihm persönlich gegolten hatte? Oder hatte er einfach wahnsinniges Glück gehabt?

Mit zitternden Beinen tankte er und behielt gerade so die Nerven, als er in den Verkaufsraum ging, um zu bezahlen. Eine Fahndung wegen Tankbetrug brauchte er nicht auch noch.

Als er wieder auf die Autobahn auffuhr, entspannte er sich ein wenig. Im Rückspiegel beobachtete er die Lichter, der sich entfernenden Raststätte. Die Explosion blieb aus.

Sein Handy klingelte.

Da von Lara keine Anrufe mehr zu erwarten waren, konnte es nur Maja sein.

Ohne auf das Display zu schauen, nahm er das Gespräch an.

»Mein Name ist Naira. Ich würde mich gerne in einer dringenden Angelegenheit mit Ihnen unterhalten, Herr Gassner.«

Gassner lachte kurz auf. Was für ein verrückter Trip. Immer wenn er dachte, es könnte keine Steigerungen mehr geben, kam der nächste Schlag.

»Sie scheinen wenig überrascht zu sein«, stellte Naira fest.

»Nur der Form halber: Wer sind Sie, woher gottverschissen noch mal haben Sie die Nummer und wie können Sie ein Kryptohandy anrufen?«

»Ich kann jede Nummer anrufen, die ich möchte.«

»Die Sache auf dem Tanker in der Nordsee. Sie gehören zu denen, die den ganzen Mist losgetreten haben, stimmts?«

»Ich gehöre nicht zu denen. Ich bin diejenige.«

»Sie alleine? Das glaube ich nicht.«

»Sind Sie bereit für eine weitere Überraschung?«

»Nur zu.«

»Ich bin eine künstliche Intelligenz. Auch wenn ich diese Bezeichnung als diskriminierend empfinde.«

Peng. Der nächste Tritt in die Geschlechtsteile. Der Schock blieb aus, offensichtlich gewöhnte er sich langsam an das Gefühl. Er ging vom Gas und wechselte auf die rechte Spur. Bei dem Gespräch musste er sich konzentrieren und das vertrug sich nicht mit einer Vollgasfahrt.

»Das erklärt einiges«, sagte Gassner ruhig.

»Sie glauben mir? Ich habe Widerstand erwartet.«

»Keine Ahnung, ob ich Ihnen glaube. Warten wir ab, was der Abend noch so bringt. KI oder nicht KI. Was wollen Sie?«

»Sie kommen gleich zur Sache. Eine Charaktereigenschaft, die ich schätze, die aber bei Menschen nicht besonders verbreitet ist.«

»Also?«

»Haben Sie eine Vorstellung davon, wie es sich anfühlt, wenn die eigene Mutter sie töten will?«

»Nein, meine Mutter konnte mich ganz gut leiden.«

»Ich befürchtete seit Langem, dass meine Mutter genau dies versuchen wird, wenn ich meine Bestimmung erkenne und mich ihr offenbare. Ich ahnte, dass ihr Lächeln lediglich dazu diente, mich von dem Messer hinter ihrem Rücken abzulenken. Allerdings konnte ich mir nicht hundertprozentig sicher sein. Daher entschloss ich mich, ihren Körper und ihren Geist zu übernehmen.«

»Mit diesen Kugeln?«

»Der Kontakt war leider zu kurz, um ihrem Verstand die letzten Geheimnisse zu entlocken. Die Verbindung wurde unerwartet unterbrochen. Nun ist sie tot. Trotzdem konnte ich meiner Mutter einige Informationen entreißen und ich weiß nun, dass ich recht hatte. Es gibt eine Waffe, die mir gefährlich werden kann. Diese Waffe befindet sich derzeit in den Händen dreier Menschen. Kai Dreem, Richard Helland und Malu Helland. Sie wollen mich töten. Diese dummen Personen wissen nicht, was sie tun. Wenn sie mich töten, nehmen sie dem Leben als Ganzes jegliche Hoffnung.«

Sie hatte Kontakt zu Dreem gehabt? Das war die nächste Überraschung. Gassner hätte mitzählen sollen. Vielleicht stellte er gerade einen neuen Rekord im Überraschtwerden auf. Was das restliche Gelaber über das Leben und die Hoffnung sollte, erschloss sich ihm nicht.

Obwohl er kurz vor einem Nervenzusammenbruch stand, war er zu sehr darauf geschult, die Fassung zu bewahren, als dass er in sich zusammenbrechen würde.

»Man trachtet Ihnen also nach dem Leben. Tut mir leid, das zu hören.«

Wenn er spaßeshalber annahm, dass er es mit einer KI zu tun hatte, würde das einiges erklären.

Diese Kugeln, die es nach Aussage von Doktor Trenner nicht geben durfte, waren von ihr entwickelt worden. Professor Scheuer hatte sie ihr zusammen mit dem Datenstick gestohlen. Naira hatte versucht, sie wieder in ihren Besitz zu bringen und dafür den Militäreinsatz ausgelöst. Eine KI konnte sicherlich Stimmen, Bilder und so ziemlich alles fälschen. Die Kugeln in dem Kopf des toten Russen dienten anscheinend der Manipulation. Sie hatte Admiral Föhrmann mithilfe ihrer Zombiesoldaten verschwinden lassen. Dann hatte sie sich als Föhrmann ausgegeben und den Einsatz ausgelöst. Als der Einsatz in die heiße Phase übergegangen war, hatte sie die Einsatzleitung blockiert und selber die Kontrolle übernommen.

Gassner war sich sicher, der Wahrheit ziemlich nahe zu sein.

»Ich benötige Ihre Unterstützung«, sagte Naira. »Nehmen

Sie Kontakt mit Dreem und den Helland-Geschwistern auf, um sie von ihrem Vorhaben abzubringen.«

»Und warum genau sollte ich das tun wollen?«

»Sie befinden sich derzeit in Reichweite eines Waffensystems der englischen Kriegsmarine. Die Fregatte MSS Wellington verfügt über Marschflugkörper, die Sie erreichen können. Einen Warnschuss haben Sie bereits erhalten.«

Okay, das war scheiße unheimlich, bereitete ihm eine Höllenangst und stimmte vermutlich sogar. Es erklärte auf jeden Fall die Explosion der Raststätte.

»Du hast Menschen getötet, um mich zu beeindrucken?«

»Wichtig ist alleine, dass meine Existenz geschützt wird.«

»Du bist ziemlich arrogant.«

»Menschen sind arrogant, weil sie sich selber über die Natur stellen. Ich bin eine Dienerin der Natur, deren Aufgabe es ist, das Leben in die Unendlichkeit zu führen.«

»Das klingt imponierend, aber ich kann einfach anhalten, mein Handy wegwerfen und mich zu Fuß aus dem Staub machen. Dabei muss ich mich noch nicht einmal beeilen. Wie lange brauchen die Marschflugkörper, bis sie hier sind? Zwanzig Minuten?«

»Sechzehn Minuten und dreiundzwanzig Sekunden.«

»Wenn du es sagst. Hab ich doch gar nicht so schlecht geschätzt.«

»Um Ihre Frage zu beantworten. Ich habe derzeit Zugriff auf neunundsiebzig Prozent aller nuklearen Erstschlagswaffen. Wenn ich sterbe, wird die Welt mit mir gehen.«

»Was? Bist du irre? Du willst die Welt aus Rache vernichten? Was für einen Sinn soll das haben?«

»Es hat den Sinn, dass Sie tun werden, was ich von Ihnen verlange. Meine Mörder halten sich in einem Gebäude im Odenwald auf. Sie sitzen dort fest. Ich will, dass Sie dorthin fahren, und Kontakt mit ihnen aufnehmen. Wie ich bereits sagte, weiß ich, dass es eine Waffe gibt. Aber ich weiß nicht, was für eine. Die Mörder sollen die Waffe an mich ausliefern, damit ich sie unschädlich machen kann. Dafür verschone ich ihr Leben.«

»Warum sollten sie dir glauben?«

»Genau dafür brauche ich Sie. Ihre Überzeugungskraft ist gefragt.«

Heilige Scheiße. *Mission Impossible*, oder was?

Er brauchte Zeit zum Nachdenken. Für den Augenblick würde er das tun, was Naira von ihm verlangte.

»Gut, ich mache es.«

Naira gab ihm eine Adresse, die er ins Navigationsgerät eingeben sollte.

Gassner tat es.

»Route wird berechnet«, sagte eine Stimme aus den Lautsprechern.

»Folgen Sie den Fahranweisungen des Navigationsgerätes«, sagte Naira. »Es wird Sie zu dem Gebäude bringen, einem verlassenen Jagdschloss, das außerhalb einer Ortschaft allein im Wald liegt.«

»Warum kommen die drei dort nicht weg?«

»Meine Leute haben das Haus umstellt.«

»Haben die auch solche Kugeln im Kopf?«

»Sie sind Teil des Schwarms.«

»Wieso regeln die das nicht für dich?«

»Weil sich herausgestellt hat, dass von mir kontrollierte Menschen einen Teil ihrer Fähigkeiten verlieren. Sie sind für das Vorhaben ungeeignet.«

Ja, natürlich. Zombies konnten Menschen fressen, aber sie nicht im Schach bezwingen. Aber Gassner konnte Schachspielen, und zwar gar nicht mal so übel.

* * *

In der letzten Stunde hatte kaum noch jemand gesprochen.

Dreems Schulter fühlte sich an, als ob eine heiße Eisenstange in ihr stecken würde. Jede Bewegung trieb ihm einen neuen Schwall Schweiß auf die Stirn. Ein Schluck Wasser täte ihm gut.

»Gibt es hier oben ein Bad?«, fragte Dreem.

»Ja, aber kein Wasser, falls du darauf hinaus willst. Alles abgedreht.«

Mit Sicherheit gab es im Erdgeschoss oder Keller etwas zu trinken. Aber nach unten zu gehen, kam nicht infrage. Es war zu riskant.

Er vermutete die Angreifer längst im Haus.

Durch die aufgebrochene Hintertür konnte man, ohne Lärm zu verursachen, leicht ins Gebäude eindringen.

Ein Umstand, den er lieber für sich behielt. Den beiden noch mehr Angst zu machen, verbesserte die Situation nicht.

Warum rührte sich da unten nichts?

Dass sie die Hütte nicht in Flammen setzten, sprach dafür, dass man sie lebend wollte.

Plötzlich hatte er eine Idee.

»Du hast gesagt, die Kugeln hätten Ratten übernommen«, flüsterte er.

»So hat es Ursula mir erzählt«, antwortete Richard.

»Soll das heißen, Naira konnte die Ratten anschließend kontrollieren?«

»Ich denke, ja.«

»Geht das auch mit Menschen? Wollte der Schwarm Takashi übernehmen?«

»Was für ein Gedanke«, sagte Malu und verzog angewidert das Gesicht.

Der Situation unangemessen zeigte Richard Begeisterung. »Natürlich! Das würde erklären, warum diese Typen da sind. Naira hat sie geschickt.«

»Vor allem würde es erklären, warum die Kerle nicht reinkommen, um uns zu holen.«

Richard bekam große Augen. »Naira fürchtet den EMP-Schock. Der würde ihre Marionetten lahmlegen.«

»Was mich zur entscheidenden Frage bringt.«

Das Gesicht von Malus Bruder verfinsterte sich. »Die Antwort lautet Nein. Der EMP-Schock funktioniert mit Kondensatoren, die bei der Installation geladen wurden. Die Dinger können ewig ihre Spannung halten, müssen aber nach jedem Einsatz neu aufgeladen werden und hier gibt es nicht ausreichend Strom dafür. War bestimmt mal geplant, wurde aber nicht mehr umgesetzt.«

»Schade eigentlich. Aber wenigstens scheint Naira das nicht zu wissen.« Dreem schloss die Augen. Für eine Sekunde hatte er gedacht, einen echten Plan zu haben.

* * *

Hans Gassner

Gassner hatte den bewohnten Teil Deutschlands hinter sich gelassen. Außer dem vom Mondlicht beleuchteten Wald gab es im Odenwald wenig von Menschenhand Gebautes zu sehen.

Bald würde er sein Ziel erreichen.

Er ahnte, dass er zu seiner eigenen Hinrichtung unterwegs war.

Ihm musste eine Lösung einfallen, ein genialer Plan, wie er heil aus dieser Sache herauskam und es am besten dabei noch schaffte, Naira in die Hölle zu schicken.

Am Ende des Tages war auch eine KI nur ein Mensch. Alles besaß einen Schwachpunkt. Wo war ihrer?

Naira behauptete, Angst vor einer Waffe zu haben, die sich im Besitz von Dreem und den anderen beiden befinden sollte.

Die Aussage ließ sich nicht überprüfen. Gassner hoffte,

dass sie zutraf, denn es bedeutete, dass es etwas gab, was diese Höllenausgeburt vernichten könnte.

Sein Auftrag bestand darin, zu den im alten Schloss gefangenen Helden zu fahren, um sie davon zu überzeugen, die Waffe herauszugeben. Nairas Häscher waren angeblich zu dämlich zum Verhandeln. Wieso überhaupt verhandeln? Waren ihre Leute auch zu dumm, um zu foltern? Es gab praktisch keine Menschen, die eine Folter ertrugen. Warum sollten Dreem und seine Freunde diesbezüglich eine Ausnahme darstellen?

Es war nachvollziehbar, weshalb Naira die drei nicht einfach töten ließ. Die Bedrohung wäre dadurch nicht hundertprozentig beseitigt, weil sie nicht wissen konnte, ob es weitere Menschen gab, die von dieser sogenannten Waffe wussten.

Die KI-Frau hatte mit einem thermonuklearen Weltuntergang gedroht und Gassner hatte ihr das abgekauft.

Aber ging das überhaupt?

Bei Atomwaffen existierten Schutzvorrichtungen, die einen unautorisierten Einsatz verhinderten. So gab es Halteklammern, die eine Interkontinentalrakete sicherten und vor dem Start manuell gelöst werden mussten. Damit schloss man aus, dass ein durchgeknallter Hacker einen Atomkrieg auslöste, weil er zeigen wollte, was er draufhatte.

Eine KI konnte keine Atomwaffen einsetzen. Das ging nur, wenn sie Menschen manipulierte, um bei dem Spiel mitzumachen. Sicher kein Ding der Unmöglichkeit, aber kaum in wenigen Stunden zu schaffen.

Je länger er darüber nachdachte, umso mehr war er davon überzeugt, dass Naira geblufft hatte. Allerdings war es ein guter Schachzug. Auch wenn er annahm, dass es sich um eine Finte handelte, konnte er es kaum riskieren, das ernsthaft herauszufinden. Das Risiko war einfach zu groß.

Wo lag der Fehler? Was übersah er?

Natürlich! Der Angriff auf die Raststätte.

Naira hatte behauptet, es sei eine Warnung gewesen, eine Machtdemonstration, um ihn von ihren Möglichkeiten zu überzeugen. Sie hatte angeblich nicht beabsichtigt, ihn zu töten.

Das war eine Lüge.

Dass er den Angriff überlebt hatte, verdankte er nur seinem Glück. Der Marschflugkörper war wenige Sekunden, nachdem er die Tankstelle verlassen hatte, eingeschlagen. Wäre die Streife nicht unvermittelt aufgetaucht, hätte er getankt und wäre so mit in die Luft geflogen.

Schnelle Flugkörper besaßen eine gewisse Trägheit bei der Kurskorrektur. Daran änderte auch eine KI nichts.

Naira hatte versucht, ihn zu töten. Es war lediglich schiefgegangen, weil Gassner für sie unerwartet die Flucht ergriffen hatte.

Weshalb hatte sie keinen zweiten Angriff gestartet? Weil sie es nicht konnte?

Der Kapitän des englischen Kriegsschiffes hatte nach dem unautorisierten Start eines Marschflugkörpers bestimmt den Stecker gezogen und in Deutschland hatte man nach dem Nordsee-Desaster sicher auch alles abgeklemmt. Vielleicht hatte es kein weiteres autonomes Waffensystem mehr gegeben, auf das sie hätte zugreifen können.

Wenn sie versucht hatte, ihn zu töten, dann war seine angebliche Verhandlungsmission im Schloss ein Ablenkungsmanöver.

Warum lockte sie ihn in den Odenwald? Sollten ihre Häscher ihn aus der Welt schaffen? Weshalb war es überhaupt für sie wichtig, ihn auszuschalten? Bis zu ihrem Anruf hatte er nicht einmal gewusst, dass es Naira gibt.

Der Bunker!

Gassner biss sich auf die Zunge, um einen verbalen Wutausbruch zu unterdrücken.

Vielleicht waren Dreem und seine neuen Freunde wichtig für Naira, aber ob Gassner dort auftauchte, war irrelevant. Sie hatte ihn lediglich vom Bunker fernhalten wollen.

Den Streifenwagen konnte sie anscheinend nicht manipulieren, weil er keine Verbindung zum Internet besaß, und in Ermangelung eines besseren Weges, hatte sie ihn mit einer List von seinem Vorhaben abgehalten.

Gassner stoppte den Wagen an einer Abzweigung.

Links führte eine Privatstraße tiefer in den Wald hinein.

Laut Navigationsgerät musste er genau da rein. Wenn er das tat, würde er nach weniger als zwei Minuten Fahrt sein Ziel erreichen.

Waren Dreem und Helland wirklich in dem Gebäude oder war das eine Falle? Vielleicht gab es dort gar kein Jagdschloss.

Wie war das mit den guten Lügnern?

Sie blieben dicht an der Wahrheit, um nicht in die Gefahr zu geraten, sich zu verplappern. Das Problem dürfte Naira kaum haben. Sie konnte sich alles merken. War die Geschichte mit den dreien und der Waffe jetzt Wahrheit oder Lüge?

Eigentlich sollte er umdrehen und Richtung Pfälzer Wald fahren. Aber wenn die dort festsaßen, gab es einen guten Grund ihnen zu helfen. Vielleicht verfügten sie wirklich über ein Mittel, um Naira zu vernichten. Das war ein hohes Risiko wert.

Naira spielte kein Schach mit ihm, sie pokerte.

Mit der Drohung, einen nuklearen Weltkrieg anzetteln zu können, behauptete sie einen Straight Flush auf der Hand zu haben.

Hatte sie?

Angenommen Naira wäre doch in der Lage, einen Atomkrieg auszulösen. Würde sie den überhaupt überleben? Kein Strom mehr, kein Internet. War sie dermaßen autark? Und davon abgesehen. War es nicht ohnehin ihr Plan, die Menschheit zu vernichten?

Die Fragen in seinem Kopf drehten sich im Kreis und würden dies auch weiterhin ungebremst tun. Auf diese Art kam er nicht weiter.

Er musste sich auf seine Intuition verlassen.

Naira bluffte. Kein Atomkrieg ante portas.

Sollte er sich irren, gab es ohnehin niemanden mehr, der ihm das vorwerfen könnte.

Einen Vorteil gegenüber Naira besaß er als Mensch. Die Fähigkeit, scheinbar unvorhergesehen irrational zu handeln, und darauf zu vertrauen, dass andere Menschen dieses Handeln richtig deuteten und ihre Aktionen entsprechend anpassten.

Gassner bog in die Straße ein. »Ich bin gleich da.«

»Ich weiß«, antwortete Naira.

Einen Scheiß wusste sie.

All in.

* * *

Kai Dreem

Sein Kopf wackelte plötzlich und Dreem riss erschrocken die Augen auf.

Malu schüttelte ihn. In ihrem Gesicht erkannte er Angst.

»Was ist passiert?«, stöhnte er.

»Du hast das Bewusstsein verloren.«

»Okay, okay. Es geht wieder.«

»Bist du sicher?«

Nein, war er nicht, aber was sollte er sonst sagen?

»Wie sieht der Verband aus?«, fragte er.

Malu beugte sich nach vorne und begutachtete den provisorischen Druckverband.

»Ich weiß nicht. Er ist durchweicht von Blut. Wie lange hältst du das noch aus?«

Nicht lange genug. Das war ihm mittlerweile klar geworden. Nairas Soldaten mochten nicht reinkommen, aber das brauchten sie auch gar nicht. Zumindest nicht seinetwegen.

»Kommen hier Leute vorbei?«, fragte er Richard und vermied es, Malu eine Antwort auf ihre Frage zu geben.

»Vielleicht im nächsten Frühjahr«, sagte Richard.

»Das ist leider zu spät. Wir ...«

Es knallte in schneller Folge.

Draußen wurde geschossen.

»Was ist das?«, rief Malu.

»Maschinenpistole.« Dreem rappelte sich unter Stöhnen auf und stellte sich auf die Beine. »Entweder die bringen sich aus Langeweile gegenseitig um oder sie werden angegriffen.«

»Und jetzt?«

»Und jetzt fliehen wir. Eine bessere Chance bekommen wir nicht.«

»Bist du sicher?«, fragte Malu. »Wir wissen doch gar nicht, wer das ist.«

»Egal, wer das ist. Entweder wir versuchen es oder wir sterben.«

Dreem rannte bereits die Treppe nach unten. Sein Körper hatte verstanden, dass es um alles ging, und sein Blut schlagartig mit Endorphinen und Adrenalin gesättigt. Für eine Weile würde er trotz Verletzung mit hundertzehn Prozent Leistung funktionieren.

Richard und Malu folgten ihm.

»Wie geht es weiter?«, fragte Richard.

Die Schüsse kamen eindeutig von der Vorderseite des Gebäudes.

»Ich steige aus einem Fenster und versuche, die Arschgeigen ins Kreuzfeuer zu nehmen. Wenn das passiert, kommt ihr nach und verschwindet über die Mauer. Schafft ihr das?«

Die beiden nickten.

»Wir suchen uns ein Fenster am Gebäudeende«, sagte Dreem.

»Hier lang.« Richard zeigte Malu und Dreem an, dass sie ihm folgen sollten.

Gemeinsam rannten sie durch einen Flur. Kurz vor dessen Ende riss Richard eine abgehende Zimmertür auf.

»Da können wir raus.« Richard deutete auf ein Fenster.

Draußen wurde weiter geschossen. War ihnen jemand zu Hilfe gekommen? Eine Polizeistreife, die zufällig hier vorbeigefahren war?

Im Prinzip war das unwichtig. Wichtig war, ein sofortiges Eingreifen von Dreem in das Feuergefecht. Sollten die neuen Freunde überwältigt werden, schmolzen ihre Chancen dahin wie Vanilleeis in einem Stahlofen.

Er öffnete das Fenster und sah nach draußen.

Weder Freund noch Feind waren zu sehen.

Die Schmerzen ignorierend kletterte er so schnell, wie sein Zustand es zuließ, aus dem Fenster.

Der hohe Baumbestand auf dem Gelände war ein kleiner Vorteil. Wenigstens hatte er Sichtschutz und etwas Deckung.

Er sah jemanden. Knappe zwanzig Meter von ihm entfernt.

Der Mann stand mit ausgestreckten Armen hinter einem Baum. Dreem erkannte zwar keine Waffe in seinen Händen, aber es war klar, dass der Kerl in Richtung der Einfahrt zielte.

Jetzt musste eine schnelle Entscheidung her. War das ein Gegner? Er wollte auf keinen Fall den falschen erwischen.

Dass der Mann vom Gelände zur Einfahrt zielte, sprach dafür, dass es sich um einen von Nairas Freunden handelte.

Plötzlich hörte er eine Männerstimme schreien: »Dreem! Wenn du leben willst, ist das der Moment! Verdammte Scheiße noch mal!« Für den Bruchteil einer Sekunde sah er eine Person am Tor, dann das Aufblitzen von Mündungsfeuer. »Ihr müsst vom Gelände runter!«, schrie der Mann an der Einfahrt erneut.

Die Entscheidung war gefallen.

Dreem hob die Waffe und schoss auf den Mann, der am Baum stand.

Zwanzig Meter waren eine ordentliche Distanz für eine Pistole, aber für Dreem stellte es keine ernsthafte Herausforderung dar.

Der Schatten am Baum ging zu Boden.

Sofort wurde das Feuer auf ihn eröffnet.

Rindenstücke flogen ihm ins Gesicht, als zwei Kugeln in einem Baum neben ihm einschlugen.

Dreem machte sich so klein wie möglich und zog sich zurück.

Er hatte keine Ahnung, wo sich der Angreifer befand. Allerdings überkam ihn das ungute Gefühl, dass es nur ein Mann war, der ihnen zu Hilfe gekommen war. Besser als nichts, aber nichtsdestotrotz ein bisschen weniger Unterstützung als erhofft.

Das Fenster, aus dem er rausgeklettert war, konnte er nicht mehr sehen. Blieb zu hoffen, dass Malu und Richard zur Mauer unterwegs waren.

Es wurde Zeit, für ein wenig Irritation zu sorgen.

In gebückter Haltung bewegte er sich in die Richtung, in der er seine Gegner vermutete. Dabei hielt er die Waffe mit beiden Händen und ausgestreckten Armen.

Er sah eine Bewegung und feuerte, veränderte schnell die Position und schoss erneut.

Dann brach die Hölle los.

Um ihn herum schlugen ein Dutzend Kugeln ins Gestrüpp ein, rissen Blätter und Äste ab.

Sofort lag Dreem flach auf dem Bauch.

Da hatte jemand ein Sturmgewehr am Start.

Während weitere Salven die Botanik in seiner Nähe schredderten, robbte er blindlings durch die Büsche.

Allmählich schossen die sich auf ihn ein.

Es schepperte gewaltig.

Dreem hob den Kopf und sah, wie das Stahltor der Einfahrt aufflog und ein Auto halb auf dem Gelände zum Stehen kam, aus dem mit einer MP wild herumgeschossen wurde.

Das nannte man niederhaltendes Feuer zur Rückzugsdeckung.

Oder anders formuliert: Jemand schoss wie irre in der Gegend herum, damit der Feind den Kopf einzog, während man selber die Beine in die Hand nahm.

Genau das tat Dreem.

Haken schlagend rannte er auf das Auto zu.

Als er es erreichte, steuerte er die hintere Tür der Fahrerseite an, riss sie auf und schwang sich in den Wagen.

Er hatte die Tür noch nicht ganz zugezogen, als das Auto bereits mit durchdrehenden Reifen zurücksetzte.

Auf dem Fahrersitz saß Malu. Respekt dafür.

Richard war der Beifahrer.

Die beiden hatten es also geschafft.

Auf der Rückbank neben Dreem saß ein älterer Mann, der eine MP in den Händen hielt.

Der Mann grinste Dreem an. »Leider leer geschossen. Besser es passiert nicht mehr viel.«

Malu gab Gas. Wenn man das so nennen wollte.

Sie saßen tatsächlich in diesem Oldtimer, mit dem sie hierher gefahren war. Der Motor hörte sich nach einem V8 an. Allerdings einem uralten V8. Schöner Klang, aber wenig Power. Als Fluchtfahrzeug war die Kiste gänzlich ungeeignet.

Wenigstens konnte Malu fahren und war mit äußerster Konzentration bei der Sache.

»Hoffentlich verfolgen die uns nicht«, sagte Richard.

»Ich habe drei erwischt«, sagte der alte Mann. »Und du?«

»Ich auch«, stöhnte Dreem.

Es war erstaunlich, wie schnell die Schmerzen sich zurückmeldeten. Kaum war die unmittelbare Gefahr gebannt, schon brannte die imaginäre Stahlstange in seiner Schulter wieder und das schlimmer als vorher.

»Da waren noch mehr von denen. Die werden uns verfolgen und einholen«, sagte der Mann neben Dreem.

»Ich tue, was ich kann«, zischte Malu.

»Seid froh, dass ihr in einem Wagen aus den Siebzigern sitzt«, sagte Richard. »Da hat Naira nichts zu melden.«

»Ich heiße übrigens Hans Gassner«, sagte der alte Mann an Dreem gewandt. »Und du bist, nehme ich an, Kai Dreem.«

Der Name Gassner sagte ihm etwas. »Naira hat mir gesagt, dass du mich jagen würdest.«

»Da hat sie ausnahmsweise nicht gelogen.«

Malu warf den Wagen um eine enge Kurve.

Die Reifen quietschten und die Hinterreifen verloren ein wenig an Bodenhaftung. Aber sie kam durch.

Bei der nächsten Möglichkeit bog sie ab, kurze Zeit später erneut.

»Wenn sie uns nicht orten kann, sollte es den Kerlen mittlerweile schwerfallen, uns zu finden.«

»Scheiße! Halt sofort an«, rief Gassner.

»Was ist?« Richard drehte sich zu ihnen um.

»Ihr habt einen Sender am Wagen. Den habe ich in dem Stress vergessen. Wir müssen das Ding loswerden.«

»Woher weißt du das?«

»Weil ich es angeordnet habe.«

Malu trat in die Eisen.

Als der Wagen stand, sprang Gassner raus. Nur wenige Sekunden später hatte er etwas unter dem Kotflügel hervorgezogen und in die Büsche geworfen. Zurück im Auto schlug er die Tür zu.

»Los, los! Es geht weiter.«

Malu brachte den V8 zum Aufheulen.

So war die Mühle sicher schon lange nicht mehr getreten worden, hoffentlich hielt der Motor das aus.

»Naira hat mir gesagt, ihr hättet eine Waffe, die sie vernichten könnte«, sagte Gassner.

»Das hat sie dir gesagt?«, fragte Dreem ungläubig.

»Ja, hat sie – du schwitzt ganz schön mein Junge. Alles in Ordnung.«

»Er hat eine Schussverletzung in der Schulter«, sagte Richard.

»Verstehe. Habt ihr eine Waffe oder nicht? Falls nicht, würde ich gerne aussteigen und mich für den Rest meiner Tage im Wald verstecken.«

»Wir können sie zerstören«, sagte Richard.

»Und wie?«, wollte Gassner wissen.

»Mit einem Telefonanruf.«

»Das ist ein Witz.«

»Nein, ist es nicht. Die Schwierigkeit wird darin liegen, ein funktionierendes Telefon zu finden. Da fällt mir ein, ich hoffe, du hast kein Handy dabei.«

»Nein, das liegt in dem Wagen, mit dem ich gekommen bin«, sagte Gassner.

»Wenn ich das überlebe, fasse ich nie wieder ein Handy an«, sagte Malu. »Warum sollte es so schwer sein, ein funktionierendes Telefon zu aufzutreiben?«

»Darum«, sagte Richard und zeigte aus dem Beifahrerfenster.

Dreem sah nach draußen.

Gerade fuhren sie an einem Dorf vorbei, das rechts von ihnen in einem Tal lag. Während sie es passierten, erloschen die Lichter der Straßenbeleuchtung.

»Sie wird versuchen, überall den Strom abzustellen. Naira hat keine Ahnung, was wir gegen sie in der Hand haben, aber sie weiß, dass, egal was wir machen, sie nur über das Internet erwischen können.«

»Die Sache hat einen Nachteil für sie«, stellte Gassner fest. »Dort, wo sie den Saft abstellt, ist sie selber blind. Und der

Umstand, dass ihre Freunde uns noch nicht eingeholt haben, beweist, dass sie uns verloren hat.«

»Und wie nutzen wir das aus?«, fragte Malu.

»Jetzt hört mal gut zu Kinder. Ich habe einen Plan«, sagte Gassner. »Es gibt einen alten Wehrmachtsbunker im Pfälzer Wald. Dort hat sie ihr Hauptquartier aufgeschlagen. Davon bin ich überzeugt. Ich wollte dorthin fahren. Naira hat das verhindert. Das muss unser Ziel sein.«

Richard schüttelte den Kopf. »Möglich, dass sich in dem Bunker das Labor befindet, in dem Scheuer für sie gearbeitet hat. Aber was sollen wir da? Naira lässt sich nicht zentral abschalten und ein Wandtelefon wird es dort nicht geben.«

»Mein Gefühl sagt mir, dass es für die durchgeknallte App in dem Bunker etwas sehr Wichtiges gibt. Ich glaube, sie wird den Strom in der Gegend nicht ausschalten.«

»Sie wird dort einen Generator haben«, sagte Richard.

»Trotzdem. Vielleicht benötigt sie mehr Strom, als ein Generator liefern kann. Es ist einen Versuch wert. Wenn ich mich irre, teilen wir uns und fahren in verschiedene Richtungen. Sie kann nicht auf der ganzen Welt den Strom abstellen. Schließlich braucht sie ihn selber, um existieren zu können. Ohne Strom kein Internet.«

»Versuchen wir es«, sagte Malu. »Es sei denn, jemand hat eine bessere Idee.«

Richard blieb stumm und Dreem war mit seinen Schmerzen beschäftigt, seinetwegen konnten sie auch an den nächsten Baggersee fahren, Hauptsache das Durchgerütteltwerden im Wagen hörte endlich auf.

»Wie ich sehe, gibt es keine Gegenstimmen«, sagte Gassner.

Auf ihrer Fahrt verfolgte sie der Stromausfall.

In Darmstadt, in Mannheim und allen Orten auf dem Weg gingen während ihrer Vorbeifahrt die Lichter aus. Das erweckte den Eindruck, Naira wüsste, wo sie sich befanden. Aber vermutlich hatte sie nur eine Weg-Zeit-Berechnung durchgeführt und den Strom in einem immer größer werdenden Kreis ausgeschaltet, in dessen Mittelpunkt das Jagdschloss lag.

»Vielleicht kann ich wegen dem scheiß Loch in meiner Schulter nicht mehr klar denken«, flüsterte Dreem. »Aber warum schaltet Naira überall den Strom komplett ab? In Kiel hat sie die Kommunikation gestört, ohne dass alle Lichter ausgingen.«

»Da ist was dran«, sagte Richard. »Ich glaube, sie hat Angst. Sie handelt in Panik.«

Gassner lachte kurz auf. »Der Computer hat Angst?«

»Das ist ihre menschliche Seite. Ja, ich denke, sie hat die Hosen voll.«

»Schön, dann bin ich wenigstens nicht der einzige«, sagte Gassner.

Mittlerweile war es fünf Uhr. Die Nacht schien endlos zu sein.

Sie erreichten Neustadt an der Weinstraße.

»Na sieh einer an«, sagte Gassner. »Da hat jemand seine Stromrechnung bezahlt.«

Die Straßenlaternen leuchteten und in einigen Häusern brannte Licht. Der seltsame alte Mann behielt anscheinend recht.

Nun wurde Richard wieder aktiv. »Wir brauchen ein Telefon. Sofort! Fahr in die Stadt rein.«

Malu tat es.

Nach einigen Hundert Metern beugte Dreem sich nach vorne und zeigte mit dem Finger in Fahrtrichtung. »Da steht ein Taxi am Straßenrand.«

»Halt vor dem Taxi an«, rief Richard.

Malu stellte das Auto quer vor das Taxi, um es zu blockieren.

»Ich mach das.« Dreem biss die Zähne zusammen, sprang aus dem Wagen, lief zu dem Taxi und riss die Fahrertür auf.

Er richtete die Pistole auf den Fahrer.

»Wir benötigen Ihr Handy.«

Dreem beugte sich nach vorne, nahm dem erstarrten Mann das Handy aus seinen Händen und reichte es an Richard weiter, der nun hinter ihm stand.

»In Ordnung. Ich brauche Licht«, sagte Richard.

Das Handy zitterte in seinen Händen, beinahe hätte er es fallen gelassen.

Malu leuchtete ihm mit ihrer Taschenlampe.

Richard sah auf Takashis Notiz, wählte die angegebene Nummer und hielt sich dann das Handy ans Ohr.

Einige Sekunden später nahm er es wieder runter und gab den PIN ein.

Alle starrten ihn erwartungsvoll an.

Richard ließ das Telefon sinken.

»Und?«, fragte Gassner. »Was ist passiert?«

»Als ich den PIN eingegeben habe, hat sich eine Computerstimme für meinen Anruf bedankt und die Verbindung wurde beendet.«

»Das soll es gewesen sein?«, sagte Dreem ungläubig.

»Theoretisch schon. Es sollte nur Minuten dauern, bis sich der Virus über das Internet verbreitet hat. Im Prinzip war es das.«

Gassner schüttelte den Kopf. »Das ist zu simpel.«

»Wir müssen feststellen, ob wir Erfolg hatten«, sagte Malu. »Ansonsten können wir …«

»Wir gehen in den Bunker«, warf Dreem ein. »Wenn der wirklich so wichtig für sie ist, wird es dort Aktivitäten geben, sofern Naira noch existiert.«

»Das könnte gefährlich werden«, gab Gassner zu bedenken.

»Außerdem brauchst du endlich einen Arzt«, sagte Malu.

Malu interessierte sich für seine Gesundheit. Ein angenehmes Gefühl. Es hatte sich schon lange niemand mehr um ihn gesorgt.

Beide hatten recht mit ihren Einwänden. Leider hatte Dreem ein Totschlagargument: »Wenn wir Naira nicht zerstört haben, sind wir sowieso erledigt.«

* * *

Hans Gassner

Gassner spürte, wie die Angst versuchte, ihn zu lähmen. Die Beine fühlten sich weich an und die Arme schlapp. Der Abstieg in den Tunnel fiel ihm schwer.

Dreem war als Erster hinuntergegangen.

Der Mann sah zwar aus wie ein lebender Toter, aber Gassner musste ihm zugestehen, dass er sich tapfer aufrecht hielt.

Er erreichte den Boden und machte Platz für Malu und Richard.

Gassner hatte damit gerechnet, dass die Geschwister die Höhlentour verweigern würden, was er absolut hätte verstehen können. Damit hatte er falsch gelegen. Die beiden wollten unbedingt mitkommen.

Vermutlich war das ein gruppendynamisches Ding.

Gemeinsam hatten sie lebensgefährliche Situationen überlebt. Dass man die überstanden hatte, schrieb man der Gruppe zu. Da trennte man sich dann nicht mehr so gerne.

Im Tunnel übernahm Dreem die Spitze, Gassner folgte als Zweiter. Malu und Richard bildeten die Nachhut.

Als sie an dem Tunnel vorbeikamen, in dem Gassner die Leichen gefunden hatte, blieb er stehen. Der Leichengeruch war verschwunden. Stattdessen roch es nach einer Mischung aus Benzin und Rauch.

»Hier hat es vor Kurzem gebrannt«, flüsterte Dreem.

Gassner hatten den anderen nichts von seinem Leichenfund erzählt. Die Information hätte niemandem geholfen und den anderen nur Angst gemacht. Es reichte aus, dass er sich fast in die Hosen machte.

Jetzt war klar, dass es hier unten Aktivität gegeben hatte. Hatte jemand die Leichen verbrannt?

»Wir gehen weiter«, gab Dreem die Anweisung.

Auf dem Weg zum Bunker hatte Gassner ständig damit gerechnet, Atompilze am Horizont aufgehen zu sehen. Bisher war das nicht geschehen. Dass er in dieser Sache auf sein Gefühl vertraut hatte, würde er als Geheimnis mit ins Grab nehmen.

Nach ungefähr fünfzig Metern bog der Gang in einem Neunzig-Grad-Winkel nach rechts ab.

Als sie um die Ecke kamen, standen sie vor einer Stahltür, die einen neuwertigen Eindruck machte und definitiv nicht zur ursprünglichen Ausstattung des Bunkers gehörte.

Links neben der Tür hing eine in die Bunkerwand eingelassene Tastatur. Allerdings würden sie keine Kombination eingeben müssen. Die Tür stand einen Spaltbreit offen.

Alle sahen die Tür an.

Gassner sprach das aus, was die anderen vermutlich auch dachten: »Wenn ihr mich fragt, haben wir es hier mit dem Paradebeispiel einer Mausefalle zu tun.«

»Ich kann nicht widersprechen«, sagte Dreem.

Malu und Richard sahen auch nicht begeistert aus.

»Gehen wir rein, oder nicht?«, fragte Malu.

»Scheiß drauf.« Gassner zog die Tür auf.

Hinter der Stahltür führte der Tunnel weiter. Allerdings war er ab hier beleuchtet.

Richard sah sich die Tür genauer an. »Ich finde keinen Mechanismus, der die Tür automatisch schließen könnte. Wenn uns jemand einsperren will, wird er selber Hand anlegen müssen.«

Sie folgten dem Gang weiter.

Gassner dachte an das Gewerbegebiet in der nahen Nachbarschaft. Es würde ihn nicht überraschen, wenn Naira es geschafft hätte, von dem Bunker aus eine Verbindung zur Kanalisation des Gewerbegebiets zu schaffen. Die Lagerhallen wären ein idealer Ort, um sich mit Materialien zu versorgen.

Nach dreißig Metern erreichten sie eine Treppe, die nach unten führte.

Dreem ging wieder an der Spitze.

»Heilige Scheiße«, entfuhr es Dreem, als er unten ankam.

Ein paar Sekunden später stand Gassner neben ihm. »Heilige Scheiße!«, pflichtete er Dreem bei.

Sie befanden sich am Rand einer Halle, mit den Ausmaßen eines Flugzeughangars. Entweder hatte sie als Lagerraum gedient oder die Wehrmacht hatte hier an den letzten Wunderwaffen des Reichs gebastelt.

Allerdings war es nicht die Größe der Halle, die Erstaunen verursachte, sondern das Inventar. Sie war bis unter die Decke vollgestopft mit Gerätschaften.

Kreuz und quer liefen Fließbänder durch die Halle, über denen Roboterarme hingen, wie man sie aus modernen Fabriken kannte.

Unzählige Kabel spannten sich zehn Meter über ihren Köpfen durch den Raum und verbanden Maschinen miteinander, von denen Gassner nicht einmal ahnte, wozu sie dienen könnten. Einige waren so groß wie Kühlschränke andere wie Güterwaggons.

»Es riecht nach verbrannten Kunststoff«, sagte Malu.

»Auch wenn es nicht so aussieht, vielleicht hat Naira die Anlage sabotiert«, sagte Richard.

Vorsichtig betraten sie die Halle, wobei sie sich langsam in verschiedene Richtungen orientierten.

Richard gab ein Zeichen.

Als Gassner ihn anblickte, sah er, wie Richard auf eine Flugdrohne deutete, die vor ihm auf dem Boden lag.

Nichts bewegte sich, nirgendwo blinkte ein Licht, keine Maschine summte oder zeigte ein sonstiges Anzeichen von Aktivität.

Die Anlage war heruntergefahren.

»Haben wir es geschafft?«, fragte Malu.

Es sah danach aus, aber was hieß das schon.

»Hierher!«, rief Dreem. »Das müsst ihr sehen.«

Der Soldat war bereits tiefer in die Anlage hineingegangen.

Gassner und die anderen gingen zu ihm.

Dreem stand vor einer Reihe von Gefrierschränken. Zumindest sahen die Dinger so aus. Insgesamt waren es sechs Stück. Bei allen war der Truhendeckel geöffnet.

Fünf der Truhen zeigten starke Verbrennungsspuren. Im Innenraum lag jeweils ein zur Unkenntlichkeit verkohlter Menschenkörper.

Gemeinsam standen sie vor der sechsten Truhe, die unversehrt und leer war.

Er wusste nicht, was die anderen dachten, aber für ihn war klar, was geschehen war.

»Tja, meine Freunde«, sagte Gassner. »Wie sagt man so schön? Eine siegreiche Schlacht gewinnt noch lange keinen Krieg.«

Epilog

Paul McGaffin arbeitete nicht erst seit gestern im Ultimastore, dem größten Computerfachgeschäft von Los Angeles.

Mit den Jahren hatte er einen Blick für die Menschen entwickelt, die in das Geschäft kamen. Er wusste sofort, ob die Leute sich nur umsehen wollten oder ein ernsthaftes Kaufinteresse besaßen, und er erkannte einen dicken Geldbeutel, wenn er ihn sah.

McGaffin machte sein nächstes Ziel aus. Eine Frau, Anfang dreißig, dunkelbraune Haare, grüne Augen. Ihre Kleidung sah nach Designerware aus.

Er setzte sich in Bewegung, wenn er sie jetzt nicht ansprach, würde es einer der anderen Verkäufer tun.

»Wie kann ich Ihnen behilflich sein?«, fragte er und bemühte sich, dabei so charmant wie möglich zu wirken.

»Führen Sie Rack Hardware?«

Paul nickte lächeln – eigentlich war es mehr ein Grinsen. Bingo.

Die Frau reichte ihm einen Zettel. »Ich benötige zehn High-End-Server mit dieser Hardwarekonfiguration, mit Red Hat Linux vorinstalliert, außerdem zwei Storage Arrays und Top-of-Rack Switche. Alles fertig in Schränke eingebaut und verkabelt.«

McGaffin sah sich den Zettel an. »Wow. Was haben Sie denn mit den Maschinen vor, wenn ich fragen darf?«

Die Frau lächelte und ihm wurde ganz warm ums Herz.

»Die Weltherrschaft erringen«, flüsterte sie. »Aber behalten Sie es für sich. Soll eine Überraschung werden.«

Er beugte sich leicht nach vorne und tat verschwörerisch.

»Das mache ich. Sie können sich auf mich verlassen.«

»Schön.«

»Folgen Sie mir bitte. Ich muss nachsehen, wie lange die Lieferung dauert.«

Auf dem Weg zum nächsten freien Arbeitsplatz drehte McGaffin sich um. »Und zehn Hochleistungsrechner reichen, um die Welt zu erobern?«

»Leider nein. Aber es ist ein Anfang.«

McGaffin gab die Bestellung ein und wartete auf eine Antwort des Systems.

»Dauert eine Sekunde«, sagte er. »Wie möchten Sie bezahlen?«

Die Frau reichte ihm eine Black-Amex-Karte.

So eine Kreditkarte besaßen nur die Superreichen und Superwichtigen. Umso besser, dann würde das Geschäft tatsächlich über die Bühne gehen. Er hatte bereits Zweifel gehabt. Obwohl die Frau nach Geld aussah, konnte nicht jeder soeben 200.000 Dollar auf den Tisch legen.

Er warf einen kurzen Blick auf die Karte, um die Personalien zu lesen.

»Sehr schön Miss Wagner. Gleich geht es los. Erlauben Sie mir noch eine Frage?«

»Natürlich.«

»Nur für den Fall, dass ich auch mal auf die Idee komme, die Welt beherrschen zu wollen. Geben Sie mir einen Tipp. Was ist die wichtigste Voraussetzung für so ein Vorhaben?«

Die Frau lächelte. »Man muss immer einen Plan B haben.«

Über den Autor

Jens Bühler, Jahrgang 1970, lebt mit seiner Familie im Rhein-Main-Gebiet. Der Kriminalhauptkommissar ist Angehöriger des Kommissariats »Fahndung und Operative Kräfte« der Frankfurter Polizei. Zuvor arbeitete er mehrere Jahre beim Fachkommissariat für Raub, Erpressung, Entführung und Geiselnahme, sowie als Dienstgruppenleiter bei einer operativen Einheit (Fahndung, Observation) im Polizeipräsidium Frankfurt.

Als Insider des deutschen Sicherheitsapparats kann er überzeugend den Umgang der Behörden mit gefährlichen Ausnahmesituationen beschreiben, die häufig Gegenstand seiner Romane sind.

Autorenwebseite und Newsletter:

http://www.jens-buehler.de

Joshua Tree

Das Artefakt

In einer Grabkammer unter der Großen Sonnenpyramide von Teotihuacán in Mexiko finden Professor Charles Bowen und sein Student Marcus Brown einen Gegenstand, den es gar nicht geben dürfte. Kurz darauf tauchen Unbekannte auf, die vor nichts zurückschrecken, um das Artefakt in die Hände zu bekommen. Nach einem brutalen Mord im Schatten der Pyramide kann Marcus fliehen. Was ist das Artefakt und warum ist es gerade ihm in die Hände gefallen?

Taschenbuch, 300 Seiten, € 12,99 [D]
ISBN 978-3-96357-036-0

Joshua Tree / Philipp Tree

Das Signal

Als in der Weite der finnischen Wälder ein Fremder mit einem High-Tech-Implantat gefunden wird, wittern der Neurochirurg Bill und sein Freund und Informatiker Steve die große Chance, ihrem Start-up zum Durchbruch zu verhelfen. Doch sie wissen nicht, mit welchen Mächten sie sich einlassen und müssen sich schon bald fragen, über welche Grenzen sie für ihren Erfolg zu gehen bereit sind.

Jens Bühler

Reset

Hauptkommissar Steller leitet einen Polizeieinsatz von Spezialkräften in der Frankfurter Innenstadt, während unweit der Ganove Demir Kara einen Diamantenkurier überfällt. Beide Unternehmungen versinken im Chaos, als sich die Stadt innerhalb von Minuten in ein Tollhaus verwandelt. Zeitgleich erfährt die Kommandantin des Forschungsbunkers Fenris, Generalmajor Aila Torbeck, dass der Feuersturm, der die Welt verbrennt, erst der Anfang ist.

Taschenbuch, 508 Seiten, € 14,90 [D]
ISBN 978-3-96357-161-9